Carlos Fuentes

# La mort
# d'Artemio
# Cruz

*Traduit de l'espagnol (Mexique)*
*par Robert Marrast*

Gallimard

*Titre original :*

LA MUERTE DE ARTEMIO CRUZ

© *Fondo de Cultura Económica, Mexico, 1962.*
© *Éditions Gallimard, 1966, pour la traduction française.*

*Artemio Cruz, député mexicain, riche, puissant, propriétaire d'un grand journal, et contrôlant de très nombreuses affaires, est terrassé, à l'âge de 71 ans, par un infarctus du mésentère. Il va mourir, entouré de sa femme, de sa fille qui le hait, de médecins impuissants, de son fidèle secrétaire, d'un prêtre...*

*Mais alors que son corps gît, désormais réduit à l'état d'objet qu'on manipule, rendu enfin à lui-même par son impossibilité à avoir prise sur tout ce qui lui a appartenu, Artemio fait le bilan de sa vie et de ce qu'il a été. Et ce bilan est aussi une tentative de justification : dans un monologue qui devient dialogue lorsqu'il s'adresse à cet autre lui-même, « frère jumeau ennemi », il s'efforce de se convaincre — et de le convaincre — que les choses n'auraient pas pu être autres qu'elles n'ont été. Suivant un ordre qui obéit à une nécessité intérieure et non à la chronologie, il refait le long parcours de sa vie arrivée désormais à son terme.*

*Fils illégitime d'un riche propriétaire terrien qui l'a abandonné et d'une mulâtresse quasiment esclave, Artemio a passé ses premières années auprès de Lunero, un mulâtre qui mène une vie marginale. Lunero est la première des trois grandes tendresses de sa vie, et il lui est brutalement arraché.*

*Combattant de la Révolution, il a passionnément aimé Regina, fille jeune et belle qu'il retrouve massacrée après un combat. Deuxième tendresse brisée. Avec la mort de Regina tout bascule : l'idéalisme fait place à un implacable désir de puissance, sorte de vengeance d'une jeunesse amère et toujours frustrée envers la violence et l'injustice.*

*La Révolution terminée, il épouse Catalina Bernal, fille d'un aristocrate ruiné par la Réforme Agraire, et dont il a connu le jeune frère Gonzalo, prisonnier comme lui de Pancho Villa, et c'est à ce titre qu'il est reçu dans la famille dont il héritera plus tard de tous les biens. Mais le mariage est un échec : Catalina le méprise et a honte de sa rusticité.*

5

*Mais déjà Artemio Cruz est une puissance avec laquelle il faut compter. Issu de la Révolution, il est fasciné par le luxe, l'argent, le pouvoir. Entraîné sur la pente glissante des compromissions il incarne parfaitement des mœurs corrompues auxquelles les grands bouleversements politiques offrent un terrain d'élection.*

*Il y avait cependant — autre et dernière tendresse de sa vie —, son fils Lorenzo : sa justification, car il a inconsciemment voulu en faire ce que lui-même aurait dû être. Mais Lorenzo est allé jusqu'au bout des convictions paternelles. Engagé dans la guerre d'Espagne il y est mort. Artemio n'a plus rien qui le retient dans son ascension trouble : il est devenu l'homme puissant dont on recherche la protection et dont on redoute l'inimitié, car il peut briser des grèves, acculer à la ruine ceux qui essaient de lui barrer la route ou qui le gênent; il peut manœuvrer l'opinion, infléchir la politique de son pays.*

*Qui est vraiment Artemio Cruz? Dans le plaidoyer passionné qu'il prononce pour lui-même devant son frère jumeau-ennemi, il lui est difficile de garder le masque fait par les années et la réussite. Regina s'est librement donnée à lui au début de leur grand amour; mais ne l'avait-il pas violée, avant, usant du droit brutal du soldat? Il s'est introduit dans la famille de sa future femme Catalina au nom de la fraternité née d'une captivité commune. Mais Artemio a eu la vie sauve alors que Gonzalo a été fusillé... Et envers Catalina, lointaine le jour et ardente la nuit, a-t-il fait le geste ou dit le mot qui libère et eût brisé une longue incompréhension? Il est seul au milieu de sa fortune, de sa puissance, de ses maîtresses. Eût-il pu être autrement? Et cette dureté, cette volonté implacable de domination, sont-elles vraiment le résultat des injustices subies, ou n'étaient-elles pas inhérentes à sa nature? Lorenzo, quant à lui, a su rester fidèle aux options idéalistes inculquées par son père, et il en est mort.*

*Sans doute Artemio a-t-il trahi l'idéal de sa jeunesse et des siens : les victimes, ceux qui ont rêvé d'un monde plus juste et ont voulu le faire triompher. Victime, il a combattu pour abattre un régime cruel et injuste mais, après la victoire, il est passé du côté des exploiteurs, les éternels gagnants.*

*Et cependant, l'énigme demeure : la vie d'Artemio Cruz a-t-elle suivi un cours fatal ou est-elle le résultat d'une série de choix libres? Peut-être seul le visage de la mort peut-il donner une réponse à cette question.*

**Carlos Fuentes**, fils de diplomate, a fait ses études universitaires à Mexico, Santiago du Chili, Buenos Aires et Washington. Il est actuellement ambassadeur du Mexique à Paris. Son œuvre qui comprend, entre autres, *La plus limpide région*, *Chant des aveugles*, *Zone sacrée*, *Peau neuve* le place parmi les plus grands écrivains de langue espagnole.

*La préméditation de la mort est préméditation de liberté.*

Montaigne, *Essais*.

*Hommes qui venez sur la terre
dans un berceau de glace
et la quittez par un tombeau,
tâchez de bien jouer votre rôle...*

Calderón, *Le Grand Théâtre du monde*.

*Moi seul, je sais ce que j'aurais pu faire... Pour les autres, je ne suis tout au plus qu'un peut-être.*

Stendhal, *Le Rouge et le Noir*.

*... de moi, de Lui et de nous trois toujours trois!*

Gorostiza, *Mort sans fin*.

*La vie ne vaut rien : elle ne vaut rien, la vie.*

*Chanson populaire mexicaine.*

*à C. Wright Mills*

*voix authentique de l'Amérique du Nord,*
*ami et compagnon de lutte de l'Amérique latine.*

JE me réveille. C'est le contact de cet objet froid avec le membre qui me réveille. Je ne savais pas que parfois on peut uriner involontairement. Je garde les yeux fermés. Les voix les plus proches, je ne les entends pas. Si j'ouvre les yeux, pourrai-je les entendre?... Mais mes paupières sont lourdes : deux plombs, des cuivres sur la langue, des marteaux dans les oreilles, une... une sorte d'argent oxydé dans la respiration. Métallique, tout cela. Minéral, encore. J'urine sans le savoir. Peut-être — je suis resté sans connaissance, je m'en souviens avec effroi — ai-je mangé, au cours de ces heures, sans le savoir. Parce qu'il faisait à peine clair lorsque j'ai avancé la main et laissé tomber — sans le vouloir, non plus — le téléphone par terre et que je suis resté à plat ventre sur le lit, les bras pendants : un fourmillement dans les veines du poignet. A présent je me réveille, mais je ne veux pas ouvrir les yeux. J'ai beau ne pas vouloir : quelque chose brille d'un éclat insistant près de mon visage. Quelque chose qui se reproduit derrière mes paupières fermées en une fugue de lumières noires et de cercles bleus. Je contracte les muscles du visage, j'ouvre l'œil droit et je le vois reflété dans les incrustations de verre d'un sac à main de femme. Je suis cela. Je suis cela. Je suis ce vieillard aux traits morcelés par les carrés inégaux du verre. Je suis cet œil. Je suis cet œil. Je suis cet œil sillonné par les racines d'une colère accumulée, ancienne, oubliée, toujours actuelle. Je suis cet œil protubérant et vert entre les paupières. Paupières. Paupières. Paupières huileuses. Je suis ce nez. Ce nez. Ce nez. Épaté. Aux ailes larges. Je suis ces pommettes. Pommettes. Sur lesquelles pousse la barbe grise. Elle pousse. Grimace. Grimace. Grimace. Je suis cette grimace qui n'a rien à voir avec la vieillesse ou la douleur. Grimace. Les canines noircies par le tabac. Tabac. Tabac. La vapeurvapeurvapeur de ma respiration ternit le verre et une main ôte le sac de la table de nuit.

— Regardez, docteur : il joue la comédie...

— Monsieur Cruz...

— Même à l'heure de la mort il était dit qu'il se moquerait de nous !

Je ne veux pas parler. J'ai la bouche pleine de vieux sous, de cette saveur. Mais j'ouvre un peu les yeux et entre les paupières je distingue les deux femmes, le médecin qui a une odeur de choses aseptiques : de ses mains en sueur, qui maintenant palpent ma poitrine sous la chemise, monte une senteur d'alcool éventé. J'essaie d'ôter cette main.

— Allons, monsieur Cruz, allons...

Non, non je ne vais pas ouvrir les lèvres : ou plutôt cette ligne ridée, sans lèvres, reflétée dans le verre. Je garderai les bras étendus sur les draps. Les couvertures montent jusqu'à mon ventre. L'estomac... ah... Et les jambes restent ouvertes, avec cet engin froid

14

entre les cuisses. Et la poitrine demeure endormie, avec ce même fourmillement sourd que je sens... que... que je sentais lorsque je restais longtemps assis dans un cinéma. Mauvaise circulation, voilà tout. Rien de plus. Rien de plus. Rien de grave. Rien de plus grave. Il faut penser au corps. C'est épuisant de penser au corps. A son propre corps. Au corps uni. Cela fatigue. On ne le pense pas. Il existe. Je pense, témoin. Je suis, corps. Il reste. Il s'en va... il s'en va... il se dissout dans cette fuite de nerfs et d'écailles, de cellules et de globules épars. Mon corps, sur lequel ce médecin pose ses doigts. Peur. J'éprouve la peur de penser à mon propre corps. Et le visage? Teresa a enlevé le sac à main qui le reflétait. J'essaie de me le rappeler dans le reflet; c'était un visage morcelé dans des fragments de verre sans symétrie, avec un œil très près de l'oreille et très éloigné de l'autre, avec la grimace répartie en trois miroirs mouvants. La sueur coule sur mon front. Je referme les yeux et je demande, je demande que mon visage et mon corps me soient rendus. Je demande, mais je sens cette main qui me caresse et je voudrais me détacher de son contact, mais je manque de forces.

— Tu te sens mieux?

Je ne la vois pas. Je ne vois pas Catalina. Je vois plus loin. Teresa est assise dans le fauteuil. Ses mains tiennent un journal ouvert. Mon journal. C'est Teresa, mais son visage est caché derrière les feuilles déployées.

— Ouvrez la fenêtre.

— Non, non. Tu pourrais prendre froid et avoir des complications.

— Laisse-le, maman. Tu ne vois pas qu'il joue la comédie?

Ah. Je sens l'odeur de cet encens. Ah. Les murmures à la porte. Il s'approche avec ce parfum d'encens et ses jupes noires, le goupillon brandi, qui vient me préparer au départ avec toute la rigueur d'une injonction. Hé, hé, elles sont tombées dans le piège.

— Padilla n'est pas arrivé?

— Si. Il est là dehors.

— Faites-le entrer.

— Mais...

— Faites d'abord entrer Padilla.

Ah, Padilla, approche. Tu as apporté le magnétophone? Si tu sais ce que tu as à faire, tu l'as sûrement apporté comme tu l'apportais tous les soirs chez moi à Coyoacán. Aujourd'hui, plus que jamais, tu voudras sans doute me donner l'impression que tout va comme d'habitude. Ne bouscule pas les rites, Padilla. Ah, bon, tu approches. Elles ne veulent pas.

— Approche-toi, ma petite, pour qu'il te reconnaisse. Dis-lui ton nom.

— Je suis... je suis Gloria...

Si seulement je distinguais mieux son visage. Si seulement je distinguais mieux sa grimace. Elle doit se rendre compte de cette odeur d'écailles mortes; elle doit regarder cette poitrine creusée, cette barbe grise et mal soignée, ce flux irrépressible du nez, ces...

On l'éloigne de moi.

Le médecin me tâte le pouls.

— Il faut que j'appelle mes confrères en consultation.

16

Catalina frôle ma main avec la sienne. Quelle inutile caresse. Je ne la vois plus bien, mais j'essaie de fixer mon regard sur le sien. Je la retiens. Je prends sa main glacée.

— Ce matin-là, je l'attendais avec joie. Nous avons passé le fleuve à cheval.

— Que dis-tu? Ne parle pas. Ne te fatigue pas. Je ne te comprends pas.

— J'aurais voulu retourner là-bas, Catalina. C'est bien inutile.

Oui : le curé s'agenouille auprès de moi. Il murmure ses paroles. Padilla branche le magnétophone. J'entends ma voix, mes paroles. Aïe, avec un cri. Aïe, je crie. Aïe, j'ai survécu. Ce sont deux médecins qui paraissent à la porte. J'ai survécu. Regina, j'ai mal, j'ai mal, Regina, je me rends compte que j'ai mal. Regina. Soldat. Embrassez-moi, j'ai mal. On m'a planté un poignard long et froid dans l'estomac; il y a quelqu'un, il y a quelqu'un d'autre qui m'a planté une lame d'acier dans les entrailles : je sens l'odeur de cet encens et je suis fatigué. Je les laisse faire. Me soulever lourdement, cependant que je gémis. Vous autres, je ne vous dois pas la vie. Je ne peux pas, je ne peux pas, je n'ai pas choisi, la douleur me plie en deux, je touche mes pieds glacés, je ne veux pas ces ongles bleus, mes nouveaux ongles bleus, aaaahaaaïe, j'ai survécu : qu'ai-je fait hier?... si je pense à ce que j'ai fait hier je ne penserai plus à ce qui se passe maintenant. Voilà une pensée claire. Très claire. Pense hier. Tu n'es pas si fou; tu ne souffres pas tant; tu as pu penser cela. Hier hier hier. Hier Artemio Cruz s'est envolé d'Hermosillo pour Mexico. Oui. Hier Artemio Cruz... Avant de tomber malade, hier Artemio Cruz... Non, il n'est pas tombé malade. Hier Artemio Cruz était dans son bureau et s'est senti très mal. Pas hier. Ce matin. Artemio Cruz. Non, pas malade. Non, pas Artemio Cruz, non. Un autre. Dans un miroir placé en face du lit du malade. L'autre. Artemio Cruz. Son frère jumeau. Artemio Cruz est malade. L'autre. Artemio Cruz est malade : il ne vit pas : non, il vit. Artemio Cruz a vécu. Il a vécu pendant quelques années... Les années ne lui ont pas manqué, non, pas les années. Il a vécu pendant quelques jours. Son frère jumeau. Artemio Cruz. Son double. Hier Artemio Cruz, celui qui ne vécut que quelques jours avant de mourir, hier Artemio Cruz... qui est moi... et qui est un autre... hier...

TOI, hier, tu as fait les mêmes choses que tous les jours. Tu ne sais pas si cela vaut la peine de te le rappeler. Tu voudrais seulement te rappeler, étendu là, dans la pénombre de ta chambre, ce qui va se passer : tu ne veux pas prévoir ce qui s'est déjà passé. Dans ta pénombre, les yeux voient le futur; ils ne savent pas deviner le passé. Oui; hier tu t'envoleras d'Hermosillo, hier 9 avril 1959, dans l'avion régulier de la Compañía Mexicana de Aviación qui quittera la capitale de l'État de Sonora, où il fera une chaleur infernale, à 9 h 55 du matin et arrivera à Mexico, D. F., à 16 h 30 exactement. Du siège du quadrimoteur, tu verras une ville plate et grise, une ceinture de briques crues et de toits de tôle. L'hôtesse de l'air t'offrira un chewing-gum enveloppé de cellophane — cela, tu te le rappelleras tout particulièrement, parce qu'elle sera (elle doit être, ne commence pas tout de suite à penser tout au futur) une très jolie fille et que toi tu auras toujours bon œil pour cela, bien que ton âge te condamne à imaginer les choses plutôt qu'à les faire (tu emploies mal les mots : bien sûr, jamais tu ne te sentiras condamné à cela, bien que tu puisses seulement l'imaginer) : le voyant lumineux — *No smoking, Fasten Seat Belts* — s'allumera au moment où l'avion, en pénétrant dans la Vallée de Mexico, descendra abruptement, comme s'il perdait le pouvoir de se maintenir dans l'air ténu et aussitôt penchera vers la droite et tomberont paquets, sacs, mallettes et s'élèvera un cri unanime, entrecoupé par un faible sanglot et les flammes commenceront à crépiter jusqu'à ce que le quatrième moteur, sur l'aile droite, s'arrête et que tous continuent à crier, et que tu sois le seul à rester calme, immobile, mâchant ton chewing-gum et regardant les jambes de l'hôtesse de l'air qui courra dans le passage central pour rassurer les voyageurs. Le système interne par lequel le moteur combat le feu fonctionnera et l'avion atterrira sans difficulté, mais personne ne se sera rendu compte que toi seul, un vieil homme de soixante et onze ans, tu as su garder ton sang-froid. Tu te sentiras fier de toi-même, sans le montrer. Tu penseras que tu as commis tant de lâchetés que le courage ne te coûte pas. Tu souriras et tu te diras que non, non, que ce n'est pas un paradoxe : c'est la vérité, et peut-être même une vérité générale. Le voyage à Sonora tu l'auras fait en voiture — Volvo 1959, numéro minéralogique DF 172 — parce que

certains personnages du gouvernement seraient deve-
nus très embêtants et que tu aurais dû faire tout ce
chemin pour t'assurer de la loyauté de cette chaîne de
fonctionnaires que tu as achetés — achetés, oui, tu ne
te tromperas pas toi-même avec les mots de ton
anniversaire : je les convaincrai, je les persuaderai :
non, tu les achèteras — afin qu'ils fassent payer les
droits d'octroi — autre mot laid — aux transporteurs
de poisson entre Sonora, Sinaloa et le District
Fédéral : tu donneras dix pour cent aux inspecteurs
et le poisson arrivera à la ville beaucoup plus cher à
cause de cette chaîne d'intermédiaires et toi tu en
tireras un bénéfice vingt fois supérieur à la valeur
première du produit. Tu t'obstineras à te le rappeler
et tu satisferas ton désir, bien que tout cela te semble
matière d'un entrefilet en rouge dans ton journal et
bien que tu penses qu'en réalité tu perds ton temps à
te le rappeler. Mais tu insisteras, tu continueras. Tu
voudrais te rappeler d'autres choses, mais surtout tu
voudrais oublier l'état dans lequel tu te trouves. Tu
te disculperas. Tu ne te retrouves pas. Tu te
retrouveras. On t'emmènera chez toi sans connaissance; tu t'effondreras dans ton bureau; le docteur
viendra et dira qu'il faudra attendre quelques heures
pour établir le diagnostic. D'autres médecins viendront. Ils ne sauront rien, ils ne comprendront rien.
Ils prononceront des mots difficiles. Et toi tu voudras
t'imaginer toi-même. Comme une outre vide et ridée.
Ton menton tremblera, ta bouche sentira mauvais,
tes aisselles sentiront mauvais, tout empestera entre
tes jambes. Tu seras étendu là, sans t'être baigné,
sans t'être rasé : tu seras un dépôt de sueurs, de nerfs
à vif et de fonctions physiologiques inconscientes.

20

Mais tu t'entêteras à te rappeler ce qui se passera hier. Tu te rendras de l'aéroport à ton bureau et tu parcourras une ville imprégnée de gaz moutarde, parce que la police viendra de disperser cette manifestation place du Caballito [1]. Tu parleras avec ton rédacteur en chef des titres de la première page, des éditoriaux et des caricatures et tu te sentiras satisfait. Tu recevras la visite de ton associé nord-américain, tu lui démontreras les dangers de ces mouvements dits à tort d'épuration syndicale. Ensuite Padilla, ton gérant, entrera dans le bureau et il te dira que les Indiens sont en effervescence, et toi, par le truchement de Padilla, tu feras dire au commissaire du district de les saquer, parce qu'enfin c'est pour cela que tu le paies. Tu travailleras beaucoup hier matin. Tu recevras la visite du représentant de ce benefactor latino-américain et tu attendras que soit augmentée la subvention versée à ton journal. Tu feras appeler la journaliste chargée des échos et tu lui ordonneras de mettre dans sa rubrique une calomnie sur ce Couto qui cherche à te faire des ennuis à propos des affaires de Sonora. Tu feras tant de choses! Ensuite, tu t'assoiras avec Padilla pour faire le compte de ce que tu possèdes. Tu y prendras grand plaisir. Un mur tout entier de ton bureau sera recouvert par ce tableau qui indique l'étendue des affaires que tu diriges et les relations entre elles : le journal, les investissements immobiliers — Mexico, Puebla, Guadalajara, Monterrey, Culiacán, Hermosillo, Guaymas, Acapulco — les gisements de soufre pur à Jáltipan, les mines de

1. « Le petit cheval », surnom populaire de la statue équestre du roi Charles IV, au centre de Mexico. (*N.d.T.*)

Hidalgo, les concessions forestières de la Tarahumara, la participation à la chaîne d'hôtels, l'usine de tuyaux, le commerce du poisson, les consortiums financiers, le réseau d'opérations boursières, les représentations légales de compagnies nord-américaines, la gestion de l'emprunt des chemins de fer, les postes de conseiller dans des institutions fiduciaires, les actions dans des compagnies étrangères — colorants, aciers, détergents — et un détail qui n'apparaît pas dans le tableau : quinze millions de dollars déposés dans des banques de Zurich, Londres et New York. Tu allumeras une cigarette, malgré les avis répétés du médecin, et tu raconteras de nouveau à Padilla les moyens par lesquels furent accumulées ces richesses. Prêts à court terme et à intérêt élevé aux paysans de l'État de Puebla, à la fin de la révolution; acquisition de terrains autour de la ville de Puebla, en prévision de son extension; grâce à une amicale intervention du Président en exercice, terrains pour lotissements dans la ville de Mexico; acquisition du journal de la capitale; achat d'actions minières et créations de sociétés mixtes mexico-nord-américaines dans lesquelles tu figuras en qualité d'homme de paille pour respecter la loi; homme de confiance des placeurs de capitaux nord-américains; intermédiaire entre Chicago, New York et le gouvernement mexicain; pressions sur la Bourse des valeurs pour les faire monter ou descendre, pour vendre, acheter selon ta convenance et tes besoins; épanouissement et consolidation définitifs pendant la présidence d'Alemán : acquisition de terrains communaux arrachés aux paysans afin de préparer de nouveaux projets de lotissements dans les villes de l'intérieur, concessions d'exploitations forestières. Oui — tu soupireras et tu demanderas du feu à Padilla —, vingt années de confiance, de paix sociale, de collaboration de classes; vingt années de progrès, après la démagogie de Lázaro Cárdenas, vingt années de protection assurée aux intérêts de l'affaire, de leaders soumis, de grèves brisées. Et alors tu porteras tes mains à ton ventre, et ta tête aux cheveux blancs crépus, au visage olivâtre, heurtera avec un bruit creux le plateau de verre de la table et de nouveau, tout près maintenant, tu verras ce reflet de ton frère jumeau malade, tandis que tous les bruits s'enfuiront en riant de ta tête, et que la sueur de tous ces gens t'entourera, que la chair de tous ces gens t'étouffera, te fera perdre connaissance. Le jumeau dans le reflet ne fera plus qu'un avec l'autre, qui est toi-même, avec le vieillard de soixante et onze ans qui sera étendu, inconscient, entre le fauteuil tournant et le grand bureau d'acier : et tu seras là et tu ne sauras pas quels détails passeront dans ta biographie et quels seront passés sous silence, cachés. Tu ne le sauras pas. Ce sont des détails communs et tu ne seras ni le premier ni le seul à posséder de tels états de service. Tu te seras fait plaisir. Cela tu te le seras rappelé déjà. Mais tu te rappelleras d'autres choses, d'autres jours, il faudra que tu te les rappelles. Ce sont des jours qui, proches, lointains, repoussés dans l'oubli, étiquetés par le souvenir — rencontre et refus, amour fugace, liberté, rancune, échec, volonté — furent et seront quelque chose de plus que les noms que tu pourras leur donner : des jours où ton destin te poursuivra avec un flair de lévrier, où il te retrouvera, s'emparera de toi, s'incarnera en tes paroles et tes actes, matière complexe, opaque, adipeuse à jamais tissée avec l'autre, l'impalpable, celle de ton esprit absorbé par la matière : amour de coing frais, ambition d'ongles qui poussent, dégoût de la calvitie envahissante, mélancolie du soleil et du désert, aboulie des plats sales, distractions des fleuves tropicaux, crainte des sabres et de la poudre, perte des draps frais, jeunesse des chevaux noirs, vieillesse de la plage abandonnée, rencontre de l'enveloppe et du timbre étranger, répugnance de l'encens, maladie de la nicotine, douleur de la terre rouge, douceur du patio l'après-midi, esprit de tous les objets, matière de toutes les âmes : gorge abrupte de ta mémoire, qui sépare les deux moitiés; soudure de la vie, qui à nouveau les unit, les dissout, les poursuit, les retrouve : le fruit a deux moitiés : aujourd'hui elles se réuniront : tu te rappelleras la moitié que tu as laissée en arrière : le destin te retrouvera : tu bâilleras : il ne faut pas se souvenir : tu bâilleras : les choses et leurs sentiments se sont effilochés, elles sont tombées en pièces tout au long du chemin : là-bas, en arrière, il y avait un jardin : si tu pouvais y retourner, si tu pouvais le retrouver encore à la fin : tu bâilleras : tu n'as pas changé de place : tu bâilleras : tu es sur la terre du jardin, mais les branches pâles refusent leurs fruits, le lit poussiéreux refuse les eaux : tu bâilleras : les jours seront différents, identiques, lointains, actuels : bien vite ils oublieront la nécessité, l'urgence, l'étonnement : tu bâilleras : tu ouvriras les yeux et tu les verras là, près de toi, avec cette fausse sollicitude : tu murmureras leur prénom : Catalina, Teresa : elles ne parviendront pas à dissimuler ce sentiment de tromperie et de violation, de désapprobation irritée, qui par nécessité devra se transformer, à présent, en apparence de préoccupation, d'affection, de douleur : le masque de la sollicitude sera le premier signe de cette évolution que ta maladie, ton aspect, les convenances, le regard des autres, l'habitude héritée, leur imposera : tu bâilleras : tu fermeras les yeux : tu bâilleras : toi, Artemio Cruz, lui : tu croiras en tes jours les yeux fermés :


(1941 : 6 JUILLET)


IL passa en voiture, en direction du bureau. Le chauffeur conduisait, et lui lisait le journal, mais à ce moment, par hasard, il leva les yeux et les vit entrer dans le magasin. Il les regarda et cligna des yeux et alors la voiture démarra et il continua à lire les nouvelles de Sidi Barrani et El Alamein, à regarder les photographies de Rommel et de Montgomery : le chauffeur suait sous le soleil brûlant et ne pouvait allumer la radio pour se distraire et lui pensa qu'il n'avait pas mal fait de s'associer avec les planteurs de café colombiens au moment où la guerre avait commencé en Afrique et elles entrèrent dans le magasin et la vendeuse les pria de bien vouloir s'asseoir pendant qu'elle prévenait la patronne (parce qu'elle savait qui étaient les deux femmes, la mère et la fille, et que la patronne avait ordonné qu'on ne manque jamais de la prévenir lorsqu'elles venaient) : la vendeuse se dirigea sans bruit sur les tapis vers la pièce du fond, où la patronne rédigeait des invita-

tions à la table recouverte de cuir vert; elle laissa
tomber les lunettes attachées à une chaîne d'argent
lorsque la vendeuse entra et lui dit que la dame et sa
fille étaient là et la patronne soupira et dit : « Ah oui,
ah oui, ah oui, la date approche » et la remercia de
l'avoir prévenue et arrangea ses cheveux mauves et
fronça les lèvres et éteignit la cigarette mentholée et
dans le magasin les deux femmes s'étaient assises et
ne disaient rien rien, enfin elles virent apparaître la
patronne et alors la mère, qui avait son idée des
convenances, fit semblant de poursuivre une conversation qui n'avait jamais commencé et dit à haute
voix : « .. mais ce modèle-là me paraît beaucoup plus
joli. Je ne sais pas ce que tu en penses, mais moi c'est
ce modèle-là que je choisirais; il est vraiment très
joli, très très charmant. » La jeune fille opina, car elle
était habituée à ces conversations de sa mère qui ne
s'adressaient pas à elle mais à la personne qui entrait
et tendait la main à la fille mais non à la mère,
qu'elle saluait d'un sourire énorme et sa tête violette
coquettement penchée. La fille commença à se
pousser sur la droite du divan, pour faire place à la
patronne, mais la mère l'arrêta d'un regard et en
agitant un doigt à hauteur de la poitrine; la fille
interrompit son mouvement et regarda avec sympa-
thie la femme aux cheveux teints qui restait debout et
leur demandait si elles avaient décidé quel modèle
elles choisiraient. La mère dit que non, non, elles
n'étaient pas encore décidées et qu'elles désiraient
revoir tous les modèles, car de cela aussi dépendait
tout le reste, elle voulait dire, des détails comme la
couleur des fleurs, les robes des demoiselles d'honneur, tout ça.

26

— Je suis tout à fait désolée de vous donner tant de travail; je voudrais...

— Je vous en prie, madame. Nous sommes ravies de vous être agréables.

— Oui. Nous voulons être bien sûres.

— C'est tout naturel.

— Nous ne voudrions pas nous tromper et ensuite, au dernier moment...

— Vous avez raison. Mieux vaut choisir calmement et ensuite ne pas...

— Oui. Nous voulons être sûres.

— Je vais dire aux petites de se préparer.

Elles restèrent seules et la fille étira les jambes; la mère, alarmée, la regarda et agita tous les doigts en même temps, parce qu'elle pouvait voir les jarretelles de la jeune fille et elle lui conseilla aussi de mettre un peu de salive au bas de la jambe gauche; la fille chercha et trouva l'endroit où la maille avait filé et mouilla son index de salive qu'elle étendit sur l'endroit. « C'est que j'ai un peu sommeil », expliqua-t-elle aussitôt à la mère. La dame sourit et lui caressa la main et toutes deux restèrent assises sur les fauteuils de brocart rose, sans parler, enfin la fille dit qu'elle avait faim et la mère répondit qu'elles iraient ensuite déjeuner au Sanborn's, enfin elle l'accompagnerait seulement car elle avait grossi dernièrement.

— Toi, tu n'as pas à t'en faire.

— Vraiment?

— Tu as une silhouette très jeune. Mais ensuite, prends garde. Dans ma famille, nous avons toujours eu une jolie silhouette quand nous étions jeunes, et après quarante ans nous perdons la ligne.

— Mais tu es très bien, toi.

— Tu ne te rappelles pas, voilà tout, tu ne te rappelles pas. Et puis...

— Ce matin, j'avais faim. J'ai très bien déjeuné.

— Pour le moment, ne t'en fais pas. Ensuite, oui, prends garde.

— La maternité fait beaucoup grossir?

— Non, là n'est pas le problème; là n'est pas vraiment le problème. Dix jours de diète, et tu te retrouves comme avant. Le problème, c'est après quarante ans.

Dans l'arrière-boutique, tandis qu'elle préparait les deux mannequins, la patronne à genoux, des épingles à la bouche, agitait nerveusement les mains et reprochait aux jeunes filles d'avoir les jambes si courtes; comment des femmes aux jambes si courtes pouvaient-elles avoir du chic? Il leur fallait faire de l'exercice, leur dit-elle, du tennis, de l'équitation, tout ce qui contribue à l'amélioration de la race et elles lui dirent qu'elles la trouvaient bien énervée et la patronne répondit que oui, que ces deux femmes l'énervaient beaucoup. Elle dit que la dame avait l'habitude de ne jamais tendre la main; la fille était plus aimable, mais un peu distraite, comme si elle faisait seulement acte de présence; mais enfin, elle ne les connaissait pas très bien et ne pouvait rien dire et comme disent les Américains *the customer is always right* et il faut entrer dans le salon en souriant, en disant cheese, cheeeeese et cheeee-eeeese. Elle était obligée de travailler, bien qu'elle ne soit pas née pour travailler, et elle avait l'habitude de ces dames riches d'à présent. Heureusement, le dimanche elle pouvait retrouver ses amies d'avant, en compagnie desquelles

28

elle avait grandi, et se sentir un être humain au moins une fois par semaine. Elles jouaient *au bridge,* dit-elle aux jeunes filles et elle applaudit lorsqu'elle les vit enfin prêtes. Quel dommage, ces jambes courtes. Elle piqua soigneusement les épingles qu'elle avait encore à la bouche dans le coussinet de velours.

— Est-ce qu'il viendra au *shower*?

— Qui? Ton fiancé ou ton père?

— Lui, papa.

— Comment veux-tu que je le sache?

Il vit passer le dôme orange et les colonnes blanches, trapues, du Palais des Beaux-Arts mais il regarda vers le haut, vers l'endroit où les câbles se rejoignaient, se séparaient, repartaient — non pas eux, mais lui, la tête reposant sur la laine grise du siège — parallèles ou pénétraient dans les transformateurs : le portail ocre, vénitien de la Poste et les frondaisons sculptées, les mamelles pleines et les cornes d'abondance de la Banque du Mexique : il caressa le ruban de soie du chapeau de feutre marron et de la pointe du pied fit balancer la courroie du strapontin de la limousine, devant lui : les mosaïques bleues du Sanborn's et la pierre travaillée et noirâtre du couvent de San Francisco. L'automobile s'arrêta au coin de la rue Isabel la Católica et le chauffeur lui ouvrit la portière et ôta sa casquette et lui, par contre, mit son feutre, lissant de ses doigts les mèches des tempes qui n'étaient pas entrées sous le chapeau et cette cour de marchands de billets de loterie et de cireurs et de femmes enveloppées dans leurs rebozos [1] et d'enfants à la lèvre supérieure barbouillée de

1. Grands châles des femmes mexicaines. (*N.d.T.*)

morve l'entoura jusqu'à ce qu'il eût franchi la porte à tambour et il rectifia son nœud de cravate devant la vitre du vestibule et derrière, dans la seconde vitre, celle qui donnait sur la rue Madero, un homme identique à lui-même, mais si lointain, rectifiait son nœud de cravate, avec les mêmes doigts tachés de nicotine, le même costume croisé, mais sans couleur, entouré de mendiants, et laissait retomber la main en même temps que lui puis lui tournait le dos et se dirigeait vers le milieu de la rue, tandis que lui-même, un instant désorienté, cherchait l'ascenseur.

A nouveau les mains tendues la déprimèrent et elle pressa le bras de sa fille pour la faire pénétrer vite dans cette chaleur irréelle de serre, dans cette odeur de savons et de lavande et de papier couché sortant des presses. Elle s'arrêta un instant pour regarder les produits de beauté alignés derrière la vitre et se regarda aussi, clignant de l'œil pour mieux voir les cosmétiques disposés sur une bande de taffetas rouge. Elle demanda un pot de cold-cream *Theatrical* et deux tubes de rouge à lèvres de même teinte, la teinte de ce taffetas et chercha en vain les billets dans le sac à main en crocodile : « Tiens, cherche-moi un billet de vingt pesos. » Elle prit le paquet et la monnaie et elles entrèrent dans le restaurant et trouvèrent une table pour deux. La jeune fille commanda un jus d'orange et des gaufres aux noix à la serveuse en costume d'Indienne et la mère ne put résister et demanda un pain aux raisins avec du beurre fondu et toutes deux regardèrent autour d'elles, essayant de distinguer des visages connus lorsque enfin la fille demanda la permission d'ôter la veste de son tailleur jaune parce que le soleil qui filtrait à travers la marquise était trop fort.

— Joan Crawford, dit la fille. Joan Crawford.

— Non, non. On ne prononce pas comme ça. Ce n'est pas comme ça qu'on prononce. Cro-for, Cro-for ; eux prononcent comme ça.

— Craou-for.

— Non, non. Cro, cro, cro. « A » et « ou » se prononcent comme « o ». Je crois que c'est comme ça qu'ils prononcent.

— Je n'ai pas tellement aimé le film.

— Non, il n'est pas fameux. Mais elle est très mignonne.

— Je me suis beaucoup ennuyée.

— Tu avais tellement insisté pour aller le voir.

— On m'avait dit qu'il était très bien, mais je n'ai pas trouvé.

— Ça fait passer un moment.

— Cro-ford.

— Oui, je crois que c'est comme ça qu'ils prononcent, Cro-for. Le « d », je crois qu'ils ne le prononcent pas.

— Cro-for.

— Je crois que c'est ça. A moins que je me trompe.

La jeune fille étendit le miel sur les gaufrettes et les coupa en petits morceaux quand elle fut sûre que tous les creux étaient bien remplis de miel. Elle souriait à sa mère chaque fois qu'elle emplissait sa bouche de cette pâte grillée et mielleuse. La mère ne la regardait pas. Une main jouait avec une autre, caressait la pulpe des doigts avec le pouce et semblait vouloir soulever les ongles : elle regardait les deux

31

mains près d'elle, sans vouloir regarder les visages : une main prendre l'autre et la découvrir, peu à peu, lentement, sans omettre un seul pore de l'autre peau. Non, ils ne portaient pas d'alliance; ils devaient être fiancés ou quelque chose de semblable. Elle s'efforça de détourner son regard et de le fixer sur cette flaque de miel qui inondait l'assiette de sa fille, mais sans le vouloir elle revenait aux mains du couple à la table voisine et parvenait à éviter leurs visages, mais non les mains caressées. Sa fille jouait de la langue entre les gencives, pour en retirer les petits morceaux de gaufre et de noix, puis elle s'essuya les lèvres et tacha de rouge la serviette, mais avant d'en remettre sa langue chercha encore les reliefs de gaufrette et elle demanda à sa mère un morceau de pain aux raisins. Elle dit qu'elle ne voulait pas de café parce que cela la rendait très nerveuse, et pourtant elle adorait le café, mais pas maintenant, parce qu'elle était bien assez nerveuse. La dame lui caressa la main et lui dit qu'il leur fallait partir parce qu'elles avaient encore beaucoup de choses à faire. Elle paya l'addition et laissa un pourboire et elles se levèrent.

L'Américain expliqua qu'on injecte de l'eau bouillante dans les soufrières; l'eau les effrite et le soufre est amené à la surface par de l'air comprimé. Il expliqua à nouveau le système et l'autre Américain dit qu'ils étaient très satisfaits des sondages et trancha plusieurs fois l'air de la main, en l'agitant tout près du visage élastique et rougeâtre tout en répétant : « Soufre pur, bon. Pyrites, mauvais. Soufre pur, bon. Pyrites, mauvais. Soufre pur, bon... » Lui, tambourinait sur le plateau de verre du bureau et opinait, accoutumé au fait que les autres, parlant espagnol, croyaient qu'il ne comprenait pas, non point parce qu'ils parlaient mal l'espagnol, mais parce que lui ne comprenait bien aucune chose. « Pyrites, mauvais. » Le technicien déploya sur la table la carte de la zone et il retira ses coudes tandis qu'on déroulait le parchemin. Le second expliqua que la zone était si riche qu'elle pouvait être exploitée au maximum, jusqu'à épuisement des gisements; au maximum. Il le répéta sept fois et retira le poing qu'il avait laissé tomber, au début de la harangue, sur cette tache verte piquetée de triangles qui indiquaient les trouvailles du géologue. L'Américain cligna de l'œil et dit que les forêts de cèdres et d'acajous étaient aussi énormes et que de cela, lui, l'associé mexicain, retirait cent pour cent de bénéfice; de cela eux, les associés américains, ne se mêlaient pas, mais ils lui conseillaient néanmoins de reboiser continuellement; ils avaient vu ces forêts détruites un peu partout : ne voyait-on pas que ces arbres représentaient de l'argent? Mais cela le regardait, lui, parce que, avec ou sans forêts, les gisements étaient là. Il sourit et se leva. Il planta ses pouces entre sa ceinture et son pantalon et balança entre ses lèvres le cigare éteint et enfin l'un des Américains se leva, tenant une allumette allumée. Il l'approcha du cigare et lui fit aller et venir celui-ci entre les lèvres jusqu'à ce que l'extrémité fût brillante. Il leur demanda deux millions de dollars comptant et ils lui demandèrent à quel titre : ils l'admettaient avec plaisir parmi eux comme associé pour trois cent mille dollars, mais personne ne pouvait toucher un centime avant que les capitaux investis aient commencé à produire des bénéfices : le géologue essuya ses lunettes avec un petit morceau de peau de chamois qu'il portait dans la poche de sa chemise et l'autre se mit à aller et venir du bureau à la fenêtre et de la fenêtre au bureau, et enfin il leur répéta que telles étaient ses conditions : il ne s'agissait même pas d'une avance, d'un crédit, de rien de tel : c'était la somme qu'ils lui devaient pour qu'il obtienne la concession ; sans ce versement préalable, il se pourrait bien qu'il n'y eût pas de concession : ils récupéreraient avec le temps le cadeau qu'ils allaient lui faire ; mais sans lui, sans l'homme de paille, sans le *frontman* — et il les priait d'excuser les termes — eux ne pouvaient obtenir la concession et exploiter le soufre pur. Il sonna et appela son secrétaire et le secrétaire lut rapidement une feuille couverte de chiffres concis et les Américains dirent O.K. plusieurs fois, O.K., O.K., O.K., et lui sourit et leur dit qu'ils pouvaient exploiter le soufre jusqu'à une date très avancée du XXI$^e$ siècle, mais qu'ils ne l'exploiteraient pas, lui, une seule minute du XX$^e$ et tous levèrent leur verre et les autres sourirent tout en murmurant à voix basse s.o.b. une seule fois.

Les deux femmes marchaient bras dessus, bras dessous. Elles marchaient lentement, tête baissée, et s'arrêtaient devant chaque vitrine et disaient c'est joli, c'est cher, c'est mieux un peu plus loin, regarde, c'est joli ça, puis elles en avaient assez et entraient dans un café et cherchaient une bonne table, éloignée de l'entrée où venaient se montrer les vendeurs de billets de loterie et où s'élevait une poussière sèche et dense, éloignée aussi des toilettes et elles commandaient deux Canada Dry-orange. La mère se poudrait et regardait ses yeux d'ambre dans la glace du

34

poudrier, regardait le contour bien marqué des poches qui commençaient à les entourer et elle rabattait vite le couvercle. Les deux femmes observaient le pétillement du soda à l'aniline et attendaient que le gaz soit évaporé pour boire à petites gorgées. La jeune fille, sans être vue, ôtait son soulier de son pied et en caressait les doigts rapprochés et la dame, assise devant son rafraîchissement à l'orange, se rappelait les chambres séparées de la maison, séparées mais contiguës, et les bruits qui chaque matin et chaque soir passaient à travers la porte fermée : le grattement de gorge parfois, la chute des souliers sur le parquet, le bruit du porte-clefs sur la console, les charnières non huilées de l'armoire, parfois même le rythme de la respiration pendant le sommeil. Elle avait senti froid dans le dos. Ce matin même elle s'était approchée, sur la pointe des pieds, de la porte fermée et elle avait senti froid dans le dos. Elle se surprit à penser que tous ces bruits petits et normaux étaient des bruits secrets. Elle retourna au lit et se glissa sous les couvertures et fixa le ciel net, sur lequel se déployait un éventail de points lumineux, ronds, fugitifs : l'ombre changeante des châtaigniers. Elle but un reste de thé glacé et dormit jusqu'à ce que sa fille vînt la réveiller, lui rappeler qu'une journée pleine d'occupations les attendait. Et ce fut seulement à ce moment que, le verre frais entre les doigts, elle se rappela ces premières heures du jour.

Il se renversa dans le fauteuil tournant au point de faire crisser les ressorts et demanda au secrétaire : « Est-ce que jamais aucune banque a voulu prendre de risques avec moi? Est-ce que jamais aucun Mexicain m'a fait confiance? » Il prit le crayon rouge et le pointa vers le visage du secrétaire : que cela soit bien entendu, que Padilla en soit témoin : personne n'avait voulu prendre de risques et lui n'allait pas laisser pourrir toutes ces richesses dans les forêts du Sud ; si les Ricains étaient les seuls qui étaient disposés à fournir l'argent pour les sondages, lui, qu'y pouvait-il ? Le secrétaire lui rappela l'heure et il soupira et dit que c'était bien. Il l'invitait à déjeuner. Ils pouvaient bien déjeuner ensemble. Connaissait-il un endroit nouveau ? Le secrétaire dit que oui, un endroit nouveau et sympathique, où on mangeait de bons petits plats ; c'était tout près. Ils pouvaient y aller ensemble. Il se sentait las ; il ne voulait pas retourner au bureau cet après-midi. Tout de même, il fallait fêter ça. Bien sûr, voyons. Et puis, ils n'avaient jamais déjeuné ensemble. Ils descendirent sans parler et se dirigèrent vers la rue 5 de Mayo.

— Vous êtes très jeune. Quel âge avez-vous ?

— Vingt-sept ans.

— Quand avez-vous terminé vos études ?

— Il y a trois ans. Mais...

— Mais quoi ?

— Il y a loin de la théorie à la pratique.

— Et cela vous fait rire ? Que vous a-t-on appris ?

— Beaucoup de marxisme. J'ai même fait ma thèse sur la plus-value.

— Tout de même, c'est une bonne discipline, Padilla.

— Mais la pratique est très différente.

— Vous l'êtes, vous, marxiste ?

— Oh, tous mes amis l'étaient. C'est une question d'âge.

— Où est le restaurant ?

— Tout près, là, au coin de la rue.

— Je n'aime pas marcher.

— C'est à côté.

Elles se partagèrent les paquets et se dirigèrent vers le Palais des Beaux-Arts, où le chauffeur devait les attendre : elles marchaient toujours la tête baissée, tournée vers les vitrines comme une antenne et brusquement la mère prit en tremblant le bras de sa fille et laissa tomber un paquet parce que devant elles, tout près d'elles, deux chiens grognaient avec une colère glacée, s'écartaient l'un de l'autre, grognaient, se mordaient le cou jusqu'au sang, couraient sur la chaussée, mêlaient à nouveau leurs membres en se mordant cruellement et en grognant : deux chiens de la rue, teigneux, bavant, un mâle et une femelle. La jeune fille ramassa le paquet et entraîna sa mère vers le parking. Elles s'installèrent dans la voiture et le chauffeur demanda si on retournait à Las Lomas et la fille dit que oui, que des chiens avaient fait peur à maman. La dame dit que ce n'était rien, que c'était fini maintenant : cela avait été si inattendu et s'était passé si près d'elle, mais elles pouvaient retourner dans le centre l'après-midi, parce qu'elles avaient encore beaucoup d'emplettes à faire, beaucoup de magasins à visiter. La jeune fille dit qu'on avait le temps ; il restait encore plus d'un mois. Oui, mais le temps s'envole, dit la mère, et ton père ne s'occupe absolument pas du mariage, il nous laisse tout le travail. Et puis aussi, tu dois apprendre à tenir ton rang, tu ne dois pas tendre la main à tout le monde. Et puis aussi, j'ai hâte de voir arriver ce mariage, parce que je pense que ton père se rendra enfin compte qu'il est un homme mûr. Si seulement ce mariage l'amenait à s'en rendre compte. Il ne s'aperçoit pas qu'il vient d'avoir cinquante-deux ans. Si seulement tu pouvais avoir des enfants très vite. De toute façon, il faudra bien que ton père soit avec moi pour le mariage civil et le mariage religieux, qu'il reçoive les félicitations et qu'il voie que tout le monde le traite comme un homme mûr et respectable. Peut-être que tout cela fera impression sur lui, peut-être.

JE sens cette main qui me caresse et je voudrais m'en écarter, mais je manque de forces. Caresse bien inutile. Catalina. Bien inutile. Que vas-tu me dire? Crois-tu que tu as enfin trouvé les mots que tu n'as jamais osé prononcer? Aujourd'hui? C'est bien inutile. Que ta langue ne bouge pas. Ne lui laisse pas le loisir d'une explication. Sois fidèle à l'apparence que tu as toujours gardée; sois fidèle jusqu'au bout. Regarde : reconnais ta fille. Teresa. Notre fille. C'est bien difficile. Pronom bien inutile. Nôtre. Elle ne feint pas, elle. Elle n'a rien à dire, elle. Regarde-la. Assise les mains posées l'une sur l'autre et dans sa robe noire, elle attend. Elle ne feint pas. Auparavant, sans que je puisse l'entendre, elle a dû te dire : « Si seulement tout pouvait se terminer vite. Parce qu'il est capable de jouer longtemps la comédie du malade, pour nous embêter. » C'est à peu près cela qu'elle a dû te dire. J'ai entendu quelque chose comme cela lorsque je me suis réveillé ce matin de ce sommeil long et placide. Je me rappelle vaguement le somnifère, le calmant d'hier au soir. Et toi tu as dû lui répondre : « Mon Dieu, au moins qu'il ne souffre pas trop » : tu auras voulu donner un sens différent aux mots de ta fille. Et tu ne sais pas quel sens donner aux mots que je murmure :

— Ce matin-là, je l'attendais avec joie. Nous avons passé le fleuve à cheval.

Ah, Padilla, approche. Tu as apporté le magnétophone? Si tu sais ce que tu as à faire, tu l'as sûrement apporté comme tu l'apportais tous les soirs chez moi à Coyoacán. Aujourd'hui, plus que jamais, tu voudras sans doute me donner l'impression que tout va comme d'habitude. Ne bouscule pas les rites, Padilla. Ah, bon, tu approches. Elles ne veulent pas.

— Non, licenciado, nous ne pouvons pas permettre ça.

— C'est une habitude vieille de plusieurs années, madame.

— Vous ne voyez pas sa figure?

— Laissez-moi essayer. Tout est prêt. Il n'y a qu'à brancher le magnétophone.

— Est-ce que vous vous rendez compte?

— Don Artemio... Don Artemio... je vous ai apporté l'enregistrement de ce matin...

Je fais oui de la tête. J'essaie de sourire. Comme tous les jours. Un homme de confiance, ce Padilla. Pour sûr qu'il mérite ma confiance. Pour sûr qu'il mérite une bonne part de mon héritage et la gestion perpétuelle de tous mes biens. Qui d'autre que lui. Il est au courant de tout. Ah, Padilla. Tu collectionnes toujours toutes les bandes de mes conversations de bureau? Ah, Padilla, tu es au courant de tout. Il faut que je te paie bien. Je te lègue ma réputation.

39

Teresa est assise, elle tient le journal déployé qui cache son visage.

Et je le sens approcher, avec cette odeur d'encens et ses jupes noires, le goupillon brandi, qui vient me préparer au départ avec toute la rigueur d'une injonction ; hé hé, elles sont tombées dans le piège ; et cette Teresa qui pleurniche de nouveau et maintenant sort son poudrier de son sac à main et se poudre le nez pour se remettre à pleurnicher encore. Je m'imagine à l'ultime moment, le cercueil tombe dans cette fosse et une multitude de femmes pleurnichent et se poudrent le nez au bord de ma tombe. Bien, je me sens mieux. Je me sentirais tout à fait bien si cette odeur, la mienne, ne montait pas des plis des draps, si je ne voyais pas ces grosses taches ridicules dont je les ai maculés... Est-ce que je respire avec ce ronflement spasmodique ? Est-ce ainsi que je vais accueillir cette masse noire et me trouver face à face avec elle au moment où elle fera son office ? Aaaah. Aaaah. Il me faut la régler... Je serre les poings, aaah, je contracte les muscles de la face et j'ai près de moi ce visage de farine qui vient justifier la formule qui demain, ou après-demain — et jamais ?, jamais — paraîtra dans tous les journaux, « muni des sacrements de Notre Sainte Mère l'Église... ». Et il approche son visage rasé de près de mes joues brûlantes de poils grisonnants. Il fait le signe de la Croix. Il murmure le « Mon père je m'accuse » et moi je ne peux que secouer la tête et émettre un grognement tandis que j'emplis ma tête de toutes ces imaginations que je voudrais lui jeter à la figure : le soir où ce charpentier pauvre et sale s'offrit le luxe de chevaucher la vierge terrifiée qui avait cru aux histoires et aux supercheries de sa famille et qui gardait de petites colombes blanches entre ses cuisses en croyant qu'ainsi elle enfanterait, les petites colombes blanches entre les cuisses, dans le jardin, sous les jupes, et à présent le charpentier la chevauchait en proie à un désir justifié, parce qu'elle était certainement très jolie, très jolie, et il la chevauchait tandis que se font plus fortes les pleurnicheries indignes de l'intolérable Teresa, cette femme pâle qui souhaite de tout son cœur ma révolte finale, le motif de sa propre indignation finale. Je ne parviens pas à croire que je les vois là, assises, sans s'agiter, sans récriminer. Combien de temps cela durera-t-il? Je ne me sens pas si mal, à présent. Peut-être me remettrai-je tout à fait. Quel coup, n'est-il pas vrai? Je vais essayer de faire bonne figure, pour voir si vous en profitez pour oublier ces mines affectueuses forcées et pour vider une bonne fois votre cœur des arguments et des injures que vous gardez au fond de votre gorge, de vos yeux, de cette humanité dépourvue d'attraits que vous êtes devenues toutes deux. Mauvaise circulation, voilà tout, rien de très grave. Bah. Cela m'ennuie de les voir là. Il doit bien y avoir quelque chose de plus intéressant pour des yeux à demi fermés qui voient les choses pour la dernière fois. Ah. On m'a amené ici, pas à l'autre maison. Bon. Quelle discrétion. Il faudra que je gronde Padilla pour la dernière fois. Padilla sait quelle est ma vraie maison. Là-bas je pourrais prendre plaisir à voir ces choses que j'aime tant. J'ouvrirais les yeux pour regarder un plafond aux poutres anciennes et chaudes; j'aurais à portée de la main la chasuble d'or qui orne mon chevet, les candélabres de la table de nuit, le velours des dossiers, le cristal de Bohême de mes verres. J'aurais près de moi Serafin en train de fumer, j'aspirerais cette fumée. Et elle serait préparée, comme je le lui ai ordonné. Bien préparée, sans larmes, sans chiffons noirs. Là-bas, je ne me sentirais pas vieux et las. Tout serait disposé pour me rappeler que je suis un homme vivant, un homme qui aime, tout comme tout comme tout comme avant. Pourquoi êtes-vous assises là, femmes laides, négligées, fausses, me rappelant que je ne suis pas le même qu'avant. Tout est prêt. Là-bas dans ma maison tout est prêt. On sait ce qu'il faut faire dans ces cas-là. On m'empêche de me rappeler. On me dit que je suis, maintenant, jamais que j'ai été. Nul ne tente de rien expliquer avant qu'il soit trop tard. Bah. Comment vais-je me distraire ici? Oui, je vois bien qu'on a tout disposé pour me faire croire que tous les soirs je viens dans cette chambre et que c'est ici que je dors. Je vois cette penderie entrouverte et je vois le profil de vestons que je n'ai jamais portés, de cravates sans rides, de souliers neufs. Je vois un bureau sur lequel on a entassé des livres que personne n'a lus, des papiers que personne n'a signés. Et ces meubles élégants et vulgaires : quand a-t-on ôté leurs housses poussiéreuses? Ah... il y a une fenêtre. Il y a un monde au-dehors. Il y a ce vent haut, du plateau, qui agite des arbres noirs et minces. Il faut respirer...

— Ouvrez la fenêtre...

— Non, non. Tu pourrais prendre froid et avoir des complications.

— Teresa, ton père ne t'écoute pas...

— Il joue la comédie. Il ferme les yeux et il joue la comédie.

42

— Tais-toi.
— Tais-toi.

Elles vont se taire. Elles vont s'éloigner de mon chevet. Je garde les yeux fermés. Je me rappelle que je suis allé déjeuner avec Padilla, cet après-midi-là. Cela, je me le suis déjà rappelé. Je les ai vaincues à leur propre jeu. Tout cela sent mauvais, mais est tiède. Mon corps engendre de la tiédeur. De la chaleur pour les draps. J'en ai vaincu beaucoup. Je les ai vaincus tous. Oui, le sang coule bien dans mes veines ; je serai bientôt rétabli. Oui. Il coule tiède. Il donne encore de la chaleur. Je leur pardonne. Elles ne m'ont pas fait de mal. Très bien, qu'elles parlent, qu'elles disent. Cela m'est égal. Je leur pardonne. Quelle tiédeur. Bientôt je serai sur pied. Ah.

TU te sentiras satisfait de t'imposer à eux ; avoue-le : tu t'es imposé afin qu'ils t'acceptent comme un des leurs : rarement tu t'es senti plus heureux, car depuis que tu as commencé à être ce que tu es, depuis que tu as appris à apprécier le contact des tissus de prix, le goût des bonnes liqueurs, le parfum des bonnes lotions, tout ce qui au cours des dernières années a été ton plaisir solitaire et unique, depuis lors tu as fixé ton regard là-haut, vers le Nord, et depuis lors tu as vécu la nostalgie de l'erreur géographique qui ne te permit pas d'être en toutes choses un des leurs : tu admires leur efficacité, leur confort, leur hygiène, leur puissance, leur volonté et tu regardes autour de toi et tu trouves intolérables l'incompétence, la

43

misère, la saleté, l'aboulie, la nudité de ce pauvre pays qui n'a rien; et il t'est plus douloureux encore de savoir que, malgré tous tes efforts, tu ne peux être comme eux, que tu ne peux être qu'un calque, une approximation, car après tout, dis : ta vision des choses, en tes plus mauvais ou en tes meilleurs moments, a-t-elle été aussi simpliste que la leur? Jamais, jamais tu n'as pu penser en blanc et noir, en bons et méchants, en Dieu et Diable : admets que toujours, même contre les apparences, tu as trouvé dans le noir le germe, le reflet de son contraire : ta propre cruauté, lorsque tu as été cruel, n'était-elle pas teintée d'une certaine tendresse? Tu sais que tout extrême contient son propre contraire : la cruauté, la tendresse; la lâcheté, le courage; la vie, la mort : d'une certaine manière — presque inconsciemment : étant donné qui tu es, d'où tu viens et ce que tu as vécu — tu sais cela et voilà pourquoi jamais tu ne pourras leur ressembler, à eux qui ne le savent pas. Cela te gêne? Oui, ce n'est pas facile, c'est gênant, c'est bien plus facile de dire : ici est le bien et ici est le mal. Toi, tu ne pourras jamais trancher. Peut-être parce que, plus désemparés que nous sommes, nous ne voulons pas voir disparaître cette zone intermédiaire, ambiguë, entre la lumière et l'ombre : cette zone où nous pouvons trouver le pardon. Où toi tu ne pourras le trouver. Qui ne serait capable, à un seul moment de sa vie — comme toi — d'incarner à la fois le bien et le mal, de se laisser guider en même temps par deux fils mystérieux, de couleur différente, qui partent de la même pelote pour qu'ensuite le fil blanc monte et que le noir descende et que, malgré tout, ils se retrouvent ensemble entre tes doigts? Tu ne voudras pas penser à tout cela. Tu détesteras le je qui te le rappelle. Tu voudrais être comme eux et à présent que tu es vieux tu y parviens à peu près. Mais à peu près. Seulement à peu près. Toi-même tu empêcheras l'oubli : ton courage sera le frère jumeau de ta lâcheté, ta haine sera née de ton amour, toute ta vie aura contenu et prévu ta mort : car tu n'auras été ni bon ni mauvais, ni généreux ni égoïste, ni fidèle ni félon. Tu laisseras les autres affirmer tes qualités et tes défauts; mais toi-même, comment pourras-tu nier que chacune de tes affirmations sera niée, que chacune de tes négations sera affirmée? Personne ne le saura, sauf toi, peut-être. Car ton existence sera faite de tous les fils du métier, comme la vie de tous les hommes. Car tu n'auras aucune occasion de plus ou de moins que les autres de faire de ta vie ce que tu voudras qu'elle soit. Et si tu dois être telle chose, et non telle autre, c'est parce que, malgré tout, tu devras choisir. Tes choix ne nieront pas le reste de ta possible vie, tout ce que tu laisseras en arrière chaque fois que tu auras à choisir : ils ne feront que la réduire, la réduire au point qu'aujourd'hui ton choix et ton destin ne feront plus qu'un : la médaille n'aura plus deux faces : ton désir sera semblable à ton destin. Tu mourras? Ce ne sera pas la première fois. Tu auras vécu tant de vie morte, tant de moments de pure et simple gesticulation. Lorsque Catalina collera son oreille à la porte qui vous sépare et écoutera tes mouvements; lorsque toi, de l'autre côté de la porte, tu remueras sans te savoir écouté, sans savoir que quelqu'un vit suspendu aux bruits et aux silences de ta vie derrière la porte, qui vivra dans une telle séparation? Lorsque vous saurez l'un et l'autre qu'il vous suffirait d'un mot et que vous vous tairez néanmoins, qui vivra dans ce silence? Non, cela tu ne voudrais pas te le rappeler. Tu voudrais te rappeler autre chose : ce prénom, ce visage que les années lentement gâteront. Mais tu sauras que si tu te rappelles cela tu te sauveras, tu te sauveras trop facilement. Tu te rappelleras d'abord ce qui te condamne, et une fois sauvé là, tu sauras que le reste, ce que tu croiras sauveur, sera ta vraie condamnation : te rappeler ce que tu aimes. Tu te rappelleras Catalina jeune, lorsque tu la connaîtras, et tu la compareras avec la femme fânée d'aujourd'hui. Tu te rappelleras et tu te rappelleras pourquoi. Tu incarneras ce qu'elle, et tous, ont pensé alors. Tu ne le sauras pas. Tu devras l'incarner. Jamais tu n'écouteras les paroles des autres. Tu devras les vivre. Tu fermeras les yeux : tu les fermeras. Tu ne sentiras pas cet encens. Tu n'écouteras pas ces pleurs. Tu te rappelleras d'autres choses, d'autres jours. Ce sont des jours qui parviendront de nuit à la nuit de tes yeux fermés et tu ne pourras les reconnaître qu'à la voix : jamais par la vue. Tu devras faire crédit à la nuit et l'accepter sans la voir, la croire sans la reconnaître, comme si elle était le Dieu de tous les jours : la nuit. Maintenant tu te diras qu'il suffira de fermer les yeux pour l'avoir. Tu souriras malgré la douleur qui s'insinue à nouveau, et tu essaieras d'étirer un peu les jambes. Quelqu'un touchera ta main, mais tu ne répondras pas à cette caresse, attention, angoisse ou calcul? parce que tu auras créé la nuit avec tes yeux fermés et que du fond de cet océan d'encre naviguera vers toi un vaisseau de pierre que le soleil de midi, chaud et somnolent, égaiera en vain : murailles épaisses et noircies, dressées pour défendre l'Église contre les attaques des Indiens, et, aussi, pour mener ensemble la conquête religieuse et la conquête militaire. Avancera vers tes yeux fermés, avec la rumeur montante de ses fifres et de ses tambours, la troupe rude, de l'Espagne du temps d'Isabelle la Catholique et tu traverseras sous le soleil la vaste esplanade avec la croix de pierre au milieu et les chapelles ouvertes, le prolongement du culte indigène, théâtral, en plein air, dans les angles. En haut de l'église élevée au fond de l'esplanade, les voûtes de tezontle reposeront sur les cimeterres mudéjares oubliés, signe d'un autre sang superposé à celui des conquistadores. Tu avanceras vers le porche d'un baroque primitif, castillan encore, mais riche déjà de colonnes aux vignes touffues et de clefs de voûtes en forme d'aigles : le porche de la Conquête, austère et jovial, avec un pied dans le monde vieux, mort, et l'autre dans le monde nouveau qui ne commençait pas ici, mais aussi de l'autre côté de la mer : le nouveau monde est venu à eux, avec un front de murailles austères pour protéger le cœur sensuel, joyeux, avide. Tu avanceras et tu pénétreras dans la nef du vaisseau, où l'extérieur castillan aura été vaincu par la plénitude, macabre et souriante, de ce ciel indien de saints, d'anges et de dieux indiens. Une seule nef, énorme, mènera jusqu'à l'autel aux feuillages dorés, sombre opulence de visages masqués, lugubre et gaie prière, toujours pressée, de cette liberté, la seule accordée, de décorer un temple et de l'emplir de l'effroi tranquille, de la résignation sculptée, de l'horreur du vide et des temps morts, de ceux qui prolongeaient la morosité délibérée du travail libre, les instants exceptionnels d'autonomie dans la couleur et la forme, loin de ce monde extérieur de fouets et de fers et de vérole. Tu marcheras, à la conquête de ce nouveau monde, dans la nef dépourvue du moindre espace vide : têtes d'anges, profusion de vignes, floraisons polychromes, fruits ronds, rouges, captifs des plantes grimpantes d'or, saints blancs nichés dans les murs, saints au regard étonné, saints d'un ciel inventé par l'Indien à son image et à sa ressemblance : anges et saints ayant le visage du soleil et de la lune, la main protectrice des récoltes, l'index des chiens conducteurs, des yeux cruels, inutiles, étrangers, de l'idole, le visage rigoureux des cycles. Les figures de pierre derrière les masques roses, bienveillants, candides, mais impassibles, morts, des masques : il crée la nuit, il gonfle de vent la voilure noire, il ferme les yeux, Artemio Cruz...

(1919 : 20 MAI)

IL raconta l'histoire des derniers moments de Gonzalo Bernal à la prison de Perales et cela lui ouvrit les portes de cette maison.

— Il a toujours été si pur, dit don Gamaliel Bernal, le père; il a toujours pensé que l'action contamine et nous oblige à nous trahir nous-même, lorsqu'elle n'est pas guidée par la pensée claire. Je crois que c'est pour cela qu'il avait quitté la maison. Enfin, je le crois en partie, parce que cet ouragan nous entraîna tous, même nous qui n'avions pas bougé. Voyez-vous, ce que je veux dire c'est que pour mon fils le devoir consistait à s'approcher pour expliquer, pour offrir des idées cohérentes, oui, voilà : je crois, pour empêcher que, comme toutes les causes, celle-ci ne résistât pas à l'épreuve de l'action. Je ne sais pas, sa pensée était très compliquée. Il prêchait la tolérance. Il m'est agréable de savoir qu'il est mort avec courage. Il m'est agréable de vous voir ici.

Il n'était pas venu de but en blanc rendre visite au vieillard. D'abord, il avait parcouru certains lieux de l'État de Puebla, parlé avec certaines gens, vérifié ce qu'il fallait vérifier. Aussi écoutait-il à présent sans bouger un muscle du visage les arguments hautains du vieillard, lequel appuyait son crâne blanc contre le dossier de cuir lisse, recevant de profil la lumière jaunâtre granulée par la poussière dense de cette bibliothèque fermée, dont les hauts rayons n'étaient accessibles qu'au moyen d'une échelle sur roues qui rayait le plancher peint de couleur ocre; si l'on voulait atteindre les hauts et longs volumes reliés, ouvrages français et anglais de géographie, d'art, de sciences naturelles, dont la lecture, souvent, nécessitait l'usage de la loupe que don Gamaliel tenait, immobile, entre ses vieilles mains soyeuses, sans remarquer que la lumière oblique traversait la lentille et se concentrait, violente, dans un pli du pantalon rayé, soigneusement repassé : lui, en revanche, le remarqua. Un silence gênant les séparait.

— Excusez-moi; puis-je vous offrir quelque chose? Ou mieux encore : restez dîner avec nous.

Il ouvrit les mains en signe d'invitation et de plaisir

et la loupe tomba sur les genoux de cet homme mince, aux chairs étirées sur les os durcis, aux brillantes touffes de poils jaunes sur le crâne, les mâchoires, les lèvres.

— Les temps qui courent ne m'effraient pas, avait-il dit d'abord, d'une voix toujours nette et courtoise, modulée sur ces deux tons, unie lorsqu'il les abandonnait ; — à quoi servirait mon éducation — il fit un geste avec la loupe en direction des rayons chargés de livres — si elle ne me permettait pas de comprendre le caractère inévitable des changements? Les choses changent d'apparence, que nous le voulions ou non : à quoi bon nous obstiner à ne pas les voir, à soupirer après le passé? Il est bien moins fatigant d'accepter l'imprévu! N'est-ce pas ainsi que nous l'appelions? Vous, monsieur le... excusez-moi, j'ai oublié votre grade... ah oui, le lieutenant-colonel, lieutenant-colonel... eh bien j'ignore vos origines, votre vocation... j'ai de l'estime pour vous parce que vous avez partagé les derniers moments de mon fils... alors : vous qui avez agi, avez-vous pu tout prévoir? Moi je n'ai pas agi et je n'ai pu non plus tout prévoir. Peut-être notre activité aussi bien que notre passivité se rejoignent-elles sur ce point, à savoir que l'une et l'autre sont passablement aveugles et impuissantes. Pourtant il doit bien y avoir une différence... ne croyez-vous pas? Enfin...

Son regard ne quittait pas les yeux d'ambre du vieillard, trop décidés à créer une atmosphère de cordialité, trop assurés derrière le masque de douceur paternelle. Peut-être ces gestes aristocratiques des mains, cette noblesse figée du profil et du menton barbu, cette inclinaison attentive de la tête, étaient-ils naturels. Il se dit que, malgré tout, même le naturel peut être feint ; parfois le masque dissimule trop bien les expressions d'un visage qui n'existe ni en dehors ni au-dessous de lui. Et le masque de don Gamaliel ressemblait tant à son véritable visage, qu'il était inquiétant de penser à la ligne qui les séparait, à l'ombre impalpable qui pourrait les séparer : il se dit cela et aussi qu'un jour il pourrait le dire au vieillard sans prendre de gants.

Toutes les pendules de la maison sonnèrent en même temps et le vieillard se redressa pour allumer la lampe à acétylène posée sur le bureau à cylindre. Lentement, il releva le volet et remua quelques papiers. Il en prit un et se retourna vers le fauteuil du nouveau venu. Il sourit, fronça le sourcil et sourit à nouveau en déposant ce papier sur les autres. Il porta avec élégance son index à l'oreille : un chien aboyait et grattait de l'autre côté de la porte avec ses pattes.

Il profita que le vieillard lui tournait le dos pour se poser la question qu'il formulait en lui-même. Pas le moindre trait de la silhouette de M. Bernal ne rompait l'harmonieuse noblesse de l'ensemble : de dos, sa démarche était élégante et droite : la cheve-lure blanche, un peu en désordre, couronnait le vieil homme qui se dirigeait vers la porte. Il était inquiétant — il se troubla de le penser une nouvelle fois ; il était trop parfait. Peut-être bien que sa courtoisie n'était que la compagne naturelle de son ingéniosité. Cette pensée l'agaça : le vieillard se dirigeait à pas lents vers la porte, le chien aboyait : la lutte serait trop facile, manquerait de saveur. Mais, si, au contraire, l'amabilité dissimulait l'astuce du vieil homme?

Lorsque le va-et-vient roide de la redingote cessa et que la main blanche caressa la poignée de cuivre de la porte, don Gamaliel le regarda par-dessus l'épaule, de ces yeux d'ambre, et de sa main libre il se caressa la barbe. Le regard semblait comprendre les pensées de l'inconnu et le sourire, légèrement torve, ressemblait à celui d'un prestidigitateur sur le point d'achever un tour surprenant. Si l'inconnu put interpréter l'expression du vieillard comme une invitation à la complicité silencieuse, et l'accepter, le mouvement de don Gamaliel fut si élégant, si dissimulé, qu'il n'offrit pas au complice la possibilité de rendre le regard et de sceller le pacte tacite. La nuit était tombée et la lumière incertaine de la lampe permettait à peine de distinguer les dos dorés des livres, des grecques d'argent du papier peint qui tapissait les murs de la bibliothèque. Lorsque la porte s'ouvrit, il se rappela la longue enfilade de pièces qui se succédaient depuis l'entrée de la vieille maison rustique jusqu'à la bibliothèque, et qui ouvraient, l'une après l'autre, sur le patio orné d'émaux et de carreaux de faïence. Le mâtin bondit de joie et lécha la main du maître. Derrière le chien, parut la jeune fille vêtue de blanc, un blanc qui contrastait avec la clarté nocturne qui se prolongeait derrière elle.

Elle se tint un instant sur le seuil, tandis que le chien bondissait vers l'inconnu et lui flairait les pieds et les mains. M. Bernal, en riant, le prit par son collier de cuir rouge et murmura une excuse. Il ne l'entendit pas. Debout, boutonnant sa veste avec les gestes précis de la vie militaire, la lissant de la main comme s'il portait encore la vareuse, il resta immobile devant la beauté de cette jeune fille qui ne franchissait pas le seuil de la porte.

— Ma fille Catalina.

Elle ne bougea pas. La chevelure lisse et châtaine qui retombait sur le cou long, chaud — de loin il put voir l'éclat de la nuque —, les yeux à la fois durs et liquides, avec un regard tremblant, une double bulle de verre : jaunes comme ceux du père, mais plus francs, moins accoutumés à feindre avec naturel, reproduits dans les autres dualités de ce corps svelte et épanoui, dans les lèvres humides et entrouvertes, dans les seins hauts et fermes : yeux, lèvres, seins durs et doux, ayant à la fois la consistance du désarroi et de la rancune. Elle tenait ses mains près de sa cuisse et de sa taille fine, et en marchant elle fit voler le tulle blanc de la robe boutonnée dans le dos, large autour des hanches pleines, et qui s'arrêtait près des fines chevilles. Elle avança vers lui une chair d'or pâle, dont le clair-obscur estompé se devinait déjà au front et aux joues, et lui tendit la main dans le contact de laquelle il chercha, sans la trouver, l'humidité, l'émotion trahie.

— Il était auprès de ton frère pendant ses derniers moments; je t'ai parlé de lui.

— Vous avez eu de la chance, monsieur.

— Il m'avait parlé de vous, demandé de venir vous voir. Il s'est conduit en brave jusqu'au bout.

— Il n'était pas brave. Il aimait trop tout... cela.

Elle toucha sa poitrine et aussitôt écarta sa main pour dessiner une parabole en l'air.

— Idéaliste, voilà, très idéaliste, murmura le vieillard, et il soupira. Monsieur dîne avec nous.

La jeune fille prit le bras de son père et lui, escorté

du mâtin, les suivit tout au long des pièces étroites et humides, toutes pleines de vases de porcelaine, de tabourets, de pendules et de vitrines, de meubles patinés et de tableaux religieux sans grande valeur mais de vastes dimensions : les pieds dorés des chaises et des petites tables reposaient à même le plancher peint, sans tapis, et les lampes étaient partout éteintes. Uniquement dans la salle à manger un grand lustre de verre découpé éclairait les lourds meubles d'acajou et la toile craquelée d'une nature morte où brillaient les terres cuites et les fruits du tropique aux reflets de flamme. Don Gamaliel, avec sa serviette, chassa les moucherons qui volaient autour de la coupe de fruits réelle, moins bien pourvue que la coupe peinte. D'un geste, il l'invita à s'asseoir.

En face d'elle, il put enfin fixer son regard sur les yeux immobiles de la jeune fille. Connaissait-elle le motif de sa visite? Devinait-elle dans les yeux de l'homme ce sentiment de triomphe, comblé par la présence physique de la femme? Distinguerait-elle le léger sourire de la chance et de l'assurance? Sentait-elle l'affirmation à peine dissimulée de la possession? Ses yeux à elle lui renvoyaient seulement cet étrange message de dure fatalité, comme si elle se montrait prête à tout accepter et, pourtant, à transformer sa résignation en occasion de triompher à son tour de l'homme qui de cette façon silencieuse et souriante commençait à la faire sienne.

Elle s'étonna de la force avec laquelle elle succombait, de la puissance de sa faiblesse. Elle leva les yeux pour observer, sans pudeur, les traits énergiques de l'inconnu. Elle ne put éviter de rencontrer les yeux verts. Joli garçon, non, pas beau non plus. Mais cette peau olive du visage, répandue sur tout le corps avec la même force linéaire, sinueuse, des grosses lèvres et des nerfs à fleur de tête sur les tempes, promettait un contact désirable parce qu'inconnu. Sous la table, il avança son pied jusqu'à toucher le bout de la sandale féminine. La jeune fille baissa les paupières et jeta un regard de coin à son père; elle retira son pied. L'amphitryon parfait souriait avec son éternel air bienveillant; ses doigts jouaient avec un petit verre.

L'entrée de la vieille servante indigène apportant le plat de riz rompit le silence et don Gamaliel fit remarquer que la saison sèche s'achevait un peu tard cette année; heureusement, les masses de nuages se pressaient maintenant autour des montagnes et les récoltes seraient bonnes : pas autant que l'année dernière, mais bonnes. C'était curieux — dit-il — comme cette vieille maison retenait toujours l'humidité, cette humidité qui tachait les coins à l'ombre et faisait pousser la fougère et le colorín du patio. C'était là, peut-être, un symbole favorable pour une famille qui avait grandi et prospéré grâce aux fruits de la terre : fixée dans la vallée de Puebla — il mangeait le riz, le ramassait sur la fourchette avec précision — depuis le début du XIX$^e$ siècle et plus forte, mais oui, que toutes les contingences absurdes d'un pays inapte à la tranquillité, passionné de convulsion.

— Parfois, j'ai l'impression que le manque de sang et de mort nous désespère. C'est comme si nous ne nous sentions vivants qu'au milieu de la destruction et des fusillades, poursuivit de sa voix cordiale le vieil homme. Mais nous nous maintiendrons, nous nous maintiendrons toujours, parce que nous avons appris à survivre, toujours...

Il prit le verre de l'invité et l'emplit de vin épais.

— Mais il faut payer pour survivre, dit l'hôte sèchement.

— On peut toujours discuter sur le prix le plus juste...

En remplissant le verre de sa fille, don Gamaliel lui caressa la main.

— Tout, poursuivit-il, est dans l'élégance avec laquelle on procède. Nul besoin d'alarmer personne, de blesser des susceptibilités... L'honneur doit demeurer intact.

Il chercha à nouveau le pied de la jeune fille. Cette fois, elle ne le retira pas. Elle leva le verre et regarda l'inconnu sans rougir.

— Il faut savoir distinguer entre les choses, murmura le vieillard en essuyant ses lèvres avec sa serviette. Les affaires, par exemple, sont une chose, et la religion en est une autre.

— Tel que vous le voyez, si dévot, et communiant tous les jours avec sa fille chérie, eh bien, tout ce qu'il possède il l'a volé aux curés, à l'époque où Juárez mit en vente les biens du clergé et où un commerçant, à condition d'avoir quelques petites économies, pouvait se rendre maître d'immenses terres...

Il passa six jours à Puebla avant de se présenter chez don Gamaliel Bernal. Les troupes furent dissoutes par le président Carranza et alors il se rappela sa conversation avec Gonzalo Bernal à Perales et se mit en route pour Puebla : question d'instinct, mais aussi assurance que dans le monde bouleversé et confus que laissait la révolution, savoir cela — un

56

nom, une adresse, une ville — c'était savoir beaucoup. L'ironie du fait que c'était lui qui retournait à Puebla, et non le fusillé Bernal, l'amusait. C'était, en un certain sens, une mascarade, une substitution, un bon tour que l'on pouvait jouer avec le plus grand sérieux ; mais aussi c'était un certificat de vie, de capacité à survivre, et à fortifier son propre destin par ceux d'autrui. Lorsqu'il entra dans Puebla, lorsqu'il aperçut de la route de Cholula les champignons rouges et jaunes des coupoles éparses dans la vallée, il sentit qu'il y entrait en double, avec la vie de Gonzalo Bernal ajoutée à la sienne, avec le destin du mort additionné au sien comme si Bernal, en mourant, avait délégué les possibilités de sa vie tronquée à la sienne propre. Peut-être les morts des autres prolongent-elles notre vie, pensa-t-il. Mais il ne venait pas à Puebla pour penser.

— Cette année il n'a même pas pu acheter de semences. Il a accumulé les dettes, parce que l'an dernier ses paysans se sont révoltés et sont allés ensemencer les terres en friche. Ils lui ont dit que s'il ne leur donnait pas les terres qu'on ne travaillait pas, ils n'ensemenceraient plus les champs cultivés. Par pur orgueil il a refusé et il s'est retrouvé sans récolte. Avant, les gendarmes auraient mis au pas les révoltés, mais aujourd'hui... c'est une autre chanson.

— Et il y a eu autre chose. Ses débiteurs aussi ont rué dans les brancards : ils ne veulent plus le payer. Ils disent qu'avec les intérêts qu'il a encaissés, il est largement remboursé. Vous voyez, mon colonel ? Tout le monde est sûr que maintenant les choses vont changer.

— Ah, mais le vieux est toujours aussi malin, et il

ne veut pas en démordre. Il aime mieux mourir que renoncer : à chacun son dû.

Au dernier coup de dés il perdit et haussa les épaules. Il fit signe au patron du bistrot de servir une autre tournée et tout le monde le remercia de son geste.

— Qui est-ce qui doit de l'argent à ce don Gamaliel?

— Dites plutôt : qui ne lui en doit pas!

— Est-ce qu'il a un ami intime pour confident?

— Bien sûr : le Père Páez; là, tout à côté.

— Mais n'a-t-il pas dépouillé le clergé?

— Bah... le petit curé donne le salut éternel à don Gamaliel et en échange don Gamaliel donne le salut sur la terre au petit curé.

Le soleil les aveugla lorsqu'ils sortirent dans la rue.

— Ce qui est venu au monde sans histoires, ça ne coûte pas à faire pousser!

— Qui est cette femme?

— Eh! Qui voulez-vous que ce soit, mon colonel... La fille du type en question...

Il marcha, regardant le bout de ses souliers, dans les vieilles rues, tracées comme au cordeau. Lorsqu'il n'entendit plus ses talons sonner sur les pavés et que ses pieds soulevèrent une poussière sèche et grise, il porta son regard vers les murs couleur d'amande de l'ancienne église-forteresse. Il traversa la vaste esplanade et entra dans la nef silencieuse, longue et dorée. A nouveau, ses pas résonnèrent. Il se dirigea vers l'autel.

Rond, recouvert d'une peau morte, le corps du Père ne brillait, au fond des pommettes enflammées, que par deux yeux de charbon. Dès qu'il vit

58

s'avancer l'inconnu dans la nef et qu'il se mit à l'épier, caché derrière une haute galerie, ancien chœur des religieuses qui avaient fui le Mexique à l'époque de la République libérale, le curé distingua dans les mouvements de l'autre l'inconsciente allure martiale de l'homme habitué à se tenir en alerte, à commander et à attaquer. Ce n'était pas seulement la très légère déformation des jarrets du cavalier : c'était une certaine force nerveuse du poing accoutumé au contact quotidien du pistolet et des brides : même lorsque cet homme marchait, comme maintenant, le poing fermé, cela suffisait pour que Páez reconnût là une force inquiétante. Juché dans le lieu secret des religieuses, il se dit qu'un tel homme ne venait pas là pour faire ses dévotions. Il souleva sa soutane et descendit, lentement, l'escalier en colimaçon qui conduisait à l'ancien couvent abandonné. Robe retroussée, épaules soulevées jusqu'aux oreilles, le corps noir et le visage blanc et exsangue, les yeux pénétrants : il descendait en posant son pied avec précaution. Les marches exigeaient une réparation urgente : son prédécesseur avait perdu pied en 10, et de funèbres conséquences s'ensuivirent. Mais Remigio Páez, telle une chauve-souris démesurée, semblait percer de ses petits yeux tous les coins obscurs du cube noir, humide et tournoyant. Et l'obscurité, le danger, l'obligeaient à tenir tous ses sens en éveil et à réfléchir : un militaire dans son église, habillé en civil, sans compagnie ni escorte? Ah, la nouveauté était trop grande pour passer inaperçue. Il ne l'avait que trop dit. Une fois passés les batailles, les violences, les sacrilèges — il pensa à la bande qui, à peine deux ans plus tôt, avait emporté toutes les chasubles et tous les objets sacrés — l'Église permanente, fondée pour les siècles des siècles, s'entendrait à nouveau avec les puissances de la cité terrestre. Un militaire en civil... sans escorte...

Il descendit, frôlant d'une main le mur tuméfié, duquel dégouttait un filet sombre. Le curé se rappela que bientôt commencerait la saison des pluies. Il avait pris soin, en vertu de tous ses pouvoirs, de le rappeler en chaire et à l'occasion de chacune des confessions qu'il recevait : c'est un péché, un grave péché contre le Saint-Esprit que refuser de recevoir les dons du ciel ; nul ne peut aller à l'encontre des desseins de la Providence, la Providence a établi l'ordre des choses et tous doivent les accepter telles qu'elles sont ; tous doivent aller travailler les terres, faire la récolte, remettre les fruits de la terre à leur légitime possesseur, un possesseur chrétien qui remplit les devoirs que lui impose son privilège en remettant lui-même, ponctuellement, la dîme à Notre Sainte Mère l'Église. Dieu punit la rébellion et Lucifer est toujours vaincu par les archanges — Raphaël, Gabriel, Michel, Gamaliel... Gamaliel.

— Et la justice, mon père ?

— La justice finale est distribuée là-haut, mon fils. Ne la cherche pas dans cette vallée de larmes.

Les mots — murmura le Père en posant le pied, enfin, sur le sol ferme et en secouant la poussière de sa soutane —, les mots, maudits chapelets de syllabes qui allument le sang et les illusions de ceux qui doivent se contenter de passer rapidement dans cette courte vie et de jouir, en échange de leurs épreuves de mortels, de la vie éternelle. Il traversa le cloître et passa sous une croisée d'arcs. La justice ! Pour qui, pour combien de temps? Alors que la vie peut être si agréable pour tous, si tous comprennent la fatalité de leur destin et ne vont pas s'agiter, se révolter, en proie à l'ambition...

— Oui, je crois; oui, je crois..., répéta à voix basse le Père, et il ouvrit la porte sculptée de la sacristie.

— Travail admirable, n'est-ce pas? dit-il en s'approchant de l'homme grand qui se tenait devant l'autel. Les moines ont montré des images et des gravures aux artisans indigènes, et ceux-ci ont peu à peu transformé ce qu'ils aimaient en formes chrétiennes... On dit qu'il y a une idole cachée derrière chaque autel. Si cela est, il s'agit d'une bonne idole, qui ne réclame plus de sang comme les dieux païens...

— Vous êtes Páez?

— Remigio Páez, dit le sourire torve. Et vous : général, colonel, major...?

— Artemio Cruz, tout simplement.

— Ah.

Lorsque le lieutenant-colonel et le curé se quittèrent devant le porche de l'église, Páez posa ses mains sur son estomac et regarda s'éloigner le visiteur. Le matin bleu et limpide découpait et rapprochait les silhouettes des volcans : le couple de la femme endormie et de son gardien solitaire. Il cligna des yeux : il ne supportait pas cette lumière translucide : il observait avec reconnaissance la progression des nuages noirs qui bientôt apporteraient l'humidité à la vallée et éteindraient le soleil, chaque après-midi, sous leur ponctuelle tourmente grise.

Il tourna le dos à la vallée et repartit dans l'ombre du couvent. Il se frotta les mains. Peu lui importaient la hauteur et les injures de ce pauvre type. Si telle était la manière de sauver la situation et de permettre à don Gamaliel de passer les dernières années de son existence à l'abri de tout danger, ce n'était pas Remigio Páez, ministre du Seigneur, qui allait tout jeter bas par un sursaut d'indignation et un zèle de croisé. Bien au contraire : à présent il se délectait à la pensée de la sage humilité dont il avait fait preuve. Si cet homme voulait sauver son orgueil, aujourd'hui comme demain le Père Páez l'écouterait en baissant la tête, en la secouant parfois affirmativement, comme s'il acceptait avec douleur les fautes que l'homme taillé en Hercule attribuait à l'Église. Il prit le chapeau noir pendu à un crochet, le posa négligemment sur sa tête aux mèches châtaines et dirigea ses pas vers la maison de don Gamaliel Bernal.

— Eh oui, il en est bien capable! affirma le vieil homme ce soir-là, après avoir conversé avec le curé. Mais je me demande quelle ruse il emploiera pour pénétrer ici? Il a dit au Père qu'il viendrait me voir aujourd'hui même. Non... je ne comprends pas très bien, Catalina.

Elle releva le visage. Elle posa une main sur la toile où elle dessinait, avec soin, un motif floral. Trois ans plus tôt, on leur avait communiqué la nouvelle : Gonzalo était mort. Dès lors, père et fille s'étaient rapprochés jusqu'à transformer ces longs après-midi qu'ils passaient assis sur les chaises d'osier du patio en quelque chose de plus qu'une consolation : en une habitude qui, d'après le vieillard, durerait jusqu'à leur mort. Peu importait que la puissance et la richesse d'hier s'effritent peu à peu ; c'était peut-être là le tribut qui était dû au temps et à l'âge. Don Gamaliel se retrancha dans une lutte passive. Il n'irait pas soumettre les paysans, mais jamais il n'accepterait l'invasion illégale. Il n'exigeait pas des débiteurs le paiement des sommes prêtées et des intérêts, mais désormais ils ne pourraient plus compter sur un seul centime, plus jamais.

Il espérait les voir un jour revenir à genoux, lorsque la nécessité les forcerait à déposer leur orgueil. Mais lui ne céderait pas un pouce du sien. Et maintenant... voilà que cet inconnu arrive et promet d'accorder des prêts à tous les paysans, à un intérêt beaucoup plus bas que celui imposé par don Gamaliel, et qui a l'audace, en plus, de proposer que les droits du vieux propriétaire lui soient gratuitement transférés, moyennant la promesse de lui rembourser le quart de ce qu'il pourra récupérer. A prendre ou à laisser.

— Je l'imagine bien : ses exigences ne s'arrêteront pas là.

— Les terres ?

— Oui, il est en train de manigancer quelque chose pour m'enlever les terres, tu peux en être sûre.

Elle, comme tous les après-midi, allait dans le patio d'une cage à l'autre, et les recouvrait d'un capuchon de toile après avoir observé les mouvements nerveux des cenzontles et des rouges-gorges qui picoraient l'alpiste et chantaient, pour la dernière fois, avant que le soleil ait disparu.

Le vieil homme ne s'attendait pas à un alibi de cette taille. La dernière personne qui ait vu Gonzalo, son compagnon de cellule, le porteur des dernières paroles d'amour pour le père, la sœur, l'épouse et le fils.

— Il m'a dit qu'il avait pensé à Luisa et au petit avant de mourir.

— Papa, nous avions décidé de ne pas...

— Je ne lui ai rien dit. Il ne sait pas qu'elle s'est remariée et que mon petit-fils porte un autre nom.

— Il y a trois ans que vous n'en parlez plus. Pourquoi maintenant?

— Tu as raison. Nous leur avons pardonné, n'est-il pas vrai? J'ai pensé que nous devions leur pardonner d'être passés à l'ennemi. J'ai pensé que nous devions essayer de comprendre...

— J'avais cru que chaque après-midi, vous et moi, ici, nous leur pardonnions en silence.

— Oui, oui, c'est cela. Tu me comprends, toi, sans que j'aie besoin de parler. Comme c'est réconfortant! Tu me comprends, toi...

Aussi, lorsque cet hôte redouté, attendu — car quelqu'un, quelque jour, devait venir et dire : Je l'ai vu. Je l'ai connu. Il s'est souvenu de vous — présenta son alibi parfait, sans même faire mention des problèmes réels de la révolte paysanne et de la suspension des paiements, don Gamaliel, après l'avoir fait passer dans la bibliothèque, s'excusa-t-il et se dirigea-t-il rapidement — ce vieil homme qui identifiait la lenteur à l'élégance — vers la chambre de Catalina.

— Prépare-toi. Ote cette robe noire; mets quelque chose qui te flatte. Viens à la bibliothèque lorsque la pendule sonnera sept heures.

Il n'en dit pas plus. Elle lui obéirait : telle serait l'épreuve de tous les après-midi mélancoliques. Elle comprendrait. Il y avait cette carte en réserve pour sauver les choses : s'il suffit à don Gamaliel de sentir la présence et de deviner la volonté de cet homme pour comprendre — ou pour se dire — que toute temporisation équivaudrait à un suicide, qu'il était difficile de le contrarier et que le sacrifice exigé serait peu important et, en quelque sorte, ne coûterait guère. Il avait été prévenu par le Père Páez: un homme grand, plein de force, avec des yeux verts qui vous hypnotisaient et un ton coupant. Artemio Cruz.

Artemio Cruz. Ainsi se nommait, alors, le nouveau monde surgi de la guerre civile; ainsi se nommaient ceux qui venaient prendre sa place. Infortuné pays — se dit le vieil homme tout en se dirigeant, avec lenteur de nouveau, vers la bibliothèque et cette présence non souhaitée mais fascinante —; infortuné pays qui à chaque génération doit détruire les anciens possesseurs et les remplacer par de nouveaux maîtres, aussi cupides et aussi ambitieux que les précédents. Le vieil homme s'imaginait lui-même comme le produit final d'une civilisation proprement créole : celle des despotes éclairés. Il se plaisait à se dire qu'il était un père, parfois sévère, mais enfin pourvoyeur et toujours dépositaire d'une tradition du bon goût, de courtoisie, de culture.

Aussi l'avait-il conduit à la bibliothèque. Là était plus évident le caractère vénérable — presque sacré — de ce qu'était et représentait don Gamaliel. Mais l'hôte ne se laissa pas impressionner. Il n'échappait pas à la perspicacité du vieillard, qui appuyait sa tête sur le dossier de cuir et fermait à demi les yeux pour mieux voir son adversaire, que cet homme portait en lui une nouvelle expérience, forgée à coups de marteau, habituée à jouer le tout pour le tout parce qu'elle ne possédait rien. Il ne parla même pas des véritables raisons de sa visite. Don Gamaliel demeura d'accord que c'était mieux ainsi : peut-être le nouveau venu comprenait-il les choses avec autant de subtilité que lui-même, bien que ses raisons fussent plus fortes : l'ambition — le vieil homme sourit en se rappelant ce sentiment, qui pour lui n'était qu'un mot —; le besoin impérieux de recouvrer les droits gagnés par le sacrifice, la lutte, les blessures : ce coup de sabre sur le front. Don Gamaliel n'était pas le seul à le penser : sur les lèvres silencieuses et dans le regard éloquent de l'autre était écrit ce que le vieillard, tout en jouant avec la loupe, savait lire.

L'étranger ne bougea pas un seul doigt lorsque don Gamaliel alla vers le bureau et en tira ce papier : la liste de ses créanciers. Tant mieux. De cette manière, ils se comprendraient parfaitement ; il ne serait peut-être pas nécessaire de parler de ces affaires si ennuyeuses, peut-être tout finirait-il par s'arranger par des voies plus élégantes. Le jeune militaire a vite compris le style de la puissance, se répéta don Gamaliel, et l'intuition de cet héritage facilita les amères démarches auxquelles l'obligeait la réalité.

— Vous n'avez pas vu comme il me regardait? cria la jeune fille lorsque l'hôte eut souhaité le bonsoir. Vous ne vous êtes pas aperçu de son désir... de toute la saleté qu'il y avait dans ces yeux?

— Mais si, mais si.

Le vieillard calma sa fille d'un geste des mains :

— C'est naturel, tu es très belle, tu sais?, mais tu n'es guère sortie de cette maison. C'est naturel.

— Je n'en sortirai jamais!

Don Gamaliel alluma lentement le cigare qui

teignait de jaune son épaisse moustache et la racine
de la barbe sur le menton :

— J'ai cru que tu comprendrais.

Il fit balancer lentement le fauteuil d'osier et leva
les yeux vers le firmament.

— Que vous a dit le Père? C'est un hérétique!
C'est un homme sans Dieu, sans respect... Et vous
croyez l'histoire qu'il a inventée?

— Du calme, du calme. Les fortunes ne se font
pas toujours à l'ombre de la divinité.

— Vous croyez cette histoire? Pourquoi Gonzalo
est-il mort, et pas ce monsieur? Si tous les deux
étaient condamnés dans la même cellule, pourquoi ne
sont-ils pas morts tous les deux? Je le sais, moi, je le
sais : ce qu'il est venu nous raconter n'est pas vrai; il
a inventé cette histoire pour nous humilier et pour
que je...

Don Gamaliel cessa de se balancer. Les choses
s'arrangeaient si bien, si tranquillement! Et à présent,
de l'intuition de la femme, voilà que surgissaient les
arguments que le vieil homme avait imaginés, mesurés et écartés comme inutiles.

— Tu as l'imagination de tes vingt ans.

Il se leva et éteignit le cigare.

— Mais puisque tu veux la franchise, je serai
franc. Cet homme peut nous sauver. Toute autre
considération est superflue...

Il soupira et tendit le bras pour prendre les mains
de sa fille.

— Pense aux dernières années de ton père. Crois-
tu que je ne mérite pas un peu de...

— Bien sûr, papa, je n'ai rien dit...

— Et pense à toi aussi.

Elle baissa la tête.

— Oui, je comprends. Depuis le jour où Gonzalo a quitté la maison, je savais qu'une chose comme celle-là arriverait. S'il était vivant...

— Mais il ne l'est pas.

— Il n'a pas pensé à moi. Qui sait à quoi il a pensé.

Derrière le cercle de lumière de la lampe que don Gamaliel tenait à bout de bras, tout au long des vieux couloirs froids, la jeune fille s'efforça de rassembler cette multitude d'images anciennes et confuses; elle se rappela les visages tendus et couverts de sueur des camarades d'école de Gonzalo, les longues discussions dans la pièce du fond; elle se rappela le regard illuminé, têtu, anxieux, de son frère, ce corps nerveux qui semblait, parfois, exister en dehors de la réalité, qui aimait le confort, les bons repas, le vin, les livres et qui, au cours de périodiques accès de colère, répudiait cette tendance à la sensualité et au conformisme. Elle se rappela la froideur de Luisa, sa belle-sœur; les altercations violentes qui cessaient lorsque la petite entrait dans le salon; ces sanglots étouffés en rire de la femme de Gonzalo lorsque leur fut annoncée sa mort; le départ silencieux, un matin à l'aube, lorsqu'elle croyait tout le monde endormi et que la fillette regardait derrière les rideaux du salon : la main rude de cet homme portant chapeau melon et canne qui prenait celle de Luisa et l'aidait à monter, avec l'enfant, dans la calèche noire chargée des bagages de la veuve.

Cette mort ne pouvait être vengée — don Gamaliel la baisa au front et ouvrit la porte de la chambre — qu'en se jetant dans les bras de cet homme, en se jetant dans ses bras mais en lui refusant la tendresse qu'il voudrait trouver en elle. En le faisant mourir lentement, en distillant l'amertume jusqu'à l'empoisonner. Elle se regarda dans le miroir, cherchant en vain les nouveaux traits que le changement avait dû imprimer sur son visage. Et ainsi se vengeraient-ils aussi, elle et son père, de l'abandon de Gonzalo, de son idéalisme imbécile : en donnant la jeune fille de vingt ans — pourquoi penser à elle-même, à sa jeunesse, lui arrachait-il des larmes de pitié? — à l'homme qui avait été auprès de Gonzalo, pendant ces dernières heures qu'elle ne pouvait se rappeler en écartant la pitié d'elle-même, en la reportant sur le frère mort, sans un sanglot de fureur, sans une contraction du visage : si nul ne lui expliquait la vérité, elle s'accrocherait à ce qu'elle croyait être la vérité. Elle ôta ses bas noirs. Lorsque ses mains frôlèrent ses jambes, elle ferma les yeux : elle ne devait pas accepter plus longtemps le souvenir du pied rude et fort qui avait cherché le sien pendant le dîner et qui avait fait monter à son cœur un sentiment inconnu, indomptable. Peut-être son corps n'était-il pas l'œuvre de Dieu — elle s'agenouilla, pressa ses doigts entrelacés contre ses sourcils — mais l'œuvre d'autres corps; son esprit, oui. Elle ne permettait pas que le corps prît un chemin délicieux, spontané, plein du désir de caresses, tandis que son esprit lui en désignait un autre. Elle souleva le drap et se glissa dans le lit les yeux fermés. Elle tendit la main pour éteindre la lampe. Elle posa l'oreiller sur son visage. A cela, elle ne devait pas penser. Non, non elle ne devait pas y penser. Il n'y avait rien d'autre à dire. Dire l'autre nom, raconter cela à son père. Non. Non. Il était inutile de rabaisser son père. Le mois prochain, au plus tôt : que cet homme jouisse des intérêts usuraires des terres, du corps de Catalina Bernal... quelle importance... Ramón... Non, pas ce prénom, plus jamais. Elle s'endormit.

— Vous l'avez dit vous-même, don Gamaliel, dit l'hôte lorsqu'il revint, le lendemain. On ne peut arrêter le cours des choses. Nous allons donner ces terres aux paysans, après tout ce sont des terres non irriguées, et ils n'en tireront pas grand-chose. Nous allons les morceler pour qu'ils ne puissent faire que de petites cultures. Vous verrez : dès qu'ils devront nous en remercier, ils laisseront les femmes s'occuper des mauvaises terres et reviendront travailler nos terres fertiles. Écoutez-moi bien : vous pouvez même passer pour un héros de la réforme agraire, sans qu'il vous en coûte rien.

Le vieillard le regarda, amusé, avec un sourire dissimulé sous le poil sombre de la barbe :

— Vous avez parlé à ma fille?

— Je lui ai parlé...

Elle ne put se contenir. Son menton trembla lorsqu'il avança la main et voulut relever le visage aux yeux fermés. Il touchait pour la première fois cette peau lisse, pulpeuse, de fruit. Et ils étaient entourés de l'odeur pénétrante des plantes du patio, herbe étouffée par l'humidité, odeur de terre pourrie. Il l'aimait. Il sut, en la touchant, qu'il l'aimait. Il devait lui faire comprendre que son amour était vrai, malgré le démenti des apparences. Il pouvait l'aimer comme il avait aimé une autre fois, la première fois : il se savait maître de cette tendresse éprouvée. De nouveau il toucha les joues chaudes de la jeune fille :

sa roideur, lorsqu'elle sentit sur sa peau cette main inconnue, ne suffit pas à réprimer les larmes qui se pressaient au bord de ses paupières.

— Tu ne te plaindras pas; tu n'auras aucune raison de te plaindre, murmura l'homme, en approchant son visage des lèvres qui esquivaient le contact. Je sais comment il faut t'aimer...

— Nous devons vous être reconnaissants... de l'intérêt que vous nous portez, répondit-elle de sa voix la plus basse.

Il ouvrit la main pour caresser la chevelure de Catalina.

— Tu comprends, n'est-ce pas? Tu vas vivre avec moi; il te faudra oublier beaucoup de choses. Je promets de respecter ce qui est à toi... Tu dois me promettre que jamais plus...

Elle leva les yeux et les fronça avec une haine qu'elle n'avait jamais éprouvée auparavant. La salive se sécha dans sa bouche. Quel était ce monstre, quel était cet homme qui savait tout, qui prenait tout et qui brisait tout?

— Tais-toi..., dit la jeune fille en fuyant la caresse.

— Je lui ai parlé. C'est un garçon faible. Il ne t'aimait pas vraiment. Il a eu peur tout de suite.

La jeune fille passa sa main, pour les purifier, sur les parties de son visage qu'il avait touchées.

— Oui, il n'est pas fort comme toi... ce n'est pas un animal comme toi...

Elle voulut crier lorsqu'il la prit par le bras, elle sourit et serra le poing :

— Le petit Ramón en question quitte Puebla. Tu ne le reverras jamais...

Il la lâcha. Elle alla vers les cages colorées du

patio : ces roulades des petits oiseaux. L'une après l'autre, tandis qu'il la regardait sans bouger, elle ouvrit les grilles peintes. Un rouge-gorge s'avança et prit son vol. Le cenzontle hésitait, habitué qu'il était à son eau et à son alpiste. Elle le posa sur son petit doigt, lui baisa l'aile et le lança en l'air. Elle ferma les yeux lorsque le dernier oiseau s'envola et laissa cet homme la prendre, l'entraîner vers la bibliothèque où don Gamaliel attendait, toujours sans hâte.


JE sens des mains me prendre par les aisselles et me soulever pour mieux m'installer sur les oreillers doux et le lin frais est comme un baume pour mon corps brûlant et froid ; je sens cela mais en ouvrant les yeux je vois en face de moi ce journal déployé qui cache le visage du lecteur : je pense que *Vida Mexicana* est là, sera là tous les jours, sortira tous les jours et qu'aucune puissance humaine ne pourra l'empêcher. Teresa — c'est elle qui lit le journal — le lâche alarmée.

— Qu'avez-vous ? Vous ne vous sentez pas bien ?

Je dois la rassurer de la main et elle reprend le journal. Non, je me sens content, maître de jouer un gigantesque bon tour. Voire. Peut-être le coup de maître serait-il de laisser un testament particulier que publierait le journal, et dans lequel je raconterais la vérité sur mon honnête entreprise de liberté de l'information... Non ; je m'excite, et l'élancement au ventre me reprend. J'essaie d'avancer la main vers Teresa, pour chercher auprès d'elle un soulagement,

72

mais ma fille s'est à nouveau plongée dans la lecture du journal. Auparavant, j'ai vu le jour s'éteindre derrière les baies et j'ai entendu ce bruit charitable des rideaux. A présent, dans la pénombre de la chambre au plafond sculpté et aux penderies de chêne, je distingue mal le groupe le plus lointain. La chambre est très grande, mais elle est là. Elle doit être assise toute roide, le mouchoir de dentelle à la main, le visage sans fard, et peut-être ne m'entend-elle pas murmurer :

— Ce matin-là, je l'attendais avec joie. Nous avons passé le fleuve à cheval.

Seul m'entend cet étranger que je n'ai jamais vu, avec ses joues rasées de près et ses sourcils noirs, qui me demande un acte de contrition tandis que je pense au charpentier et à la vierge et qui m'offre les clefs du ciel.

— Qu'est-ce que vous diriez... à un pareil moment...?

Je l'ai surpris. Et il faut que Teresa gâche tout par ses cris :

— Laissez-le, mon Père, laissez-le! Vous ne voyez pas que nous ne pouvons rien faire! Si sa volonté est de se damner, et de mourir comme il a vécu, froid et se moquant de tout...

Le prêtre l'éloigne d'un geste du bras et approche ses lèvres de mon oreille : il me donne presque un baiser.

— Vous n'avez pas à nous écouter.

Et je parviens à grogner :

— Alors soyez courageux et flanquez dehors toutes ces femmes.

Il se lève au milieu des cris indignés et il les prend

par le bras et Padilla s'approche, mais elles s'y opposent.

— Non, licenciado, nous ne pouvons pas permettre ça.

— C'est une habitude vieille de plusieurs années, madame.

— Est-ce que vous vous rendez compte?

— Don Artemio... Je vous ai apporté l'enregistrement de ce matin...

Je fais oui de la tête. J'essaie de sourire. Comme tous les jours. Un homme de confiance, ce Padilla.

— La prise de courant est à côté du bureau.

— Merci.

Mais oui, voyons, c'est ma voix, ma voix d'hier — hier, ce matin? je ne pourrai plus distinguer — et je demande à Pons, mon rédacteur en chef — ah, la bande grince; place-la bien, Padilla, j'ai entendu ma voix à l'envers : elle grince comme une perruche : me voici :

« — Qu'en penses-tu, Pons?

« — Ça se présente mal, mais c'est facile à arranger, pour le moment.

« — Oui, lance le journal à fond, sans ménagements. Frappe un bon coup. Dis tout.

« — C'est toi qui commandes, Artemio.

« — Encore heureux que le public soit bien préparé.

« — Il y a tant d'années que nous insistons.

« — Je veux voir tous les articles de fond et la une... Appelle-moi chez moi, à n'importe quelle heure.

« — Tu sais, tout est dans la même ligne. La conjuration rouge se démasque. Infiltration exotique étrangère à l'essence de la Révolution Mexicaine...

« — La bonne vieille Révolution Mexicaine!

« ... leaders aux ordres d'agents de l'étranger. Tambroni est très dur, Blanco occupe toute une colonne à identifier le leader avec l'Antéchrist et les caricatures sont très vaches... Comment te sens-tu?

« — Pas très bien. Des petits malaises. Ça passera. Si nous pouvions être comme avant! Pas vrai?

« — Eh oui, si nous pouvions...

« — Fais entrer Mr. Corkery. »

Je tousse dans la bande magnétique. J'entends cette porte s'ouvrir et se fermer. Je sens que rien ne bouge dans mon ventre, rien, rien, et que les gaz ne sortent pas, pour autant que je pousse... Mais je les vois. Ils sont entrés. La porte d'acajou s'ouvre, se referme et les pas sont silencieux sur la moquette épaisse. Ils ont fermé les fenêtres.

— Ouvrez la fenêtre.

— Non, non. Tu pourrais prendre froid et avoir des complications...

— Ouvrez...

« — *Are you worried, Mr. Cruz?*

« — Passablement. Asseyez-vous, je vais vous expliquer. Voulez-vous prendre quelque chose? Approchez le bar. Moi je ne me sens pas très bien. »

J'entends le mouvement des roulettes, les bouteilles qui se heurtent.

« — *You look O.K.* »

J'entends la glace tomber dans le verre, la pression de l'eau de Seltz projetée par le siphon.

« — Écoutez: je vais vous expliquer ce qui est en jeu, au cas où ils n'auraient pas compris. Faites dire au bureau central que si leur fameux mouvement d'épuration syndicale triomphe, nous sommes flambés...

« — Flambés?

« — Oui, que nous nous sommes faits chingar [1], en bon mexi... »

— Arrêtez ça! crie Teresa, qui va vers le magnétophone. Qu'est-ce que c'est que cette grossièreté...?

Je parviens à agiter une main, à dessiner une grimace. Je perds quelques mots de l'enregistrement.

« — ... ce que se proposent ces leaders des chemins de fer? »

Quelqu'un se mouche, nerveusement. Où?

« — ... Expliquez bien ça aux compagnies, qu'elles n'aillent surtout pas croire ingénument qu'il s'agit d'un mouvement démocratique, vous m'entendez, dont le but est de nous débarrasser de dirigeants corrompus. Non.

« — *I'm all ears, Mr. Cruz.* »

Oui, ce doit être le Ricain qui éternue. Ahahah.

— Non, non. Tu pourrais prendre froid et avoir des complications.

— Ouvrez.

Moi et pas seulement moi, d'autres hommes, nous pourrions chercher dans la brise le parfum d'une autre terre, l'arôme arraché par le vent à d'autres midis : je sens, je sens : loin de moi, loin de cette sueur froide, loin de ces gaz enflammés : je les ai obligées à ouvrir la fenêtre ; je peux respirer ce qui me plaît, m'amuser à choisir les odeurs que le vent apporte : des forêts à l'automne, des feuilles brûlées, ah des pruniers mûrs, des tropiques pourris, des

1. V. *infra*, note p. 184.

76

salines rudes, des ananas tranchés d'un coup de machette, du tabac étendu à l'ombre, de la fumée de locomotives, des vagues de la haute mer, des pins recouverts de neige, ah du métal et du guano, que de saveurs apporte et emporte ce mouvement éternel : non, non, elles ne me laisseront pas vivre : elles s'assoient à nouveau, elles se lèvent et marchent et reviennent s'asseoir ensemble, comme si elles n'étaient qu'une seule ombre, comme si elles ne pouvaient penser ou agir séparément, elles s'assoient à nouveau, en même temps, de dos à la fenêtre, pour empêcher que l'air arrive à moi, pour m'étouffer, pour m'obliger à fermer les yeux et à me rappeler des choses puisqu'elles ne me laissent pas voir des choses, toucher des choses, respirer des choses : maudit couple, combien de temps tarderont-elles à faire venir un curé, à hâter ma mort, à m'arracher des confessions? Il est toujours là, à genoux, le visage bien lavé. J'essaie de lui tourner le dos. La douleur au côté m'en empêche. Aaaaïe. Il doit avoir fini. Je dois être absous. Je veux dormir. Voici l'élancement. Le voici. Aaah-aïe. Et les femmes. Non, pas celles-ci. Les femmes. Celles qui aiment. Comment? Oui. Non. Je ne sais pas. J'ai oublié le visage. Mon Dieu, j'ai oublié ce visage. Non. Je ne dois pas l'oublier. Où est-il. Ah, il était si joli ce visage, comment pourrais-je l'oublier. Aaaah-aïe. Je t'ai aimée, toi, comment pourrais-je t'oublier. Tu as été à moi, comment pourrais-je t'oublier. Comment étais-tu, je t'en prie, comment étais-tu? Je peux croire en toi, je couche avec toi, comment étais-tu? Comment t'invoquerai-je? Quoi? Pourquoi? Encore la piqûre? Hein? Non non non, autre chose, vite, je me rappelle autre

chose; cela fait mal; aaaah-aïe; cela fait mal; cela
endort... cela...

TU fermeras les yeux, ayant conscience que tes
paupières ne sont pas opaques, que la lumière, bien
que tu les fermes, pénètre jusqu'à la rétine : la
lumière du soleil qui s'arrêtera, dans le cadre de la
fenêtre ouverte, à la hauteur de tes yeux fermés : les
yeux fermés qui éliminent le détail de la vision,
altèrent l'éclat et la couleur mais n'éliminent pas la
vision elle-même, la lumière même de ce sou de
cuivre qui se fondra au couchant. Tu fermeras les
yeux et tu croiras voir davantage : tu verras seulement ce que ton cerveau voudra que tu voies : plus
que ce que le monde peut offrir : tu fermeras les yeux
et le monde extérieur ne luttera plus avec la vision de
ton imagination. Tu fermeras les paupières et cette
lumière immobile, invariable, répétée du soleil créera
derrière tes paupières un autre monde en mouvement : lumière en mouvement, lumière qui peut
lasser, affaiblir, confondre, égayer, attrister : derrière
tes paupières fermées, tu sauras que l'intensité d'une
lumière capable de pénétrer jusqu'au fond de cette
plaque réduite et imparfaite pourrait faire naître en
toi des sentiments étrangers à ta volonté, à ton état.
Et cependant, tu pourras fermer les yeux, inventer
une cécité passagère. Tu ne pourras pas fermer tes
oreilles, simuler une surdité fictive; cesser de toucher
quelque chose, ne fût-ce que l'air, avec tes doigts,
imaginer une insensibilité absolue; arrêter la course
continue de la salive sur la langue et le palais,
dominer ta propre saveur; empêcher la respiration

difficile qui continuera à remplir de vie tes poumons, ton sang, choisir une mort partielle. Toujours tu verras, toujours tu chercheras, toujours tu goûteras, toujours tu sentiras, toujours tu entendras : tu auras crié lorsqu'on t'aura transpercé la peau avec cette aiguille pleine d'un liquide calmant, tu crieras avant de sentir la douleur. L'annonce de la douleur voyagera vers ton cerveau avant que la douleur elle-même soit sentie par ta peau : elle voyagera pour aller te prévenir de la douleur que tu sentiras, te mettre en garde afin que tu te rendes compte, afin que tu sentes la douleur avec plus d'acuité, car se rendre compte affaiblit, fait de nous des victimes lorsque nous nous rendons compte que nous serons les seuls à nous rendre compte des forces qui ne nous consulteront pas, ne tiendront pas compte de nous ;

voilà : les organes de la douleur, plus lents, l'emporteront sur ceux des réflexes,

et tu te sentiras partagé en deux, homme qui recevra et homme qui fera, homme aux facultés sensitives et homme aux facultés motrices, homme fait d'organes qui sentiront, transmettront la sensation aux minuscules millions de fibres qui s'étendront vers ton écorce sensorielle, vers cette superficie de la moitié supérieure du cerveau qui pendant soixante et onze ans recevra, accumulera, dépensera, dénudera, restituera les couleurs du monde, les contacts de la chair, les saveurs de la vie, les odeurs de la terre, les bruits de l'air : et les restituera au moteur frontal, aux nerfs, muscles et glandes qui transformeront ton propre corps et la fraction du monde extérieur que le sort t'attribuera

mais dans ton demi-sommeil, la fibre nerveuse qui

conduira l'influx de la lumière n'établira pas le
circuit avec la zone de la vision : tu entendras la
couleur, comme tu goûteras les contacts, tu touche-
ras le bruit, tu verras les odeurs, tu sentiras le goût :
tu tendras les bras pour ne pas tomber dans les puits
du chaos pour recouvrer l'ordre de toute ta vie,
l'ordre du fait reçu, transmis au nerf, projeté sur la
zone adéquate du cerveau, restitué au nerf transformé en effet et de nouveau en fait : tu tendras les
bras et derrière les yeux fermés tu verras les couleurs
de ton esprit et enfin tu sentiras, sans voir, l'origine
du contact que tu entends : les draps, le frôlement
des draps entre tes doigts crispés : tu ouvriras les
mains et tu sentiras la sueur des paumes et tu te
rappelleras peut-être que tu es né sans lignes de vie
ou de chance, de vie ou d'amour : tu es né, tu naîtras
avec la paume lisse, mais il suffira que tu naisses
pour que, au bout de quelques heures à peine, cette
surface blanche se couvre de signes, de lignes, de
présages : tu mourras avec tes lignes denses, épuisées,
mais il suffira que tu meures pour que, au bout de
quelques heures à peine, toute trace de destin ait
disparu de tes mains :

chaos : mot sans pluriel

ordre, ordre : tu t'accrocheras aux draps et tu
répéteras en silence, en toi-même, les sensations que
l'ordre de ton cerveau abrite, éclaire : tu localiseras
mentalement, au prix d'un effort, les zones qui
préviennent de la soif et de la faim, de la sueur et du
frisson, de l'équilibre et de la chute : tu les localiseras
dans le cerveau inférieur, le serviteur, le domestique
qui remplit les fonctions immédiates et libère l'autre,
le supérieur, pour la pensée, l'imagination, le désir :

produit de l'artifice, de la nécessité ou du hasard, le monde ne sera pas simple : tu ne pourras le connaître dans la passivité, en laissant les choses t'arriver : il te faudra penser pour que la conjonction de dangers ne triomphe pas de toi, imaginer pour que la pure et simple divination ne t'anéantisse pas, désirer pour que la trame de l'incertain ne te dévore pas : tu survivras :

tu te reconnaîtras :

tu reconnaîtras les autres et tu les laisseras, eux — elle — te reconnaître : et tu sauras que tu t'opposeras à chaque individu, parce que chaque individu sera un obstacle de plus qui t'empêchera d'atteindre les limites de ton désir ;

tu désireras : comme tu voudrais que ton désir et l'objet désiré soient une même chose; comme tu rêveras à l'accomplissement immédiat, à l'identification sans séparation du désir et de l'objet désiré :

tu reposeras les yeux fermés, mais tu ne cesseras pas de voir, tu ne cesseras pas de désirer : tu te souviendras, parce qu'ainsi tu feras tienne la chose désirée : vers le passé, vers le passé, dans la nostalgie, tu pourras faire tien tout ce que tu désireras : non pas vers l'avenir, mais vers le passé :

la mémoire est le désir satisfait :

survis par la mémoire, avant qu'il ne soit trop tard, avant que le chaos ne t'empêche de te souvenir.


(1913 : 4 DÉCEMBRE)

IL sentit le creux du genou de la femme, moite,

près de sa taille. Elle suait toujours de cette façon légère et fraîche : lorsqu'il écarta son bras de la taille dé Regina, il sentit là aussi l'humidité de cristaux liquides. Il étendit la main pour caresser tout le dos, lentement, et il pensa s'endormir : il pourrait rester ainsi pendant des heures, sans autre occupation que de caresser le dos de Regina. Lorsqu'il ferma les yeux, il se rendit compte de l'infinité amoureuse de ce corps jeune enlacé au sien : il se dit que la vie entière ne serait pas assez longue pour le parcourir et le découvrir, pour explorer cette géographie douce, ondulante, aux accidents noirs, roses. Le corps de Regina attendait et lui, sans voix et sans vue, s'étira sur le lit, touchant les barreaux de fer du bout des mains et des pieds : il s'étendit vers les deux extrémités du lit. Ils vivaient dans ce cristal noir : l'aube était encore loin. La moustiquaire ne pesait pas et les isolait de tout ce qui n'était pas leurs deux corps. Il ouvrit les yeux. La joue de la jeune fille s'approcha de la sienne; la barbe rude râpa la peau de Regina. L'obscurité ne suffisait pas. Les yeux de Regina brillaient, entrouverts, comme une cicatrice noire et lumineuse. Il respira profondément. Les mains de Regina se joignirent sur la nuque de l'homme et les profils se rapprochèrent à nouveau. La chaleur des cuisses se fondit en une seule flamme. Il respira : chambre aux blouses et aux jupons amidonnés, aux coings ouverts sur la petite table de noyer, à la veilleuse éteinte. Et plus près, la touffeur marine de la femme humide et tendre. Les ongles firent un bruit de chat entre les draps; les jambes se soulevèrent à nouveau, légères, pour emprisonner la taille de l'homme. Les lèvres cherchèrent le cou. Les pointes des seins tremblèrent gaiement lorsqu'il en approcha ses lèvres, en riant, en écartant la chevelure en désordre. Si Regina parlait : il sentit le souffle proche et lui ferma les lèvres de la main. Sans langue et sans yeux : seule la chair muette, livrée à son propre plaisir. Elle comprit. Elle se serra davantage contre le corps de l'homme. Sa main descendit vers le sexe de l'homme et la sienne à lui vers le pubis dur et presque imberbe de cette enfant : il la revit nue, debout, jeune et dure dans son immobilité, mais ondulante et douce lorsqu'elle marchait : pour aller se laver à l'écart, tirer les rideaux, éventer le brasero. Ils se rendormirent, possédés chacun du centre de l'autre. Seules les mains, une main, remua dans le sommeil souriant.

« — Je te suivrai.

« — Où vivras-tu?

« — Je me glisserai dans chaque village avant qu'il soit pris. Et je t'y attendrai.

« — Tu abandonnes tout?

« — J'emporterai quelques vêtements. Tu me donneras de quoi acheter des fruits et de la nourriture et je t'attendrai. Lorsque tu entreras dans le village, j'y serai. Avec une robe, j'en ai bien assez. »

Cette jupe qui maintenant reposait sur la chaise de la chambre louée. A son réveil, elle aime la toucher, ainsi que les autres choses : les peignes, les sandales noires, les petites boucles d'oreilles posées sur la table. Il aurait voulu, à ces moments-là, lui offrir autre chose que ces jours de séparations et de retrouvailles difficiles. D'autres fois déjà, un ordre à l'improviste, la nécessité de pourchasser l'ennemi, une défaite qui les faisait reculer vers le nord, les avaient séparés pendant plusieurs semaines. Mais elle, telle une mouette, semblait distinguer, par-delà les mille incidents de la lutte et du sort, le mouvement de la marée révolutionnaire : si ce n'était dans le village qu'ils avaient dit, elle se trouverait tôt ou tard dans un autre. Elle irait de village en village, elle demanderait après le bataillon, elle écouterait les réponses des vieillards et des femmes demeurés dans les maisons.

« — Ça fait à peu près quinze jours, ils sont passés par ici.

« — On dit que pas un n'en est sorti vivant.

« — Qui sait. Peut-être qu'ils reviendront. Ils ont laissé des canons ici.

« — Prenez garde aux fédéraux, ils descendent tous ceux qui aident les révoltés »
et ils finiraient par se rencontrer de nouveau. Elle tiendrait la chambre toute prête, avec des fruits et de quoi manger, et la jupe serait jetée sur une chaise : Elle l'attendrait ainsi, toute prête comme si elle ne voulait pas perdre une seule minute aux choses superflues. Mais rien n'est superflu. La voir marcher, faire le lit, dénouer sa chevelure. Lui ôter ses derniers vêtements et baiser tout son corps, tandis qu'elle reste debout et que lui s'agenouille lentement, la parcourant des lèvres, savourant la peau et le duvet, l'humidité du coquillage : recueillant dans sa bouche les frémissements de la jeune fille dressée qui finira par prendre entre ses mains la tête de l'homme pour l'obliger à s'arrêter, à laisser ses lèvres posées en un seul endroit. Et elle se laissera aller. debout, pressant la tête de l'homme, avec un soupir entrecoupé,

84

jusqu'à ce qu'il la sente prête et la prenne dans ses bras pour la déposer sur le lit.

« — Artemio, est-ce que je te reverrai ?

« — Ne dis jamais cela. N'oublie jamais que nous ne nous sommes connus qu'une seule fois. »

Elle ne lui posa plus la question. Elle eut honte de l'avoir posée une fois, d'avoir pensé que son amour pourrait finir ou se mesurer comme on mesure le temps d'autres choses. Elle n'avait nulle raison de se rappeler où, ni pourquoi, elle avait connu ce jeune homme de vingt-quatre ans. Il était inutile de se charger d'autre chose que de l'amour et des rencontres pendant les rares jours de répit, lorsque les troupes s'emparaient d'une place et s'arrêtaient pour se reposer, pour s'établir sur le territoire arraché à la dictature, se ravitailler et préparer la prochaine offensive. Ainsi en avaient-ils décidé, ensemble, sans le dire jamais. A aucun moment ils ne penseraient au danger de la guerre ni au temps de la séparation. Si l'un des deux n'était pas présent au prochain rendez-vous, chacun poursuivrait son chemin sans rien dire : lui vers le sud, vers la capitale ; elle vers le nord, vers les côtes de Sinaloa où elle l'avait connu et s'était laissé aimer.

« — Regina... Regina...

« — Tu te souviens de ce rocher qui entrait dans la mer comme un bateau de pierre ? Il doit être encore à la même place.

« — C'est là que je t'ai connue. Tu y allais souvent ?

« — Tous les après-midi. Il se forme une lagune entre les rochers et on peut se mirer dans l'eau blanche. Je m'y regardais et un jour ton visage est apparu auprès du mien. La nuit, les étoiles se reflétaient dans la mer. Le jour, on voyait le soleil brûler.

« — Je ne savais que faire, cet après-midi-là. Nous nous battions et brusquement tout s'est effondré, les autres s'étaient rendus, et puis moi j'étais habitué à une autre vie. Alors je me suis mis à me souvenir des autres choses et je t'ai trouvée assise sur ce rocher. Avec les jambes mouillées.

« — Moi aussi je le désirais. Tu es apparu près de moi, tout près de moi, reflété dans la même mer. Tu ne t'es pas aperçu que je le désirais moi aussi? »

L'aube tarda à venir, mais un voile gris découvrit le sommeil des deux corps, unis par les mains. Il se réveilla le premier et contempla le sommeil de Regina. On aurait dit le fil le plus ténu de la toile d'araignée des siècles : on aurait dit un jumeau de la mort : le sommeil. Les jambes ramassées, le bras libre sur la poitrine de l'homme, la bouche humide. Ils aimaient l'amour à l'aurore : ils le vivaient comme une fête en l'honneur du nouveau jour. La lumière opaque marquait à peine les contours de Regina. Dans une heure, on entendrait les bruits du village. A présent, seulement la respiration de la jeune femme brune qui dort pleine de sérénité, qui est la part vivante du monde en repos. Seule une chose aurait le droit de la réveiller, seul un bonheur aurait le droit d'interrompre ce bonheur du corps en repos dans le sommeil, découpé sur le drap, enveloppé dans lui-même avec une clarté lisse de lune en deuil. A-t-il le droit? L'imagination du jeune homme sauta par-delà l'amour : il la contempla endormie comme si elle se reposait du nouvel amour qui dans quelques

86

secondes à peine la réveillerait. Quand le bonheur est-il le plus grand? Il caressa le sein de Regina. Imaginer ce que serait une nouvelle union; l'union elle-même; la joie lasse du souvenir et à nouveau le désir plein, accru par l'amour, d'un nouvel acte d'amour : bonheur. Il baisa l'oreille de Regina et vit de près son premier sourire : il approcha son visage pour ne pas manquer la première expression de joie. Il sentit la main qui jouait de nouveau avec lui. Le désir fleurit en dedans, parsemé de gouttes lourdes : les jambes lisses de Regina cherchèrent à nouveau la taille d'Artemio : la main pleine savait tout : l'érection échappa aux doigts et s'éveilla avec eux : les cuisses s'écartèrent en tremblant, pleines, et la chair dressée rencontra la chair ouverte et y pénétra, caressée, entourée de la palpitation anxieuse, couronnée de petits œufs jeunes, pressée au milieu de cet univers de peau douce et amoureuse : réduits à la rencontre du monde, à la semence de la raison, avec deux voix qui nomment en silence, qui au-dedans baptisent toutes les choses : au-dedans, lorsqu'il pense à tout sauf à cela, qu'il pense, compte les choses, ne pense à rien, pour que cela n'ait pas de fin : il s'efforce d'emplir sa tête de mers et de sables, de fruits et de vents : de maisons et de bêtes, de poissons et de semailles, pour que cela n'ait pas de fin : au-dedans lorsqu'il relève son visage aux yeux clos et que le cou s'étire de toute la force des veines gonflées, lorsque Regina se perd et se laisse vaincre et répond d'une voix rauque, en fronçant les sourcils et le sourire aux lèvres que oui, que oui, qu'elle aime cela, que oui, qu'il ne l'abandonne pas, qu'il continue; que oui, que oui, que cela ne finisse pas, que oui, pour enfin se rendre compte que tout s'est passé en même temps, sans que l'un ait pu contempler l'autre parce que tous deux ne faisaient qu'un et disaient les mêmes mots :

« — Maintenant je suis heureux.

« — Maintenant je suis heureuse.

« — Je t'aime, Regina.

« — Je t'aime, mon homme chéri.

« — Tu es heureuse avec moi?

« — Cela ne finit jamais; comme ça dure; comme tu me combles »

alors dans les rues se fit entendre le bruit d'un seau d'eau jeté sur la poussière et les canards sauvages passèrent en nasillant près de la rivière et un coup de sifflet annonça les choses dont nul ne pourrait arrêter le cours : les bottes traînèrent le bruit des éperons, les sabots retentirent à nouveau et les odeurs d'huile et de graisse se répandirent entre les portes et les maisons. Il étendit la main et chercha les cigarettes dans la poche de la chemise. Elle alla vers la fenêtre et l'ouvrit. Elle resta là, à respirer, les bras ouverts, sur la pointe des pieds. Le cadre de montagnes grises s'avança avec le soleil vers les yeux des amants. L'odeur de la boulangerie du village s'éleva et, de plus loin, le parfum des myrtes emmêlés aux ronces des ravins pourris. Il ne vit que le corps nu, aux bras ouverts, qui cherchaient, à présent, les épaules du jour pour l'entraîner avec elle vers le lit.

— Tu veux déjeuner?

— Il est trop tôt. Laisse-moi d'abord finir ma cigarette.

La tête de Regina se posa sur l'épaule du jeune

homme. La main longue et nerveuse caressa la hanche. Ils sourirent.

— Lorsque j'étais petite, la vie était agréable. Il y avait beaucoup de moments agréables. Les vacances, les jours de repos, l'été, les jeux. Je ne sais pas pourquoi, en grandissant, je me suis mise à attendre des choses. Quand j'étais petite, non. Voilà pourquoi je me suis mise à aller à cette plage. Je me suis dit que c'était mieux d'attendre. Je ne savais pas pourquoi j'avais tant changé cet été-là et cessé d'être une enfant.

— Tu en es encore une, tu sais?

— Avec toi? Avec tout ce que nous faisons ensemble?

Il rit et l'embrassa et elle plia le genou, dans la position d'un oiseau aux ailes repliées, nichée dans la poitrine de l'homme. Elle se pendit à son cou, avec des rires et des sanglots feints :

— Et toi?

— Moi, je ne me souviens pas. Je t'ai rencontrée et je t'aime beaucoup.

— Dis-moi. A quoi as-tu compris, dès que je t'ai vu, que plus rien n'importerait désormais? Tu sais : je me suis dit que je devais me décider à ce moment même. Que si tu passais sans t'arrêter, toute ma vie serait ratée. Pas toi?

— Si, moi aussi. Tu n'as pas pensé que j'étais un soldat comme les autres, qui cherchait à se distraire?

— Non, non. Je n'ai pas vu ton uniforme. Je n'ai vu que tes yeux reflétés dans l'eau et alors je ne pouvais plus voir mon reflet sans le tien auprès de moi.

— Mon amour chéri, va voir s'il y a du café.

Lorsqu'ils se séparèrent, en ce matin identique à tous les matins d'un amour de sept mois à peine, elle lui demanda si les troupes repartiraient bientôt. Il lui dit qu'il ignorait ce que pensait faire le général. Peut-être devraient-ils aller réduire quelques groupes de fédéraux en retraite qui se trouvaient encore dans la région, mais de toute façon le cantonnement resterait dans ce village. Il y avait de l'eau en abondance et du bétail dans les environs. C'était un excellent endroit pour s'y tenir quelque temps. Ils venaient de Sonora, ils étaient fatigués, et méritaient du repos. A onze heures, ils devaient se présenter tous au rapport à l'état-major de la place. Dans tous les villages où il passait, le général s'informait des conditions de travail et publiait des décrets prescrivant la réduction de la journée à huit heures et le partage des terres entre les paysans. S'il y avait des prêteurs sur gages — et ils étaient toujours là, quand ils ne s'étaient pas enfuis avec les fédéraux — il annulait toutes les dettes. S'il y avait une hacienda sur le territoire, il faisait incendier la coopérative obligatoire. L'ennui était que la plus grande partie de la population était sous les armes et que presque tous étaient des paysans, de sorte qu'il n'y avait personne pour appliquer les décrets du général. Alors mieux valait prendre tout de suite leur argent aux riches qui restaient dans chaque village et attendre le triomphe de la révolution pour légaliser le partage des terres et la réduction à huit heures de la journée de travail. Pour le moment, l'important était d'arriver à Mexico et de vider de la présidence cet ivrogne de Huerta, l'assassin de don Panchito Madero. Que de chemin il avait parcouru ! murmura-t-il en fourrant sa chemise

90

kaki dans son pantalon blanc, que de chemin! De Veracruz, son pays, jusqu'à Mexico, et de là à Sonora, lorsque Sebastián le maître d'école lui avait demandé de faire ce que les vieux ne pouvaient plus faire : aller dans le Nord, prendre les armes et libérer le pays. Eh oui, il était un gamin, alors, bien qu'il fût près d'avoir vingt et un ans. Parole, il n'avait pas même couché une seule fois avec une femme. Et comment pouvait-il décevoir Sebastián le maître d'école, qui lui avait enseigné les trois choses qu'il savait : lire, écrire, et haïr les curés.

Il cessa de parler lorsque Regina posa les tasses de café sur la table.

— Il est brûlant !

Il était de bonne heure. Ils sortirent en se tenant par la taille. Elle, avec sa jupe amidonnée; lui avec le chapeau de feutre et la tunique blanche. La maison qu'ils habitaient était proche du ravin; les fleurs en forme de cloche pendaient au-dessus du vide et un lapin déchiré par les dents du coyote pourrissait dans le feuillage. Au fond coulait un ruisseau. Regina voulut le voir, comme si elle espérait y trouver, une nouvelle fois, le reflet de son imagination. Les mains s'unirent : le chemin conduisant au village suivait le bord abrupt du ravin et de la montagne parvenait le chant du zorzal[1]. Non : un bruit de sabots légers, perdus dans des nuages de poussière.

— Lieutenant Cruz! Lieutenant Cruz!

Le visage toujours souriant de Loreto, l'ordonnance du général, disparut lorsque le cheval s'arrêta avec un seul hennissement sec, derrière la sueur et la poussière qui l'embrumait.

1. Oiseau de l'Amérique centrale. (*N.d.T.*)

— Venez vite, haleta-t-il tout en essuyant son visage avec un mouchoir. Il y a du nouveau : nous partons tout de suite. Vous avez déjeuné? Au cantonnement on sert des œufs.

— J'ai les miens, répondit-il avec un sourire.

L'étreinte de Regina fut une étreinte de poussière. Seulement lorsque s'éloigna le cheval de Loreto, et que la terre fut en repos, émergea la femme entière, suspendue aux épaules de son jeune amant.

— Attends-moi ici.

— Tu sais de quoi il s'agit?

— Il doit y avoir des groupes dispersés dans les environs. Rien de grave.

— Je t'attends ici?

— Oui. Ne bouge pas. Je serai de retour ce soir ou demain matin de bonne heure au plus tard.

— Artemio... Un jour, nous retournerons là-bas?

— Qui sait. Qui sait combien de temps ça va durer. N'y pense pas. Tu sais que je t'aime beaucoup?

— Moi aussi je t'aime. Beaucoup. Je crois que je t'aimerai toujours.

Là-bas, dans la cour centrale du cantonnement, dans les écuries, la troupe avait reçu le nouvel ordre de marche et se préparait au départ avec calme, comme accomplissant un vieux rite. Les canons roulaient en file, traînés par des mules blanches aux yeux cernés; ils étaient suivis par les caissons d'artillerie, sur les rails qui allaient de la cour à la gare. Les cavaliers serraient des brides, décrochaient les sacs à picotin, s'assuraient de la solidité des montures, caressaient les crins hirsutes de ces chevaux de guerre, si dociles et si calmes dans leur vie en commun avec les hommes : tachés de poudre, leur ventre envahi par les tiques de la plaine : deux cents chevaux marchaient sans hâte devant le cantonnement, aubères, pommelés, d'un noir poussiéreux. Les fantassins graissaient les carabines et défilaient en rang devant le nain hilare qui distribuait les cartouches. Chapeaux du Nord : chapeaux de feutre gris, aux bords rabattus. Foulards noués autour du cou. Cartouchières à la ceinture. Peu de bottes : pantalon de treillis et chaussures de cuir jaune, parfois sandales. Chemises à rayures, sans col. Çà et là — dans les rues, les cours, la gare — des chapeaux yaquis ornés de branches : les musiciens baguettes en mains et instruments à vent sur l'épaule. Les dernières gorgées d'eau chaude. Foyers sur lesquels cuisaient des ragoûts de haricots. Plats d'œufs. Une clameur monta de la gare : un wagon à plate-forme chargé d'Indiens mayas arrivait au village, dans un tambourinement aigu et une agitation d'arcs et de flèches rustiques.

Il se fraya un passage : à l'intérieur, devant la carte mal fixée au mur, le général expliquait :

— Les fédéraux ont lancé une contre-offensive sur nos arrières, en territoire libéré par la révolution. Ils cherchent à nous couper de notre arrière-garde. Ce matin, un guetteur a aperçu du haut de la montagne une fumée épaisse qui s'élevait du côté des villages occupés par le colonel Jiménez. Il est descendu me le dire, et je me suis souvenu que le colonel, dans chaque village, avait fait former un grand tas de planches et de traverses de chemin de fer pour y mettre le feu, s'il était attaqué, afin de nous prévenir. Voilà où nous en sommes. Il faut nous diviser en deux groupes. Le premier retournera de l'autre côté de la montagne pour porter secours à Jiménez. Le second ira attaquer les groupes que nous avons battus hier, et voir si une autre grande offensive n'est pas en préparation au sud. Dans ce village il ne restera qu'une brigade. Mais il paraît difficile qu'ils parviennent jusqu'ici. Major Gavilán... Lieutenant Aparicio... lieutenant Cruz : vous, vous allez vers le nord.

Les foyers allumés par Jiménez étaient en train de s'éteindre lorsqu'il passa, vers midi, au poste de guet en haut de la montagne. En bas, au loin, on voyait le train bourré de troupes : il avançait sans siffler et portait les mortiers et les canons, les caissons d'artillerie et les mitrailleuses. Le groupe composé de cavaliers descendit avec difficulté le versant escarpé, et les canons, de la voie, commençaient à tirer sur les villages que l'on supposait réoccupés par les fédéraux.

— Allons plus vite, dit-il. Ce feu va durer deux heures, et ensuite nous y entrerons en éclaireurs.

Il ne comprit jamais pourquoi, lorsque les sabots de son cheval touchèrent le premier terrain plat, il baissa la tête et perdit la notion de la tâche précise qui lui avait été assignée. La présence de ses hommes s'estompa, en même temps que la sensation d'atteindre un objectif, et à leur place apparurent cette tendresse, cette lamentation intérieure sur une chose perdue, ce désir de retourner là-bas et de tout oublier dans les bras de Regina. C'était comme si la sphère incandescente du soleil eût triomphé de la présence proche des cavaliers et de la rumeur lointaine de la canonnade : à la place de ce monde réel un autre, de rêve, dans lequel seuls lui et son amour possédaient le droit à la vie et la raison pour la sauver.

« — Tu te souviens de ce rocher qui entrait dans la mer comme un bateau de pierre? »

Il la contempla de nouveau, désirant l'embrasser, craignant de la réveiller, assuré que, la contemplant, déjà il la faisait sienne : un seul homme est maître — pensa-t-il — de toutes les images secrètes de Regina et cet homme la possède et jamais ne renoncera à elle. La contemplant, il se contemplait lui-même. Les mains lâchèrent les brides : tout ce qui est, tout son amour, est au fond de la chair de cette femme qui les contient ensemble. Il aurait voulu retourner là-bas... lui expliquer combien il l'aime... les détails du sentiment qu'il éprouve... pour que Regina sache...

Le cheval hennit et se cabra; le cavalier tomba sur le sol dur de tepetate [1], parsemé d'arbustes épineux. Les grenades des fédéraux se mirent à pleuvoir sur les cavaliers et lui, en se levant, ne put distinguer, au milieu de la fumée, que le poitrail ardent de son cheval, la cuirasse qui avait arrêté le feu. Autour du corps tombé à terre caracolèrent désorientés plus de cinquante chevaux : plus haut, il n'y avait pas de lumière : le ciel était descendu d'un degré et était un ciel de poudre, pas plus haut que les hommes. Il courut vers un des arbres bas : les rafales de fumée dissimulaient mieux que ces branches étiques. A trente mètres commençait une forêt basse mais dense. Une clameur dépourvue de sens parvint à ses oreilles. Il fit un bond pour agripper les rênes d'une monture sans cavalier et hissa une seule jambe sur la croupe : il protégea son corps derrière celui du cheval et

1. Pierre jaunâtre employée dans la construction. (*N.d.T.*)

l'éperonna : le cheval prit le galop et il s'accrocha à la selle et aux brides avec désespoir, la tête pendante et les yeux recouverts par ses cheveux pendants. L'éclat du matin disparut enfin ; l'ombre lui permit d'ouvrir les yeux, de se détacher de la chair de l'animal et de se laisser rouler à terre, pour enfin heurter un tronc d'arbre.

Et là, il éprouva à nouveau la même sensation. Il était environné de toutes les rumeurs confuses de la bataille, mais entre l'espace proche et la rumeur qui parvenait à son oreille, s'interposa une distance infranchissable : ici, la légère agitation des branches, les mouvements glissants des lézards, s'entendaient dans tous leurs détails. Seul, appuyé contre le tronc, il sentit à nouveau cette vie douce, calme, couler languissamment dans son sang : ce bien-être du corps qui s'imposait à toute tentative de révolte de la pensée. Ses hommes ? Son cœur battit régulièrement, sans sursauts. Étaient-ils à sa recherche ? Les bras, les jambes se sentirent heureux, nets, las. Que feraient-ils sans ses ordres ? Les yeux cherchèrent, à travers le toit de branches, le vol caché d'un oiseau. Avaient-ils abandonné la discipline ; couraient-ils, eux aussi, se cacher dans ce bosquet providentiel ? Mais à pied il ne pouvait repasser la montagne. Il lui fallait attendre là. Et s'il était fait prisonnier ? Il ne put penser davantage : une plainte écarta les branches, tout près du visage du lieutenant, et un homme s'effondra dans ses bras : ses bras le repoussèrent d'abord puis aussitôt reprirent ce corps duquel pendait une loque rouge, aux chairs déchirées. Le blessé appuya la tête sur l'épaule du camarade :

— Ils attaquent... dur...

Il sentit le bras détruit sur son dos, qui le touchait et d'où s'écoulait un sang effarouché. Il tenta d'écarter le visage tordu par la douleur : pommettes saillantes, bouche ouverte, yeux fermés, moustache et barbe en désordre, courtes, comme les siennes. S'il avait les yeux verts, ce serait son frère jumeau...

— Est-ce que nous pouvons nous en sortir ? Nous perdons la bataille ? Est-ce que tu sais quelque chose des cavaliers ? Ils battent en retraite ?

— Non... non... ils sont partis... en avant.

Le blessé fit un effort pour montrer, de son bras valide, l'autre bras, détruit par la mitraille, avec toujours cette grimace terrible qui semblait le soutenir et prolonger son existence.

— Ils avancent ? Comment ?

— A boire, camarade... très mal...

Le blessé perdit connaissance, s'accrochant à lui avec une force extraordinaire, chargée de prières silencieuses. Le lieutenant reçut ce poids de plomb sculpté par les balles sur son propre corps. Les tremblements du canon revinrent à son oreille. Un vent incertain berça la cime des arbres. A nouveau, le silence et la quiétude rompus par la mitraille. Il prit le bras valide du blessé et se débarrassa du corps jeté sur le sien. Il lui prit la tête et l'étendit sur le sol couvert de racines noueuses. Il déboucha la gourde et but une longue gorgée : il l'approcha des lèvres du blessé : l'eau glissa sur le menton noirci. Mais le cœur battait : près de la poitrine du blessé, à genoux, il se demanda s'il battait encore longtemps. Il défit la lourde boucle d'argent du ceinturon du blessé et lui tourna le dos. Que se passait-il là-bas, hors du bois ?

Qui gagnait la bataille? Il se leva et s'enfonça dans le bois, loin du blessé.

Il se tâta en marchant, tout en écartant parfois les branches basses, se tâtant toujours. Il n'était pas blessé. Il n'avait pas besoin d'aide. Il s'arrêta un instant près d'une flaque d'eau et remplit sa gourde. Un petit ruisseau, mort avant de naître, s'écoulait paisiblement de la flaque et allait se perdre hors du bois, sous le soleil. Il ôta sa tunique et des deux mains mouilla sa poitrine, ses aisselles, ses épaules brûlantes, sèches, rugueuses, les muscles étirés de ses bras, la peau verdâtre, lisse, aux rudes écailles L'agitation de l'eau l'empêcha : il voulait se regarder dans la flaque d'eau. Ce corps n'était pas à lui : Regina lui avait donné un autre possesseur : elle l'avait revendiqué par chaque caresse. Il n'était pas à lui. Il était davantage à elle. Le sauver pour elle. Ils ne vivaient plus seuls et isolés; ils avaient enfin brisé les murs de la séparation; ils étaient enfin deux et un seul, pour toujours. La révolution passerait; passeraient les villages et les vies, mais jamais cela Désormais c'était sa vie, leur vie à tous deux. Il mouilla son visage. Il repartit vers la plaine.

La chevauchée de révolutionnaires se dirigeait de la plaine vers le bois et la montagne. Ils allèrent rapidement vers lui, qui, désorienté, descendit vers les villages en flammes. Il entendit les fouets claquer sur la croupe des montures, la détonation sèche des fusils et il se retrouva seul sur le terrain plat. Est-ce qu'ils s'enfuyaient? Il tourna sur lui-même, portant les mains à sa tête. Il ne comprenait pas. Il fallait partir d'un endroit, avec une mission claire, et ne jamais perdre ce fil d'or : ainsi seulement il était possible de comprendre ce qui se passait. Il suffisait d'une minute de distraction pour que l'échiquier tout entier de la guerre devînt un jeu irrationnel, incompréhensible, fait de mouvements pareils à des lambeaux épars, abrupts, dépourvus de sens. Ce nuage de poussière... ces chevaux furieux qui avançaient au galop... ce cavalier qui crie et agite une lame blanche... ce train arrêté au loin... ce tourbillon de plus en plus proche... ce soleil à chaque minute plus rapproché de la tête étourdie... ce sabre qui frôle son front... Cette chevauchée qui passe près de lui et le jette à terre...

Il se releva en caressant la blessure de son front. Il lui fallait regagner le bois : c'était le seul refuge. Il tituba. Le soleil fit fondre son regard et estompa en croûtes l'horizon, la prairie desséchée, la ligne de montagnes. En arrivant au bosquet, il s'agrippa à un tronc; il déboutonna sa tunique et déchira la manche de sa chemise. Il cracha dessus et porta cette humidité à son front balafré. Il noua le morceau d'étoffe autour de sa tête : sa tête qui éclatait lorsque les branches sèches firent un bruit de tonnerre près de lui, sous le poids de bottes inconnues. Le regard endolori s'éleva vers les jambes proches : le soldat faisait partie des troupes révolutionnaires et portait sur son dos un autre corps, un sac sanglant, défait, dont le bras n'était qu'un caillot.

— Je l'ai trouvé à l'entrée du bois. Il était en train de mourir. Il a eu le bras emporté, mon... mon lieutenant.

Le soldat brun et grand plissa les yeux pour distinguer les insignes du grade.

— Je crois qu'il est mort. Il est lourd comme un mort.

Il posa le corps à terre et l'appuya contre l'arbre : lui aussi avait fait de même une demi-heure, quinze minutes plus tôt. Le soldat approcha son visage de la bouche du blessé, il reconnut la bouche ouverte, les pommettes saillantes, les yeux fermés.

— Oui. Il est mort. Si j'étais arrivé un peu plus tôt, je l'aurais peut-être sauvé.

Il ferma les yeux du mort de sa main carrée. Il boucla la boucle d'argent et en penchant la tête, il dit entre ses dents blanches :

— Foutre, mon lieutenant. S'il n'y avait pas quelques braves comme celui-là dans le monde, nous autres, qu'est-ce qu'on deviendrait?

Il tourna le dos au soldat et au mort et repartit en courant vers la plaine. C'était préférable. Même s'il n'entendait ni ne voyait rien. Même si le monde défilait près de lui comme une ombre égarée. Même si tous les bruits de la guerre et ceux de la paix — cenzontles, vents, hurlements lointains — qui demeuraient encore devenaient ce tambour unique, sourd, qui englobait tous les bruits et les réduisait à une tristesse unie. Il trébucha sur un cadavre. Il s'agenouilla auprès de lui, sans savoir pourquoi, quelques minutes avant que cette voix se frayât un passage au milieu du tambourinement opaque de tous les bruits.

— Lieutenant... lieutenant Cruz...

La main s'arrêta sur l'épaule du lieutenant; il releva le visage.

— Vous avez une méchante blessure, lieutenant. Venez avec nous. Les fédéraux sont en fuite. Jiménez a tenu la place. Retournez avec nous au cantonnement de Río Hondo. Les cavaliers ont livré la grande bataille; ils se sont multipliés, ma parole. Venez. Vous n'êtes pas bien.

Il s'agrippa aux épaules de l'officier. Il murmura :

— Au cantonnement. Oui, allons-y.

Le fil était perdu. Le fil qui lui avait permis de parcourir, sans s'égarer, le labyrinthe de la guerre. Sans s'égarer : sans déserter. Il n'avait pas la force de tenir les rênes. Mais le cheval était attaché à la monture du major Gavilán, pendant cette promenade lente à travers la montagne qui sépare la plaine du combat de la vallée où elle l'attend. Le fil était resté en arrière. Là-bas, en bas, le village de Río Hondo n'a pas changé : c'est le même assemblage de maisons aux tuiles brisées et aux murs de briques crues, rose, rougeâtre, blanc, entouré de nopals, qu'il a quitté ce matin. Il crut distinguer, près des lèvres vertes du ravin, la maison, la fenêtre où doit l'attendre Regina.

Gavilán trottait devant lui. Les ombres du soir tombant précipitèrent la montagne fictive sur les corps las des deux militaires. Le cheval du major s'arrêta un instant, pour attendre que celui du lieutenant se mît à son pas. Gavilán lui offrit une cigarette. La mèche à peine éteinte, les chevaux reprirent le trot. Mais lui vit nettement, en allumant la cigarette, toute la douleur du visage du major et il baissa la tête. Il avait ce qu'il méritait. Ils devaient savoir la vérité sur sa désertion pendant la bataille et ils lui arracheraient ses insignes. Mais ils ne sauraient pas la vérité entière : ils ne sauraient pas qu'il avait voulu se sauver pour retourner à l'amour de Regina, et ils ne comprendraient pas s'il le leur expliquait. Ils ne sauraient pas non plus qu'il avait abandonné ce soldat blessé, qu'il aurait pu sauver cette vie. L'amour de Regina paierait la faute du soldat abandonné. Ainsi en serait-il. Il baissa la tête et crut pour la première fois de sa vie avoir honte. La honte : ce n'était pas cela qu'on pouvait voir dans les yeux clairs, francs, du major Gavilán. L'officier caressa de sa main libre sa barbe aux poils rudes, empâtés de poussière et de soleil.

— Nous vous devons la vie, lieutenant. Vous et vos hommes, vous avez retardé l'avance. Le général va vous accueillir comme un héros... Artemio... Vous permettez que je vous appelle Artemio?

Le major esquissa un sourire. Il posa sa main sur l'épaule du lieutenant et poursuivit, avec un rire sec :

— Il y a pourtant longtemps que nous nous battons ensemble, et vous voyez, nous ne nous tutoyons même pas.

Du regard, le major Gavilán sollicita une réponse. La nuit descendit avec son cristal immatériel et le dernier éclat surgit derrière les montagnes, déjà lointaines, cachées dans l'obscurité, repliées sur elles-mêmes. Au cantonnement, s'élevaient des flammes que, l'après-midi, on ne pouvait voir de loin.

— Ah, les chiens! dit tout à coup le major d'une voix entrecoupée. Ils sont entrés dans le village, vers une heure. Bien entendu, ils n'ont pas pu pénétrer dans le cantonnement. Mais ils se sont vengés sur les maisons voisines; ils en ont fait de belles. Ils ont promis de se venger de tous les villages qui nous aident. Ils ont pris dix otages et ils ont fait dire qu'ils les pendraient si nous ne rendions pas la place. Le général leur a répondu par un feu de mortiers.

Les rues étaient pleines de soldats et de gens, de

102

chiens perdus et d'enfants, perdus comme les chiens, qui pleuraient sur le seuil des portes. Quelques incendies n'en finissaient pas de s'éteindre et les femmes étaient assises au milieu de rues sur les matelas et les chaises sauvées.

— Le lieutenant Artemio Cruz, murmura Gavilán, en se penchant pour atteindre l'oreille des soldats.

— Le lieutenant Cruz.

Le murmure courut des soldats aux femmes.

Les gens s'écartèrent pour laisser passer les deux chevaux : le gris-noir du major, nerveux au milieu de la foule qui le pressait, et le noir du lieutenant, l'encolure basse, qui se laissait conduire par le premier. Quelques mains se tendirent : c'étaient les hommes du groupe de cavalerie commandé par le lieutenant. Elles serrèrent sa jambe en guise de salut; elles montrèrent le front où le sang avait taché le chiffon qui l'entourait; ils murmurèrent une félicitation sourde pour le triomphe. Ils traversèrent le village : au fond le ravin descendait à pic et les arbres se balançaient doucement sous la brise nocturne. Il leva les yeux : la maison blanche. Il chercha la fenêtre, elles étaient toutes fermées. L'éclat des chandelles éclairait l'entrée de certaines maisons. Les groupes noirs, drapés dans les rebozos, étaient accroupis devant quelques portes.

— Ne les dépendez pas! cria le lieutenant Aparicio, du haut de son cheval, qu'il faisait caracoler, tout en écartant du fouet les mains qui se levaient implorantes. Que cela reste bien gravé dans toutes les têtes! Sachez bien contre qui nous nous battons! Ils obligent les hommes du village à tuer leurs frères. Regardez bien. Ils ont massacré la tribu de Yaquis, parce qu'ils n'ont pas voulu qu'on leur arrache leurs terres. Ils ont aussi tué les ouvriers de Río Blanco et de Cananea, parce qu'ils ne voulaient pas mourir de faim. Et ils nous tueront tous si nous ne les crevons pas tous. Regardez.

Le doigt du jeune lieutenant Aparicio désigna le bouquet d'arbres proches du ravin : les cordes de sisal, mal tressées, rudes, arrachaient, encore, du sang aux cous; mais les yeux ouverts, les langues violettes, les corps sans vie à peine balancés par le vent qui soufflait de la sierra, étaient morts. A hauteur des yeux — les uns égarés, les autres furieux, la plupart doux, ne comprenant pas, pleins d'une douleur calme — il n'y avait que les sandales boueuses, les pieds nus d'un enfant, les sandales noires d'une femme. Il descendit de cheval. Il s'approcha. Il embrassa la jupe amidonnée de Regina avec un cri brisé, humide : son premier sanglot d'homme.

Aparicio et Gavilán le menèrent à la chambre de la jeune fille. Ils l'obligèrent à s'étendre, remplacèrent par un pansement le chiffon sale, nettoyèrent sa blessure. Lorsqu'ils furent sortis, il prit l'oreiller dans ses bras et y cacha son visage. Il voulait dormir, rien d'autre, et il se dit en lui-même que peut-être le sommeil pouvait à nouveau les rendre égaux, les réunir. Il se rendit compte que c'était impossible; que maintenant, sur ce lit aux moustiquaires jaunâtres, on pouvait percevoir, avec une intensité supérieure à celle de la présence, l'odeur de la chevelure humide, du corps lisse, des cuisses tièdes. Elle était là comme jamais elle n'y avait été en réalité, plus vivante que jamais dans la tête enfiévrée du jeune homme : plus elle-même, plus sienne, maintenant qu'il se la rappelait. Pendant ses courts mois d'amour, peut-être n'avait-il jamais vu la beauté des yeux avec tant d'émotion, ni pu les comparer, comme à présent, à leurs jumeaux brillants : joyaux noirs, profonde mer calme sous le soleil, fond de sable bercé dans le temps, cerises sombres de l'arbre de chair et d'entrailles chaudes. Jamais il ne lui avait dit cela. Il n'avait pas eu le temps. Il n'avait pas eu le temps de lui dire toutes ces choses de l'amour. Il n'avait pas eu le temps pour le dernier mot. Peut-être s'il fermait les yeux reviendrait-elle tout entière, vivre des caresses anxieuses qui frémissaient dans la pulpe des doigts de l'homme. Peut-être suffirait-il de l'imaginer pour l'avoir toujours près de lui. Qui sait si le souvenir peut réellement prolonger les choses, entrelacer les jambes, ouvrir les fenêtres à l'aube, peigner la chevelure et ressusciter les odeurs, les bruits, les contacts. Il se leva. Il chercha à tâtons, dans sa chambre obscure, la bouteille de mezcal[1]. Brusquement, l'alcool ne servait pas à oublier, comme tout le monde le dit, mais à faire émerger plus vite les souvenirs.

Elle retournerait aux rochers de cette plage, tandis que l'alcool blanc enflammait son estomac... Où? A cette plage mythique, qui n'avait jamais existé? A ce mensonge de la jeune fille adorée, à cette fiction d'une rencontre au bord de la mer, inventée par elle pour qu'il se sentît net, innocent, sûr de l'amour? Il jeta à terre le verre de mezcal. Voilà à quoi servait l'eau-de-vie, à mettre en déroute les mensonges. C'était un beau mensonge.

1. Eau-de-vie de maguey. (*N.d.T.*)

« — Où nous sommes-nous connus?

« — Tu ne te souviens pas?

« — Je veux que tu me le dises.

« — Tu ne te souviens pas de cette plage? J'y allais tous les après-midi.

« — Oui, je me souviens. Tu as vu le reflet de mon visage près du tien.

« — Souviens-toi : et plus jamais je n'ai voulu me voir sans ton reflet à côté du mien.

« — Oui, je me souviens. »

Il devait croire à ce beau mensonge, toujours, jusqu'à la fin. Ce n'était pas vrai : il n'était pas entré dans ce village de l'État de Sinaloa comme il était entré dans tant d'autres, en quête de la première femme qui passait, sans méfiance, dans la rue. Il était faux que cette jeune fille de dix-huit ans eût été hissée de force sur un cheval et violée en silence dans le dortoir des officiers, loin de la mer, le visage tourné vers la sierra épineuse et sèche. Il n'était pas vrai qu'il eût été pardonné en silence par l'honnêteté de Regina : lorsque la résistance fit place au plaisir et que les bras qui n'avaient jamais touché d'homme le touchèrent pour la première fois avec joie et que la bouche humide, ouverte, ne cessait de répéter, comme la nuit dernière, que oui, que oui, qu'elle avait aimé cela, qu'avec lui elle avait aimé cela, qu'elle voulait encore, qu'elle avait eu peur de ce bonheur. Regina au regard rêveur et allumé. Elle avait accepté la vérité de son plaisir et admis qu'elle était amoureuse de lui, elle avait inventé l'histoire de la mer et du reflet dans l'eau endormie pour oublier ce dont, lorsqu'il l'aimerait, il pourrait avoir honte. Femme par excellence de sa vie, Regina, pouliche pleine de saveurs, fée pure de la surprise, femme sans faux-fuyants, sans paroles de justification. Jamais elle ne connut le dégoût; jamais elle ne le chagrina de plaintes dolentes. Elle serait toujours là, dans un village ou dans un autre. Peut-être à l'instant même allait se dissiper la réalité imaginaire d'un corps inerte pendant au bout d'une corde et peut-être qu'elle... qu'elle serait déjà dans un autre village. Elle était partie en avant, voilà tout. Oui : comme toujours. Elle s'en était allée sans rien dire, vers le sud. Elle avait traversé les lignes des fédéraux et trouvé une petite chambre dans le village suivant. Oui; parce qu'elle ne pourrait pas vivre sans lui, ni lui sans elle. Oui. Le tout était de quitter le village, de prendre le cheval, d'empoigner le pistolet, de continuer l'offensive et de la retrouver à la prochaine étape.

Il chercha sa tunique dans l'obscurité. Il mit ses cartouchières en bandoulière. Dehors le cheval noir, le cheval tranquille, était attaché à un poteau. Les gens restaient groupés autour des pendus, mais il ne regarda plus de ce côté. Il monta à cheval et courut vers le cantonnement.

— Par où sont-ils partis, ces fils de putain? cria-t-il à un des soldats de garde au cantonnement.

— D' l'aut' côté du ravin, chef. On dit qu'ils se retranchent près du pont, en attendant des renforts. Paraît qu'ils veulent reprendre ce village. Venez donc manger un morceau.

Il mit pied à terre. Il se dirigea sans hâte vers les feux allumés dans le patio où se balançaient à des bâtons croisés les marmites de terre et où s'élevait le bruit des mains de femme pétrissant la masse de farine. Il plongea la louche dans le bouillon du menudo [1], il trouva le goût de l'oignon, du chile en poudre, de l'origan; il mâcha les galettes de maïs, dures, fraîches; les pieds de porc. Il était vivant.

Il arracha de l'anneau de fer rouillé la torche qui éclairait l'entrée du cantonnement. Il planta les éperons dans le ventre du cheval noir : les gens qui étaient encore dans la rue s'écartèrent; le cheval surpris voulut se cabrer, mais il tira sur les brides, piqua de nouveau les éperons et sentit, enfin, que le cheval comprenait. Ce n'était plus le cheval de l'homme blessé, de l'homme hésitant qui cet après-midi avait passé la montagne. C'était un autre cheval : il comprit. Il secoua la crinière pour que le cavalier comprenne : c'était une monture de guerre qu'il avait, aussi furieuse et aussi rapide que l'homme qui la montait. Et le cavalier brandissait la torche et éclairait, à présent, les champs par lesquels on contournait le village pour accéder au pont sur le ravin.

Un feu, aussi, éclairait l'entrée du pont. Les képis des fédéraux en renvoyaient l'éclat avec une pâleur rougeâtre. Mais les sabots du cheval noir portaient toute la force de la terre, soulevaient l'herbe et la poussière et les ronces, laissaient un sillage d'étincelles répandues par la torche que l'homme tenait dans son poing, et qui s'élança vers le poste de garde du pont, sauta par-dessus le feu allumé, déchargea son pistolet sur les yeux effrayés, sur les nuques sombres, sur les corps qui ne comprenaient pas, qui

1. Soupe faite de tripes, d'herbes, de chile et de moelle. (N.d.T.)

faisaient reculer les canons, qui ne savaient pas distinguer dans la nuit la solitude du cavalier qui doit aller vers le sud, arriver au prochain village où l'attendent...

— Laissez passer, salopards, enfants de putain! crient les mille voix de cet homme.

La voix de la douleur et du désir, la voix du pistolet, le bras qui approche la torche des caisses de poudre, et fait voler en éclats les canons et met en fuite les chevaux sans cavalier, au milieu du chaos de hennissements et de flammes et d'explosions qui maintenant ont un écho lointain dans les voix perdues du village, dans la cloche qui commence à sonner dans le clocher rougeâtre du village, dans la palpitation de la terre qui porte les sabots de la cavalerie révolutionnaire, qui maintenant passe le pont et trouve la destruction et la fuite et les feux éteints, mais qui ne trouve ni les fédéraux ni le lieutenant, qui chevauche vers le sud, brandissant la torche, avec les yeux flamboyants de son cheval : vers le sud, tenant le fil entre les mains, vers le sud.

J'AI survécu. Regina. Comment t'appelais-tu? Non. Toi, Regina. Comment t'appelais-tu, soldat sans nom? J'ai survécu. Vous autres vous êtes morts. Moi j'ai survécu. Ah, on m'a laissé tranquille. Ils croient que je suis endormi. Je me suis souvenu, je me suis souvenu de ton nom. Mais toi tu n'as pas de nom. Et tous deux avancent vers moi, la main dans la main, avec leurs orbites vidées, croyant qu'ils vont me convaincre, provoquer ma pitié. Ah, non. Vous autres, je ne vous dois pas la vie. Je la dois à mon orgueil, m'entendez-vous?, je la dois à mon orgueil. J'ai défié. J'ai osé. Des vertus? De l'humilité? De la charité? Ah, on peut vivre sans cela, on peut vivre. On ne peut pas vivre sans orgueil. De la charité? A qui aurait-elle profité? De l'humilité? Toi, Catalina, qu'aurais-tu fait de mon humilité? Avec elle tu m'aurais vaincu à force de mépris, tu m'aurais abandonné. Je sais que tu te pardonnes en imaginant la sainteté de ce sacrement. Héhé. Si ce n'avait été ma fortune, cela t'aurait été bien égal de divorcer. Et toi, Teresa, si, quoique je t'entretienne, tu me hais, tu m'insultes, qu'aurais-tu fait si tu m'avais haï dans la misère, insulté dans la pauvreté? Imaginez-vous sans mon orgueil, pharisiennes, imaginez-vous perdues dans cette multitude aux pieds enflés, attendant éternellement un autobus à tous les coins de rue de la ville, imaginez-vous employées dans un magasin, dans un bureau, tapant à la machine, faisant des paquets, imaginez-vous faisant des économies pour acheter une voiture à crédit, allumant des cierges à la Vierge pour conserver l'illusion, payant les mensualités d'un terrain, soupirant après un réfrigérateur, imaginez-vous assises dans un cinéma de quartier tous les samedis, mangeant des cacahuètes, essayant de trouver un taxi à la sortie, goûtant en ville une fois par mois, imaginez-vous avec toutes les justifications que je vous ai évitées, imaginez-vous obligées de crier le Mexique n'a pas son pareil pour vous sentir vivantes, imaginez-vous obligées de vous sentir fières des sarapes et de Cantinflas et de la musique des mariachis et du mole [1] de Puebla pour vous sentir vivantes, ah-aïe, imaginez-vous obligées de croire réellement au vœu, au pèlerinage, aux sanctuaires, à l'efficacité de la prière pour vous maintenir vivantes.

— *Domine, non sum dignus...*

« — Salut. Premièrement, ils veulent suspendre tous les emprunts de banques nord-américaines aux Chemins de fer du Pacifique. Vous savez combien les Chemins de fer paient chaque année en intérêts des emprunts ? Trente-neuf millions de pesos. Deuxièmement, ils veulent vider tous les membres de la commission de modernisation des Chemins de fer. Savez-vous combien ils nous rapportent ? Dix millions par an. Troisièmement, ils veulent vider tous ceux qui comme nous gèrent les emprunts nord-américains aux Chemins de fer. Vous saviez combien vous avez gagné et combien j'ai gagné l'an dernier...?

« — *Three millions pesos each...*

« — Exactement. Et ce n'est pas tout. Ayez l'amabilité de télégraphier à la National Fruit Express que ces leaders communistes veulent suspendre la location de wagons frigorifiques qui rapporte à la compagnie vingt millions de pesos par an et à nous une bonne commission. Salut. »

Héhé. Ça, c'était envoyé. Des toquards. Si je ne défendais pas leurs intérêts, des toquards. Ah, barrez-vous tous, laissez-moi écouter. Voyons si vous allez comprendre. Voyons si vous allez comprendre ce que signifie le bras replié comme ceci...

« — Assieds-toi, ma cocotte. Je suis à toi. Díaz, faites bien attention de ne pas laisser passer une seule

1. Plat composé de viande de dindon, épicée de chile et d'absinthe. (*N.d.T.*)

ligne à propos de la répression de ces trublions par la police.

« — C'est qu'il y a un mort, je crois, monsieur. Et puis ça s'est passé en plein centre de la ville. Il sera difficile...

« — Rien du tout. Ce sont des ordres d'en haut.

« — Mais je sais qu'un journal des ouvriers va publier la nouvelle.

« — Et alors, à quoi pensez-vous? Est-ce que je ne vous paie pas pour penser? Est-ce que le service de presse du ministère ne vous paie pas pour penser? Faites le nécessaire à la Délégation : qu'on fasse fermer cette imprimerie... »

Qu'il me faut peu de chose pour penser. Une étincelle. Une étincelle pour donner vie à ce réseau complexe, énorme. D'autres ont besoin d'un courant électrique puissant qui, moi, me tuerait. J'ai besoin de naviguer en eaux troubles, de me porter à de longues distances, de repousser les ennemis. Ah oui. Ça tourne. Pas intéressant.

« — María Luisa. Ce Juan Felipe Couto, comme toujours, veut faire le malin... C'est tout, Díaz... Passe-moi le verre d'eau, ma jolie. Je disais : il veut faire le malin, comme Federico Robles, tu te souviens? Mais avec moi ça ne marchera pas...

« — Quand cela, mon capitaine?

« — Il avait obtenu grâce à mon aide l'adjudication pour la construction de cette route dans l'État de Sonora. Je l'ai même aidé à faire accepter un devis au moins trois fois supérieur au prix de revient réel des travaux, étant entendu que la route passerait par les terres irrigables que j'avais achetées aux gros propriétaires. Je viens d'apprendre que ce faux jeton

112

a acheté des terres dans ce coin-là lui aussi et qu'il a l'intention de détourner le tracé de la route pour qu'elle passe par ses propriétés...

« — Quel salaud ! Il a pourtant l'air régulier.

« — Bon, alors tu as compris, ma cocotte ; tu fais passer quelques potins dans ta rubrique à propos du divorce imminent de notre grosse légume. Vas-y doucement, simplement pour lui faire un peu peur.

« — Et puis nous avons des photos de Couto dans un cabaret en compagnie d'une petite blonde qui de toute évidence n'est pas madame Couto.

« — Garde-les pour le cas où il ne réagirait pas... »

On dit que les cellules de l'éponge ne sont réunies par rien et que pourtant l'éponge forme un tout : on le dit, et je me le rappelle parce qu'on dit que si on déchire d'un coup sec l'éponge, les morceaux d'éponge se réunissent, que l'éponge ne perd jamais son unité, qu'elle cherche à agréger à nouveau ses cellules éparses, et ne meurt jamais, ah, ne meurt jamais.

— Ce matin-là, je l'attendais avec joie. Nous avons passé le fleuve à cheval.

— Tu as pris de l'ascendant sur lui et tu me l'as arraché.

Il se relève au milieu des cris indignés des femmes et il les prend par le bras et moi je continue à penser au charpentier et ensuite à son fils et à ce que nous aurions évité si on l'avait laissé en liberté avec ses douze agents de relations publiques, en liberté comme une chèvre, vivant de l'histoire des miracles, se faisant nourrir gratis, loger gratis et partageant avec les rebouteux sacrés, jusqu'à ce qu'il soit vaincu

113

par la vieillesse et l'oubli et Catalina et Teresa et Gerardo s'assoient dans les fauteuils au fond de la chambre. Combien de temps tarderont-elles à faire venir un curé, à hâter ma mort, à m'arracher des confessions? Ah, elles voudraient bien savoir. Comme je vais m'amuser. Comme je vais m'amuser. Toi, Catalina, tu serais capable de me dire ce que tu ne m'as jamais dit pour m'attendrir et savoir cela. Ah, mais je sais ce que tu voudrais savoir. Et le visage pointu de ta fille ne le dissimule pas. Il ne tardera pas à se montrer, ce pauvre diable, à questionner, à pleurnicher, pour voir s'il peut enfin jouir de tout cela. Ah, que vous me connaissez mal. Vous croyez qu'on peut dilapider une telle fortune en la partageant entre trois bouffons, entre trois chauves-souris qui ne savent même pas voler? Trois chauves-souris sans ailes : trois rats. Je sais qu'elles me méprisent. Qu'elles ne peuvent éviter la haine des mendiants. Qu'elles détestent les fourrures qui les couvrent, les maisons qu'elles habitent, les bijoux qu'elles portent, parce que c'est moi qui les leur ai donnés. Non, ne me touchez pas maintenant...

— Laissez-moi...

— Tu sais, Gerardo est là... Gerardito... ton gendre... regarde.

— Ah, le pauvre diable...

— Don Artemio...

— Maman, je n'en peux plus, je n'en peux plus, je n'en peux plus!

— Il est malade...

— Bah, je finirai bien par me lever, vous verrez...

— Je t'ai dit qu'il jouait la comédie.

— Laisse-le se reposer.

— Je te dis qu'il joue la comédie! Comme d'habitude pour se moquer de nous comme d'habitude comme d'habitude.

— Non, non, le médecin dit...

— Qu'est-ce qu'il sait le médecin. Moi je le connais mieux. Encore un de ses mauvais tours.

— Ne dis rien!

Ne dis rien. Cette huile. On me passe cette huile sur les lèvres. Sur les paupières. Sur les ailes du nez. Elles ne savent pas ce que cela a coûté. Elles n'ont pas eu à décider, elles. Sur les mains. Sur les pieds glacés que je ne sens plus. Elles ne savent pas, elles. Elles n'ont pas eu à tout risquer. Sur les yeux. On m'ouvre les jambes et on me passe cette huile sur les cuisses.

— *Ego te absolvo.*

Elles ne savent pas. Elle n'a pas parlé. Elle n'a pas dit.


TU vivras soixante et onze ans sans te rendre compte : tu ne t'arrêteras pas à penser que ton sang circule, que ton cœur bat, que ta vésicule se vide de liquides séreux, que ton foie sécrète de la bile, que ton rein produit de l'urine, que ton pancréas règle le taux de sucre dans ton sang; tu n'as pas provoqué ces fonctions par ta pensée : tu sauras que tu respires mais tu n'y penseras pas parce que cela ne dépend pas de ta pensée : tu t'en désintéresseras et tu vivras : tu pourras dominer tes fonctions, feindre la mort, passer à travers le feu, supporter un lit de tessons :

simplement, tu vivras et tu laisseras les fonctions se débrouiller toutes seules. Jusqu'à aujourd'hui. Aujourd'hui où les fonctions involontaires t'obligeront à te rendre compte, te domineront et finiront par détruire ta personnalité : tu penseras que tu respires chaque fois que l'air se fraiera avec peine un passage vers tes poumons, tu penseras que le sang circule en toi chaque fois que les vaisseaux de ton abdomen battront avec cette présence douloureuse : elles te vaincront parce qu'elles t'obligeront à te rendre compte de la vie au lieu de la vivre. Triomphe. Tu voudras l'imaginer — si grande est la lucidité qui t'oblige à percevoir le plus faible battement, tous les mouvements d'attraction, de séparation, et même le plus terrible, le mouvement de ce qui ne bouge plus — et au fond de toi, dans tes entrailles, cette membrane séreuse tapissera la cavité de ton abdomen et épousera le contour des viscères et l'un de ses replis, ce repli de tissu, de vaisseaux sanguins et lymphatiques qui unit l'estomac et l'intestin aux parois abdominales, ce repli de cellules adipeuses, cessera d'être irrigué par la grosse artère du tronc cœliaque de ton sang qui alimente ton estomac et tes viscères abdominaux, pénètre dans la naissance du repli et descend obliquement vers la racine du mésentère, après être passée derrière le pancréas, donnant naissance à une autre artère qui irrigue ton troisième duodénum, ton aorte, ta veine cave inférieure, ton uretère, ton nerf génito-crural et les vaisseaux de tes testicules. Cette artère travaillera, tachée, épaisse, rouge, pendant soixante et onze ans, sans que tu le saches. Aujourd'hui tu le sauras. Elle va s'arrêter. Le lit va se sécher. Pendant soixante et onze ans cette artère fournira un effort épuisant : au cours de sa descente, il y a un moment où, pressée par un segment de ta colonne vertébrale, elle devra avancer, en même temps, vers le bas, vers l'avant et abruptement vers l'arrière de nouveau. Pendant soixante et onze ans ton artère mésentérique subira, à cause de cette pression, cette épreuve, fera ce saut périlleux. Aujourd'hui elle ne pourra plus. Aujourd'hui elle ne résistera pas à la pression. Aujourd'hui, dans ce rapide mouvement de piston vers le bas, vers l'avant, vers l'arrière, elle s'arrêtera, convulsée, congestionnée, épuisée, masse de sang paralysée, rocher violet qui obstruera ton intestin : tu sentiras ce battement de la pression de plus en plus forte, tu le sentiras : c'est ton sang qui s'arrête pour la première fois, qui cette fois n'atteint pas le rivage de ta vie, s'arrête pour se congeler dans la chaleur fiévreuse de ton intestin, pour se pourrir, son flux arrêté, sans avoir atteint le rivage de ta vie :

Et c'est alors que Catalina s'approchera de toi, te demandera si tu n'as besoin de rien, toi qui ne pourras qu'être attentif à ta douleur croissante, que tenter de la repousser par la volonté de dormir, de reposer, alors que Catalina ne pourra éviter ce geste, cette main avancée qu'aussitôt elle retirera, craintive, pour l'unir à l'autre sur ses seins de matrone, pour l'écarter à nouveau de l'autre et, cette fois, l'approcher, en tremblant, de ton front : elle caressera ton front et tu ne t'en apercevras pas, perdu que tu seras dans la concentration aiguë de la douleur, tu ne t'apercevras pas que pour la première fois depuis bien des décades Catalina approche sa main de ton front, caresse ton front, écarte les mèches grison-

117

nantes, trempées de sueur, qui le recouvrent et qu'elle le caresse à nouveau, avec une crainte reconnaissante, en fin de compte, d'être dominée par la tendresse, avec une tendresse honteuse d'elle-même, avec une honte qui en fin de compte semble apaisée par la certitude que tu ne t'aperçois pas qu'elle te caresse, que peut-être elle fait passer avec ses doigts, dans ton front, des mots qui veulent se mêler à tes souvenirs qui ne cessent d'affluer, perdus au fond de ces heures, inconscients, échappant à ta volonté mais fondus dans ta mémoire involontaire qui se glisse dans les fentes de ta douleur et te répète, à présent, les mots que tu n'as pas entendus alors. Elle aussi pensera à son orgueil. Alors naîtra l'étincelle. Alors tu l'entendras, dans ce miroir commun, dans cette eau dormante qui reflétera vos deux visages, qui les noiera lorsqu'ils voudront se rapprocher pour un baiser, dans le reflet liquide de leurs visages : pourquoi ne regardes-tu pas de ce côté?; là se tiendra Catalina dans sa chair; pourquoi cherches-tu à lui donner un baiser dans le froid reflet de l'eau?, pourquoi n'approche-t-elle pas son visage du tien, pourquoi, comme toi, le plonge-t-elle dans les eaux dormantes et te répète-t-elle, maintenant que tu ne l'entends pas : « Je me suis laissée aller »? Peut-être sa main te parle-t-elle d'une liberté excessive qui met en déroute la liberté. La liberté qui élève une tour sans fin, n'atteint pas le ciel, mais ouvre un abîme dans l'abîme, brise la terre : tu la nommeras : séparation : tu te refuseras : orgueil : tu survivras, Artemio Cruz : tu survivras parce que tu t'exposeras : tu t'exposeras au risque de la liberté : tu surmonteras le risque et dépourvu d'ennemis, tu feras de toi ton propre ennemi pour continuer la bataille de l'orgueil : tous les autres une fois vaincus, il ne te restera qu'à te vaincre toi-même : ton ennemi sortira du miroir pour livrer la dernière bataille : la nymphe ennemie, la nymphe à l'haleine épaisse, fille de dieux, mère du séducteur bouc, mère du seul dieu mort au temps de l'homme : du miroir sortira la mère du Grand Dieu Pan, la nymphe de l'orgueil, ton double, encore ton double : ton dernier ennemi, sur la terre vidée des vaincus par ton orgueil : tu survivras : tu découvriras que la vertu est seulement désirable, mais que la superbe est seulement nécessaire : et pourtant, cette main qui en ce moment caresse ton front parviendra enfin, de sa petite voix, à faire taire le cri des défis, à te rappeler que seulement à la fin, même à la fin, la superbe est superflue et l'humilité nécessaire : ses doigts pâles toucheront ton front fiévreux, voudront calmer ta douleur, voudront te dire aujourd'hui ce qu'ils ne t'ont pas dit voici quarante-trois ans :


(1924 : 3 JUIN)

IL ne l'entendit pas le dire, lorsqu'elle se réveilla de son insomnie. « Je me suis laissée aller. » Étendue à côté de lui. La chevelure châtaine recouvrait son visage et dans tous les replis de la chair elle sentit cette humidité lasse, cette fatigue de l'été. Elle passa une main sur sa bouche et prévit le nouveau jour de soleil vertical, l'averse de l'après-midi, le passage nocturne de la chaleur écrasante à la fraîcheur et ne

119

voulut pas se rappeler ce qui s'était passé pendant la nuit. Elle cacha le visage dans l'oreiller et répéta :

— Je me suis laissée aller.

L'aube effaça les panaches de la nuit et pénétra, froide et claire, par la fenêtre entrouverte de la chambre. Elle souligna de nouveau les détails que l'obscurité avait confondus en une seule étreinte.

« Je suis jeune ; j'ai le droit... »

Elle mit sa chemise de nuit et s'enfuit loin de l'homme avant que le soleil n'ait gravi la ligne des montagnes.

« J'ai le droit ; il est béni par l'Église. »

A présent, de la fenêtre de sa chambre, elle le vit couronner au loin le Citlaltépetl. Elle berça l'enfant dans ses bras et resta près de la fenêtre.

« Oh, quelle faiblesse ; toujours le réveil, cette faiblesse, cette haine, ce mépris que je n'arrive pas à éprouver... »

Son regard croisa celui de cet Indien souriant qui franchissait la grille du jardin, ôtait son chapeau de paille et inclinait la tête...

« ... lorsque je me réveille et que je regarde son corps endormi près de moi... »

Ses dents blanches brillaient, surtout lorsqu'il s'approchait.

« M'aime-t-il vraiment ? »

Le maître fourra sa chemise dans son pantalon étroit et l'Indien tourna le dos à la fenêtre de la femme.

« Cinq ans ont passé déjà... »

Elle tourna le dos à la campagne.

— Qu'est-ce qui t'amène si tôt, Ventura ?

— Mes oreilles me conduisent. Je peux remplir la calebasse?

— Tout va bien, au village?

Ventura fit oui de la tête; il alla vers le bassin; il plongea la calebasse dans l'eau; il but une gorgée; il la remplit à nouveau.

« Peut-être que lui-même a oublié les raisons de notre mariage... »

— Et qu'est-ce qu'elles te disent, tes oreilles?

— Que le vieux don Pizarro ne peut pas vous voir en peinture.

— Ça, je le sais.

— Et mes oreilles disent qu'il va profiter du tumulte d'aujourd'hui dimanche pour prendre sa revanche...

« ... et que maintenant il m'aime vraiment... »

— Bénies soient tes oreilles, Ventura.

— Bénie soit ma mère qui m'a appris à les avoir toujours bien lavées et bien propres.

— Tu sais ce qu'il faut faire.

« ... qu'il m'aime et qu'il admire ma beauté... »

L'Indien rit silencieusement, caressa les bords de son chapeau effiloché et regarda vers la terrasse couverte d'un auvent de tuiles, où cette belle femme s'était assise sur le fauteuil à bascule.

« ... ma passion... »

Ventura la revoyait, depuis des années assise toujours au même endroit, parfois avec un ventre rond et gros, parfois svelte et silencieuse, toujours étrangère aux allées et venues des charrettes chargées de grain, aux meuglements des taureaux marqués au fer, à la chute sèche des fruits de tejocote pendant l'été dans le jardin planté par le nouveau maître autour de la maison de campagne. « ... ce que je suis... »

Elle observait les deux hommes. Elle observait avec le regard d'un lapin qui mesure la distance qui le sépare des loups. La mort de don Gamaliel l'avait dépouillée, subitement, des défenses orgueilleuses des premiers mois : le père avait représenté une continuité de l'ordre et de la hiérarchie et dès la première grossesse avait justifié l'éloignement, la pudeur et les avertissements.

« Mon Dieu, pourquoi ne puis-je être la même la nuit que le jour? »

Et lui, en tournant la tête pour suivre le regard de l'Indien, rencontra le visage immobile de sa femme et se dit que pendant ces premières années la froideur lui avait été indifférente; lui-même avait manqué de volonté pour porter attention à ce monde, à ce monde secondaire de ce qui n'arrive pas à se façonner, à se former, à trouver son nom, à se sentir avant de se nommer.

« ... la nuit que le jour?... »

Un autre, plus urgent, le sollicitait.

(« — Monsieur le gouvernement ne s'occupe pas de nous, monsieur Artemio, alors nous sommes venus vous demander de nous donner un coup de main.

« — Je suis là pour ça, mes enfants. Vous aurez votre chemin vicinal, je vous le promets, mais à une condition : vous ne porterez plus vos récoltes au moulin de don Cástulo Pizarro. Vous ne voyez pas que ce vieux refuse de distribuer le moindre bout de terre? Ne le soutenez pas. Apportez tout à mon moulin et laissez-moi mettre les récoltes sur le marché.

« — Vous avez raison, mais don Pizarro nous tuera si nous faisons ça.

« — Ventura, distribue les carabines à ces garçons pour qu'ils apprennent à se défendre. »)

Elle se balança lentement. Elle se rappelait, elle comptait les jours et souvent les mois pendant lesquels ses lèvres ne n'étaient pas desserrées. « Il ne m'a jamais reproché la froideur avec laquelle je le traite pendant le jour. »

Tout semblait se mouvoir sans qu'elle y eût nulle part et l'homme fort qui mettait pied à terre, les doigts calleux et le front plissé de poussière et de sueur passait, le fouet à la main, et allait se jeter sur le lit pour s'éveiller à nouveau avant le soleil et entreprendre, chaque jour, la longue promenade de la fatigue sur les terres qui devaient produire, rendre : être, consciemment, son piédestal.

« On dirait qu'il se contente de cette passion avec laquelle je l'accepte la nuit. »

Terres à maïs, dans l'exigu espace irrigué qui entourait les constructions de la vieille hacienda : Bernal, Labastida, Pizarro ; terres à maguey et à pulque plus loin, où recommençait le tepetate.

(« — Est-ce qu'ils se plaignent, Ventura ?

« — Ils ne le disent pas, maître, parce que malgré tout ça va mieux à présent qu'avant, pour eux. Mais ils se rendent compte que vous avez partagé les terres non irriguées et que vous avez gardé celles qu'on peut arroser.

« — Et quoi d'autre ?

« — Eh bien que vous continuez à faire payer des

intérêts sur ce que vous prêtez, tout comme don Gamaliel avant.

« — Écoute, Ventura. Tu vas aller leur expliquer que les intérêts vraiment élevés, c'est aux gros propriétaires comme ce Pizarro et aux commerçants, que je les fais payer. Maintenant, dis-leur bien que s'ils se sentent lésés dans les prêts que je leur fais, moi je les suspendrai. Je croyais leur rendre service...

« — Non, ce n'est pas ça...

« — Dis-leur que dans peu de temps je vais faire payer les hypothèques à Pizarro et qu'alors je leur donnerai les terres irrigables que j'aurais enlevées au vieux. Dis-leur d'attendre et d'avoir confiance : ils verront bientôt. »)

C'était un homme.

« Mais cette lassitude, cette préoccupation l'éloignaient. Je n'ai pas demandé cet amour hâtif qu'il m'a donné de loin en loin. »

Don Gamaliel, qui aimait beaucoup la société, les promenades et les commodités de la ville de Puebla, avait négligé sa résidence campagnarde et laissé son gendre tout gérer à sa guise.

« J'ai accepté comme il l'avait souhaité. Il m'a demandé de ne pas hésiter, de ne pas discuter. Mon père. On m'avait achetée et je devais rester ici... »

Mais tant que son père vivrait et qu'elle pourrait, tous les quinze jours, aller à Puebla passer la journée auprès de lui, remplir les placards des confiseries et des fromages préférés, faire ses dévotions avec lui à l'église San Francisco, s'agenouiller devant la momie du Bienheureux Sebastián de Aparicio, parcourir le marché de El Parián, faire le tour de la place d'armes, prendre de l'eau bénite dans les grands bénitiers de pierre de la cathédrale de style herrérien et simplement regarder son père aller et venir de la bibliothèque au patio...

« Ah oui, bien sûr, il me protégeait, lui, il me soutenait. »

... les raisons d'une vie meilleure ne seraient pas perdues tout à fait et le monde habituel et cher, les années d'enfance, posséderaient une réalité suffisante pour lui permettre de retourner à la campagne, à son mari, sans peine.

« Sans voix ni expression, achetée, témoin muet de cet homme. »

Elle pouvait imaginer qu'elle était un visiteur de passage dans ce monde étranger, pétri dans l'argile par son mari.

Elle possédait son monde réel dans le patio ombragé de Puebla, dans les plaisirs du lin frais étendu sur la table d'acajou, dans le contact de la vaisselle peinte à la main et des couverts d'argent, dans l'odeur.

« ... de poires confites, de coing, de compotes de pêches... »

(« — Je sais que vous avez acculé don León Labastida à la ruine. Ces trois maisons de Puebla valent une fortune.

« — Voyez-vous, Pizarro, Labastida demande prêt sur prêt, sans penser aux intérêts. C'est lui-même qui s'est mis la corde au cou.

« — Vous êtes sans doute très heureux de voir s'écrouler les vieux orgueils. Mais avec moi, ça ne sera pas possible. Je ne suis pas un pauvre type comme ce Labastida.

« — Tenez ponctuellement vos engagements et ne vous occupez pas de ce qui peut arriver.

« — Moi, personne ne m'aura. Cruz, ça, je vous le jure bien. »)

Don Gamaliel sentit sa mort prochaine et il régla pour lui-même des obsèques luxueuses dans tous les détails. Le gendre ne put lui refuser les mille pesos sonnants que le vieux exigea. Le rhume chronique se fit plus tenace et plus dur, comme une bulle de verre en fusion exposée au soleil et brusquement sa poitrine se ferma et ses poumons ne purent recevoir d'autre air que celui, rare, froid, qui parvenait à se glisser entre les fentes d'une masse d'humeur, de tissus irrités et de sang.

« Ah oui, l'objet d'un plaisir occasionnel. »

Le vieux commanda un char funèbre à applications d'argent, recouvert d'un dais de velours noir et traîné par huit chevaux qui devaient avoir des harnais ornés d'argent et porter un panache noir sur la crinière. Il se fit conduire dans son fauteuil à roulettes au balcon du salon tandis que le char et les chevaux harnachés passaient et repassaient dans la rue, devant ses yeux enfiévrés.

« Mère ? Un enfantement sans joie, sans douleur. »

Il dit à la jeune épouse de sortir de la vitrine les quatre grands chandeliers d'or et de les faire briller : ils seraient disposés autour de lui au cours de la veillée funèbre et de l'office des morts. Il lui demanda de le raser elle-même, car la barbe continue à pousser encore pendant plusieurs heures : le cou et les pommettes seulement, et quelques coups de ciseaux à la barbiche et aux moustaches. De lui mettre le

126

plastron dur et le frac, et de donner du poison au mâtin.

« Immobile et muette ; par orgueil. »

Il légua ses propriétés à sa fille et en confia l'usufruit et la gestion à son gendre. Il n'en fit mention que dans le testament. Il la traita, plus que jamais, comme la gamine qui avait grandi auprès de lui et ne souffla mot de la mort du fils, ni de cette visite, la première. La mort semblait être l'occasion d'écarter pieusement tous ces faits et de rétablir, en un acte final, le monde perdu.

« Ai-je le droit de détruire son amour, si son amour est véritable ? »

Deux jours avant de mourir, il abandonna le fauteuil à roulettes et se coucha dans son lit. Appuyé contre une masse d'oreillers, il conservait sa pose élégante et roide, son profil aquilin et soyeux. Parfois il tendait la main pour s'assurer que sa fille était là. Le mâtin gémissait sous le lit. La ligne des lèvres, enfin, s'ouvrit dans un spasme de terreur et la main ne put plus se tendre. Elle resta sur la poitrine immobile. Elle demeura là, contemplant cette main. C'était la première fois qu'elle voyait la mort de près. Sa mère était morte quand elle était toute petite. Gonzalo était mort au loin.

« Alors, c'est ce calme si proche, cette main qui ne bouge pas. »

Bien peu de familles suivirent le grand char funèbre à l'église San Francisco d'abord et au cimetière sur la colline ensuite. On craignait, peut-être, de le rencontrer, lui. Son mari mit en location la maison de Puebla.

« Comme j'étais désemparée, cette fois-là. L'enfant

ne suffisait pas. Lorenzo ne suffisait pas. Je me mis à penser à ce qu'aurait pu être ma vie avec celui-là, le fiancé que je n'avais connu que derrière la grille de la fenêtre ; la vie que celui-ci avait empêchée. »

(« — Toute la journée le vieux Pizarro est assis là, devant les bâtiments de l'hacienda, un fusil à la main. Il ne lui reste plus que l'habitation.

« — Oui, Ventura. C'est tout ce qui lui reste.

« — Il lui reste aussi quelques gars qui se disent très braves et qui lui sont fidèles jusqu'à la mort.

« — Oui, Ventura. N'oublie pas leur figure. »)

Un soir elle s'aperçut qu'elle l'épiait sans le vouloir. Insensiblement, elle oublia cette indifférence sans affectation des premières années pour se mettre à guetter, aux heures grises du crépuscule, le regard de son mari, les mouvements mesurés de l'homme qui étendait les jambes sur le tabouret de cuir ou s'accroupissait pour allumer le feu dans la vieille cheminée pendant les heures froides de la campagne.

« Ah, ce dut être un regard faible, plein de pitié pour moi-même, quêtant son regard à lui ; inquiet, oui, car je ne pouvais surmonter la tristesse et le désarroi dans lesquels m'avait laissée cette mort. J'ai cru que cette inquiétude n'était qu'à moi seule... »

Elle ne se rendit pas compte que, en même temps, un homme nouveau s'était mis à l'observer avec de nouveaux yeux calmes et confiants, comme s'ils voulaient lui faire comprendre que le temps dur était révolu.

(« — A présent, ils sont tous à demander quand vous allez leur distribuer les terres de don Pizarro.

« — Dis-leur d'attendre. Ils ne voient donc pas que Pizarro ne veut pas encore s'avouer vaincu ? Dis-leur d'attendre avec leurs carabines au cas où le vieux oserait me faire des ennuis. Quand les choses seront calmées, alors je leur distribuerai les terres.

« — Moi, je vous garde le secret. Je sais bien que les bonnes terres de don Pizarro, vous les vendez à des colons en échange de lots à Puebla.

« — Les petits propriétaires donneront aussi du travail aux paysans, Ventura. Tiens, prends ça et reste tranquille...

« — Merci, don Artemio. Vous savez bien que moi je... »)

Et que maintenant, une fois bien établis les fondements du bien-être, il était un autre homme, prêt à lui démontrer que sa force servait elle aussi aux actes du bonheur. Le soir où ces regards, enfin, s'arrêtèrent pour s'offrir un instant d'attention silencieuse, elle pensa pour la première fois depuis longtemps à sa coiffure et porta une main à sa nuque aux cheveux châtains.

« ... alors qu'il me souriait, debout près de la cheminée, avec... avec une sorte de candeur... Ai-je le droit de me refuser à moi-même un bonheur possible...? »

(« — Dis-leur de me rendre les carabines, Ventura. Ils n'en ont plus besoin, maintenant. A présent chacun a sa parcelle et les grandes étendues sont à moi ou à mes protégés. Ils n'ont rien à craindre, maintenant.

« — Bien sûr, maître. Ils sont d'accord et vous remercient de votre aide. Il y en avait qui rêvaient d'avoir davantage, mais à présent ils sont d'accord de nouveau et ils disent que c'est mieux que rien.

« — Choisis dix ou douze des plus costauds et

donne-leur les carabines. Il ne faudrait pas qu'il y ait des mécontents d'un côté ou de l'autre. »)

« Ensuite j'ai éprouvé de la rancune. Je me suis laissée aller... Et cela m'a plu. Quelle honte. »

Il désirait effacer le souvenir de l'origine et se faire aimer en excluant toute mémoire de l'acte qui l'avait obligée à le prendre pour époux. Étendu auprès de sa femme, il demandait en silence — cela elle le comprit — que les doigts en ce moment entrelacés fussent plus qu'une réponse immédiate.

« Peut-être avec l'autre aurais-je éprouvé quelque chose de plus; je ne sais pas; je n'ai connu que l'amour de mon époux; ah, donné avec une passion exigeante, comme s'il ne pouvait vivre un instant de plus sans savoir que je le paie de retour... »

Il se faisait des reproches à l'idée que les apparences lui étaient contraires. Comment lui faire admettre qu'il l'avait aimée dès le moment où il l'avait vue passer dans une rue de Puebla, avant de savoir qui elle était?

« Mais lorsque nous nous séparons, lorsque nous dormons, lorsque nous commençons à vivre une nouvelle journée, je sens qu'il me manque cela, les attitudes, les gestes qui pourraient prolonger dans la vie du jour cet amour de la nuit. »

Il aurait pu le lui dire, mais une explication en aurait entraîné une autre et toutes les explications auraient conduit vers un certain jour et un certain lieu, vers un cachot, une nuit d'octobre. Il voulait éviter ce retour; il comprit que pour y parvenir il ne pouvait que la faire sienne sans paroles; il se dit que la chair et la tendresse parleraient sans avoir besoin de paroles. Cette jeune fille comprendrait-elle tout ce qu'il voulait lui dire en la prenant dans ses bras? Saurait-elle apprécier l'intention de la tendresse? La réponse sexuelle qu'elle lui faisait n'était-elle pas excessive, imitée, apprise? Dans cette involontaire représentation de la femme, toute promesse de compréhension véritable ne se perdait-elle pas?

« — Peut-être était-ce de la pudeur. Peut-être l'envie que cet amour dans l'obscurité fût, vraiment, exceptionnel. »

Mais il n'osait pas poser de questions, parler. Il comptait que les faits finiraient par s'imposer; l'habitude, la fatalité, la nécessité aussi. Vers quoi pouvait-elle regarder? Son seul avenir était auprès de lui. Peut-être cette simple évidence parviendrait-elle à lui faire oublier le reste, le début. Il s'endormait à côté de la femme avec ce désir, déjà devenu rêve.

« Moi, demander pardon d'avoir oublié dans le plaisir les motifs de ma rancune... Mon Dieu, comment puis-je répondre à cette force, à l'éclat de ces yeux verts? Quelle peut être ma propre force, dès l'instant que ce corps rude, tendre, me prend dans ses bras sans me demander la permission, ni pardon de ce que j'aurais pu lui reprocher... Ah, cela n'a pas de nom; les choses arrivent avant qu'on puisse leur donner un nom... »

(« — Il y a tant de silence cette nuit, Catalina... Tu as peur de le rompre? Il te dit quelque chose?

« — Non... Ne parle pas.

« — Tu ne me demandes jamais rien. J'aimerais que parfois...

« — Je te laisse parler. Toi tu sais — les choses — que...

« — Oui. Il n'est pas nécessaire de parler. Tu me plais, tu me plais... je n'ai jamais pensé... »)

Elle se laisserait aller. Elle se laisserait aimer; mais au réveil de nouveau elle se rappellerait tout et opposerait sa silencieuse rancune à la force de l'homme.

« Je ne te le dirai pas. Tu me domines la nuit. Je te domine le jour. Je ne te le dirai pas. Que je n'ai jamais cru ce que tu nous as raconté. Que mon père savait dissimuler son humiliation sous sa distinction, en homme courtois qu'il était, mais que je peux le venger en secret et pendant toute la vie. »

Elle se levait du lit, ramassait sa chevelure en une tresse, sans regarder vers le lit en désordre. Elle allumait la veilleuse et priait en silence, comme en silence elle démontrerait, pendant les heures où brillait le soleil, qu'elle n'avait pas été dominée, malgré la nuit, la seconde grossesse, le ventre gros qui proclamait le contraire. Et ce n'était qu'aux seuls moments de véritable solitude, lorsque ni la rancune du passé ni la honte du plaisir n'occupaient sa pensée, qu'elle savait se dire avec honnêteté que lui, sa vie, sa force,

« ... m'offrent cette étrange aventure, qui me remplit de crainte... »

C'était une invitation à l'aventure, à se lancer tête baissée vers un futur inconnu, dans lequel les procédés ne seraient pas sanctionnés par la sainteté de l'usage. Elle inventait, elle créait tout de toutes pièces, comme si rien ne s'était passé avant, Adam sans père, Moïse sans Tables. Telle n'était pas la vie, tel n'était pas le monde selon l'ordre de don Gamaliel.

« Qui est-il? Comment a-t-il surgi de lui-même? Non, je n'ai pas le courage nécessaire pour l'accompagner. Il faut me retenir. Je ne dois pas pleurer lorsque je me rappelle ma vie d'enfant. Quelle nostalgie. »

Elle comparait les jours heureux de l'enfance avec ce galop incompréhensible de visages rudes, d'ambitions, de fortunes anéanties ou créées à partir du néant, d'hypothèques éteintes, d'intérêts caducs, d'orgueils domptés.

(« — Il nous a réduits à la misère. Nous ne pouvons pas te fréquenter; tu as une part de ce qu'il nous fait. »)

C'était vrai. Cet homme.

Cet homme qui me plaît irrémédiablement, cet homme qui peut-être m'aime vraiment, cet homme auquel je ne sais que dire, cet homme qui me fait passer du plaisir à la honte, de la honte la plus déprimante au plaisir le plus, le plus... »

Cet homme était venu les détruire : il les avait bel et bien détruits, et elle n'avait sauvé que son corps, mais non son âme, en se vendant à lui. Elle passa de longues heures à la fenêtre ouverte sur la campagne, perdue dans la contemplation de la vallée parsemée de piments d'Amérique, tout en balançant le berceau de l'enfant, en attendant le deuxième accouchement, imaginant l'avenir que pourrait leur offrir l'aventurier. Il était entré dans le monde comme il était entré dans le corps de sa femme, triomphant de la pudeur, avec cette joie, passant outre les règles de la décence, avec ce plaisir. Il fit asseoir à la table ces hommes, contremaîtres des propriétés, péons au regard brillant, gens qui ne connaissaient pas les bonnes manières. Il abolit toutes les hiérarchies incarnées par don Gamaliel. Il convertit cette maison en une étable de journaliers qui parlaient de choses incompréhensibles, ennuyeuses, sans esprit. Il commença à recevoir des délégations d'habitants, à écouter des phrases d'adulation. Il devait aller à Mexico, être membre de la nouvelle Chambre. Ils soutiendraient sa candidature. Qui d'autre que lui pouvait les représenter vraiment? Si lui et sa dame voulaient bien faire la tournée des villages le dimanche, ils verraient combien ils étaient aimés et qu'il était hors de doute qu'il obtiendrait son mandat de député.

Ventura inclina de nouveau la tête avant de remettre son chapeau. La calèche fut conduite par un péon jusqu'à la grille; il tourna le dos à l'Indien et se dirigea vers le fauteuil à bascule dans lequel se trouvait la femme enceinte.

« Ou bien est-il de mon devoir d'entretenir jusqu'au bout la rancune que j'éprouve? »

Il tendit la main; elle la prit. Les fruits pourris de tejocote s'ouvrirent sous ses pieds, les chiens aboyèrent et coururent autour de la calèche et les branches des pruniers répandirent la fraîcheur de la rosée. En l'aidant à monter dans la calèche, il pressa sans le vouloir le bras de sa femme et sourit.

— Je ne pense pas t'avoir blessée en quoi que ce soit. Si je l'ai fait, je te prie de me pardonner.

Il attendit quelques instants. Si, au moins, elle se montrait troublée. Il s'en serait contenté : une expression qui révélât, non pas même de l'affection, mais la plus petite faiblesse, le signe suffisant d'une tendresse, d'un désir de protection.

« Si seulement je pouvais me décider, si seulement je pouvais. »

Tout comme lors de leur première rencontre, il laissa glisser sa main vers la paume de la sienne et il toucha de nouveau une chair sans émotion. Il prit les rênes, elle s'assit près de lui et ouvrit l'ombrelle bleue, sans regarder son mari.

— Occupez-vous du petit.

« J'ai partagé ma vie entre la nuit et le jour, comme pour satisfaire les deux raisons. Pourquoi ne puis-je en choisir une seule, mon Dieu ? »

Il regarda fixement du côté du levant. La terre à maïs, sillonnée de filets d'eau que les paysans canalisaient, avec leurs mains, vers les jeunes semis, protégeant les monticules dans lesquels se cachait la semence, défila le long du chemin. Les éperviers planaient au loin : les sceptres verts des magueys émergèrent ; les machettes travaillent à pratiquer des incisions dans les troncs : cette sève. Seul l'épervier, de là-haut, pouvait discerner la tache humide et féconde qui entourait l'enceinte des terres du nouveau maître, qui avaient appartenu à Bernal, Labastida et Pizarro.

« Oui : il m'aime, il doit m'aimer. »

La salive argentée des caniveaux s'épuisait vite et l'exception faisait place à la règle : la plaine crayeuse des magueys. Sur le passage de la calèche, les travailleurs abandonnèrent machettes et houes, les rouliers fouettèrent les ânes : les nuages de poussière s'élevèrent sur une autre terre, sèche sans transition. Devant la calèche, pareille à un essaim noir, s'avançait la procession religieuse qu'ils ne tardèrent pas à rejoindre.

« J'ai dû lui donner toutes les raisons de m'aimer. Est-ce que sa passion pour moi ne me flatte pas? Est-ce que ses mots d'amour, son audace, les preuves de son plaisir ne me flattent pas? Même ainsi. Même enceinte, il ne me néglige pas. Si, si, tout cela me flatte. »

L'avance lente des pèlerins les arrêta : des enfants vêtus de tuniques blanches à lisérés dorés, avec parfois des auréoles de papier argenté et de fil de fer tremblantes au-dessus de leurs têtes brunes, donnant la main à des femmes enveloppées dans leur rebozo, aux pommettes rouges et aux yeux de verre, qui se signaient et murmuraient les anciennes litanies : à genoux, pieds nus et mains enchaînées par des chapelets : ici, on arrêtait l'homme aux jambes couvertes de plaies qui allait accomplir son vœu, là, on fouettait le pécheur qui recevait avec joie les coups de corde sur son dos nu et sa taille entourée d'une ceinture de piquants : les couronnes d'épines ouvraient des blessures sur les fronts bruns, les scapulaires de nopal sur les poitrines glabres : les murmures en langue indigène ne s'élevaient pas du niveau du sol éclaboussé de gouttes rouges que les pieds lents aplatissaient et aussitôt faisaient disparaître : des pieds à la croûte dure, calleux, habitués à cette seconde couche de peau boueuse. La calèche n'avançait pas.

« Pourquoi ne sais-je pas accepter tout cela sans une sensation étrange dans mon cœur, sans réserve? Je veux y voir la démonstration qu'il ne peut résister à l'attrait de mon corps, et je ne peux y voir que la preuve que je l'ai soumis, que je peux lui arracher chaque nuit cet amour et le lendemain le mépriser de ma froideur distante. Pourquoi ne pas me décider? Pourquoi dois-je me décider? »

Les malades pressaient les compresses de tranches d'oignons sur leurs tempes ou bien laissaient les branches saintes des femmes parcourir leur corps : des centaines, des centaines : seul un hurlement ininterrompu brisait le silence bas des murmures : même les chiens à la peau galeuse qui bavaient, haletaient tout bas, en courant au milieu de la foule au pas lent qui attendait l'apparition, dans le lointain, des tours de plâtre rose, du porche en faïence décorée et des coupoles de mosaïque jaune. Les calebasses s'élevaient vers les lèvres minces des pénitents et sur les mentons coulait le pulque comme une humeur épaisse. Yeux blancs, rongés; visages tachetés de gale; têtes rasées des enfants malades; nez marqués de vérole; sourcils effacés par la syphilis : la marque du conquérant sur les cœurs des conquis avançant à genoux, à quatre pattes, à pied, vers le sanctuaire édifié pour honorer le dieu des hommes blancs. Des centaines, des centaines : pieds, mains, signes, sueur, lamentations, ecchymoses, puces, boue, lèvres, dents : des centaines.

« Je dois me décider; je n'ai d'autre possibilité dans ma vie que d'être, jusqu'à ma mort, la femme de cet homme. Pourquoi ne pas l'accepter? Oui, le penser est facile. Moins facile est d'oublier les raisons de ma rancune. Dieu, Dieu, dis-moi si je suis en train de détruire moi-même mon propre bonheur, dis-moi si je dois le faire passer avant mes devoirs de sœur et de fille... »

La calèche se frayait difficilement un passage sur le sentier poussiéreux, entre les corps qui ne connaissaient pas la hâte, qui avançaient à genoux, à pied, à quatre pattes, vers le sanctuaire. La double haie de magueys ne permettait pas de quitter le chemin pour faire un détour et la femme blanche se protégeait du soleil avec l'ombrelle qu'elle tenait, elle était doucement bercée par les épaules des pèlerins : les yeux de gazelle, les lobes des oreilles roses, la blancheur unie de son teint, le mouchoir qui recouvrait son nez et sa bouche, ses seins hauts sous la soie bleue, son ventre gros, ses petits pieds croisés et ses escarpins de satin :

« Nous avons un fils. Mon père et mon frère sont morts. Pourquoi suis-je hypnotisée par le passé? Je devrais regarder vers l'avenir. Et je ne sais pas me décider. Vais-je laisser les faits, le sort, quelque chose d'étranger à moi décider à ma place? C'est possible. Dieu. J'attends un autre enfant... » :

Les mains se tendirent vers elle : d'abord celle, calleuse, d'un Indien vieux et chenu, puis les bras, nus sous le rebozo, des femmes; un murmure calme d'admiration et de tendresse, un désir violent de la toucher, quelques syllabes flûtées : « Mamita, mamita. » La calèche s'arrêta et il sauta à terre, brandissant le fouet au-dessus des têtes brunes, criant de laisser passer : grand, vêtu de noir, son chapeau galonné enfoncé jusqu'aux sourcils...

« ... Dieu, pourquoi m'as-tu placée dans cette situation?... »

Elle prit les rênes, fit aller brusquement le cheval vers la droite, renversant les pèlerins, puis enfin le cheval poussa un hennissement, dressa ses pattes de devant, brisa les ustensiles de terre, les paniers d'osier pleins de poules qui caquetèrent, s'envolèrent au hasard, frappa les têtes des Indiens tombés à terre, tourna en rond, suant et luisant, les nerfs du cou tendus et les yeux exorbités : elle sentit sur son corps toutes les sueurs et toutes les plaies, les cris sourds, les parasites, l'odeur lourde du pulque monter vers elle, dressée, maintenue en équilibre par le poids de son ventre, elle fouetta des rênes l'échine de la bête. La foule s'écarta, avec de petits cris innocents et étonnés, les bras levés, les corps plaqués contre la muraille de magueys, et elle rebroussa chemin,

« Pourquoi m'as-tu donné cette vie dans laquelle je dois choisir? Je ne suis pas née pour cela... »,

haletante, loin de ces gens, vers l'habitation perdue dans la réverbération cachée par les arbres hauts qui avaient poussé vite et qu'il avait plantés.

« Je suis une femme faible. Je voulais seulement une vie tranquille, où les autres auraient choisi pour moi. Non... je ne sais pas me décider... Je ne peux pas... Je ne peux pas... »

Les longues tables furent disposées près du sanctuaire, en plein soleil; les mouches volèrent en escadrilles denses au-dessus des grandes marmites de haricots et des portions entassées sur une nappe de papier journal; les jarres de pulque parfumé aux guignes et le maïs vert séché et les petits jambons tricolores en pâte d'amandes rompaient l'opacité des nourritures et des marmites. Le président du conseil municipal monta sur une estrade, le présenta et fit son éloge, et lui accepta d'être candidat au siège de député fédéral, comme cela avait été convenu quelques mois plus tôt à Puebla et à Mexico avec le gouvernement qui reconnaissait ses mérites révolutionnaires, le bon exemple qu'il avait donné en se retirant de l'armée pour mettre en pratique les théories de la réforme agraire, et les signalés services rendus en palliant l'absence d'une autorité officielle dans la région, et en rétablissant l'ordre à ses risques et périls. Ils étaient environnés par le murmure sourd et persistant des pèlerins qui entraient et sortaient de l'église, imploraient à haute voix leur vierge et leur dieu, se lamentaient, écoutaient les discours et buvaient aux jarres. Quelqu'un poussa un cri. Quelques coups de feu retentirent. Le candidat ne perdit pas contenance, les Indiens mâchaient leurs portions et il céda la parole à un autre personnage local, tandis que le tambour indigène le saluait et que le soleil se cachait derrière les montagnes.

— C'est bien ce que je vous avais dit, murmura Ventura lorsque les gouttes rondes de la pluie ponctuelle commencèrent à tomber avec bruit sur son chapeau. Les hommes de main de don Pizarro étaient là, et ils vous ont visé dès que vous êtes monté sur l'estrade.

Lui, sans chapeau, mit par-dessus sa tête la cape en feuilles de maïs.

— Alors?

— On les a refroidis, dit Ventura avec un sourire. On les avait repérés avant le début de la séance.

Il mit le pied à l'étrier de son cheval.

— Allez les jeter devant la porte de Pizarro.

Il la détesta lorsqu'il entra dans la pièce blanchie à la chaux, nue, et qu'il la trouva seule, en train de se balancer dans le fauteuil à bascule et de se caresser les bras comme si l'arrivée de l'homme l'eût emplie d'un froid intangible, comme si l'haleine de l'homme, la sueur sèche de son corps, le ton redouté de sa voix, eussent apporté un vent glacé. Le nez mince et droit de la femme trembla : il jeta le chapeau sur la table et les éperons avancèrent en rayant le sol de briques.

— Ils m'ont fait peur... Ils m'ont fait peur...

Il ne parla pas. Il ôta sa cape et l'étendit près de la cheminée. L'eau coulait en chuchotant entre les tuiles du toit. C'était la première fois qu'elle essayait de se justifier.

— On m'a demandé où était ma femme. Aujourd'hui, c'était un jour important pour moi.

— Oui, je sais...

— Comment te dirais-je... tous... nous avons tous besoin de témoins de notre vie pour pouvoir la vivre...

— Oui...

— Toi...

— Moi je n'ai pas choisi ma vie! dit-elle en haussant le ton, et serrant entre ses doigts les bras du fauteuil. Si tu obliges les gens à faire selon ta volonté, ne va pas ensuite exiger de quiconque de la reconnaissance ni...

— Contre ta volonté? Pourquoi est-ce que je te plais, alors? Pourquoi gémis-tu au lit si c'est pour me faire la tête ensuite? Qui peut te comprendre?

— Misérable!

— Allons, hypocrite, réponds : pourquoi?

— Ce serait pareil avec n'importe quel homme.

Elle leva les yeux pour le regarder bien en face. C'était dit. Elle préférait s'abaisser.

— Que sais-tu, après tout! Je peux te donner un autre visage et un autre nom...

— Catalina... Moi je t'ai aimée... Je n'ai rien à me reprocher.

— Laisse-moi. Je suis toujours entre tes mains. Tu

as ce que tu voulais. Il faut t'en contenter et ne pas demander l'impossible.

— Pourquoi renonces-tu? Je sais que je te plais...

— Laisse-moi. Ne me touche pas. Ne me reproche pas ma faiblesse. Je te jure que plus jamais je ne me laisserai aller.

— Tu es ma femme.

— N'approche pas. Je ne te refuserai rien. Cela t'appartient... Cela fait partie de tes triomphes.

— Oui, et il va falloir que tu le supportes tout le reste de ta vie.

— Maintenant je sais comment me consoler. Avec Dieu qui est de mon côté, avec mes enfants, jamais le réconfort ne me manquera...

— Pourquoi Dieu serait-il de ton côté, comédienne?

— Peu m'importent tes insultes. Je sais comment me consoler désormais.

— De quoi?

— Ne cherche pas d'échappatoire. De savoir que je vis avec l'homme qui a humilié mon père et trahi mon frère.

— Tu te repentiras de ce que tu dis, Catalina Bernal. Tu me donnes l'idée de te rappeler ton père et ton frère chaque fois que tu m'ouvriras tes jambes...

— Tu ne peux plus m'offenser.

— N'en sois pas trop sûre.

— A ta guise. La vérité t'est pénible? Tu as tué mon frère.

— Ton frère n'a pas eu le temps d'être trahi. Il avait envie d'être un martyr. Il n'a pas voulu se sauver.

— Lui est mort et toi tu es là, bien vivant et

jouissant de son héritage. Voilà tout ce que je sais.

— Eh bien consume-toi à petit feu, et dis-toi bien que jamais je ne renoncerai à toi, jamais, même lorsque je mourrai, mais que moi aussi je sais humilier. Il va t'en cuire de ne pas t'en être aperçue...

— Crois-tu que je n'ai pas vu ta figure de bête lorsque tu disais que tu m'aimais?

— Je ne te voulais pas en marge de ma vie, mais mêlée à elle...

— Ne me touche pas. Voilà une chose que tu ne pourras jamais acheter.

— Oublie cette journée. Pense que nous allons passer toute la vie ensemble.

— Écarte-toi. Oui. J'y pense. A toutes ces années devant nous.

— Alors, pardonne-moi. Je t'en prie encore une fois.

— Et toi, me pardonneras-tu?

— Je n'ai rien à te pardonner.

— Me pardonneras-tu de ne pas te pardonner l'oubli dans lequel tombe peu à peu l'autre, celui qui me plaisait vraiment? Si seulement je pouvais bien me rappeler son visage... Pour cela aussi je te hais, parce que tu m'as fait oublier son visage... Si seulement j'avais pu avoir ce premier amour, je pourrais dire que j'ai vécu... Essaie de me comprendre; je le hais plus que toi, parce qu'il s'est laissé effrayer et qu'il n'est jamais revenu... Je te dis peut-être ces choses parce que je ne peux pas les lui dire... oui, dis-moi que c'est une lâcheté de penser cela... Je ne sais pas; moi, je... je suis faible... et toi, si tu le veux, tu peux aimer beaucoup de femmes, mais je suis liée à toi. S'il m'avait prise de force, aujourd'hui je n'aurais pas à me souvenir de lui et à le haïr sans pouvoir me rappeler son visage. Je suis restée à jamais insatisfaite, comprends-tu?... écoute-moi, ne t'éloigne pas... et comme je n'ai pas le courage de me rendre moi-même responsable de tout ce qui est arrivé et que je ne l'ai pas non plus, lui, près de moi pour le haïr, c'est toi que j'en rends responsable, toi que je hais, toi qui es si fort, qui peux tout endosser... Dis-moi si tu me pardonnes cela, parce que moi je ne pourrai pas te pardonner tant que je ne me serai pas pardonnée moi-même et que je ne l'aurai pas pardonné lui qui est parti... lui si faible... Mais je ne veux ni penser ni parler; laisse-moi vivre en paix et demander pardon à Dieu, pas à toi...

— Calme-toi. Je te préférais avec tes silences insidieux.

— Tu es prévenu. Tu peux me blesser autant de fois que tu voudras. Je t'ai même donné cette arme. Sans réfléchir, parce que je veux que tu me haïsses toi aussi et que nous perdions une bonne fois nos illusions...

— Il serait plus simple de tout oublier et de recommencer.

— Nous ne sommes pas faits ainsi.

La femme immobile se rappela sa première décision, lorsque don Gamaliel l'avait mise au courant de ce qui se passait. Succomber avec force. Se laisser immoler pour pouvoir prendre sa revanche.

— Rien ne peut m'arrêter, vois-tu? Donne-moi un argument qui puisse m'arrêter.

— Cela, c'est plus facile.

— Je te dis de ne pas me toucher, de ne pas me caresser!

— Et moi je te dis que la haine est plus facile. L'amour est plus difficile et exige davantage...

— Oui, la haine est naturelle. Et ne me coûte aucun effort.

— Il n'est pas nécessaire de la cultiver et de la vouloir. Elle vient seule.

— Je te dis de ne pas me toucher!

Elle ne regarda pas son mari. L'absence de paroles effaçait la présence proche de cet homme grand et sombre, à la moustache épaisse, dont les sourcils et la nuque étaient douloureux comme sous le poids d'une pierre. Cette bouche close lui reprochait, avec un rictus de mépris dissimulé, les mots qu'elle ne dirait jamais.

« Crois-tu qu'après avoir fait tout ce que tu as fait tu as encore droit à l'amour? Crois-tu que les règles de la vie peuvent changer pour que, par-dessus le marché, tu reçoives ce genre de récompense? Tu as perdu ton innocence dans le monde extérieur. Tu ne pourras pas la recouvrer à l'intérieur, dans le monde des sentiments. Peut-être as-tu eu ton jardin. Moi aussi j'ai eu le mien, mon petit paradis. A présent nous l'avons perdu tous les deux. Essaie de te souvenir. Tu ne peux pas trouver en moi ce que tu as déjà sacrifié, ce que tu as perdu pour toujours et de ton propre fait. Je ne sais pas d'où tu viens. Je ne sais pas ce que tu as fait. Je sais seulement que dans ta vie tu as perdu ce que plus tard tu m'as fait perdre à moi : le rêve, l'innocence. Nous ne serons plus jamais les mêmes. »

Il voulut lire ces mots sur le visage impassible de sa femme. Sans le vouloir, il se sentit proche des arguments qu'elle n'exprimait pas. Le mot retourna à sa crainte secrète. Fourbe : ce mot atroce ne devait jamais jaillir des lèvres de la femme qui, quoique fût perdu tout espoir d'amour, serait cependant son témoin — muet, renfermé — pendant les années à venir. Il serra les mâchoires. Seul un acte pourrait, peut-être, défaire ce nœud de la séparation et de la rancune. Seuls quelques mots, prononcés maintenant ou jamais. Si elle les acceptait, ils pourraient oublier et recommencer. Si elle ne les acceptait pas...

« Oui, je suis vivant et près de toi, ici, parce que j'en ai laissé d'autres mourir à ma place. Je peux te parler de ceux qui sont morts parce que je m'en suis lavé les mains et que j'ai haussé les épaules. Accepte-moi ainsi, avec ces fautes, et regarde-moi comme un homme qui a besoin... Ne me hais pas. Aie pitié de moi, Catalina chérie. Parce que je t'aime; mets en balance mes fautes et mon amour, et tu verras que mon amour pèse plus lourd... »

Il n'osait pas. Il se demandait pourquoi il n'osait pas. Pourquoi n'exigeait-elle pas de lui la vérité — de lui, incapable de la révéler, conscient que cette lâcheté les éloignait encore davantage et le rendait lui aussi responsable de l'échec de leur amour — afin que tous deux se lavent de la faute que, pour être racheté, cet homme voulait partager?

« Seul, non; seul, je ne peux pas. »

Pendant cette brève minute intime et silencieuse...

« J'ai assez de force maintenant. Ma force est d'accepter sans lutte ces fatalités. »

... il accepta lui aussi l'impossibilité de retourner, de revenir en arrière... Elle se leva en murmurant que l'enfant dormait seul dans la chambre. Il resta seul et imagina, il l'imagina à genoux, devant le crucifix d'ivoire, accomplissant le dernier acte qui la détachait

« de mon destin et de ma faute, cramponnée à ton salut personnel, repoussant cela, cela qui devait être à nous, bien que je te l'aie offert en silence; tu ne reviendras plus... »

Il croisa les bras et sortit dans la nuit de la campagne, levant la tête pour saluer la brillante compagnie de Vénus, la première étoile d'une voûte qui se peuplait très vite de lumières. Une autre nuit il avait regardé les astres; il ne gagnait rien à s'en souvenir. Il n'était plus le même, ni les astres que son juvénile regard avait contemplés.

La pluie avait cessé. Le jardin répandait une pénétrante odeur de goyave et de tejocote, de fumier et de poire. C'était lui qui avait planté les arbres du verger. C'était lui qui avait construit la palissade qui séparait la maison et le jardin, son domaine intime, des terres de labour.

Lorsque les bottes foulèrent la terre humide, il fourra ses mains dans les poches de son pantalon et se dirigea lentement vers la grille. Il l'ouvrit et alla vers l'habitation voisine. Pendant la première grossesse de sa femme, cette jeune Indienne l'avait accueilli de temps à autre, avec un silence inerte et une absence totale de questions ou de précautions.

Il entra sans frapper, poussant la porte d'un coup, dans la masure en briques crues délabrées. Il prit le bras de l'Indienne qu'il tira du sommeil, touchant déjà la chaleur de la chair sombre, endormie. La jeune fille regarda avec effroi le visage décomposé du maître, les cheveux frisés qui retombaient sur ses yeux de verre verdâtre, les grosses lèvres entourées de poils rudes et en désordre.

— Viens, n'aie pas peur.

Elle leva ses bras pour passer sa blouse blanche et étendit la main pour prendre son rebozo. Il l'entraîna dehors. Elle avait une sorte de mugissement faible, comme celui d'un bouvillon entravé. Et il leva son visage vers le ciel, tapissé cette nuit de toutes ses lumières.

— Vois-tu cette grosse étoile brillante? On dirait qu'elle est à la portée de la main, n'est-ce pas? Mais même toi tu sais que jamais tu ne pourras la toucher. Il faut dire non à ce que nous ne pouvons pas toucher de nos mains. Viens; tu vivras avec moi dans la grande maison.

La jeune Indienne entra dans le jardin la tête basse.

Les arbres lavés par l'averse brillèrent dans l'obscurité. La terre fermentée se chargea d'odeurs puissantes et il respira profondément.

Et là-haut, dans la chambre, elle laissa la porte entrouverte et s'étendit. Elle alluma la veilleuse. Elle se tourna du côté du mur, croisa les mains sur la poitrine et replia les jambes. Un instant plus tard, elle les étendit et chercha à tâtons les pantoufles par terre. Elle se leva et marcha dans la pièce, levant et baissant la tête. Elle berça, sans se rendre compte de ce qu'elle faisait, l'enfant endormi dans le petit lit. Elle se caressa le ventre. Elle se recoucha et attendit que les pas de l'homme se fassent entendre dans le couloir.

148

JE les laisse faire, je ne peux avoir ni pensée ni désir ; je me fais à cette douleur : rien ne peut durer éternellement sans devenir une habitude ; la douleur que je ressens sous les côtes, autour du nombril, dans les intestins, est désormais ma douleur, une douleur qui ronge : le goût de vomi dans ma bouche est mon goût ; l'enflure de mon ventre est mon accouchement, je l'assimile à l'accouchement, cela me faire rire. J'essaie de le toucher. Je le parcours du nombril au pubis. Nouveau. Rond. Pâteux. Mais la sueur froide diminue. Ce visage sans couleur que je parviens à voir dans les applications de verre asymétriques du sac à main de Teresa, qui passe près de mon lit, ne se détache jamais de son sac, comme s'il y avait des voleurs dans la chambre. Je subis ce collapsus. Je ne sais plus. Le médecin est parti. Il a dit qu'il allait appeler d'autres médecins. Il ne veut pas prendre seul la responsabilité de mon cas. Je ne sais plus. Mais je les vois. Ils sont entrés. La porte d'acajou s'ouvre, se ferme et les pas ne font pas de bruit sur la moquette épaisse. Ils ont fermé les fenêtres, ils ont tiré, avec un bruit de chuchotement, les rideaux gris. Ils sont entrés. Ah, il y a une fenêtre. Il y a du monde au-dehors. Il y a ce vent haut, du plateau, qui agite des arbres noirs et minces. Il faut respirer...

— Ouvrez la fenêtre...

— Non, non. Tu pourrais prendre froid et avoir des complications.

— Ouvrez..

— *Domine non sum dignus...*

— Dieu, je me le mets au cul...

— ... parce que tu crois en lui...

Très bien. Cela a été très bien. Cela me calme. Je ne pense plus à ces choses. Oui, à quoi bon l'insulterais-je, s'il n'existe pas? Cela me fait du bien. Je vais admettre tout cela parce que me révolter c'est admettre que ces choses existent. Voilà ce que je vais faire. Je ne sais pas à quoi je pensais. Pardon. Le curé me comprend. Pardon. Je ne vais pas leur donner raison en me révoltant. Mieux vaut ainsi. Je dois avoir un air ennuyé. C'est ce qu'il faut. Que d'importance on accorde à tout cela. A un fait qui pour le principal intéressé, pour moi, signifie la fin de l'importance. Oui. Voilà qui va bien. Comme cela. Au moment où je me rends compte que tout va cesser d'avoir de l'importance, les autres essaient de faire de cela le plus important : la douleur qu'on éprouve, le salut de l'âme du prochain. Je lance ce son creux par les trous de nez et je les laisse faire et je croise les bras sur mon estomac. Oh, allez-vous-en tous, laissez-moi entendre. Voyons s'ils ne vont pas me comprendre. Voyons s'ils ne comprennent pas ce que signifie un bras plié de cette façon...

« — ... ils prétendent qu'ici à Mexico on peut fabriquer les mêmes wagons. Mais nous allons l'empêcher, n'est-ce pas? Vingt millions de pesos font un million et demi de dollars...

« — *Plus our commissions...*

« — La glace ne va pas vous faire du bien avec le rhume que vous avez.

« — *Just hay fever. Well, I'll be...*

« — Je n'ai pas fini. En outre, ils disent que le fret facturé aux compagnies minières pour le transport du centre de la République à la frontière est très bas, et que cela équivaut à une subvention, qu'il coûte plus cher de transporter des légumes que de charrier les minerais de nos compagnies...

« — *Nasty, nasty*...

« — Bien sûr. Vous comprenez que s'ils augmentent les tarifs de fret, il ne sera plus rentable pour nous d'exploiter les mines...

« — *Less profits, sure lesprofitsure, lesslessless*... »

Qu'y a-t-il, Padilla? Voyons, Padilla. Qu'est-ce que c'est que cette cacophonie? Voyons, Padilla.

— La bobine est finie. Un instant. La suite est sur l'autre face.

— Il n'entend pas, licenciado.

Padilla doit sourire comme il sait le faire. Padilla me connaît. J'entends. Oh oui, j'entends, hélas. Ce bruit remplit d'électricité mon cerveau. Ce bruit de ma propre voix, ma voix réversible, oui, qui grince de nouveau et que l'on peut écouter à l'envers, pareille au piaulement d'un écureuil, mais ma voix comme mon nom qui n'a que onze lettres et peut s'écrire de mille façons Amuo Reoztrir Zurteo Marzi Itzau Erimor mais qui a sa clef, son patron, Artemio Cruz, ah mon nom, je reconnais mon nom qui grince, s'arrête, repart en sens contraire :

« — Soyez gentil, Mr. Corkery. Télégraphiez tout cela aux sociétés mères intéressées aux États-Unis. Qu'on suscite une campagne de presse là-bas contre les cheminots communistes du Mexique.

« — *Sure, if you say they're commies, I feel it my duty to uphold by any means our*...

« — Oui, oui, oui. Comme c'est bien que nos idéaux coïncident avec nos intérêts, n'est-ce pas? Autre chose : parlez à votre ambassadeur, pour qu'il fasse pression sur le gouvernement mexicain, qui est encore tout neuf et encore un peu vert.

« — *Oh, we never intervene.*

« — Excusez ma franchise. Recommandez-lui d'étudier l'affaire en toute sérénité et de donner son avis désintéressé, étant donné sa préoccupation naturelle pour les intérêts des ressortissants nord-américains au Mexique. Qu'on leur explique qu'il est nécessaire de maintenir un climat favorable aux investissements et qu'avec cette agitation...

« — *O.K., O.K.* »

Oh, quel bombardement de signes, de mots, de stimulations pour mon oreille lasse; oh, quelle fatigue; oh, quel langage sans langage; oh, mais je l'ai dit, c'est ma vie, je dois l'entendre; oh, ils ne comprendront pas mon geste parce que je peux à peine remuer les doigts : coupez maintenant, j'en ai assez, j'en ai assez, qu'est-ce que cela a à voir, quelle barbe, quelle barbe... J'ai quelque chose à leur dire :

— Tu as pris de l'ascendant sur lui et tu me l'as arraché.

— Ce matin-là, je l'attendais avec joie. Nous avons passé le fleuve à cheval.

— C'est de ta faute. A toi. C'est toi le coupable.

Teresa laisse tomber le journal. Catalina dit, comme si je ne pouvais l'entendre :

— Il a l'air bien bas.

— Est-ce qu'il a dit où il était? demanda Teresa à voix plus basse.

Catalina fait non de la tête.

— Les avocats ne l'ont pas. Il doit être olographe. Pourtant, il serait bien capable de mourir intestat, pour nous compliquer la vie.

152

Je les écoute les yeux fermés, et je ne fais semblant de rien, de rien.

— Le Père n'a rien pu lui tirer?

Catalina a dû dire non. Je sens qu'elle s'agenouille au chevet du lit et elle dit d'une voix lente et brisée :

— Comment te sens-tu?... Tu n'as pas envie de bavarder un peu?... Artemio... Il y a une chose très grave... Artemio... Nous ne savons pas si tu as laissé un testament. Nous voudrions savoir où...

La douleur se calme peu à peu. Elles ne voient pas la sueur froide qui coule sur mon front, ni mon immobilité tendue. J'entends les voix mais de nouveau je ne peux distinguer que les silhouettes. La vision redevient normale et je les distingue complètement, avec leurs visages et leurs gestes, et je souhaite que la douleur revienne dans mon ventre. Je me dis, je me dis avec lucidité que je ne les aime pas, que je ne les ai jamais aimées.

— ... nous voudrions savoir où...

Imaginez-vous en présence d'un commerçant qui ne fait pas crédit, salopes, d'un propriétaire qui vous donne congé, d'un avocat chicanier, d'un médecin marron, imaginez que vous faites partie de la minable classe moyenne, salopes, que vous faites la queue, que vous faites la queue pour acheter du lait mouillé, payer votre cote mobilière, obtenir une audience, réussir à vous faire accorder un prêt, que vous faites la queue pour rêver que vous pouvez arriver plus haut, tout en enviant au passage la femme et la fille d'Artemio Cruz dans leur automobile, soupirant après une maison à Las Lomas de Chapultepec, soupirant après un manteau de vison, un collier d'émeraudes, un voyage à l'étranger, imaginez que vous êtes dans un monde dépourvu de mon orgueil et de mon esprit de décision, imaginez que vous êtes dans un monde dans lequel je serais vertueux, dans lequel je serais humble : en bas de l'échelle où j'ai commencé ou en haut, où je me trouve maintenant : là seulement, je vous le dis, il y a de la dignité, mais pas au milieu, pas dans l'envie, la monotonie, les queues : tout ou rien : vous connaissez mon pari? vous le comprenez? : tout ou rien, tout sur le rouge ou tout sur le noir, et des couilles, pas vrai?, et des couilles, pour jouer le tout pour le tout, risquer sa peau, s'exposer à être fusillé par ceux d'en haut ou par ceux d'en bas; voilà ce qui s'appelle être un homme, comme je l'ai été, non pas comme vous l'auriez voulu, un homme à moitié, un homme bandant mou, un homme aux cris discordants, un homme de bordels et de bistrots, un mâle de carte postale, ah, non, pas moi! moi je n'ai pas eu besoin de crier après vous; moi je n'ai pas eu besoin de me soûler pour vous faire peur, moi je n'ai pas eu besoin de vous battre pour m'imposer, moi je n'ai eu besoin de m'humilier pour vous supplier de m'accorder votre affection : moi je vous ai donné la richesse sans espérer une récompense, de l'affection, de la compréhension et parce que je n'ai rien exigé de vous vous n'avez pas pu m'abandonner, vous vous êtes accrochées à mon luxe, en me maudissant comme peut-être vous n'auriez pas maudit mon pauvre salaire dans une enveloppe en papier bulle, mais forcées de me respecter comme vous n'auriez pas respecté ma médiocrité, ah, pauvres connasses, pauvres orgueilleuses, pauvres impuissantes qui avez possédé tous les objets de la richesse et qui avez gardé la tête de la médiocrité : si seulement vous aviez profité de ce que je vous ai donné, si seulement vous aviez compris à quoi servent, comment on utilise les choses du luxe : tandis que moi j'ai eu tout, vous m'entendez?, tout ce qui s'achète et tout ce qui ne s'achète pas, moi j'ai eu Regina, vous m'entendez, j'ai aimé Regina, elle s'appelait Regina et elle m'a aimé, elle m'a aimé sans argent, elle m'a suivi, elle m'a donné sa vie là en bas, vous m'entendez? : je t'ai entendue, Catalina, j'ai écouté ce que tu as dit un jour :

« — Ton père; ton père, Lorenzo... Tu crois...? Tu crois que l'on peut approuver...? Je ne sais pas, quand il s'agit de saints hommes... de vrais martyrs... »

— *Domine non sum dignus...*

TU sentiras, au fond de ta douleur, le parfum de cet encens qui n'en finit pas de se dissiper et tu sauras, derrière tes yeux fermés, que les fenêtres aussi ont été fermées, que tu ne respires plus l'air frais de l'après-midi : seulement la touffeur de l'encens, le visage du prêtre qui viendra te donner l'absolution, ultime office que tu ne demanderas pas, que tu accepteras, pourtant, pour ne pas les gratifier de ta révolte au dernier moment : tu voudras que tout se passe sans que tu doives rien à personne : et tu voudras te retrouver par la mémoire dans une vie qui ne devra rien à personne : elle t'en empêchera, son souvenir — tu la nommeras : Regina; tu la nommeras : Laura; tu la nommeras : Catalina; tu la nommeras : Lilia — qui englobera tous tes souvenirs et te forcera à la reconnaître : mais même cette gratitude tu la changeras — tu le sauras, derrière chaque cri de douleur aiguë — en pitié de toi-même, en perte de ta perte : personne ne te donnera davantage, pour t'ôter davantage, que cette femme, la femme que tu as aimée sous ses quatre noms différents : qui d'autre? :

Tu te cabreras : tu auras formulé un vœu secret : ne pas reconnaître tes dettes : tu auras enveloppé dans le même oubli Teresa et Gerardo : un oubli que tu justifieras parce que tu ne sauras rien d'eux, parce que la jeune fille grandira auprès de sa mère, loin de toi qui ne vivras que pour ton fils, parce que Teresa épousera ce garçon dont tu ne pourras jamais fixer le visage dans ta mémoire, ce garçon effacé, cet homme terne qui ne devra pas emplir et occuper le délai de grâce accordé à ta mémoire : et Sebastián : tu ne voudras pas te rappeler Sebastián le maître d'école : tu ne voudras pas te rappeler ces mains carrées qui te tireront les oreilles, te frapperont avec une règle : tu ne voudras pas te rappeler tes phalanges endolories, tes doigts blancs de craie, tes heures passées devant le tableau à apprendre à écrire, à multiplier, à dessiner des choses élémentaires, des maisons et des cercles, tu ne voudras pas : voilà ta dette :

tu crieras et les bras te retiendront : tu voudras te lever et marcher pour calmer ta douleur :

tu sentiras l'odeur de l'encens,

tu sentiras l'odeur du jardin clos,

tu penseras qu'on ne peut pas choisir, qu'on ne doit pas choisir, que ce jour-là tu n'as pas choisi : tu as laissé faire, tu n'as pas été responsable, tu n'as créé aucune des deux morales qui ce jour-là t'ont sollicité : tu n'as pas pu être responsable des options que tu n'avais pas créées : tu rêveras, éloigné de ton corps qui crie et se tord, éloigné de cette machette qui s'est plantée dans ton estomac au point de t'arracher des larmes, tu rêveras à cette ordonnance de la vie, créée par toi-même, que tu ne pourras jamais répéter parce que le monde ne t'en donnera pas l'occasion, parce que le monde ne t'offrira que ses lois établies, ses codes en lutte, que tu ne rêveras pas, que tu ne penseras pas, que tu ne vivras pas :

l'encens sera une odeur ayant sa durée, une odeur qui compte :

le Père Páez vivra dans ta maison, il sera caché dans la cave par Catalina : ce ne sera pas ta faute, ce ne sera pas ta faute :

tu ne te rappelleras pas ce que vous vous direz, toi et lui, cette nuit-là, dans la cave : tu ne te rappelleras pas si c'est lui, si c'est toi qui l'as dit : comment s'appelle le monstre qui volontairement se travestit en femme, qui volontairement se châtre, qui volontairement s'enivre du sang fictif d'un Dieu ? : qui dira cela ? : mais qui aime, je vous le jure, car l'amour de Dieu est très grand et habite tous les corps, les justifie : nous possédons nos corps par grâce et bénédiction de Dieu, pour leur donner les minutes d'amour dont la vie voudrait nous dépouiller : n'éprouve pas de honte, n'éprouve rien et en échange tu oublieras tes peines : non, ce ne peut être un péché car toutes les paroles et tous les actes de notre amour bref, hâtif, d'aujourd'hui et jamais de demain, ne sont qu'une consolation que nous nous donnons toi et moi, une acceptation des maux nécessaires de la vie qui ensuite justifiera notre contrition, en effet comment peut-il y avoir de véritable contrition sans la reconnaissance en nous du véritable mal? comment nous rendrions-nous compte du péché dont il nous faut implorer à genoux le pardon si d'abord nous ne commettions pas ce même péché? oublie ta vie, laisse-moi éteindre la lumière, oublie tout et ensuite nous prierons ensemble pour notre pardon et nous adresserons une oraison qui effacera nos minutes d'amour : pour consacrer ce corps qui fut créé par Dieu et qui dit Dieu dans chaque désir insatisfait ou assouvi, qui dit Dieu dans toute caresse secrète, qui dit Dieu dans le don d'une semence que Dieu planta entre tes cuisses :

vivre c'est trahir ton Dieu; tout acte de la vie, tout acte qui nous affirme comme des êtres vivants, exige que soient violés les commandements de ton Dieu;

tu parleras cette nuit-là avec le major Gavilán dans un bordel, avec tous les vieux camarades et tu ne te rappelleras pas ce que vous vous êtes dit, cette nuit, tu ne te rappelleras pas si ce sont eux qui le disent, si c'est toi qui le dis, cette voix froide qui ne sera pas la voix des hommes : la voix froide de la puissance et de l'intérêt : nous souhaitons le plus grand bien possible à la patrie : dans la mesure où il sera compatible avec notre bien-être personnel : soyons intelligents : nous pourrons aller loin : faisons le nécessaire non l'impossible : précisons une bonne fois tous les actes de force et de cruauté qui nous seront utiles une bonne fois : pour ne pas avoir à les répéter : échelonnons les bienfaits pour que le peuple les savoure : la révolution peut se faire très vite : mais demain ils exigeront davantage encore de nous : et alors nous n'aurions rien à offrir si nous avons déjà tout fait et tout donné : sauf peut-être notre sacrifice personnel : à quoi bon mourir si nous ne devons pas voir les fruits de notre héroïsme? : gardons toujours quelque chose en réserve : nous sommes des hommes et non des martyrs : tout nous sera permis si nous conservons la puissance : perds la puissance et tu es brisé : rends-toi compte de notre chance : nous sommes jeunes mais nous sommes auréolés du prestige de la révolution armée et triomphante : pour quoi combattons-nous? : pour mourir de faim? : lorsque c'est nécessaire la force est juste : la puissance ne se partage pas :

et demain? Nous serons morts, député Cruz; que ceux qui viendront après nous s'arrangent comme ils pourront :

*domine non sum dignus, domine non sum dignus :* oui, un homme qui peut parler douloureusement avec Dieu un homme qui peut pardonner le péché parce qu'il l'a commis, un prêtre qui a le droit de l'être parce que sa misérable condition humaine lui permet de faire agir la rédemption sur son propre corps avant de l'accorder aux autres : *domine non sum dignus :*

tu regretteras la faute; tu ne seras pas coupable de la morale que tu n'as pas créée, que tu as trouvée toute faite; toi tu aurais voulu

voulu

voulu

voulu

oh qu'ils étaient heureux ces jours auprès de Sebastián le maître d'école que tu ne voudras plus te rappeler, assis sur ses genoux, apprenant ces choses

159

élémentaires dont il faut partir pour être un homme libre, et non pas un esclave des commandements écrits sans que tu aies été consulté : oh qu'ils étaient heureux ces jours d'apprentissage, ces métiers qu'il t'apprit pour que tu puisses gagner ta vie : ces jours dans la forge avec les marteaux, où Sebastián le maître d'école rentrait fatigué et recommençait la classe pour toi seul, pour que tu puisses être bien armé pour la vie et créer tes propres règles : toi rebelle, toi libre, toi neuf et unique : tu ne voudras pas te le rappeler : il te l'a ordonné, tu es parti à la révolution : ce souvenir ne sort pas de moi, il ne t'atteindra pas :

tu n'auras pas de réponse aux deux codes opposés et imposés ;

toi innocent,

toi tu voudras être innocent.

toi tu n'as pas choisi, cette nuit-là.


(1927 : 23 NOVEMBRE)


IL dirigea le regard de ses yeux verts du côté de la fenêtre et l'autre lui demanda s'il ne voulait rien et il battit des paupières et dirigea le regard de ses yeux verts du côté de la fenêtre. Alors l'autre, qui jusqu'à ce moment était resté très, très calme, tira brusquement son pistolet de sa ceinture et le jeta sur la table : il entendit tinter les verres et les bouteilles et avança la main mais l'autre à présent souriait avant que lui ait pu donner un nom à la sensation physique que le geste brutal, le coup sur la table et son effet sur ces verres bleus, sur ces bouteilles blanches, avaient produite au creux de son estomac. Mais l'autre sourit et une automobile passa à toute vitesse dans la ruelle, au milieu des quolibets et des insultes et les phares éclairèrent la tête ronde de l'autre. L'autre fit tourner le barillet du pistolet et lui montra qu'il ne contenait que deux balles; il le fit tourner à nouveau, l'arma et plaça la bouche de l'arme contre sa tempe. Lui voulut détourner son regard, mais cette petite pièce n'offrait aucun point sur lequel fixer son attention; les murs nus, badigeonnés d'indigo et le sol dallé de tezontle uni et les tables, les deux chaises, les deux hommes. L'autre attendit que les yeux verts aient fini de parcourir la pièce et se soient reportés sur le poing, le pistolet et la tempe. Il souriait, mais il suait, et lui aussi. Il voulut distinguer dans le silence le tic-tac de la montre dans la poche droite du gilet. Peut-être battait-elle moins fort que son cœur; c'était sans importance, car la détonation était déjà dans ses oreilles, bien avant, et en même temps le silence dominait tous les autres bruits, y compris le possible — pas encore — bruit d'un coup de pistolet. L'autre attendit. Lui le vit. L'autre appuya sur la détente et un clic sec et métallique se perdit dans le silence et au-dehors la nuit était toujours semblable, sans lune. L'autre garda l'arme braquée sur sa tempe et se mit à sourire, à rire aux éclats. Le corps obèse tremblait à l'intérieur, comme un flan, à l'intérieur car extérieurement il ne bougeait pas. Cela dura plusieurs secondes et lui ne bougeait pas non plus; maintenant il respirait l'odeur d'encens qui depuis ce matin-là l'accompagnait partout et ce fut seulement à travers la fumée imaginaire qu'il put distinguer le visage de l'autre, qui riait toujours intérieurement avant de reposer le pistolet sur la table, d'avancer ses doigts courtauds, jaunes, et de pousser lentement l'arme vers lui. Le trouble soulagement dans les yeux de l'autre pouvait être le signe de larmes réprimées; lui ne chercha pas à le savoir. Il sentait dans son estomac la douleur du souvenir, qui n'en était pas un encore, de cette silhouette obèse, l'arme collée à la tempe; la peur éprouvée par l'autre, surtout la peur maîtrisée, contractait ses intestins et l'empêchait de parler : ce serait la fin : si on le trouvait dans cette pièce avec le cadavre du gros, s'il y avait une preuve contre lui. Il avait bien reconnu son propre pistolet, toujours rangé dans le tiroir de l'armoire, sans se rendre compte jusqu'à ce moment que le gros le rapprochait de lui avec ses doigts courts, son poing enveloppé dans ce mouchoir qui se serait peut-être détaché de sa main si l'autre... Mais au cas où il ne s'en fût pas détaché, le suicide était évident. Pour qui? Un chef de la police meurt dans une pièce vide, son ennemi face à lui. Qui a disposé de qui? L'autre défit son ceinturon et but son verre d'un trait. La sueur tachait ses aisselles et coulait le long de son cou. Les doigts, qui paraissaient coupés tant ils étaient courts, rapprochaient avec insistance le pistolet. Que dirait-il? Que tout était clair en ce qui le concernait; lui n'allait pas se dégonfler?; n'est-ce pas? Lui demanda qu'est-ce qui était clair et l'autre dit que ce qui était clair c'était que pour sa part il n'avait rien à se reprocher, que s'il était question de mourir lui ne se dégonflerait pas, qu'il n'était pas question de penser toujours à la rigolade et que les choses étaient ainsi. Si avec cela il n'était pas convaincu, eh bien il ne voyait pas ce qui pouvait le convaincre. C'était une preuve — lui dit l'autre — qu'il devait passer de leur côté à eux; ou est-ce que par hasard quelqu'un de son parti était prêt à lui démontrer au péril de sa vie qu'on voulait qu'il reste de son côté à lui? Il alluma une cigarette et lui en offrit une autre et lui-même alluma la sienne et approcha l'allumette du visage couleur de café du gros mais le gros souffla dessus et l'éteignit et lui se sentit traqué. Il prit le pistolet et posa la cigarette en équilibre instable sur le bord du verre, sans s'apercevoir que la cendre tombait dans le tequila et se déposait au fond. Il appuya la bouche du pistolet contre sa tempe et n'éprouva aucune sensation thermique, bien qu'il eût imaginé qu'il allait en sentir le froid et qu'il se rappelât qu'il avait trente-huit ans, mais que c'était sans importance pour personne, surtout pas pour le gros et moins encore pour lui-même.

Et ce matin-là il s'était habillé devant le grand miroir ovale de sa chambre et l'encens était parvenu à son nez et il avait fait semblant de ne pas le sentir. Il s'élevait aussi du jardin une odeur de châtaigne sur cette terre sèche et nette à cette saison. Il avait vu l'homme fort, aux bras forts, à l'estomac plat et sans graisse, aux muscles fermes autour du nombril sombre où venaient mourir les poils du sexe et de l'estomac. Il avait passé une main sur ses pommettes, sur son nez épaté et avait à nouveau senti l'encens. Il avait choisi une chemise propre dans l'armoire et ne s'était pas aperçu que le pistolet n'était plus là et il avait fini de s'habiller et ouvert la porte de la chambre. « Je n'ai pas le temps; vraiment, je n'ai pas le temps. Je te dis que je n'ai pas le temps. »

Le jardin était planté de plantes potagères d'ornement disposées en fer à cheval et en fleur de lis, de rosiers et d'arbustes, et sa frange verte entourait la maison à un étage, construite dans le style florentin, avec des colonnes fines et des frises de plâtre au-dessus de l'entrée. Les murs étaient peints en rose à l'extérieur et dans les salons, où il passa ce matin, la lumière incertaine à cette heure découpait la silhouette tourmentée des chandeliers, des statues de marbre, des tentures de velours, des hauts fauteuils recouverts de brocart, des vitrines et des moulures dorées des confidents. Mais il s'arrêta près de la porte latérale au fond du salon, la main sur la poignée de bronze et ne voulut ni ouvrir ni descendre.

« Elle appartenait à des gens qui sont partis en France. Nous l'avons achetée pour une bouchée de pain mais la remise en état nous a coûté très cher. J'ai dit à mon mari : laisse-moi m'occuper de tout, laisse-moi faire, moi je sais comment... »

Le gros sauta de sa chaise, léger, gonflé d'air et détourna la main qui pressait le pistolet : personne n'entendit la détonation, parce qu'il était tard et qu'ils étaient seuls, oui, c'est peut-être pour cela que personne ne l'entendit, et la balle alla se loger dans le mur bleu de la pièce tandis que le chef de la police riait et disait que c'était assez joué comme cela, assez joué à des jeux dangereux : à quoi bon, quand tout pouvait s'arranger si facilement? Si facilement, se dit-il; il est temps que les choses s'arrangent facilement; je ne vivrai donc jamais tranquille?

164

— Pourquoi ne me laisse-t-on pas en paix? pourquoi?

— Mais c'est bien facile, mon vieux. Ça dépend de toi.

— Où sommes-nous?

Il n'était pas venu; on l'avait amené; ils étaient dans le centre de la ville, mais le chauffeur l'avait égaré, avait fait un détour à gauche, un détour à droite; avait fait de cette géométrie espagnole, toute en rectangles, un labyrinthe aspirant imperceptiblement. Tout cela était imperceptible, comme la main courte et fragile de l'autre, qui lui arracha l'arme, toujours en riant, et retourna s'asseoir, à nouveau lourd, gros, suant, les yeux pétillants.

— Dis donc, les vrais chingones [1], c'est pas nous, par hasard? Choisis toujours tes amis parmi les grands chingones, parce qu'avec eux, personne ne pourra te chingar. Allez, buvons un coup.

Ils trinquèrent et le gros dit que ce monde était divisé en chingones et en minables et qu'il fallait choisir. Il dit aussi que ce serait dommage que le député — lui — ne sache pas choisir à temps, parce qu'eux étaient de très braves types, des gens très bien et qu'ils donnaient à tous la possibilité de choisir, mais que tous n'étaient pas aussi à la page que le député, qu'ils se figuraient tous qu'ils étaient des durs et puis qu'ils se soulevaient en armes, alors que ce n'était pas si facile de changer de camp comme qui ne fait semblant de rien et se retrouver du bon côté. Non, sans blague, ce n'était pas la première fois qu'il retournait sa veste? Et où donc avait-il passé les quinze dernières années? La voix, grasse comme la

1. V. *infra*, note p. 184.

chair, insinuante et rampante comme une couleuvre, le berçait : une gorge aux anneaux contractiles, lubrifiée par l'alcool et les havanes :

— Ça ne te dit rien?

L'autre le regarda fixement et lui continua à caresser la boucle de sa ceinture sans se rendre compte de ce qu'il faisait, mais il finit pas retirer ses doigts parce que la plaque d'argent lui rappelait le froid ou la chaleur du pistolet et qu'il voulait avoir les mains libres.

— Demain, on fusillera les curés. Je te le dis aussi comme preuve d'amitié, parce que je suis sûr que toi tu n'es pas de ces foireux...

Ils écartèrent les chaises. L'autre alla vers la fenêtre et frappa fort avec sa main sur la vitre. Il fit un signe puis tendit la main à l'homme. L'autre resta sur la porte tandis que lui allait chercher le seau puant et sombre et qu'il vidait les ordures et que tout se mit à sentir l'écorce d'orange pourrie, le journal humide. L'homme qui était près de la porte porta un doigt à son chapeau blanc et lui indiqua que la rue du 16 Septembre était de ce côté-là.

— Qu'est-ce que tu en penses?

— Que nous devons passer de l'autre côté.

— Eh bien pas moi.

— Et toi?

— Je vous écoute.

— Personne ne peut nous entendre?

— La Saturno est de toute confiance et rien ne transpire de chez elle...

— Et s'ils ne sortent pas, je les sors, moi...

— On a marché avec le chef, et voilà qu'avec lui ça tourne mal.

166

— Il est fichu. Le nouveau lui a tendu un piège maison.

— Qu'est-ce que tu proposes?

— Faut pas se dégonfler, voilà ce que je dis.

— Je préfère me laisser couper les oreilles. On est des hommes ou pas?

— Comment ça?

— Ça dépend.

— Faut d'abord voir d'où vient le vent, pas vrai?

— Pour sûr. On aura la chance.

— Moi j'ai rien dit.

— Peut-être bien que oui, peut-être bien que non...

— Moi je dis qu'il faut y aller, comme des hommes qu'on est, avec l'un ou avec l'autre.

— Réveillez-vous, mon général, il commence à faire jour.

— Alors?

— Eh ben... voilà, quoi. Chacun sait ce qu'il doit faire.

— Ah... qui sait.

— C'est bien mon avis.

— Alors, comme ça, tu crois que notre chef n'a pas des chances?

— Une idée, une idée que j'ai.

— Comment?

— Une idée comme ça, voilà tout.

— Et toi, qu'est-ce que tu décides?

— Eh ben, j'ai aussi comme une idée que...

— Enfin bref, à l'heure de la vérité, c'est comme si on avait rien dit.

— Qui veux-tu qui aille reparler de ça?

— On sait jamais, on peut avoir des doutes.

— Eh oui, les foutus doutes.

— Toi, ferme-la. Apporte-nous quelque chose à manger et à boire, vite.

— Ah, ces putains de doutes, mon vieux.

— Alors, pas question de se tirer ensemble.

— Ensemble, si, mais chaque gars de son côté...

— ... parce que l'assiette au beurre, c'est toujours au même endroit qu'on la trouve...

— Toujours au même endroit. Pour sûr.

— Vous ne mangez pas, mon général Jiménez?

— Chacun son idée.

— Oui, mais, si quelqu'un cause trop...

— Dis donc, à quoi tu penses, frère? Est-ce qu'on n'est pas tous frères, ici?

— D'accord, d'accord, mais après on se rappelle la petite mère qui nous a mis au monde, et alors, franchement, on a des doutes...

— Ces putains de doutes, comme dit la Saturno...

— Les foutus putains de doutes, mon colonel Gavilán.

— Et on se rappelle, et ça suffit.

— Tout un chacun marche et décide tout seul et puis voilà.

— Mais il faut bien sauver sa peau, pas vrai?

— Dans l'honneur, monsieur le député, toujours dans l'honneur.

— Dans l'honneur, mon général, bien entendu.

— Alors...

— Ici, il ne s'est rien passé.

— Rien de rien de rien.

— Alors, comme ça, on va lui faire le coup du père François, à notre chef?

— Lequel, celui d'avant ou celui de maintenant?

168

— Celui d'avant, celui d'avant...

*Chicago, Chicago, that toddlin' town :* la Saturno souleva l'aiguille du phonographe et frappa dans ses mains : « Allons, mes petites, en ordre, mes petites... », et lui mettait son canotier et écartait les rideaux, en riant, mais il ne les vit que de côté, reflétées dans le miroir couvert de taches de ce salon, avec leur peau brune mais barbouillées de poudre et de crème, avec des mouches postiches dessinées sur les joues, sur les seins, près des lèvres, avec leurs escarpins de satin et de cuir verni, leurs jupes courtes, leurs paupières bleutées, et il voyait aussi la main du Cerbère endimanché, poudré lui aussi :

— Mon petit cadeau, monsieur?

Et tout allait encore se passer très bien, il le savait, lorsqu'il se frottait le ventre de la main droite et qu'il s'attardait dans le petit jardin en face de la maison de rendez-vous pour respirer la rosée de la pelouse et la fraîcheur de l'eau dans la fontaine veloutée de vase : bon, le général Jiménez devait avoir ôté ses lunettes bleues et était sans doute en train de frotter ses paupières sèches, d'épousseter les écailles, dues à la conjonctivite, qui enneigeaient sa barbe : il devait demander qu'on lui retire ses bottes, que quelqu'un lui retire ses bottes, parce qu'il était fatigué et parce qu'il avait l'habitude qu'on lui retire ses bottes, et tous se mettraient à rire parce que le général ne manquerait pas de profiter de la position de la fille pour lui soulever les jupes et faire voir les petites fesses rondes et sombres recouvertes d'une soie lilas, encore que les autres eussent préféré le rare spectacle de ces yeux toujours voilés, ouverts pour une fois comme de grosses huîtres insipides et tous, les amis, les frères, les copains, étireraient leurs bras et se feraient ôter leur veste par les jeunes pensionnaires de la Saturno, mais elles iraient comme des abeilles tourner autour de ceux qui portaient la vareuse militaire, comme si aucune d'elles ne savait ce qu'il peut y avoir sous l'uniforme, les boutons décorés de l'aigle et du serpent, les aiguillettes d'or : il les avait vues tournoyer ainsi, humides, papillons à peine sortis de leur cocon, levant leurs bras de métisses, le poudrier et la houppette à la main, couvrant de blanc la tête des amis, des frères, des copains étendus sur les lits les jambes écartées et leur chemise tachée de cognac, les tempes mouillées et les mains sèches, tandis que filtrait le rythme du charleston, tandis qu'elles les déshabillaient lentement et baisaient chaque partie dénudée et piaillaient lorsqu'ils avançaient les doigts : il regarda ses ongles piquetés de points blancs, signes de mensonge à ce qu'on disait et la demi-lune de son pouce et le chien aboya près de lui. Il releva le col de sa veste et se dirigea vers sa maison, bien qu'il préférât retourner à l'autre endroit et dormir enlacé aux corps couverts de poudre de riz et laisser échapper cet acide qui tendait trop fort ses nerfs et l'obligeait à garder les yeux ouverts, à regarder sans nécessité ces rangées de maisons basses, grises, entourées de balcons chargés de pots de fleurs en porcelaine et en verre, ces files de palmiers secs et poussiéreux de l'avenue, sentant sans nécessité l'odeur des restes de maïs vert au chile et de vinaigrettes.

Il passa sa main sur les piquants de ses joues. Il fouilla dans le trousseau de clefs encombrantes. En ce moment, elle devait être en bas : elle qui montait et descendait les escaliers recouverts de tapis sans faire de bruit et sursautant toujours en le voyant entrer : « Ah! Comme tu m'as fait peur. Je ne t'attendais pas. Non, je ne t'attendais pas si tôt; je te jure que je ne t'attendais pas si tôt » et il se demandait pour quelle raison elle prenait des airs de complicité pour lui reprocher la faute. Mais tout cela avait un nom et les rencontres, l'attraction réprimée avant de prendre son mouvement, l'éloignement qui parfois les rapprochait, ne possédaient pas encore de nom, ni avant de naître ni une fois évanouis, parce que les deux actes étaient une seule et même chose. Une fois, dans l'obscurité, ses doigts et ceux de la femme se rencontrèrent sur la rampe de l'escalier et elle pressa sa main et lui alluma la lumière pour qu'elle ne trébuche pas, parce qu'il ne savait pas qu'elle descendait alors qu'il montait, mais son visage à elle n'avait rien à voir avec ce qu'éprouvait sa main et elle éteignit la lumière et lui voulut appeler cela de la perversité, mais ce n'était pas non plus le mot juste, car l'habitude ne peut être perverse, dès l'instant qu'elle cesse d'être préméditée et exceptionnelle. Il connaissait un objet, doux, enveloppé dans la soie et des draps de lin, un objet perçu par le toucher parce que jamais les lumières de la chambre ne s'allumaient à ces moments-là : seulement à cet instant dans l'escalier et alors elle ne cacha pas son visage et n'en modifia pas l'expression. Cela ne se produisit qu'en une seule occasion, qu'il n'était pas nécessaire de se rappeler, et son cœur était retourné par le désir doux-amer de la voir se présenter à nouveau. Il y pensa et éprouva ce sentiment lorsqu'elle s'était présentée une seconde fois, lorsqu'elle se présenta encore le lendemain matin et que la même main toucha la sienne, cette fois sur l'appui de l'escalier qui menait à la cave de la maison, mais alors aucune lumière ne s'alluma et elle demanda : « Que cherches-tu par ici ? », avant de se reprendre et de redire d'une voix neutre : « Ah, que j'ai eu peur ! Je ne t'attendais pas. Je te jure que je ne t'attendais pas si tôt » : neutre, sans ironie et lui respirait seulement cette odeur presque de chair, cette odeur accompagnée de paroles, de la formule bien connue.

Il ouvrit la porte de la cave et d'abord ne l'aperçut pas, parce qu'il semblait fait d'encens ; elle prit le bras de l'hôte secret qui essayait de dissimuler les plis de la soutane entre ses jambes et de dissiper l'odeur sacrée en agitant les bras, avant de se rendre compte de l'inutilité de tout cela — la protection qu'elle lui accordait, les gestes noirs et désordonnés — et de baisser la tête en signe bien imité d'anéantissement qui dut le réconforter et lui donner l'assurance qu'il accomplissait, pour sa propre satisfaction sinon pour celle des témoins qui ne le regardaient pas, qui se regardaient mutuellement, les gestes consacrés de la résignation. Il voulut, il demanda que l'homme qui venait d'entrer le regardât, le reconnût : d'un coup d'œil oblique, le curé vit qu'il ne pouvait pas détourner les yeux de la femme, ni elle de lui, quoiqu'elle embrassât, reconnût ce ministre du Seigneur qui sentait dans le spasme de la vésicule, dans les yeux et la langue injectés de jaune, la promesse d'une terreur que, le moment venu — le moment qui allait suivre, car il n'y en aurait pas d'autre — il ne saurait pas dissimuler. Il ne lui restait que ce moment, pensa le prêtre, pour accepter le destin, mais en ce moment il n'y avait pas de témoins. Cet homme aux yeux verts demandait : il demandait à la femme de demander, d'oser demander, de tenter le oui ou le non du hasard et elle ne pouvait pas répondre; elle ne pouvait plus répondre. Le curé imagina que, un autre jour, en sacrifiant cette possibilité de répondre ou de demander, elle avait désormais sacrifié cette vie, la vie du prêtre. Les bougies soulignaient l'opacité de la peau, matière que soutient la transparence et l'éclat; les bougies donnaient un double noir à toutes les blancheurs du visage, au cou, aux bras. Il attendit qu'elle lui demandât. Il vit la contraction de cette gorge qu'il désirait baiser. Le curé soupira : elle ne lui demanderait pas, et à lui il ne restait, devant cet homme aux yeux verts, que ce moment pour faire agir la résignation, parce que demain il ne le pourrait pas, cela lui serait probablement impossible, demain la résignation aurait oublié son nom et s'appellerait viscères et les viscères ne connaissent pas les paroles de Dieu.

Il dormit jusqu'à midi. Il fut réveillé par la musique d'un orgue de Barbarie dans la rue et il ne chercha pas à identifier la chanson, car le silence de la nuit précédente — ou son souvenir, qui était la nuit et le silence — imposait de longs temps morts qui coupaient la mélodie et aussitôt reprenait le rythme lent et mélancolique, qui se glissait par la fenêtre entrouverte, avant que cette mémoire sans bruits l'interrompît à nouveau. Le téléphone sonna, il le décrocha et entendit le rire contenu de l'autre et dit :

— Bien.

— Il est chez le chef de la police, monsieur le député.

— Ah oui?

— Monsieur le Président est au courant.

— Dans ce cas...

— Tu le sais. Un geste. Une visite. Pas besoin de rien dire.

— A quelle heure?

— Passe vers deux heures.

— A bientôt.

Elle l'entendit de la chambre voisine et se mit à pleurer, collée à la porte, mais ensuite elle n'entendit plus rien et sécha ses joues avant de s'asseoir devant le miroir.

Il acheta le journal à un crieur et essaya de le lire tout en conduisant, mais il put seulement jeter un coup d'œil sur les manchettes qui parlaient de l'exécution de ceux qui avaient attenté à la vie de l'autre chef, le candidat. Il se le rappela aux grands moments, pendant la campagne contre Villa, à la présidence, lorsque tous lui jurèrent fidélité et il regarda cette photo du Père Pro, les bras en croix, recevant la décharge. Près de lui défilaient les capotes blanches des nouvelles automobiles, les jupes courtes et les chapeaux cloches des femmes et les pantalons à pattes d'éléphant des freluquets du moment, et les cireurs assis par terre, autour de la fontaine à la grenouille, mais ce n'était pas la ville qui défilait devant ce regard vitreux et fixe, c'était le mot. Il le savoura et le vit dans les regards rapides qui croisaient le sien, il le vit dans les attitudes, dans les clins d'yeux, dans les expressions fugitives, dans les haussements d'épaules, dans les gestes obscènes des

174

doigts. Il se sentit dangereusement vivant, accroché
au volant, écœuré par les visages, les gestes, les doigts
faisant la figue, entre deux oscillations du pendule. Il
lui fallait le faire aujourd'hui parce que demain,
fatalement, les outragés d'aujourd'hui l'outrageraient
à leur tour. Un reflet dans une vitre l'aveugla et il
porta sa main à ses paupières : il avait toujours bien
choisi le grand chingón [1], le chef qui montait contre
le chef sur le déclin. Le Zócalo immense s'épanouit,
avec les étals entre les arcades et les cloches de la
cathédrale firent retentir le bronze profond de deux
heures de l'après-midi. Il montra sa carte de député
au garde de la porte de la rue de la Moneda. L'hiver
translucide du plateau découpait la silhouette ecclé-
siastique du vieux Mexico et des groupes d'étudiants
en période d'examen descendaient les rues d'Argentine et du Guatemala. Il rangea la voiture dans la
cour intérieure. Il prit l'ascenseur. Il parcourut les
salons en bois de rose aux lustres lumineux et s'assit
dans l'antichambre. Autour de lui, les voix les plus
basses ne se haussaient que pour prononcer avec
onction les trois mots :
— Monsieur le Président.
— Monsior lo Prosidont.
— Mansiar la Prasidant.
— Le député Cruz? Entrez.
Le gros homme lui tendit les bras et ils se
donnèrent mutuellement des tapes dans le dos et sur
la taille et se frottèrent les hanches et le gros homme
rit comme toujours, d'un rire intérieur et fit de
l'index le geste de tirer en visant la tête et se remit à
rire sans bruit, dans l'agitation silencieuse de son

1. V. *infra*, note p. 184.

gros ventre et de ses joues sombres. Il boutonna avec difficulté le col de son uniforme et lui demanda s'il avait lu les journaux et lui répondit que oui, qu'il voyait clair dans le jeu mais que cela n'avait pas d'importance et qu'il venait seulement réaffirmer son attachement à monsieur le Président, son attachement inconditionnel, et le gros homme lui demanda s'il désirait quelque chose et lui alors lui parla de certains terrains vagues dans les faubourgs de la ville, qui ne valaient pas grand-chose mais dont on pourrait avec le temps faire des lotissements et l'autre lui promit d'arranger l'affaire parce qu'après tout ils étaient copains, que maintenant ils étaient des frères, et que monsieur le député se battait, heu, voyons... depuis 1913 et qu'il avait bien le droit de vivre enfin dans la sécurité et à l'abri des fluctuations de la politique; il lui dit cela et lui caressa le bras et lui donna de nouvelles tapes dans le dos et sur les hanches pour sceller leur amitié. La porte à poignées dorées s'ouvrit et de l'autre bureau sortirent le général Jiménez, le colonel Gavilán et d'autres amis qui la veille étaient chez la Saturno et qui passèrent sans le voir, en baissant la tête, et le gros homme se remit à rire et lui dit que beaucoup de ses amis étaient venus se mettre à la disposition de monsieur le Président en ces heures d'unité et il tendit les bras et l'invita à entrer.

Dans le fond du bureau, près d'une lumière verdâtre, il vit ces yeux vissés au fond du crâne, ces yeux de tigre à l'affût et il baissa la tête et dit :

— A vos ordres, monsieur le Président... Pour vous servir inconditionnellement, je vous l'assure, monsieur le Président...

JE sens l'odeur de cette vieille huile qu'on m'étend sur les yeux, le nez, les lèvres, les pieds froids, les mains bleues, les cuisses, près du sexe et je demande qu'on ouvre la fenêtre : je veux respirer. Je lance ce son creux par les trous du nez et je les laisse faire et je croise les bras sur mon estomac. Le lin du drap de lit, sa fraîcheur. Voilà, oui, ce qui est important. Que savent-ils, Catalina, le curé, Teresa, Gerardo?

— Laissez-moi...

— Qu'en sait-il, le médecin. Moi, je le connais mieux. Encore une de ses mauvaises plaisanteries.

— Ne dis rien.

— Teresita ne contredis pas ton père... ta mère, je veux dire... Tu ne vois pas que...

— Bah! Tu es aussi coupable que lui. Toi parce que tu es faible et lâche, lui parce qu'il est... parce qu'il est...

— Assez. Assez.

— Bonsoir.

— Par ici.

— Assez, mon Dieu.

— Continuez, continuez.

A quoi pensait-il donc? De quoi se souvenait-il?

— ... comme des mendiants, pourquoi oblige-t-il Gerardo à travailler?

Que savent-ils, Catalina, le curé, Teresa, Gerardo? Quelle importance vont avoir leurs simagrées de deuil ou les formules à propos de l'honneur qui paraîtront dans les journaux? Qui aura l'honnêteté

177

de dire, comme je le dis à présent, que mon seul amour a été la possession des choses, leur possession sensuelle? Voilà ce que je veux. Le drap de lit que je caresse. Et tout le reste, ce qui passe maintenant devant mes yeux. Des dalles de marbre italien, veiné de vert et de noir. Les bouteilles qui conservent le soleil de l'été de ces endroits. Les tableaux anciens, au vernis écaillé, qui retiennent dans une seule touche de couleur la lumière du soleil ou des lampes à huile, que l'on peut parcourir sans hâte des yeux et des doigts, assis sur un divan de cuir blanc à applications dorées, le verre de cognac dans une main et le cigare dans l'autre, vêtu d'un smoking léger, de linge de soie et dans des pantoufles douces en cuir verni bien posées sur un tapis épais et silencieux de haute laine. Là un homme prend possession du paysage et des visages d'autres hommes. Là, ou bien assis sur la terrasse face au Pacifique, à regarder le coucher du soleil, à reproduire avec tous les sens, les plus tendus, ah oui, les plus délicieux, le va-et-vient, le glissement de ces vagues argentées sur le sable humide. De la terre. De la terre qui peut se traduire en argent. Des terrains quadrillés dans la ville sur lesquels commence à se dresser la forêt de poutres du chantier. Des terrains verts et jaunes dans la campagne, toujours les meilleurs, près des barrages, parcourus par le bourdonnement du tracteur. Des terrains verticaux dans les montagnes minières, coffres bruns. Des machines : cette odeur savoureuse de la rotative qui vomit ses feuilles à un rythme accéléré...

« — Eh, don Artemio, vous ne vous sentez pas bien?

« — Non, c'est la chaleur. Ce soleil qui brûle.

Comment va, Mena? Voulez-vous ouvrir les fenêtres?

« — Tout de suite... »

Ah, les bruits de la rue. D'un coup. Il est
impossible de les distinguer les uns des autres. Ah, les
bruits de la rue.

« — Que désirez-vous, don Artemio?

« — Mena, vous savez avec quel enthousiasme
nous avons défendu ici, jusqu'au dernier moment, le
président Batista. Mais à présent qu'il n'est plus au
pouvoir, ce n'est pas si facile, et moins encore de
défendre le général Trujillo, bien qu'il soit encore au
pouvoir. Vous qui les représentez l'un et l'autre, vous
devez comprendre... C'est délicat...

« — Ah, ne vous en faites pas, don Artemio, je
verrai d'arranger ça. Encore que, avec tous ces gens
spoliés par les nationalisations... Et puisque nous en
parlons, tenez, je vous ai apporté un article défen-
dant l'œuvre du Benefactor [1]... Voilà, c'est tout...

« — Bien sûr. Laissez-le-moi. Ah, Díaz, vous
arrivez à point. Publiez ça en éditorial avec une
signature imaginaire... Au revoir, Mena, j'attends de
vos nouvelles... »

Vos nouvelles. Nouvelles. J'attends de vos nouvelles. Des nouvelles de mes lèvres blanches, aaaïe,
une main, donnez-moi une main, aïe un autre pouls
pour ranimer le mien, lèvres blanches...

— C'est ta faute.

— Tu te sens soulagée? Fais-le. Nous avons passé
le fleuve à cheval. Nous sommes retournés dans mon
pays. Mon pays.

1. « Le Bienfaiteur », surnom de l'ex-dictateur dominicain
Trujillo. (*N.d.T.*)

— Nous voudrions savoir où...

Enfin, enfin elles m'offrent ce plaisir de les voir venir, physiquement à genoux, me demander cela. Le curé en avait dit un mot. Il doit y avoir quelque chose qui tourne très près autour de moi pour qu'elles aussi viennent jusqu'à mon chevet avec ce petit tremblement qui n'échappe pas à mon attention. Elles essaient de deviner ma bonne plaisanterie, cette bonne plaisanterie finale que j'ai tant savourée en moi-même, cette humiliation définitive des conséquences complètes de laquelle je ne pourrai plus jouir, mais dont les spasmes initiaux me ravissent en ce moment. Peut-être sera-ce la dernière flambée de triomphe...

— Où... — je murmure avec une telle douceur, une telle dissimulation... — Où... Laissez-moi réfléchir... Teresa, je crois que je me rappelle... Il n'y a pas un coffret d'acajou... où je mets les cigares...? Il a un double fond...

Je n'ai pas besoin d'achever. Ensemble elles se lèvent et courent vers l'énorme table en fer à cheval derrière laquelle elles croient que parfois, la nuit, je passe mes heures d'insomnie à lire des choses : elles voudraient qu'il en soit ainsi. Les deux femmes s'attaquent aux tiroirs, répandent des papiers et trouvent, enfin, la boîte d'ébène. Ah, elle était donc là. Là-bas il y en avait une autre. Ou alors on l'a apportée. Leurs doigts doivent ouvrir fébrilement le double fond en le faisant glisser sous le premier. Il n'y a rien. Quand ai-je mangé pour la dernière fois? Il y a longtemps que j'ai uriné. Mais manger. J'ai vomi. Mais manger.

« — Le sous-secrétaire au téléphone, don Artemio... »

On a tiré les rideaux, n'est-ce pas? C'est la nuit,
n'est-ce pas? Il y a des plantes qui ont besoin de la
lumière de la nuit pour fleurir. Elles attendent que
vienne l'obscurité. Le convolvulus ouvre ses pétales
au crépuscule. Le convolvulus. Dans cette cabane, là-
bas, il y avait un convolvulus, dans la cabane près du
fleuve. Il s'ouvrait au soir tombant, c'est vrai.

« — Merci, mademoiselle... Bien... oui, Artemio
Cruz à l'appareil. Non, non, pas de négociation qui
tienne. C'est purement et simplement une tentative
de renverser le gouvernement. Ils ont déjà réussi à
faire quitter le parti national au syndicat en bloc; si
ça continue, sur quoi allez-vous vous appuyer,
monsieur le sous-secrétaire?... Oui... C'est la seule
solution : ne pas reconnaître la grève, leur envoyer la
troupe, les démolir à la matraque et mettre en prison
les meneurs... Je pense bien, que c'est sérieux,
monsieur le... »

Le mimosa aussi, je me souviens que le mimosa
aussi a des sentiments; il peut être sensitif et pudique,
chaste et palpitant, vivant, le mimosa...

« ... oui, bien sûr... parlons net : si vous vous
montrez faibles, moi et mes associés nous transférons
aussitôt nos capitaux hors du Mexique. Il nous faut
des garanties. Dites, qu'est-ce qui se passerait si en
quinze jours, cent millions de dollars quittaient le
pays, par exemple?... Hein?... Non, je comprends
très bien. C'est la moindre des choses!... »

Voilà. C'est fini. Ah. Ce fut là tout. Tout? Qui
sait. Je ne me souviens pas. Il y a longtemps que je
n'entends plus les voix dans ce magnétophone. Il y a

longtemps que je ne fais semblant de rien et qu'en réalité je suis en train de penser à des choses que j'aime manger, oui, c'est plus important de penser à la nourriture parce que cela fait beaucoup d'heures que je n'ai pas mangé et Padilla débranche l'appareil et moi j'ai gardé les yeux fermés et je ne sais ce que peuvent bien penser, ce que peuvent bien dire Catalina, Teresa, le Gerardo, la petite — non, Gloria est partie, elle est sortie il y a un bon moment avec le fils de Padilla, ils se bécotent dans le salon, ils profitent qu'il n'y a personne — parce que j'ai toujours les yeux fermés et que je ne pense qu'à des côtelettes de porc, à du filet rôti, à un barbecue, à des dindons truffés, aux soupes que j'aime tant, presque autant que les desserts, ah oui, j'ai toujours eu un faible pour les sucreries et ici les pâtisseries sont délicieuses, gâteaux aux amandes et à l'ananas, au coco et au lait caillé, ah, ah, le lait caramélisé aussi, le lait caillé de Zamora, je pense au lait caillé de Zamora, aux fruits confits, et les poissons, pagels, loups, soles, je pense à des huîtres et à des crabes d'eau douce.

— Nous avons passé le fleuve à cheval. Et nous sommes arrivés à la barre et à la mer. A Veracruz.

à des pousse-pieds et à des calmars, à des poulpes et à des cocktails de fruits de mer, je pense à la bière, amère comme la mer, la bière, je pense au gibier du Yucatán, et que je ne suis pas vieux, non, bien qu'un jour je l'aie été, devant un miroir, et aux fromages bien faits, comme je les aime, je pense, je veux, comme cela me soulage, comme cela me fatigue d'entendre ma propre voix exacte, insinuante, autoritaire, jouant le même rôle, toujours, quel ennui, alors

182

que je pourrais être en train de manger de manger : je mange, je dors, je fornique et le reste, quoi? quoi? qui veut manger dormir forniquer avec mon argent? toi Padilla et toi Catalina et toi Teresa et toi Gerardo et toi Paquito Padilla, c'est bien ton nom?, qui dois être en train de dévorer les lèvres de ma petite-fille dans la pénombre de mon salon ou de ce salon, toi qui es encore jeune, parce que moi qui ne vis pas ici, vous êtes jeunes vous autres, moi je sais bien vivre, aussi je ne vis pas ici, je suis un vieil homme, hein?, un vieil homme plein de manies, qui a le droit d'en avoir parce qu'il s'est laissé chingar, voyez-vous?, qu'il s'est laissé chingar en étant le chingón des autres, qu'il a choisi à temps, comme cette nuit-là, ah je m'en souviendrai, cette nuit-là, ce mot-là, cette femme-là : qu'on me donne à manger : pourquoi ne me donne-t-on pas à manger : allez-vous-en : aïe douleur : allez-vous-en : chinguen a su madre :

TU la prononceras : c'est ta parole : et ta parole est la mienne; parole d'honneur : parole d'homme : parole de vessie : parole de lanterne : imprécation, intention salut, projet de vie, filiation, souvenir, cri des désespérés libération des pauvres, ordre des puissants, invitation à la dispute et au travail, épigraphe de l'amour, signe de la naissance, menace et moquerie, verbe témoin, compagnon de la fête et de la soûlerie, épée de la vaillance, trône de la force, croc de la flagornerie, blason de la race, planche de salut des limites, résumé de l'histoire : signe et emblème du Mexique : ta parole :

— Vive le Mexique, fils de sa rechingada [1]

fils de la parole. Nés de la chingada, morts dans la chingada, vivants par pure chingadera : ventre et linceul, cachés au fond de la chingada. C'est elle qui fait front, elle qui donne les cartes, elle qui joue son va-tout, elle qui voile la réticence et le double jeu, elle qui découvre la rivalité et le courage, elle qui enivre, crie, succombe, vit dans chaque lit, préside aux fastes de l'amitié, de la haine et de la puissance. Notre parole. Toi et moi, membres de cette franc-maçonnerie : l'ordre de la chingada. Tu es qui tu es parce que tu as su chingar et ne t'es pas laissé chingar ; tu es qui tu es parce que tu n'as pas su chingar et t'es laissé

1. Le verbe mexicain *chingar* et les substantifs dérivés (*chingada, chingón, chingaquedito, chingadera*, etc.) impliquent généralement le viol de choses ou de personnes. Dans le langage de la rue, c'est la plus grosse insulte : Œdipe et Jocaste dépouillés des voiles du mythe. Mais l'usage continuel de l'insulte a fini par lui ôter de sa force, et le mot a fini par désigner toute chose difficile, fastidieuse, désagréable, etc. : une *chingadera*. Un *chingaquedito* est un hypocrite qui par des voies détournées mène à bonne fin ses desseins égoïstes ou destructeurs sans en rien laisser paraître. A l'opposé, le *chingón* est l'homme qui oblige les autres à se soumettre à sa volonté en faisant étalage de force et de courage. Artemio Cruz peut être considéré comme le type du grand *chingón*. Mais c'est le mot féminin *la chingada* qui donne toute sa signification à ce terme ambigu de puissance et de viol. La *chingada* est la mère violée, l'origine et le berceau de la race : la première femme indienne possédée par le conquérant espagnol ?; Malinche, la maîtresse de Cortés, qui guida le Conquistador jusqu'au cœur de l'empire de Moctezuma ? Elle fut violée, et à son tour viola ses enfants, les mit au monde sous le signe du viol, de la suspicion, de la colère. Et ses enfants ont secrètement désiré violer leur propre mère. Ou l'on viole, ou l'on est violé, et celui qui est violé, à son tour, doit nécessairement violer les autres pour avoir conscience qu'ils existent. La politique, l'amour, le travail, la naissance, la mort, tout, au Mexique, est secrètement affecté par ce mot (*N.d.T.* : Voir, du même auteur, chez le même éditeur, *La plus limpide région*, p. 109, et la note.)

chingar : chaîne de la chingada à laquelle nous sommes tous rivés : par le maillon d'en haut, par le maillon d'en bas, unis à tous les fils de la chingada qui nous ont précédés et nous suivront : tu hériteras de la chingada; tu la légueras à ton tour : tu es fils des fils de la chingada; tu seras père d'autres fils de la chingada : notre parole, derrière chaque visage, chaque signe, chaque canaillerie : bite de la chingada, verge de la chingada, cul de la chingada : la chingada se fiche bien de toi, la chingada déflegme ton sexe quadragésimal, tu es le chingón de la chingada, la chingada dénigre ta mère, tu n'auras pas de mère, mais tu auras ta chingada : grâce à la chingada, te voilà passé maître, elle est ton pote, ton copain, ton camarade, ta vieille, ta petite amie : la chingada : ton squelette craque comme le tonnerre dans ton accouplement avec la chingada; tu te sens on ne peut mieux avec la chingada, tu t'offres une colossale ribote avec la chingada, ta peau se fronce avec la chingada, tu joues tes couilles avec la chingada : tu ne te dégonfles pas avec la chingada : tu te suspens aux mamelles de la chingada :

où vas-tu avec la chingada?

oh mystère, oh leurre, oh nostalgie : tu crois qu'avec elle tu retourneras aux origines : à quelles origines? pas toi : nul ne veut retourner à l'âge d'or mensonger, aux origines sinistres, au grognement bestial, à la lutte pour la viande de l'ours, pour la caverne et le silex, au sacrifice et à la folie, à la terreur sans nom de l'origine, au fétiche immolé, à la peur du soleil, la peur de la tempête, la peur de l'éclipse, la peur du feu, la peur des masques, la terreur des idoles, la peur de la puberté, la peur de l'eau, la peur de la faim, la peur de se sentir abandonné: la terreur cosmique: chingada, pyramide de négations, temple nahuatl de l'épouvante

oh mystère, oh leurre, oh mirage: tu crois qu'avec elle tu iras de l'avant, tu t'affirmeras: vers quel futur? pas toi: nul ne veut marcher accablé sous le poids de la malédiction, du soupçon, de la frustration, de l'aigreur, de la haine, de l'envie, de la rancœur, du mépris, de l'insécurité, de la misère, de l'abus, de l'insulte, de l'intimidation, du faux orgueil, de la virilité, de la corruption de ta chingada chingada:

abandonne-la en chemin, assassine-la avec des armes qui ne soient pas les siennes: tuons-la: tuons cette parole qui nous sépare, nous pétrifie, nous corrompt par son double venin d'idole et de croix: qu'elle ne soit ni notre réponse ni notre fatalité: prie, cependant que ce curé oint tes lèvres, ton nez, tes paupières, tes bras, tes jambes, ton sexe pour l'onction finale: supplie: qu'elle ne soit pas notre réponse ni notre fatalité: la chingada, fils de la chingada, la chingada qui envenime l'amour, dissout l'amitié, écrase la tendresse, la chingada qui divise, la chingada qui sépare, la chingada qui détruit, la chingada qui empoisonne: le con hérissé de serpents et de métal de la mère de pierre, la chingada: le rot aviné du prêtre sur la pyramide, du seigneur sur le trône, du hiérarque dans la cathédrale: fumée, Espagne et Anáhuac, fumée, engrais de la chingada, sacrifices de la chingada, honneurs de la chingada, esclavages de la chingada, temples de la chingada, langues de la chingada: qui vas-tu chingar aujourd'hui, pour exister?, qui, demain? qui vas-tu chingar : qui vas-tu user ? : les fils de la chingada sont ces objets, ces êtres dont tu feras les objets de ton usage, de ton plaisir, de ta domination, de ton mépris, de ta victoire, de ta vie : le fils de ta chingada est une chose dont tu uses : un fétu

tu te fatigues

tu ne triomphes pas d'elle

tu entends les murmures des autres prières qui n'écoutent pas ta propre prière : qu'elle ne soit pas notre réponse ni notre fatalité : lave-toi de la chingada :

tu te fatigues

tu ne triomphes pas d'elle

tu l'as portée avec toi toute ta vie : cette chose :

tu es un fils de la chingada

de l'outrage que tu as lavé en outrageant d'autres hommes

de l'oubli dont tu as besoin pour te souvenir

de cette chaîne sans fin de notre injustice

tu te fatigues

tu me fatigues ; tu triomphes de moi ; tu m'obliges à descendre avec toi dans cet enfer ; tu veux te rappeler d'autres choses, pas cela : tu m'obliges à oublier que les choses seront, jamais qu'elles sont, jamais qu'elles ont été : tu triomphes de moi par la chingada

tu te fatigues

repose-toi

rêve de ton innocence

dis que tu as essayé, que tu tâcheras : qu'un jour le viol te paiera de la même monnaie, te montrera son autre face : lorsque tu voudras outrager jeune homme, ce dont tu devais être reconnaissant vieil

homme : le jour où tu te rendras compte de quelque
chose, de la fin de quelque chose : un beau jour où tu
te lèveras — je triomphe de toi — et tu te regarderas
dans la glace et tu verras, enfin, que tu dois avoir
laissé quelque chose derrière toi : tu te rappelleras : le
premier jour sans jeunesse, premier jour d'un nouveau temps : fixe-le, tu le fixeras, comme une statue,
pour pouvoir le voir tout entier : tu écarteras les
rideaux afin de laisser entrer cette brise matinale : ah,
comme elle t'emplira, ah, elle te fera oublier cette
odeur d'encens, cette odeur qui te poursuit, ah,
comme elle te rendra net : elle ne te laissera même
pas glisser le doute : elle ne te mènera pas au seuil de
ce premier doute :

(1947 : 11 SEPTEMBRE)

IL écarta les rideaux et respira l'air limpide. La brise
matinale était entrée, agitant les rideaux pour s'an-
noncer. Il regarda au-dehors : ces heures de l'aube
étaient les meilleures, les plus claires, celles d'un
printemps quotidien. Le soleil palpitant ne tarderait
pas à les étouffer. Mais à sept heures du matin, la
plage en face du balcon était illuminée d'une paix
fraîche et d'un contour silencieux. Les vagues murmuraient à peine et les voix des rares baigneurs ne
pouvaient distraire de leur rencontre solitaire le soleil
naissant, l'océan tranquille et le sable peigné par la
marée. Il écarta les rideaux et respira l'air limpide.
Trois gamins marchaient sur la plage avec leurs seaux,

188

et ramassaient les trésors de la nuit : étoiles, coquillages, bois polis. Un voilier se balançait non loin de la côte ; le ciel transparent se projetait sur la terre à travers un filtre du vert le plus pâle. Aucune voiture ne circulait sur l'avenue qui séparait l'hôtel de la plage.

Il laissa retomber le rideau et se dirigea vers la salle de bains aux carreaux de faïence mauresques. Il regarda dans la glace ce visage bouffi par un sommeil qui pourtant était si court, si différent. Il ferma doucement la porte. Il ouvrit les robinets et mit la bonde du lavabo. Il jeta sa veste de pyjama sur le couvercle des cabinets. Il prit une lame neuve, la dépouilla de son enveloppe de papier cireux et la plaça dans le rasoir doré. Puis il laissa tomber l'objet dans l'eau chaude, humecta une serviette et s'en recouvrit le visage. La vapeur embua la glace. Il l'essuya d'une main et alluma la lampe au néon placée au-dessus. Il pressa un tube d'un nouveau produit américain, la crème à raser à application directe ; il étendit la substance blanche et rafraîchissante sur ses joues, son menton et son cou. Il se brûla les doigts en retirant le rasoir de l'eau. Il eut une moue agacée et de la main gauche tendit la peau d'une de ses joues et commença à se raser, de bas en haut, avec soin, en tordant la bouche. La vapeur le faisait suer ; il en sentait les gouttes couler le long de ses côtes. Maintenant il se rasait à contre-poil, lentement, puis se caressait le menton pour s'assurer de la douceur de sa peau. De nouveau il ouvrit les robinets, il humecta la serviette, s'en recouvrit le visage. Il se nettoya les oreilles et vaporisa sur son visage une lotion excitante qui le fit soupirer de plaisir. Il nettoya la lame et la replaça dans le rasoir, puis celui-ci dans son étui de cuir. Il ôta la bonde et regarda, un instant, la succion de la flaque grise de savon et de poils collés. Il observa ses traits : il voulut découvrir le même homme de toujours, car en essuyant à nouveau la vapeur qui embuait la glace, il eut l'impression inconsciente — à cette heure matinale, des gestes insignifiants mais indispensables, des lourdeurs d'estomac et des faims mal définies, des odeurs indésirables qui entouraient la vie inconsciente du sommeil — qu'il y avait bien longtemps qu'il ne s'était pas vu, quoiqu'il se regardât chaque jour dans la glace d'une salle de bains. Rectangle de mercure et de verre et seul portrait authentique de ce visage aux yeux verts et à la bouche énergique, au front haut et aux pommettes saillantes. Il ouvrit la bouche et tira une langue parsemée d'îlots blancs; puis il chercha dans le reflet les emplacements vides des dents perdues. Il ouvrit la petite armoire et y prit les bridges qui dormaient au fond d'un verre d'eau. Il les rinça rapidement et, tournant le dos à la glace, les mit en place. Il étendit la pâte verdâtre sur la brosse et se lava les dents. Il se gargarisa et ôta le pantalon de son pyjama. Il ouvrit les robinets de la douche. Il prit la température de l'eau avec la paume de sa main et sentit le jet inégal sur sa nuque, tandis qu'il frottait de savon son corps maigre, aux côtes saillantes, à l'estomac flasque et aux muscles qui gardaient encore une certaine fermeté nerveuse, mais qui tendaient maintenant à s'avachir vers l'intérieur, d'une façon qui lui paraissait grotesque, s'il ne se soumettait pas à une vigilance énergique et factice... et seulement lorsqu'il était observé, comme ces jours-ci, par ces regards indiscrets à l'hôtel et sur la plage. Il leva son visage vers la pomme de la douche, ferma les robinets et s'essuya avec la serviette. Il éprouva une nouvelle sensation de bien-être lorsqu'il se frictionna la poitrine et les aisselles avec l'eau de lavande et passa le peigne dans ses cheveux crépus. Il prit dans la penderie le caleçon de bain bleu et le polo blanc. Il chaussa les sandales italiennes de toile et de corde et ouvrit lentement la porte de la salle de bains.

La brise agitait toujours les rideaux et le soleil n'arrivait pas à briller : ce serait dommage, vraiment dommage d'avoir une journée gâchée. En septembre on ne peut jamais savoir. Il regarda le lit à deux places. Lilia dormait encore, dans cette position spontanée, décontractée : la tête reposant sur l'épaule et le bras étendu sur l'oreiller, le dos à l'air et un genou ployé, sortant du drap. Il s'approcha du corps jeune, sur lequel jouait avec grâce la première lumière, éclairant le duvet doré des bras et les commissures humides des paupières, les lèvres, l'aisselle couleur de paille. Il se pencha pour regarder perler la sueur sur les lèvres et sentir la tiédeur qui montait du corps de petit animal au repos, hâlé par le soleil, innocemment impudique. Il étendit les bras, pris du désir de la retourner et de voir le corps de face. Les lèvres entrouvertes se refermèrent et la jeune femme soupira. Il descendit prendre le petit déjeuner.

Lorsqu'il eut fini de boire le café, il s'essuya les lèvres avec la serviette et regarda autour de lui. A cette heure-là, c'étaient toujours les enfants qui déjeunaient, accompagnés de leurs bonnes. Les têtes lisses et humides appartenaient à ceux qui n'avaient pas su résister à la tentation de se baigner avant le petit déjeuner et qui se préparaient à retourner, dans leur maillot mouillé, à la plage où régnait ce temps hors du temps, dans lequel seule l'imagination des enfants donnerait le rythme souhaité aux heures, longues ou courtes, de châteaux et de forteresses en construction, de joyeux prologues d'enterrement, de promenades les pieds dans l'eau, de corps étendus hors du temps selon le temps du soleil, de cris et d'agitation dans l'impalpable enveloppe de l'eau. C'était curieux de les voir, si petits, chercher dans l'espace ouvert devant eux l'emplacement particulier d'un enterrement fictif, d'un château de sable. Maintenant les enfants s'en allaient et les clients adultes de l'hôtel entraient.

Il alluma une cigarette et attendit ce léger malaise qui depuis quelques mois suivait toujours la première bouffée de la journée. Il dirigea son regard loin de la salle à manger, vers la courbe de la plage découpée dont l'écume serpentait du fond de l'océan infini jusqu'au croissant de lune de la baie, maintenant piquetée de voiliers et d'où montait une rumeur croissante d'activité. Un couple connu passa près de lui et le salua d'un geste. Il inclina la tête et aspira une nouvelle bouffée de fumée.

Les bruits de la salle à manger se multiplièrent : les couverts heurtant les assiettes, les petites cuillères agitées dans les tasses, les bouteilles débouchées et le pétillement de l'eau minérale, les chaises avancées, les conversations des couples, des groupes de touristes. Et la croissante rumeur des vagues, qui ne se résignait pas à se laisser dominer par la rumeur humaine. De la table, on voyait l'esplanade du nouveau front de mer moderne d'Acapulco, construit en toute hâte pour la commodité du grand nombre de touristes nord-américains que la guerre avait privés de Waikiki, de Portofino ou de Biarritz et aussi pour dissimuler l'arrière-plan peu reluisant, boueux, des pêcheurs nus et de leurs masures pleines d'enfants au ventre gonflé, de chiens galeux, de ruisseaux d'eaux noires, de trichines et de bacilles. Toujours les deux temps, dans cette communauté à double face, au double visage, si éloignée de ce qu'elle fut et si éloignée de ce qu'elle veut être.

Assis, il fumait, et ses jambes, qui ne supportaient plus, pas même à onze heures du matin, ces légers vêtements d'été, étaient légèrement tuméfiées. Il frotta en cachette son genou. Ce devait être un froid qu'il portait en lui, car la matinée rayonnait en une lumière ronde et unique, et le crâne du soleil bouillonnait avec un panache orange. Et Lilia entrait, les yeux dissimulés derrière des lunettes noires. Il se leva et approcha la chaise de la jeune femme. Il fit signe au garçon. Il remarqua les chuchotements du couple qu'il connaissait. Lilia commanda de la papaye et du café.

— Tu as bien dormi?

La jeune femme fit oui de la tête, sourit sans ouvrir les lèvres et caressa la main brune de l'homme, qui se détachait sur la nappe.

— Est-ce que les journaux de Mexico ne sont pas arrivés? dit-elle, tandis qu'elle découpait en petits morceaux la tranche de fruit. Si tu allais voir?

— Oui. Dépêche-toi, le yacht nous attend à midi.

— Où irons-nous déjeuner?

— Au club.

L'homme se dirigea vers le bureau de l'hôtel. Oui, ce jour serait semblable au précédent, fait de conversations difficiles, de questions et de réponses oiseuses. Mais la nuit, sans paroles, c'était différent. A quoi bon demander davantage? Le contrat, tacite, n'exigeait pas un véritable amour, pas même un semblant d'intérêt personnel. Il voulait une fille pour les vacances. Il l'avait. Lundi prochain, tout serait terminé, il ne la reverrait plus. Qui songerait à exiger davantage? Il acheta les journaux et monta mettre un pantalon de flanelle.

Dans la voiture, Lilia se plongea dans les journaux et commenta quelques nouvelles du cinéma. Elle croisa ses jambes bronzées et laissa tomber une de ses sandales. Il alluma la troisième cigarette de la matinée, ne lui dit pas qu'il était l'éditeur de ce journal, s'amusa à regarder les panneaux publicitaires qui couronnaient les nouveaux édifices, la curieuse transition de l'hôtel de quinze étages et du restaurant de hamburgers, à la montagne pelée, aux entrailles mises à découvert par la pelle mécanique, et dont le ventre rougeâtre descendait jusqu'à la route.

Lorsque Lilia sauta avec grâce sur le pont, et que lui chercha son équilibre avant de poser le pied sur le yacht, l'autre était là et ce fut lui qui leur donna la main pour les aider à passer du ponton branlant au bateau.

— Xavier Adame.

Presque nu, avec un slip de bain très court, et le visage sombre, huileux autour des yeux bleus et des sourcils épais et enjoués. Il tendit la main dans un mouvement de loup innocent : audacieux, candide, secret.

— Don Rodrigo demande si cela ne vous ennuie pas que nous partagions le bateau.

Il dit qu'il était d'accord et chercha une place dans la cabine ombragée. Adame disait à Lilia :

— ... le vieux me l'avait offert déjà il y a une semaine et puis il avait oublié...

Lilia sourit et étendit la serviette de bain sur la poupe ensoleillée.

— Tu n'as pas envie de quelque chose? demanda l'homme à Lilia lorsque le garçon du bord s'avança avec la table roulante couverte de boissons et d'amuse-gueules.

Lilia, étendue, fit non en agitant un doigt. Il approcha la table et picora des amandes tandis que le garçon lui préparait un gin-tonic. Xavier Adame avait disparu sur le toit de la cabine. On entendit son pas ferme, un dialogue rapide avec quelqu'un qui se trouvait sur le ponton, puis le bruit de son corps lorsqu'il s'étendit sur le toit de la cabine.

Le petit yacht sortit lentement de la baie. Il prit sa casquette à visière transparente et se pencha pour boire le gin-tonic.

Devant lui, le soleil se répandait sur Lilia. La jeune femme défit son soutien-gorge et présenta le dos. Son corps entier fut agité d'un frisson de joie. Elle leva les bras et noua sa chevelure, cuivrée et brillante, sur sa nuque. Une sueur très fine coulait sur son cou, lubrifiant la chair douce et ronde des bras et le dos lisse, au sillon central bien marqué. Il la regardait du fond de la cabine. Elle allait maintenant s'endormir dans la même position que ce matin. Couchée sur le côté, un genou ployé. Il vit qu'elle avait rasé ses aisselles. Le moteur démarra et les vagues s'ouvrirent en deux crêtes rapides, soulevant une bruine salée, régulière, nette, qui retombait sur le corps de Lilia. L'eau de la mer mouilla le slip de bain et le colla sur les hanches et entre les fesses. Les mouettes s'approchèrent en criant du bateau rapide, et il aspira lentement le liquide dans les pailles. Ce corps jeune, loin de l'exciter, l'emplissait de retenue, d'une sorte d'austérité maligne. Assis sur la chaise de toile dans le fond de la cabine, il jouait à ajourner ses désirs, à les mettre en réserve pour la nuit silencieuse et solitaire, alors que les corps disparaissaient dans l'obscurité et ne pouvaient faire l'objet de comparaisons. La nuit, il n'aurait pour elle que des mains expertes, aimant la lenteur et la surprise. Il baissa les yeux et vit ces mains brunes, aux veines verdâtres, saillantes, qui suppléaient à la vigueur et à l'impatience d'un autre âge.

Ils étaient maintenant en haute mer. La côte inhabitée, aux taillis broussailleux et aux bastions rocheux, élevait au-dessus d'elle une réverbération brûlante. Le yacht vira de bord sur la mer piquetée et une vague se brisa, trempant le corps de Lilia : elle poussa un cri de joie et releva son buste, maintenu par ces boutons roses qui semblaient visser les seins durs. Elle se recoucha. Le garçon s'approcha avec un plateau odorant de prunes très mûres, de pêches et d'oranges pelées. Il ferma les yeux et laissa se former un sourire difficile, imposé par la réflexion : ce corps lascif, cette taille fine, ces cuisses pleines, portaient aussi, dissimulé dans une cellule pour le moment minuscule, le cancer du temps. Merveille éphémère, en quoi se distinguerait-il, avec le temps, de cet autre corps qui maintenant le possédait ? Cadavre au soleil lâchant des jets d'huiles et de sueur, suant sa jeunesse rapide, perdue en un clin d'œil, capillarité pâmée, cuisses qui se friperaient avec les accouchements et la simple, angoissante permanence sur la terre et dans ses routines élémentaires, toujours répétées, exemptes d'originalité. Il ouvrit les yeux. Il la regarda.

Xavier se laissa tomber du toit. Il vit apparaître les jambes velues, puis le nœud du sexe caché, enfin la poitrine brûlante. Oui : il marchait comme un loup, en se baissant pour pénétrer dans la cabine ouverte et prendre deux pêches dans le plateau posé sur une couche de glace. Il lui sourit et sortit, les fruits dans la main. Il s'accroupit devant Lilia, les jambes ouvertes devant le visage de la jeune femme ; il lui toucha l'épaule. Lilia sourit et prit une des deux pêches qu'il lui offrait en disant des mots qu'il ne put comprendre, car ils se perdirent dans le bruit du moteur, de la brise, des vagues rapides. Maintenant ces deux bouches mâchaient en même temps et le jus coulait sur leur menton. Si seulement... oui. Le jeune homme ferma les jambes, les étendit, et s'installa à bâbord. Il leva ses yeux souriants, en fronçant le sourcil, vers le ciel blanc de midi. Lilia le regardait en remuant les lèvres. Xavier désigna quelque chose, abaissa le bras et montra la côte. Lilia essayait de regarder dans cette direction, en se cachant les seins. Xavier se rapprocha et tous deux se mirent à rire lorsqu'il rattacha son soutien-gorge de toile et qu'elle s'assit, le buste humide dessiné sur l'étoffe, puis qu'elle porta la main à son front pour voir ce qu'il montrait sur la ligne lointaine d'une petite plage, pareille à une coquille échouée au milieu de la forêt touffue. Xavier se leva et cria un ordre au pilote. Le yacht vira de bord à nouveau et mit le cap sur la plage. La jeune femme se coucha elle aussi à bâbord et approcha son sac pour offrir une cigarette à Xavier. Ils parlaient.

Lui voyait les deux corps, assis côte à côte, également sombres et également lisses, faits d'un seul trait sans rupture, de la tête aux pieds étendus. Immobiles mais tendus dans une attente sûre ; identifiés dans leur nouveauté, dans leur désir à peine dissimulé de s'éprouver, de s'exposer. Il suça les pailles et mit ses lunettes noires, qui, avec la casquette, masquaient presque complètement son visage.

Ils parlaient. Ils finissaient de sucer le noyau de la pêche et devaient dire :

« C'est bon »,

ou peut-être,

« J'aime ça... »,

quelque chose que nul n'avait dit avant eux, dit par des corps, par des présences qui étrennaient la vie. Ils devaient dire...

— Comment ne nous sommes-nous pas rencontrés plus tôt ? Je vais souvent au club...

— Moi, non... Tiens, nous allons lancer les noyaux. Une, deux...

Il les vit jeter les noyaux ensemble, avec un rire qui ne lui parvint pas ; il vit la force des bras.

— J'ai gagné ! dit Xavier lorsque les noyaux s'engloutirent sans bruit, loin du yacht.

Elle rit. Ils s'étendirent de nouveau.

— Tu aimes skier ?

— Je ne sais pas.

— Eh bien, je vais t'apprendre...

198

Que pouvaient-ils dire? Il toussa et approcha de lui la table roulante pour se servir un autre verre. Xavier cherchait sans doute à savoir quel genre de couple ils formaient, Lilia et lui. Elle raconterait sa petite et sordide histoire. Il hausserait les épaules, l'obligerait à préférer le corps de loup, au moins pour une nuit, pour changer. Mais pour ce qui est de s'aimer... de s'aimer...

— L'important est de garder les bras bien tendus, tu vois?, de ne pas plier les bras...

— D'abord, je vais regarder comment tu fais...

— Bien sûr. Attends que nous arrivions à la petite plage. Ah, oui! Être jeune et riche.

Le yacht stoppa à quelques mètres de la plage cachée. Il se balança avec lassitude et laissa échapper son souffle d'essence, tachant la mer aux cristaux verts et au fond blanc. Xavier prit les skis et les jeta à l'eau; il plongea, émergea en souriant et les chaussa.

— Lance-moi la corde!

La jeune femme la chercha puis la jeta au jeune homme. Le yacht se remit en marche et Xavier se dressa sur l'eau, suivant le sillage du bateau, le bras levé dans un salut, tandis que Lilia le regardait et que lui buvait le gin-tonic : cette frange de mer qui séparait les jeunes gens les rapprochait d'une façon mystérieuse; elle les unissait mieux qu'un étroit accouplement et les fixait dans un rapprochement immobile, comme si le yacht n'eût pas sillonné les eaux du Pacifique, comme si Xavier eût été une statue sculptée à jamais, entraînée par le bateau, comme si Lilia se fût arrêtée sur une, n'importe laquelle, des vagues qui en apparence ne possédaient pas de substance propre, qui se dressaient, s'écrasaient, mouraient, se reformaient — autres mais identiques — toujours en mouvement et toujours semblables, hors du temps, miroir d'elles-mêmes, des vagues de l'origine, du millénaire passé et du millénaire futur. Il enfonça son corps dans ce fauteuil bas et confortable. Qu'allait-il choisir maintenant? Comment éviterait-il ce hasard gros de nécessités qui échappaient à l'empire de sa volonté?

Xavier lâcha la corde et tomba dans la mer devant la plage. Lilia plongea sans le regarder, sans le regarder lui. Mais l'explication viendrait. Laquelle? Lilia s'expliquerait-elle devant lui? Xavier demanderait-il une explication à Lilia? Lilia donnerait-elle une explication à Xavier? Lorsque la tête de Lilia, éclairée de mille reflets étranges par le soleil et la mer, apparut dans l'eau près de celle du jeune homme, il comprit que personne, excepté lui, n'oserait demander une explication; que là, en bas, dans la mer calme de cette rade transparente, personne ne chercherait les raisons ni ne retarderait la rencontre fatale, que personne ne gâcherait ce qui était, ce qui devait être. Qu'est-ce donc qui se dressait entre les jeunes gens? Ce corps enfoncé dans la chaise, vêtu d'un polo, d'un pantalon de flanelle et d'une casquette? Ce regard impuissant? Là, en bas, les corps nageaient en silence et la rambarde l'empêchait de voir ce qui se passait. Xavier siffla. Le yacht repartit et Lilia apparut, l'espace d'un instant, à la surface de la mer. Elle tomba; le yacht s'arrêta. Les rires ronds, francs, parvinrent à son oreille. Jamais il ne l'avait entendue rire ainsi. Comme si elle venait de naître, comme s'il n'y avait pas, avant, toujours avant, des pierres d'histoire et d'histoires, des sacs de honte, des choses faites par elle, par lui.

Par tous. Voilà le mot insupportable. Faites par tous. La grimace amère ne put contenir ce mot qui la submergeait. Qui brisait tous les ressorts de la puissance et de la faute, de l'empire singulier sur d'autres, sur quelqu'un, sur une jeune femme en son pouvoir, achetée par lui, pour les faire entrer dans un vaste univers d'actes communs, de destins semblables, d'expériences sans étiquettes de possession. Ainsi cette femme n'avait donc pas été marquée à jamais? Elle ne serait pas, à jamais, une femme possédée occasionnellement par lui? Sa définition et sa fatalité ne seraient-elles pas : être ce qu'elle a été parce qu'à un moment donné elle fut à lui? Lilia pouvait-elle aimer comme s'il n'avait, lui, jamais existé?

Il se leva, alla à la poupe et cria :

— Il se fait tard. Il faut rentrer au club pour déjeuner à l'heure.

Son visage, toute sa silhouette, il les sentit rigides et recouverts d'un amidon pâle lorsqu'il s'aperçut que son cri n'était entendu de personne, car il était bien difficile de se faire entendre de deux corps légers qui nageaient sous l'eau opaline, parallèlement, sans se toucher, comme s'ils flottaient dans une seconde couche d'air.

Xavier Adame les laissa au ponton et retourna au yacht : il voulait skier encore. Il leur dit adieu de la proue. Il agita sa marinière et dans ses yeux il n'y avait rien de ce qu'il eût souhaité y voir. De même, pendant le déjeuner au bord de la rade, sous le toit de palmes, il eût souhaité voir ce qu'il ne trouva pas dans les yeux marron de Lilia. Xavier n'avait pas posé de questions. Lilia n'avait pas raconté cette triste histoire de mélodrame qu'il savourait en lui-même tout en distinguant les saveurs mêlées du bouillon froid vichyssoise. Ce mariage classe moyenne, avec le minable habituel, le petit dur, le bourreau des cœurs, le pauvre type; le divorce et la prostitution. Il eût aimé raconter cela — ah, peut-être aurait-il dû le lui raconter — à Xavier. Il lui était difficile de se rappeler l'histoire, cependant, parce qu'elle avait fui des yeux de Lilia, cet après-midi, comme si, le matin, le passé avait fui la vie de la femme.

Mais le présent ne pouvait fuir parce qu'ils étaient en train de le vivre, assis dans ces fauteuils de paille et mangeant machinalement le déjeuner spécialement choisi : bouillon froid vichyssoise, langouste, côtes-du-rhône, Baked Alaska. Elle était assise là, payée par lui. Il tint en l'air la petite fourchette à coquillages qu'il portait à sa bouche : payée par lui, mais elle lui échappait. Il ne pouvait l'avoir plus longtemps à lui. Cet après-midi, ce soir même, elle chercherait Xavier, ils se retrouveraient en secret, ils avaient déjà fixé le rendez-vous. Et les yeux de Lilia, perdus dans le paysage de voiliers et d'eau endormie, ne disaient rien. Mais il pourrait le lui faire avouer, faire une scène... Il se sentit absurde, mal à l'aise, et se remit à manger la langouste... Quelle voie maintenant... une rencontre fatale qui se superpose à sa volonté... Ah, lundi prochain tout serait terminé, il ne la reverrait plus, il ne la chercherait plus dans l'obscurité, nu, avec la certitude de trouver cette tiédeur entre les draps, il ne...

— Tu n'as pas sommeil? murmura Lilia lorsqu'on leur servit le dessert. Le vin ne t'engourdit pas?

— Si. Un peu. Sers-toi.

— Non; je ne veux pas de glace... Je voudrais faire la sieste.

En arrivant à l'hôtel, Lilia prit congé de lui en faisant un petit geste des doigts et il traversa l'avenue et demanda à un garçon de lui porter une chaise longue à l'ombre des palmiers. Il lui fut difficile d'allumer la cigarette : un vent invisible, venu on ne savait d'où dans l'après-midi chaud, s'obstinait à éteindre ses allumettes. Maintenant quelques jeunes couples faisaient la sieste près de lui : dans les bras l'un de l'autre, certains entrelaçant leurs jambes, d'autres la tête cachée sous une serviette de bain. Il se mit à désirer que Lilia descendît et posât sa tête sur ses genoux recouverts de flanelle, minces, durs. Il souffrait ou se sentait blessé, ennuyé, inquiet. Il souffrait du mystère de cet amour qu'il ne pouvait atteindre. Il souffrait du souvenir de cette complicité immédiate, sans paroles, concertée sous ses yeux par des attitudes qui en soi ne signifiaient rien, mais qui en présence de cet homme, de cet homme tapi dans une chaise longue, tapi derrière la visière de sa casquette, ses lunettes noires... Une des jeunes femmes étendues s'étira avec des gestes langoureux des bras et se mit à faire tomber, de sa main, une pluie de sable fin sur le cou de son compagnon. Elle poussa un cri lorsque le jeune homme sauta, faisant semblant d'être en colère, et la prit par la taille. Ils roulèrent tous deux sur le sable; elle se leva et se mit à courir; et lui après elle, qu'il rejoignit, haletante, énervée, et qu'il emmena dans ses bras vers la mer. Il

203

ôta ses sandales italiennes et sentit le sable chaud sous la plante de ses pieds. Suivre la plage, jusqu'au bout, seul. Marcher le regard fixé sur la trace de ses propres pas, sans remarquer que la marée les effaçait peu à peu et que chaque nouvelle empreinte était l'unique, l'éphémère témoignage d'elle-même.

Le soleil était à la hauteur des yeux.

Les amants sortirent de la mer — lui, confus, ne put mesurer le temps de ce coït prolongé, presque sur la plage même, mais abrité sous les draps de la mer argentine du couchant — et cette affectation folâtre avec laquelle ils étaient entrés dans l'eau n'était, maintenant, que deux têtes jointes en silence et le regard bas de cette jeune femme splendide, brune, jeune... Jeune. Les jeunes gens se recouchèrent, tout près de lui, et cachèrent à nouveau leur tête sous la même serviette de bain. Ils étaient aussi couverts par la nuit, la lente nuit du tropique. Le noir qui louait les chaises commença à les rassembler. Il se leva et se dirigea vers l'hôtel.

Il décida de faire un plongeon dans la piscine avant de monter dans sa chambre. Il entra dans la cabine située près du bassin et, assis sur un banc, ôta de nouveau ses sandales. Les placards métalliques où l'on gardait les vêtements des clients le cachaient. Des pas humides se firent entendre sur le tapis de caoutchouc, derrière lui; des voix haletantes se mirent à rire; les corps se séchèrent avec les serviettes. Il ôta son gilet de corps. De l'autre côté de l'armoire s'éleva une odeur pénétrante de sueur, de tabac gris et d'eau de Cologne. Une volute de fumée s'envola vers le plafond.

— Aujourd'hui, on n'a pas vu la belle et la bête.

204

— Non, aujourd'hui non.

— La fille est du tonnerre...

— Dommage. Le vieux schnock ne doit pas la satisfaire.

— Il risque l'apoplexie.

— Oui. Dépêche-toi.

Ils ressortirent. Lui rechaussa ses sandales et sortit en mettant sa chemise. Il monta à sa chambre par l'escalier. Il ouvrit la porte. Rien qui pût le surprendre. Il y avait bien le lit défait par la sieste, mais pas Lilia. Il s'arrêta au milieu de la pièce. Le ventilateur tournait comme un vautour captif. Dehors, sur la terrasse, une autre nuit de grillons et de vers luisants. Une autre nuit. Il ferma la fenêtre pour empêcher l'odeur de se dissiper. Ses sens perçurent cet arôme de parfum nouvellement répandu, de sueur, de serviettes mouillées, de cosmétiques. Ce n'était pas leur nom. L'oreiller, encore enfoncé, était jardin, fruit, terre mouillée, mer. Il alla lentement vers le tiroir où elle... Il prit dans ses mains le soutien-gorge de soie, l'approcha de sa joue. La barbe naissante le râpa. Il fallait qu'il se prépare. Il fallait qu'il prenne un bain, qu'il se rase de nouveau pour cette nuit. Il posa le sous-vêtement et se dirigea d'un pas neuf, satisfait à nouveau, vers la salle de bains.

Il alluma la lumière. Il ouvrit le robinet d'eau chaude. Il jeta sa chemise sur le couvercle des cabinets. Il ouvrit l'armoire. Il vit ces objets, leurs objets à eux deux. Tubes de dentifrice, crème à raser mentholée, peignes d'écaille, cold cream, tube d'aspirine, comprimés contre les aigreurs d'estomac, serviettes hygiéniques, eau de lavande, lames de rasoir bleues, brillantine, fard, pilules antispasmodiques, gargarisme jaune, préservatifs, lait de magnésie, sparadrap, bouteille de teinture d'iode, flacon de shampooing, pinces, ciseaux à ongles, bâton de rouge à lèvres, gouttes pour les yeux, tube d'eucalyptus pour le nez, sirop contre la toux, déodorant. Il prit le rasoir. Il était plein de gros poils châtains, entre la lame et le rasoir. Il le garda dans les mains. Il l'approcha de ses lèvres et, sans le vouloir, ferma les yeux. Lorsqu'il les rouvrit, ce vieil homme aux yeux injectés, aux pommettes grises, aux lèvres fanées, qui n'était plus l'autre, le reflet appris, lui rendit une grimace du fond du miroir.

JE les vois. Ils sont entrés. La porte d'acajou s'ouvre, se ferme et les pas ne font pas de bruit sur la moquette épaisse. Ils ont tiré, avec un bruit de chuchotement, les rideaux gris. Je voudrais leur demander de les ouvrir, d'ouvrir les fenêtres. Il y a un monde au-dehors. Il y a ce vent haut, du plateau, qui agite des arbres noirs et minces. Il faut respirer... Ils sont entrés.

— Approche-toi, ma petite, pour qu'il te reconnaisse. Dis-lui ton nom.

Elle sent bon. Elle sent très bon. Ah, oui, je peux encore distinguer les joues roses, les yeux brillants, toute la silhouette jeune, gracieuse, qui s'approche de mon lit à petits pas.

— C'est moi... c'est moi, Gloria...

— Ce matin-là, je l'attendais avec joie. Nous avons passé le fleuve à cheval.

— Tu vois où il en est arrivé? Tu vois, tu vois? Tout comme mon frère. Il en était arrivé là, lui aussi.

— Tu te sens soulagée? Fais-le.

— *Ego te absolvo...*

Le bruit frais et doux des billets et des titres neufs lorsque les prend la main d'un homme tel que moi. Le démarrage sans à-coup d'une voiture de luxe, construite spécialement, avec air conditionné, bar, téléphone, coussins pour les reins et tabouret pour les pieds, dites-moi, curé, dites-moi? là-haut, aussi, dites-moi? Et ce ciel qui est le pouvoir sur les hommes, innombrables, au visage caché, au nom oublié : noms des mille listes du personnel de la mine, de l'usine, du journal : ce visage anonyme qui vient me chanter une aubade le jour de ma fête, qui dissimule mes yeux sous le casque lorsque je parcours les champs, qui me caricature dans les revues de l'opposition : n'est-ce pas, n'est-ce pas? Cela oui, ça existe, cela oui, c'est à moi. C'est cela être Dieu, n'est-ce pas?, être craint et haï et tout le reste, c'est cela être Dieu, pour de bon, n'est-ce pas? Dites-moi comment sauver tout cela et je vous laisse accomplir toutes vos cérémonies, je me frappe la poitrine, je me rends à genoux à un sanctuaire, je bois du vinaigre et je porte une couronne d'épines. Dites-moi comment sauver tout cela, parce que l'esprit...

— ... du Fils et du Saint-Esprit, amen...

Il est toujours là, à genoux, le visage bien lavé. J'essaie de lui tourner le dos. La douleur au côté m'en empêche. Aaaaïe. Il doit avoir fini. Je dois être absous. Je veux dormir. Voici l'élancement qui vient. Le voilà. Aaaah-aïe. Et les femmes. Non, pas celles-ci. Les femmes. Celles qui aiment. Comment? Oui.

Non. Je ne sais pas. J'ai oublié ce visage. Mon Dieu, j'ai oublié le visage. Il était à moi, comment pourrais-je l'oublier.

« — Padilla... Padilla... Appelez-moi le chef des informations et la responsable de la rubrique des échos. »

Ta voix, Padilla, la réception creuse de ta voix dans cet interphone...

« — Oui, don Artemio, il y a un problème urgent. Les Indiens s'agitent là-bas. Ils veulent qu'on leur paie les indemnités pour les coupes de bois.

« — Hein? Ça fait combien?

« — Un demi-million.

« — Rien que ça? Dites au commissaire du district de me les saquer, c'est pour cela que je le paie. Il ne manquait plus que...

« — Mena est dans l'antichambre. Qu'est-ce que je lui dis?

« — Faites-le entrer. »

Ah Padilla, je ne peux pas ouvrir les yeux et te voir, mais je peux voir ce que tu penses Padilla, derrière le masque de douleur : l'homme qui agonise s'appelle Artemio Cruz, simplement Artemio Cruz; seul cet homme meurt, n'est-ce pas?, personne d'autre. C'est comme un coup de chance qui ajourne les autres morts. Cette fois, ce n'est qu'Artemio Cruz qui meurt. Et cette mort peut survenir au lieu d'une autre, peut-être de la tienne, Padilla... Ah. Non. J'ai encore des choses à faire. Ne soyez pas si sûrs, non...

— Je t'ai dit qu'il nous jouait la comédie.

— Laisse-le reposer.

— Je te dis qu'il nous joue la comédie!

Je les vois, de loin leurs doigts ouvrent fébrilement

le double fond en le faisant délicatement glisser sous le premier. Il n'y a rien. Mais voici que j'agite le bras, désignant la paroi de chêne, la longue penderie qui recouvre tout un côté de la chambre. Elles y courent, ouvrent toutes les portes, poussent tous les cintres chargés de costumes bleus, à rayures, à deux boutons, de drap bourru d'Irlande, sans se rappeler que ce ne sont pas mes costumes, que mes vêtements sont chez moi, elles poussent tous les cintres cependant que je leur indique, de mes deux mains que je peux à peine remuer, que le document est peut-être dans la poche intérieure droite de l'un des costumes. La fébrilité de Teresa et de Catalina augmente, elles fouillent maintenant sans précaution, jettent sur le tapis les vestons vides, elles les passent tous en revue, et puis elles me regardent, je ne peux mieux garder mon sérieux. Je suis enfoui dans les oreillers et je respire avec difficulté, mais aucun détail n'échappe à mon regard. Je le sens rapide et avide. De la main je leur fais signe de s'approcher :

— Je me souviens à présent... dans un soulier... je me souviens bien à présent...

Je les vois toutes les deux à quatre pattes, dans le flot répandu des vestons et des pantalons, me présentant leurs larges hanches, remuant les fesses avec un halètement obscène, au milieu de mes souliers, et alors seulement l'âcre douceur trouble mes yeux, je porte la main à mon cœur et je ferme les paupières.

— Regina...

Le murmure d'indignation et d'effort des deux femmes se perd peu à peu dans l'obscurité. Je remue les lèvres pour murmurer ce nom. Il ne reste pas beaucoup de temps pour se rappeler, pour se rappeler l'autre, celui qu'elle a aimé... Regina...

« — Padilla... Padilla... Je veux manger quelque chose de léger... j'ai l'estomac un peu dérangé. Venez me tenir compagnie lorsque ce sera réglé... »

Comment? Tu sélectionnes, tu construis, tu fais, tu préserves, tu continues : rien de plus... Moi je...

« — Oui, à tout à l'heure. Mes respects.

« — Vous avez raison, monsieur. C'est facile de les écraser.

« — Non, Padilla, ce n'est pas facile. Passez-moi ce plateau... oui, celui-là, celui des sandwiches... J'ai vu ces gens-là en marche. Lorsqu'ils sont décidés, ils sont difficiles à contenir... »

Comment était-ce, cette chanson? Desterrado me fui para el Sur, desterrado por el gobierno y al año volví; ay qué noches tan intranquilas paso sin ti, sin ti; ni un amigo ni un pariente que se duela; sólo el amor, sólo el amor, de esa mujer, me hizo volver [1]...

« — Voilà pourquoi il faut agir tout de suite, au moment où le mécontentement à notre égard commence à se maintenir, et les écraser net. Ils ne sont pas organisés, et ils sont en train de jouer le tout pour le tout. Allez-y, prenez des sandwiches, allez-y, il y en a pour deux...

« — Agitation stérile... »

Tengo mi par de pistolas con su cacha de marfil para agarrarme a balazos con los del ferrocarril yo soy

---

1. Chanson populaire de la révolution : « Banni par le gouvernement, je suis parti pour le Sud et au bout d'un an je suis revenu; ah ces nuits agitées que je passe sans toi, sans toi; pas un ami, pas un parent qui ait de la peine; seul l'amour, seul l'amour de cette femme m'a fait revenir. » (*N.d.T.*)

rielera tengo mi Juan él es mi encanto yo soy un querer : si porque me ves con botas piensas que soy militar soy un pobre rielero del ferrocarril central [1].

« — Non, ils ont raison. Et ils ont tort. Mais vous, qui avez été marxiste quand vous étiez jeune, vous devez comprendre. Méfiez-vous de ce qui se passe. Moi, maintenant...

« — Campanela est là. »

Qu'ont-ils dit? kyste? hémorragie? hernie, occlusion, perforation? volvulus? coliques?

Ah, Padilla, je dois sans doute appuyer sur un bouton parce que tu entres, Padilla, je ne te vois pas parce que j'ai les yeux fermés, j'ai les yeux fermés, parce que je ne me fie plus à cette minuscule, imparfaite pièce rapportée qu'est ma rétine : et si j'ouvre les yeux et que la rétine ne reçoive plus rien, ne transfère plus rien au cerveau? alors?

— Ouvrez la fenêtre.

— C'est ta faute. Tout comme mon frère.

— Oui.


TU ne sauras pas, tu ne comprendras pas pourquoi Catalina, assise près de toi, veut partager avec toi ce souvenir, ce souvenir qui cherche à s'imposer à tous les autres : toi ici, Lorenzo là-bas? qu'est-ce qu'elle

1. Autre chanson populaire de la révolution : « J'ai ma paire de pistolets avec leur crosse d'ivoire pour tirer sur ceux du chemin de fer je suis cheminote j'ai mon Juan il fait mon bonheur je suis son amour : si tu crois à voir mes bottes que je suis militaire je suis un pauvre petit cheminot des chemins de fer du centre. » (*N.d.T.*)

veut se rappeler?, toi et Gonzalo dans cette prison?, Lorenzo sans toi dans cette montagne? : tu ne sauras pas, tu ne comprendras pas si tu es lui, si lui sera toi, si ce jour-là tu l'as vécu sans lui, avec lui, lui pour toi, toi pour lui. Tu te souviendras. Oui, ce dernier jour-là vous l'avez toi et lui passé ensemble — alors il ne vécut pas cela à ta place, ni toi à la sienne, vous étiez ensemble — dans cet endroit-là. Lui t'a demandé si vous alliez ensemble jusqu'à la mer : il te demandera où vous mangeriez et il t'a dit — il te dira — papa, il sourira, il lèvera le bras qui porte le fusil et sortira du gué le torse nu, tenant en l'air le fusil et les musettes de toile. Elle ne sera pas là. Catalina ne s'en souviendra pas. Aussi t'efforceras-tu de te le rappeler, pour oublier ce qu'elle veut que tu te rappelles. Elle vivra cloîtrée et tremblera lorsqu'il reviendra, pour quelques jours, à Mexico, pour faire ses adieux. Si seulement il revenait faire ses adieux. Elle le croit. Il ne le fera pas. Il prendra le vapeur à Veracruz, il s'en ira. Il s'en irait. Elle devra se rappeler cette chambre dans laquelle les humeurs du sommeil s'efforcent de demeurer bien que l'air du printemps entre par le balcon ouvert. Elle devra se rappeler les lits séparés, les chambres séparées, les têtes de lit en soie, les draps en désordre des chambres séparées, le creux des matelas, la silhouette persistante de ceux qui ont dormi dans ces lits. Elle ne pourra pas se rappeler la croupe de la jument, pareille à une double gemme noire, lavée par le fleuve bourbeux. Toi oui. En passant le fleuve, toi et lui vous apercevrez sur l'autre rive un spectre de terre dressé au-dessus de la fermentation brumeuse du matin. Cette lutte entre le maquis sombre et le soleil ardent se matérialisera en un double reflet de toutes les choses, en un fantôme de l'humidité embrassée à la réverbération. Cela sentira la banane. Ce sera Cocuya. Catalina ne saura jamais ce que fut, ce qu'est, ce que sera Cocuya. Elle attendra, assise au bord du lit, le miroir dans une main et la brosse dans l'autre, écœurée, avec un goût de bile dans la bouche, décidant qu'elle restera ainsi, assise, le regard perdu, sans envie de rien faire, se disant que les scènes la laissent toujours de même : vide. Non : seuls toi et lui vous sentirez les sabots du cheval sur la terre poreuse de la rive. Et aussi, en sortant de l'eau, vous sentirez la fraîcheur mêlée à la chaude fermentation de la forêt et vous regarderez en arrière : ce fleuve lent qui agite doucement les lichens de l'autre rive. Et plus loin, au bout du sentier bordé de poincillades en fleur, repeinte à neuf, l'habitation de l'hacienda de Cocuya construite sur un terre-plein ombragé. Catalina répétera : « Mon Dieu, je ne mérite pas cela »; elle lèvera le miroir et se demandera si c'est là ce que verra Lorenzo, lorsqu'il reviendra, s'il revient : cette déformation croissante du menton et du cou. Verra-t-il les rides dissimulées qui commencent à marquer les paupières et les joues? Elle verra dans la glace un autre cheveu blanc et l'arrachera. Et toi, avec Lorenzo près de toi, tu pénétreras dans la forêt. Tu verras devant toi le dos nu de ton fils, sur lequel alterneront aussi les ombres des mangliers et les rayons granulés du soleil qui traversera le toit de feuilles. Les racines des arbres briseront la croûte de la terre, apparaîtront farouches et tordues, tout au long du sentier ouvert à coups de machette. Un sentier qui dans peu de temps sera recouvert de lianes emmêlées. Lorenzo trottera, raide, sans remuer la tête, fouettant les flancs de la jument pour chasser les mouches bourdonnantes. Catalina se répétera qu'il n'aura pas confiance en elle, qu'il n'aura pas confiance en elle s'il ne la voit pas comme avant, comme lorsqu'il était enfant, et elle se couchera avec un gémissement, les bras ouverts, le regard brouillé et elle laissera échapper de ses pieds les pantoufles de soie et pensera à son fils, qui ressemble tant à son père, si mince, si brun. Les branches sèches craqueront sous les sabots et la plaine blanche s'ouvrira, avec ses panaches ondoyants de roseaux. Lorenzo piquera des éperons. Il tournera la tête et ses lèvres s'ouvriront dans un sourire qui parviendra à tes yeux accompagné d'un cri de joie et d'un geste du bras levé : bras fort, peau olivâtre, sourire blanc comme ceux de ta jeunesse : tu te rappelleras ta jeunesse grâce à lui et grâce à ces lieux et tu ne voudras pas dire à Lorenzo tout ce que signifie pour toi cette terre parce que, ce faisant, tu forcerais peut-être son affection : tu te souviendras pour te souvenir à l'intérieur du souvenir. Catalina, sur le lit, se rappellera les caresses enfantines de Lorenzo, depuis les jours difficiles de la mort du vieux Gamaliel, elle se rappellera l'enfant à genoux près d'elle, la tête posée sur le giron de la mère, et qu'alors elle l'appelait la joie de sa vie, parce que avant sa naissance non, elle avait beaucoup souffert, et sans pouvoir le dire, parce qu'elle avait des devoirs sacrés et l'enfant la regardait sans comprendre : parce que, parce que, parce que. Tu amèneras Lorenzo vivre ici pour qu'il apprenne à aimer de lui-même cette terre, sans qu'il soit besoin que tu lui expliques les raisons de l'amoureuse persévérance avec laquelle tu auras reconstruit les murs incendiés de l'hacienda et ouvert à la culture les terrains de la plaine. Pas parce que, sans parce que, parce que. Vous arriverez dans le soleil. Tu prendras le chapeau à larges bords, tu le mettras sur ta tête. Le vent arraché par le galop à l'air tranquille et lumineux t'emplira la bouche, les yeux, la tête : Lorenzo passera devant, soulevant une poussière blanche, dans le chemin ouvert au milieu des plantations et derrière lui, au galop, tu seras sûr que vous éprouvez tous deux la même chose : la course gonfle les veines, fait circuler le sang, augmente l'acuité du regard, l'ouvre sur cette terre vaste et pleine de sève, si différente des plateaux, des déserts que tu connaîtras, morcelée en grandes parcelles carrées, rouges, vertes, noires, piquetée de palmiers hauts, trouble et profonde, aux odeurs d'excréments et de peaux de fruits, et qui mêle ses sens maintenant cultivés aux sens jusqu'alors endormis, exaltés de ton fils et de toi-même, toi et ton fils qui allez à toute allure et sauvez de la torpeur tous les nerfs, tous les muscles oubliés du corps. Les éperons pénétreront jusqu'au sang dans le ventre du cheval bai doré : tu comprendras que Lorenzo veut faire la course. Son regard interrogateur figera les phrases de Catalina. Elle s'arrêtera, se demandera jusqu'où elle peut aller, se dira que c'est une question de temps, qu'il faut dévoiler les raisons peu à peu, oui, jusqu'à ce qu'il les comprenne bien. Elle assise dans le fauteuil et lui à ses pieds, les bras reposant sur ses genoux. La terre fera un bruit de tonnerre sous les sabots ; tu baisseras la tête, comme si tu voulais l'approcher de l'oreille du cheval et l'encourager par des paroles, mais il y a ce poids, le poids de l'Indien yaqui qui sera couché sur le ventre en travers de la croupe de la même bête, l'Indien yaqui qui tendra un bras pour s'accrocher à ton ceinturon : la douleur t'endormira : ton bras et ta jambe pendront inertes et l'Indien yaqui continuera de s'accrocher à ta taille et de gémir, le visage congestionné : les monticules rocheux se succéderont et vous avancerez protégés par les ombres, dans le canyon de la montagne, découvrant les vallées intérieures de pierre, de profonds précipices, anciens lits de rivières, des chemins couverts d'arbustes épineux et de brous- sailles : qui se souviendra avec toi? Lorenzo sans toi dans cette montagne? Gonzalo avec toi dans ce cachot? :

## (1915 : 22 OCTOBRE)

IL s'enveloppa dans la couverture bleue, parce que le vent glacé de cette heure démentait, dans une rumeur de chaume agité, la chaleur verticale du jour. Ils avaient passé toute la nuit à la belle étoile, sans manger. A moins de deux kilomètres se dressaient les couronnes de basalte de la Sierra, dont la racine plongeait dans le désert rude. Depuis trois jours, le détachement de reconnaissance avançait sans vérifier sa direction ni s'orienter, guidé seulement par le flair du capitaine qui croyait connaître les ruses et les routes suivies par les colonnes, maintenant décimées et en fuite, de Francisco Villa. A soixante kilomètres en arrière, étaient restées les forces qui n'attendaient que l'arrivée, à bride abattue, d'un émissaire du détachement pour se jeter sur les restes de Villa et les empêcher de se joindre à des troupes fraîches à Chihuahua. Mais où donc pouvaient être ces éléments dispersés de Villa? Lui croyait le savoir : sur quelque petit sentier de la montagne, suivant le chemin le plus difficile. Le quatrième jour — ce jour-là — le détachement devrait s'enfoncer dans la Sierra tandis que les forces loyales à Carranza avançaient vers l'endroit que, à l'aube, lui et ses hommes devraient quitter. Depuis hier, les gourdes de pinole [1] étaient vides. Et le sergent qui au crépuscule était parti à cheval en emportant toutes les gourdes du détachement, vers le ruisseau qui se précipitait du haut des rochers et se tarissait à son premier contact avec le désert, ne le trouva pas. Sans doute put-il voir la ravine veinée de rouge, nette et ridée, mais vide. C'est que deux ans plus tôt ils étaient passés au même endroit à la saison des pluies; et à présent seul un astre rond se balançait, de l'aube au crépuscule, sur les têtes bouillantes des soldats. Ils avaient campé sans allumer de feu; un guetteur aurait pu les apercevoir du haut de la montagne. En outre, ce n'était pas nécessaire. On ne ferait cuire aucun aliment, et dans l'immensité de la plaine désertique, un foyer isolé pourrait difficilement réchauffer qui que ce fût. Enveloppé dans son sarape [2], il caressa son visage mince; la moustache épaisse que rejoignait la barbe des derniers jours; les incrustations de

1. Boisson à base de maïs grillé. (*N.d.T.*)
2. Couverture de laine comportant une ouverture pour passer la tête. (*N.d.T.*)

poussière aux commissures des lèvres, dans les sourcils, au bout du nez. Dix-huit hommes formaient le campement, à quelques mètres du chef : lui dort ou veille seul, toujours, et un espace de terre le sépare de ses hommes. Tout près, les crinières des chevaux s'agitaient sous le vent et leurs silhouettes noires se découpaient sur la peau noire de la terre. Il voulait monter : la source du ruisseau était dans la montagne et entre ses rochers se répandait cette fraîcheur fugitive et solitaire. Il voulait monter : l'ennemi ne devait pas être loin. Son corps se sentit tendu cette nuit. Le jeûne et la soif avaient creusé et ouvert davantage ses yeux, ces yeux verts au regard net et froid.

Le masque teint de poussière demeura fixe et éveillé. Il attendait la première ligne de l'aube pour se mettre en marche : le quatrième jour, selon ce qui avait été convenu. Presque personne ne dormait, car ils le regardaient de loin, assis et les genoux repliés, enveloppé dans la couverture, immobile. Ceux qui essayaient de fermer les yeux luttaient contre la soif, la faim et la fatigue. Ceux qui ne regardaient pas le capitaine regardaient la rangée de chevaux au toupet fourni. Les brides avaient été attachées au tronc d'un gros mezquite qui émergeait, comme un doigt perdu, de la terre.

Tous attendaient ce moment où le chef se mit debout, rejeta la couverture bleue et laissa voir sa poitrine bardée de cartouchières, la boucle brillante de sa tunique d'officier, des leggings en peau de porc. Sans un mot, tout le détachement se leva et les hommes allèrent vers les montures. Le capitaine avait raison : la forte lueur déployée en éventail parut derrière les cimes les plus basses et lança un arc de lumière que saluèrent de leurs chants les petits oiseaux invisibles, lointains, mais maîtres de l'ample silence de la terre abandonnée. Il fit un signe à Tobías, l'Indien yaqui, et lui dit dans sa langue :

— Toi, tu vas rester en arrière, et dès que nous apercevrons l'ennemi, tu partiras à toute allure prévenir les autres.

Le Yaqui fit oui de la tête, mit son chapeau plat et rond, orné d'une plume rouge plantée dans le ruban. Le capitaine sauta en selle et la file d'hommes prit au petit trot en direction de l'entrée de la Sierra : le canyon aux défilés ocre.

Trois corniches se détachaient sur la paroi du canyon. La troupe grimpa vers la seconde : la moins large, mais assez pour permettre le passage des montures en file indienne : celle qui menait à la source. Les gourdes vides sonnaient creux sur la cuisse des hommes; les pierres qui se détachaient sous les fers des chevaux répétaient ce son creux et profond, qui se perdait sans échos, coup sec et unique d'un tambour tendu, tout au long du canyon. Du haut du défilé, on eût pu voir la courte colonne avancer à tâtons, têtes baissées. Lui seul gardait les yeux fixés sur les cimes, clignant des yeux pour se protéger du soleil, laissant au cheval le soin de prendre garde aux accidents du terrain. A la tête du détachement, il n'éprouvait ni crainte ni orgueil. La peur était restée en arrière, non pas dans les premiers, mais dans les nombreux engagements qui avaient fait du danger la vie habituelle et de la tranquillité un élément surprenant. Aussi, ce silence absolu du canyon l'inquiétait-il secrètement, et c'est pourquoi il tenait les brides bien serrées et, sans en avoir conscience, préparait les muscles du bras et de la main à empoigner rapidement le pistolet. Il croyait ne pas connaître la superbe. La crainte d'abord, l'habitude ensuite, l'en avaient empêché. Il ne pouvait éprouver d'orgueil lorsque les premières balles sifflaient à son oreille et que cette vie miraculeuse s'imposait chaque fois que le projectile manquait son but : alors seulement il pouvait se sentir étonné devant la sagesse aveugle de son corps pour esquiver, pour se lever ou se baisser, pour cacher son visage derrière le tronc d'un arbre; étonné et méprisant, lorsqu'il songeait à la ténacité avec laquelle le corps, plus rapide que la volonté, se défendait lui-même. Il ne pouvait éprouver d'orgueil lorsque, plus tard, il n'entendait même pas ce sifflement tenace, habituel. Il ne vivait qu'en proie à une inquiétude, maîtrisée et sèche, dans ces moments où la tranquillité imprévue l'entourait. Il avança la mâchoire, dans une moue de doute.

Le sifflement insistant d'un soldat, derrière lui, le confirma dans le danger de cette promenade dans le canyon. Et le sifflement fut stoppé par une décharge soudaine et un hurlement bien connu : les chevaux de Villa étaient précipités la tête la première verticalement, du bord supérieur du canyon dans une descente-suicide, tandis que les balles des fusils abrités derrière la troisième bordure de rochers atteignaient les hommes du détachement et que les chevaux sanglants se cabraient et roulaient, dans un fracas de poudre, vers le fond tapissé de rochers pointus : il put seulement tourner la tête et voir Tobías se précipiter, comme les hommes de Villa, sur la paroi à pic, dans une inutile tentative pour obéir aux ordres : le cheval du Yaqui perdit pied et vola l'espace d'une seconde avant d'aller se fracasser au fond du défilé et d'écraser son cavalier sous lui. Le hurlement se fit plus fort, et s'accompagna d'un feu nourri ; il se glissa le long du flanc gauche du cheval et roula, dirigeant sa chute par des sauts et des arrêts successifs, vers le fond : dans sa vision heurtée, les ventres des chevaux cabrés palpitaient là-haut, au milieu des coups de feu, également inutiles, des hommes surpris sur cet étroit escarpement, sans possibilité de s'abriter ou de faire manœuvrer leurs montures. Il tomba, griffant la paroi, et les cavaliers de Villa tombèrent sur le deuxième escarpement, pour livrer le combat corps à corps. Sauvagement continuèrent à rouler des corps embrassés et des chevaux fous, tandis qu'il touchait de ses mains ensanglantées le fond sombre du canyon et qu'il dégainait son pistolet. Seul un nouveau silence l'attendait. Les forces avaient été anéanties. Il se traîna, le bras et la jambe endoloris, vers un rocher gigantesque.

— Sortez, capitaine Cruz, rendez-vous...

Et il répondit la gorge sèche :

— Pour me faire fusiller ? Je ne bouge pas d'ici.

Mais la main droite, estropiée par la douleur, pouvait à peine tenir le pistolet. En levant le bras, il sentit un élancement profond dans le ventre : il tira, la tête penchée, parce que la douleur l'empêchait de lever les yeux : il tira jusqu'à ce que le percuteur ne fît plus que répéter son propre bruit métallique. Il jeta le pistolet de l'autre côté du rocher et la voix, là-haut, cria de nouveau :

— Sortez les mains derrière la nuque.

De l'autre côté du rocher, gisaient plus de trente chevaux, morts ou moribonds. Certains essayaient de relever la tête; d'autres s'appuyaient sur une patte pliée; la plupart avaient des fleurons rouges au front, à l'encolure, au ventre. Et parfois sur les bêtes, parfois dessous, les hommes des deux partis avaient des attitudes distraites : sur le dos, comme si leur bouche cherchait l'eau du ruisseau à sec; sur le ventre, enlacés aux rochers. Tous morts, à l'exception de cet homme qui gémissait, bloqué sous le poids d'une jument marron.

— Laissez-moi délivrer cet homme, cria-t-il au groupe qui était sur la cime. C'est peut-être un des vôtres.

Comment? Avec quels bras? Avec quelles forces? A peine s'était-il penché pour prendre par les aisselles le corps de Tobias pressé sous le corps du cheval, qu'une balle d'acier siffla et vint frapper la pierre. Il leva les yeux. Le chef du groupe vainqueur — un casque colonial blanc, qui se détachait sur l'ombre de la cime — calma le tireur d'un mouvement des bras. La sueur poisseuse, poussiéreuse, coula sur ses poignets, et si l'un d'eux ne lui obéissait quasiment pas, l'autre réussit à tirer le thorax de Tobias avec une volonté concentrée.

Il entendit, derrière lui, les sabots rapides des hommes de Villa qui s'étaient détachés de la colonne pour le capturer. Ils étaient sur lui lorsque les jambes brisées du Yaqui émergèrent de sous le corps de l'animal. Les mains des hommes de Villa arrachèrent les cartouchières de sa poitrine.

Il était sept heures du matin.

Il ne se souviendrait presque plus, en entrant à

quatre heures de l'après-midi dans la prison de Perales, de la marche forcée que le colonel villiste Zagal avait imposée à ces hommes et aux deux prisonniers pour parcourir, en neuf heures, les sentiers de la Sierra et descendre au village de l'État de Chihuahua. Dans sa tête traversée de douleurs épaisses, c'est à peine s'il sut distinguer le chemin qu'il prenait. Le plus difficile, apparemment. Le plus simple pour qui, comme Zagal, avait suivi Pancho Villa dès qu'on avait commencé à lui donner la chasse, parcourait depuis vingt ans ces sierras et en connaissait parfaitement les cachettes, les passages, les canyons, les raccourcis. Le casque colonial en forme de champignon dissimulait la moitié du visage de Zagal, mais ses dents longues et serrées souriaient toujours, encadrées par la moustache et la barbiche noires. Elles souriaient lorsqu'il fut hissé à grand-peine sur le cheval et que le corps brisé du Yaqui fut couché sur le ventre, en travers de la croupe de la même bête. Elles souriaient lorsque Tobías tendit le bras et s'accrocha au ceinturon du capitaine. Elles souriaient lorsque la colonne s'ébranla, et pénétra dans une bouche sombre, une vraie caverne à deux ouvertures, inconnue de lui et des autres hommes de Carranza, qui permettait de faire en une heure un trajet de quatre sur les chemins à ciel ouvert. Mais de tout cela il ne se rendit compte qu'à moitié. Il savait que des deux côtés, dans cette guerre de factions, on fusillait immédiatement les officiers du parti adverse et il se demanda pour quelle raison, à présent, le colonel Zagal le menait vers une destination inconnue.

La douleur l'endormit. Le bras et la jambe,

meurtris par la chute, pendaient inertes et l'Indien yaqui continuait à s'accrocher à lui et à gémir, le visage congestionné. Les monticules rocheux se succédèrent et ils avancèrent protégés par les ombres, en longeant le pied des montagnes, découvrant des vallées creusées dans le rocher, de profonds précipices dominant d'anciens lits de rivières, des chemins où les arbustes épineux et les broussailles offraient une protection à la colonne en marche. Peut-être seuls les hommes de Pancho Villa sont-ils passés sur cette terre, se dit-il, et voilà pourquoi ils ont pu gagner, avant, ce chapelet de victoires de guérillas qui ont cassé la colonne vertébrale de la dictature. Passés maîtres dans la surprise, l'encerclement, la fuite rapide après le coup de main. Tout le contraire de son école à lui, celle du général Álvaro Obregón, qui préférait la bataille en règle, en terrain découvert, avec des dispositifs précis et des manœuvres en terrain préalablement exploré.

— Restez groupés, en ordre. Ne vous dispersez pas, criait le colonel Zagal chaque fois qu'il se détachait de la tête de la colonne et la remontait à cheval, en avalant de la poussière et montrant les dents. Nous allons quitter la montagne et qui sait ce qui nous attend. Tenez-vous prêts, tous; baissez-vous; ouvrez bien l'œil pour distinguer les nuages de poussière; tous ensemble, nous verrons mieux que moi tout seul.

Les masses de rochers s'écartaient de plus en plus. La colonne était sur un sommet plat et le désert de Chihuahua, ondulé, avec ses bouquets de mezquites, s'ouvrait à leurs pieds. Le soleil était coupé de rafales de vent haut : couche fraîche qui jamais ne touchait les bords brûlants de la terre.

— Nous allons passer par la mine, pour descendre plus vite, cria Zagal. Que votre camarade s'accroche bien, Cruz, la descente est à pic.

La main du Yaqui serra le ceinturon d'Artemio; mais il y avait dans cette pression autre chose que le désir de ne pas tomber : une insistance communicative. Artemio baissa la tête, caressa l'encolure du cheval puis tourna son visage vers la figure congestionnée de Tobías.

L'Indien murmura dans sa langue :

— Nous allons passer près d'une mine abandonnée depuis longtemps. Lorsque nous passerons à côté de l'entrée d'une des galeries, laisse-toi tomber de cheval et cours t'y cacher; c'est tout plein d'éboulis et ils ne pourront pas te retrouver...

Il continua de caresser la crinière. Il releva la tête et chercha à apercevoir, dans la descente vers le désert, l'entrée de cette galerie dont parlait Tobías.

Le Yaqui murmura :

— Ne t'occupe pas de moi. J'ai les jambes cassées.

Midi? Une heure? Le soleil était de plus en plus lourd.

Quelques chèvres parurent sur un escarpement et des soldats les mirent en joue avec leurs carabines. Une s'enfuit, l'autre tomba comme une masse de son piédestal, et un soldat villiste mit pied à terre et la chargea sur son dos.

— Que ce soit la dernière fois que l'un de vous chasse! dit Zagal de sa voix rauque et souriante. Un jour, ces balles te manqueront, caporal Payán.

Puis, se dressant sur ses étriers, il dit, s'adressant à toute la colonne :

— Comprenez bien une chose, bande de cons : les types de Carranza sont sur nos talons. Ne recommencez pas à gaspiller les munitions. Qu'est-ce que vous croyez? Que nous allons en vainqueurs vers le sud, comme avant? Eh bien non. Nous allons vers le nord, en vaincus, d'où nous venons.

— D'accord mon colonel, gémit de sa voix étouffée le caporal. Mais au moins on a un peu à bouffer.

— Ce qu'on a, c'est surtout un sacré culot, cria Zagal.

La colonne se mit à rire et le caporal Payán attacha la chèvre morte sur la croupe de son cheval.

— Que personne ne touche à l'eau ou au pinole avant d'arriver en bas, ordonna Zagal.

Mais lui ne pensait qu'aux sentiers de la descente. Là-bas, après ce tournant, il y avait l'entrée de la galerie de mine.

Les fers du cheval de Zagal heurtèrent les rails étroits qui avançaient de cinquante centimètres de l'ouverture. A ce moment Cruz se jeta à bas de sa monture et roula sur la faible pente alors qu'à peine les fusils surpris se préparaient à tirer et il tomba à genoux dans l'obscurité : les premiers coups de feu retentirent et un tumulte de voix se fit entendre dans le groupe villiste. Le froid soudain rendit légère la tête de l'homme; l'obscurité lui donna le vertige. En avant : les jambes se mirent à courir, oubliant la douleur, jusqu'à ce que le corps s'aplatît contre le rocher : ses bras s'écartèrent, chacun dans la direction d'un boyau opposé. Dans l'un soufflait un vent fort, de l'autre venait une chaleur renfermée. Les mains tendues sentirent, au bout des doigts, ces températures dissemblables. Il se remit à courir, du côté d'où venait la chaleur, dans le boyau qui descendait plus profondément. Derrière, couraient aussi, dans une musique d'éperons, les pieds des villistes. Une allumette jeta son éclair orangé; il perdit pied, tomba dans un puits à pic et sentit son corps heurter brutalement des poutres vermoulues. En haut, le bruit d'éperons ne cessait pas et un murmure de voix résonnait contre les parois de la mine. Le fugitif se releva avec peine; il s'efforça de mesurer les dimensions de l'endroit où il était tombé, de trouver une issue par où s'échapper.

« Mieux vaut attendre ici... »

Les voix, en haut, se firent plus fortes, comme si l'on discutait. Puis on entendit, nettement, l'éclat de rire du colonel Zagal. Les voix s'éloignèrent. Quelqu'un siffla au loin : un seul coup de sifflet, sec, pour attirer l'attention. A la cachette parvinrent d'autres rumeurs indéfinies, lourdes, qui se prolongèrent quelques minutes. Puis, plus rien. Les yeux commencèrent à s'habituer : l'obscurité.

« On dirait qu'ils sont partis. C'est peut-être un piège. Mieux vaut attendre ici. »

Dans la chaleur du puits abandonné, il toucha sa poitrine, tâta son côté endolori par les coups. Il était dans un espace rond sans issue : probablement le fond d'une excavation. Quelques poutres brisées étaient par terre; d'autres soutenaient la faible voûte d'argile. Il s'assura de la stabilité de l'une d'elles et s'installa dessus, assis, pour laisser passer les heures. Une des poutres se prolongeait jusqu'au bord du trou par lequel il était tombé : il n'était pas difficile, en rampant sur elle, d'atteindre à nouveau la galerie d'entrée. Il toucha son pantalon et y trouva plusieurs déchirures, ainsi qu'à sa tunique dont les aiguillettes dorées s'étaient détachées. Et la fatigue, la faim, le sommeil. Un corps jeune étira les jambes et sentit le sang battre avec force dans les cuisses. L'obscurité et le repos, le léger halètement et les yeux fermés. Il pensa aux femmes qu'il aurait voulu connaître; le corps de celles qu'il avait connues fuyait son imagination. La dernière, c'était à Fresnillo. Une prostituée endimanchée. Une de celles qui pleurent lorsqu'on leur demande : « D'où es-tu ? Comment es-tu venue échouer ici ? » La question habituelle, pour lier conversation et parce qu'elles adorent toutes inventer des histoires. Pas celle-là; elle se contentait de pleurer. Et la guerre qui ne finit pas. Bien sûr, on en était aux dernières opérations. Il croisa les bras sur sa poitrine et s'efforça de respirer régulièrement. Une fois qu'ils auraient maîtrisé l'armée disloquée de Pancho Villa, ce serait la paix. La paix.

« Qu'est-ce que je vais faire quand tout cela sera fini ? Et à quoi bon penser que cela va finir ? Jamais je ne pense ainsi. »

Peut-être la paix apporterait-elle de bonnes occasions de travail. Dans ses pérégrinations capricieuses sur le territoire du Mexique, il n'avait été le témoin que de destructions. Mais on détruisait des champs que l'on pourrait ensemencer à nouveau. Dans le Bajío, une fois, il avait vu un champ très joli, au bord duquel on pourrait construire une maison à arcades et à patios fleuris d'où surveiller les semailles. Voir comment pousse une graine, la soigner, être attentif à la croissance de la plante, recueillir les fruits. Ce pourrait être une belle vie, une belle vie...

« Ne t'endors pas, reste vigilant... »

Il se pinça la cuisse. Les muscles de la nuque tirèrent sa tête en arrière.

Aucun bruit ne descendait d'en haut. Il pouvait explorer. Il s'appuya sur la poutre ascendante pour atteindre, du pied, les aspérités de la paroi du trou. Il se balança, grâce à son bras valide, d'aspérité en aspérité, et finit par planter ses ongles sur le bord de la plate-forme supérieure. Sa tête émergea. Il était dans le boyau chaud. Mais maintenant il semblait plus sombre et plus étouffé qu'avant. Il se dirigea vers la bifurcation des galeries. Il la reconnut parce que, à côté du boyau mal ventilé il y avait l'autre, celui où le vent s'engouffrait fort. Mais plus loin, la lumière n'entrait plus par l'ouverture. La nuit était-elle tombée? Avait-il perdu la notion du temps?

A tâtons, ses mains cherchèrent l'entrée. Ce n'était pas la nuit qui l'avait aveuglée, mais une barricade de grosses pierres, entassées par les villistes avant leur départ. Ils l'avaient muré dans cette tombe aux filons épuisés.

Dans les nerfs de son estomac il éprouva une sensation précise : celle d'être écrasé. Machinalement, il écarta les ailes de son nez dans un effort imaginaire pour respirer. Il porta ses doigts à ses tempes et les caressa. L'autre boyau, le boyau ventilé. Cet air venait du dehors, montait au désert, c'était le soleil qui le fouettait. Son nez se colla à cet air doux, poussé par un courant, et appuyant ses mains sur les parois il marcha en trébuchant dans l'obscurité. Une goutte mouilla sa main. Il approcha sa bouche ouverte de la paroi, cherchant l'origine de l'eau. De la surface de la voûte perlaient ces gouttes lentes, isolées. Il en recueillit une autre avec la langue; il attendit la troisième, la quatrième. Il laissa pendre sa tête. Le boyau semblait s'arrêter là. Il flaira l'air. Il venait d'en bas, il le sentait autour des chevilles. Il s'agenouilla, ses mains cherchèrent. C'était de cette ouverture invisible, de là, qu'il surgissait : le boyau encaissé lui donnait une force plus grande qu'à l'origine. Les pierres étaient seulement entassées. Il en tira une à lui, la fente s'agrandit et, enfin, les pierres s'effondrèrent : une nouvelle galerie, éclairée de veines argentées, s'ouvrait derrière l'éboulis. Il glissa son corps dans l'ouverture et, dans le nouveau passage, s'aperçut qu'il ne pouvait y marcher debout : seul son estomac y passait. Aussi avança-t-il en rampant, sans savoir où le conduisait sa course de reptile. Des filons gris, les reflets dorés des aiguillettes d'officier : seules ces lueurs dissemblables éclairaient sa lente progression de couleuvre ensevelie. Les yeux reflétaient les coins les plus noirs de l'obscurité et un filet de salive coulait sur son menton. Il sentit sa bouche pleine de tamariniers : peut-être le souvenir involontaire qui encore dans la mémoire agit sur les glandes salivaires, ou bien le message précis d'une odeur venue d'un jardin lointain et qui, charriée par l'air immobile du désert, serait parvenue jusqu'à l'étroit passage. L'odorat en éveil perçut plus encore. Une bouffée complète d'air. Un plein poumon. Une saveur impossible à confondre de terre proche : impossible à confondre pour qui depuis si longtemps était enfermé dans le goût de rocher. La galerie basse était en pente; à présent elle s'interrompait abruptement et descendait à pic, vers un ample espace intérieur et un sol de sable. Il se suspendit au bord de la galerie haute et se laissa tomber sur le lit doux. Quelques bras végétaux avaient pénétré jusque-là. Par où?

« Oui, maintenant remonte. Mais c'est la lumière! On aurait dit un reflet dans le sable et c'est la lumière! »

Il courut, la poitrine pleine, vers l'ouverture baignée de soleil.

Il courut sans entendre ni voir. Sans entendre le lent grattement de guitare et la voix qui l'accueillaient, une voix épanouie et sensuelle de soldat fatigué.

*Las muchachas duranguéñas se visten de azul y verde, de las ocho en adelante, la que no pellizca muerde*[1]

Sans voir le petit feu au-dessus duquel se balançait le squelette de la chèvre tuée dans la montagne et les doigts qui en arrachaient des lambeaux de chair.

Il tomba, sans entendre ni voir, sur la première bande de terre éclairée. Comment aurait-il pu voir, sous ce soleil de trois heures de l'après-midi, ce soleil fondu, qui éclairait comme un champignon de chaux le casque colonial de l'homme qui riait et lui tendait la main.

— Allons, capitaine, vous allez nous faire arriver en retard. Regardez un peu le Yaqui, s'il a bon appétit. Et maintenant on peut se servir des gourdes. *Las muchachas chihuahuenses ya no saben ni qué hacer,*

---

1. « Les filles de Durango s'habillent en bleu et vert, /à partir de huit heures, elles pincent ou mordent. » (*N.d.T.*)

*pidiendo a Dios que haya un hombre que las sepa bien*
                                          *[querer...* [1]

Le prisonnier redressa la tête et avant de voir les hommes du colonel Zagal étendus à terre, il laissa son regard se perdre dans le paysage sec, de pierraille et de cierges épineux, long et lent, silencieux et couleur de plomb. Ensuite il se leva et alla jusqu'au petit bivouac. Le Yaqui le regardait fixement. Il avança le bras, arracha un lambeau grillé de l'échine de la chèvre et s'assit pour le manger.

Perales.

C'était un village bâti en briques crues, qui ne se distinguait guère des autres. Un seul morceau de rue, devant la mairie, était empierré. Les autres voies avaient un sol de poussière aplani par les pieds nus des enfants, les tarses des dindons qui faisaient la roue aux carrefours, les pattes de la meute de chiens qui tantôt dormaient au soleil, tantôt couraient en troupe, en aboyant, allant n'importe où : il y avait peut-être une ou deux belles maisons, avec de grands porches, des appliques de fer et des gouttières en laiton : c'étaient toujours celle de l'usurier et celle du gouverneur local (quand ce n'était pas une seule et même personne), à présent en fuite pour échapper à la justice expéditive de Pancho Villa. Les troupes avaient occupé les deux résidences et remplissaient les patios — cachés derrière de longs murs dont le visage de forteresse était tourné vers la rue — de chevaux et de paille, de caisses de munitions et d'outils : ce que la Division du Nord, en déroute,

1. « Les filles de Chihuahua ne savent plus que faire, / et prient le bon Dieu qu'il se trouve un homme sachant bien les aimer. » (*N.d.T.*)

parvenait à sauver dans sa marche vers le point de départ. La couleur du village était grise; seule la façade du Gouvernement local avait un ton rose qui s'estompait aussitôt, sur les côtés et dans les patios, en cette même couleur grisâtre de la terre. Il y avait un point d'eau proche; voilà pourquoi avait été fondé le village, dont la richesse se limitait à quelques dindons et poules, quelques carrés de maïs desséchés dans les ruelles poussiéreuses, deux forges, une menuiserie, un petit bazar-épicerie et quelques industries domestiques. On y vivait par miracle. On y vivait en silence. Comme dans la plupart des bourgs mexicains, il était difficile de savoir où se cachaient les habitants. Le matin ou l'après-midi, l'après-midi ou le soir, on pouvait peut-être entendre un marteau frapper à coups répétés, un nouveau-né pleurer, mais il était difficile de rencontrer un seul être vivant dans les rues brûlantes. Les enfants se montraient parfois, tout petits, pieds nus. La troupe elle aussi restait derrière les murs des maisons réquisitionnées ou cachée dans les patios de la maison du gouverneur, vers laquelle se dirigeait la colonne épuisée. Lorsqu'ils mirent pied à terre, un piquet s'avança et le colonel désigna l'Indien yaqui.

— Celui-ci, au cachot. Vous, venez avec moi, Cruz.

Maintenant le colonel ne riait pas. Il ouvrit les portes du bureau blanchi à la chaux et passa sa manche sur son front pour en éponger la sueur. Il dégrafa son ceinturon et s'assit. Le prisonnier, debout, le regardait.

— Prenez une chaise, capitaine, et bavardons un peu. Voulez-vous une cigarette?

Le prisonnier la prit et le feu du briquet rapprocha les deux visages.

— Bon, dit Zagal en souriant de nouveau, la chose est bien simple. Vous pourriez nous dire quels sont les plans de ceux qui nous poursuivent et nous vous mettrions en liberté. Je suis franc avec vous. Nous savons que nous sommes perdus, mais malgré tout nous voulons nous défendre. Vous êtes un bon soldat, vous comprenez ça.

— Certainement. C'est justement pour cette raison que je ne parlerai pas.

— D'accord. Mais vous n'auriez que très peu de chose à nous raconter. Vous et tous les morts qui sont restés dans le canyon, vous formiez un détachement de reconnaissance, c'était clair. Ce qui veut dire que le gros des troupes n'était pas loin. Vous avez même eu assez de flair pour deviner la route que nous avons prise en direction du nord. Mais comme vous ne connaissez pas bien ce passage par la montagne, vous autres, il vous a fallu traverser toute la plaine, et cela a pris plusieurs jours. Alors : combien êtes-vous, y a-t-il des troupes qui sont parties en avant par le train, à combien estimez-vous vos réserves de munitions, combien de pièces d'artillerie avez-vous? Où vont faire leur jonction les brigades qui nous poursuivent? Vous voyez comme c'est simple : vous me racontez tout ça et vous êtes libre. Vous avez ma parole.

— Qu'est-ce qui me le prouve?

— Sacrebleu, capitaine, de toute façon nous avons perdu. Je suis franc avec vous. La Division est décimée. Elle s'est divisée en bandes qui se perdront dans les montagnes, et se réduiront chaque jour un peu plus parce qu'en route il y en a qui restent dans leurs villages, dans leurs fermes. Nous sommes fatigués. Cela fait bien des années que nous nous battons, depuis que nous nous sommes soulevés contre don Porfirio. Ensuite nous nous sommes battus avec Madero, contre les colorados d'Orozco, puis contre les va-nu-pieds de Huerta, puis contre vous autres, les carranclanes de Carranza. Oui, bien des années. Nous sommes fatigués. Nos hommes sont comme les lézards, ils prennent peu à peu la couleur de la terre, ils rentrent dans les masures d'où ils étaient sortis, ils se rhabillent en péons et attendent l'heure de reprendre la lutte, même s'il faut attendre cent ans. Ils savent bien que cette fois nous avons perdu, comme les gens de Zapata dans le Sud. C'est vous qui avez gagné. A quoi bon mourir chez nous quand la bataille est déjà gagnée par les vôtres? Laissez-nous perdre en combattant. C'est tout ce que je vous demande. Laissez-nous perdre avec un peu d'honneur.

— Pancho Villa n'est pas dans ce village.

— Non. Il est plus en avant. Et les gens s'arrêtent chez eux. Nous sommes très peu.

— Quelles garanties me donnez-vous?

— Nous vous laissons ici vivant dans la prison jusqu'à ce que vos amis vous libèrent.

— Si les nôtres gagnent, parfait. Sinon...

— Si nous les battons, je vous donne un cheval pour vous enfuir.

— Et comme ça vous pourrez me fusiller dans le dos quand je m'en irai.

— Je vous écoute...

— Non. Je n'ai rien à raconter.

— Votre ami le Yaqui et le licenciado Bernal, un envoyé de Carranza, sont au cachot. Vous allez attendre avec eux que je donne l'ordre de vous fusiller.

Zagal se leva.

Aucun des deux n'éprouvait de sentiments. Chacun, de son côté, en avait perdu la faculté, les faits de tous les jours l'avaient usée, et l'incessante action de leur lutte aveugle. Ils avaient parlé automatiquement, sans engager leur émotion. Zagal demandait le renseignement et donnait la possibilité de choisir entre la liberté et le poteau, le prisonnier refusait le renseignement : mais ce n'était pas en tant que Zagal et Cruz, c'était en tant qu'engrenages de deux machines de guerre opposées. Aussi l'annonce qu'il serait fusillé était-elle accueillie par le prisonnier avec une indifférence absolue. Une indifférence, justement, qui l'obligeait à prendre conscience de la tranquillité monstrueuse avec laquelle il acceptait sa propre mort. Alors lui aussi se leva en serrant les mâchoires.

— Colonel Zagal, voilà bien longtemps que nous obéissons à des ordres, sans nous donner le temps de faire quelque chose, comment dirai-je?, quelque chose dont on puisse dire : cela je le fais en tant qu'Artemio Cruz: moi seul j'en suis responsable tout à fait moi-même, et non en tant qu'officier. Si vous devez me tuer, tuez Artemio Cruz, tuez-moi en tant qu'Artemio Cruz. Vous l'avez dit vous-même : tout cela va finir, nous sommes fatigués. Je ne veux pas mourir en dernier sacrifié d'une cause victorieuse, et vous non plus vous ne voulez sans doute pas mourir en dernier sacrifié d'une cause perdue. Soyez homme, colonel, et laissez-moi l'être aussi. Je vous propose de nous battre au pistolet. Tracez une ligne dans le patio, et partons chacun avec notre arme de deux coins opposés. Si vous réussissez à me blesser avant que j'aie passé la ligne, vous m'achevez. Si je la passe sans que vous me touchiez, vous me donnez la liberté.

— Caporal Payán! cria Zagal avec un éclat dans les yeux, menez-le en cellule.

Puis il se tourna vers le prisonnier :

— On ne vous préviendra pas de l'heure de l'exécution, de sorte que vous vous teniez prêts. Ce sera aussi bien dans une heure, que demain ou après-demain. Pensez bien à ce que je vous ai dit.

Le soleil couchant entrait à travers les barreaux et découpait en jaune la silhouette de ces deux hommes, l'un debout, l'autre couché. Tobías murmura un vague salut ; l'autre, celui qui se promenait nerveusement, alla vers lui dès que la porte eut grincé et que les clefs du caporal eurent raclé la serrure.

— Vous êtes le capitaine Artemio Cruz? Je suis Gonzalo Bernal, envoyé du Premier Chef Venustiano Carranza.

Il portait un costume civil : un costume de casimir café avec une martingale dans le dos. Lui le regarda comme tous les civils qui de temps en temps se joignaient au noyau suant de ceux qui combattaient : d'un regard rapide, moqueur et indifférent, et Bernal poursuivit, en passant un mouchoir sur son front large et sa moustache blonde :

— L'Indien est très mal en point. Il a une jambe cassée.

Le capitaine haussa les épaules :

— Pour le temps qui lui reste à vivre.

— Qu'en savez-vous? demanda Bernal.

Il avait glissé son mouchoir sur les lèvres, de sorte que les mots en sortirent étouffés.

— Ils vont nous descendre tous. Mais ils ne disent pas à quel moment. Il était dit que nous ne devions pas mourir d'un rhume.

— Et il n'y a pas d'espoir que les nôtres arrivent avant?

Maintenant ce fut le capitaine qui s'arrêta — il avait fait le tour de la cellule, en observant le plafond, les murs, la petite fenêtre grillagée, le sol poussiéreux : la recherche instinctive du trou par où s'enfuir — et regarda un nouvel ennemi : le délateur placé dans la cellule.

Il demanda :

— Alors, il n'y a pas d'eau?

— Le Yaqui l'a toute bue.

L'Indien gémit. Il s'approcha du visage cuivré posé sur l'oreiller de pierre de ce banc nu qui servait de lit et de siège. Sa joue se posa contre celle de Tobías pour la première fois, avec une force qui le força de s'écarter, il sentit la présence de ce visage qui n'avait jamais été qu'une masse sombre, une partie de la troupe, plus reconnaissable à l'intégrité nerveuse et prompte de son corps de guerrier, qu'à cette sérénité, cette souffrance. Tobías avait un visage; il le vit. Des centaines de lignes blanches — des lignes creusées par le rire et la colère et les yeux clignés contre le soleil — sillonnaient le coin de la paupière et quadrillaient les larges pommettes. Les lèvres grosses et proéminentes souriaient avec douceur et dans les

238

yeux gris, étroits, il y avait quelque chose comme un puits de lumière trouble, envoûtée, toute prête.

— C'est vrai que tu es là, dit Tobías dans sa langue, que le capitaine avait apprise dans sa fréquentation quotidienne des troupes de la Sierra de Sinaloa.

Il serra la main nerveuse du Yaqui :

— Oui, Tobías. Il vaut mieux que tu saches une chose : ils vont nous fusiller.

— C'est comme ça que ça doit être. Tu ferais pareil.

— Oui.

Ils restèrent silencieux, tandis que le soleil disparaissait. Les trois hommes se préparèrent à passer la nuit ensemble. Bernal se promenait lentement dans la cellule : lui se leva et se rassit aussitôt sur la poussière et traça des lignes par terre. Dehors, dans le couloir, une lampe à pétrole s'alluma et on entendit le bruit des mâchoires du caporal de garde. Un vent froid se leva sur la campagne désertique.

A nouveau debout, il alla vers la porte de la cellule : de grosses planches, de pin ocote non raboté, et cette petite ouverture à hauteur des yeux. De l'autre côté, s'élevait la volute de fumée de la cigarette roulée dans une feuille de maïs qu'allumait le caporal. Il serra les poings autour des barreaux rouillés et regarda le profil camus de son gardien. Les grosses mèches noires sortaient de la casquette de toile et retombaient jusqu'à la pommette carrée et imberbe. Le prisonnier chercha son regard et le caporal répondit par un geste rapide, un « qu'estcequetuveux? » silencieux de la tête et de la main libre.

L'autre tenait la carabine empoignée, selon l'habitude du métier.

— On a donné l'ordre pour demain?

Le caporal le regarda de ses yeux longs et jaunes. Il ne répondit pas.

— Moi je ne suis pas d'ici. Et toi?

— De là-haut, dit le caporal.

— Comment est l'endroit?

— Quel endroit?

— Celui où on va nous fusiller. Qu'est-ce qu'on voit de là?

Il s'arrêta et fit signe au caporal de lui passer le briquet.

— Qu'est-ce qu'on voit?

Il se rappela, alors seulement, qu'il avait toujours regardé devant lui, depuis le soir où il avait traversé la montagne et s'était enfui de la vieille habitation de Veracruz. Depuis lors il n'avait jamais plus regardé en arrière. Depuis lors il voulait se savoir seul, sans autres forces que les siennes propres... Et maintenant... il ne pouvait s'empêcher de poser cette question — comment est-ce, qu'est-ce qu'on voit de là — qui était peut-être sa façon de déguiser cet angoissant désir de souvenir, cet entraînement vers une image de fougères touffues et de rivières lentes, de fleurs tubulaires sur une hutte, d'une jupe amidonnée et d'une chevelure douce, sentant bon le coing...

— On vous emmènera dans le patio, derrière, était en train de dire le caporal, et ce qu'on voit, que veux-tu que ce soit? Un mur haut, c'est tout, plein de petits trous à cause de tous les fusillés qu'on a eus par ici...

240

— Et la montagne? On ne voit pas la montagne?

— Ça, vraiment, je ne me souviens pas.

— Tu en as vus beaucoup...?

— Beueueueueu...

— Peut-être bien que celui qui fusille voit mieux que les fusillés ce qui se passe.

— Dis donc, est-ce que tu n'as jamais été dans un peloton?

(« Si, mais sans faire attention, sans penser jamais à ce que je pourrais éprouver, et qu'un jour ce pourrait être mon tour. Aussi, je n'ai pas le droit de te poser de questions, n'est-ce pas? Toi, tu as seulement tué comme moi, sans faire attention à rien. Aussi personne ne sait ce qu'on éprouve et personne ne peut le raconter. Si l'on pouvait revenir, si l'on pouvait raconter ce que c'est qu'écouter une décharge et la sentir sur la poitrine, sur le visage. Si l'on pouvait raconter la vérité de cela, il est bien possible que nous n'oserions plus tuer, plus jamais; ou alors personne n'attacherait d'importance à la mort... Cela peut être terrible... mais cela peut être aussi naturel que de naître... Qu'en savons-nous, toi et moi? »)

— Eh, capitaine, tes aiguillettes, là, tu ne vas plus t'en servir. Donne-les-moi.

Le caporal passa la main entre les barreaux; lui tourna le dos. Le soldat se mit à rire avec un grincement étouffé.

Maintenant le Yaqui était en train de murmurer des choses dans sa langue et lui traîna ses pieds vers le chevet dur, pour poser sa main sur le front fiévreux de l'Indien et écouter ce qu'il disait. Ses mots faisaient une chanson douce.

— Que dit-il?

— Il raconte des choses. Que le gouvernement leur a enlevé les terres qu'ils possédaient depuis toujours pour les donner à des Ricains. Qu'ils se sont battus pour les défendre, et qu'alors sont venues les troupes fédérales qui ont commencé à couper les mains aux hommes et à les traquer dans les montagnes. Qu'on a fait monter les chefs yaquis sur une canonnière pour les jeter à la mer une fois lestés de boulets.

Le Yaqui parlait les yeux fermés :

— Ceux qui restaient, on nous a fait rejoindre une file très longue et de là, de Sinaloa, on nous a fait marcher jusqu'à l'autre côté, jusqu'au Yucatán.

— Il raconte qu'ils durent marcher jusqu'au Yucatán, et les vieux et les enfants de la tribu mouraient peu à peu. Ceux qui purent arriver jusqu'aux haciendas d'agaves à sisal furent vendus comme esclaves et les maris furent séparés de leurs femmes. Qu'on obligeait les femmes à coucher avec les Chinois pour qu'elles oublient leur langue et enfantent de nouveaux travailleurs...

— Je suis revenu, je suis revenu. A peine avais-je appris que la guerre avait éclaté, que je suis revenu avec mes frères lutter contre le mal.

Le Yaqui rit doucement et lui eut envie d'uriner. Il se leva, ouvrit la braguette du pantalon kaki; il chercha un coin et entendit le bruit du liquide tombant dans la poussière. Il fronça le sourcil en pensant à la fin habituelle des braves qui meurent avec une tache humide sur le pantalon militaire. Bernal, qui avait maintenant les bras croisés, semblait chercher, à travers les hauts barreaux, un rayon de lune pour cette nuit froide et obscure. Parfois, les coups de marteau insistants du village parvenaient jusqu'à eux; les chiens aboyaient. Des conversations perdues, dépourvues de sens, parvenaient à traverser les murs. Il épousseta sa tunique et alla vers le jeune licenciado.

— Il y a des cigarettes?

— Oui... je crois que oui... Elles étaient par ici.

— Offres-en une au Yaqui.

— Je lui en ai offert. Il n'aime pas les miennes.

— Il a les siennes?

— Je crois qu'il n'en a plus.

— Peut-être que les soldats ont des cartes.

— Non; je ne pourrais pas me concentrer. Je crois que je ne pourrais pas...

— Tu as sommeil?

— Non.

— Tu as raison. Il ne faut pas dormir.

— Tu crois qu'un jour tu auras à t'en repentir?

— Comment ça?

— Je veux dire, d'avoir dormi avant...

— C'est marrant ce que tu dis.

— Ah oui. Alors mieux vaut se souvenir. On dit que c'est bon, de se souvenir.

— On n'a pas beaucoup de vie derrière nous.

— Eh oui. Voilà l'avantage du Yaqui. C'est peut-être pour ça qu'il n'aime pas parler.

— Oui. Non, je ne te comprends pas...

— Je veux dire que le Yaqui, lui, a beaucoup de choses à se rappeler.

— Peut-être que dans sa langue on ne se souvient pas de la même façon.

— Tout ce chemin, depuis Sinaloa. Ce qu'il nous a raconté tout à l'heure.

— Oui.

— ...

— Regina...

— Comment?

— Non. Je ne fais que redire des noms.

— Quel âge as-tu?

— Vingt-six ans bientôt. Et toi?

— Vingt-neuf. Moi non plus je n'ai pas beaucoup de choses à me rappeler. La vie est devenue si mouvementée, brusquement.

— Quand commencera-t-on à se souvenir de l'enfance, par exemple?

— C'est vrai; c'est difficile.

— Tu sais? Maintenant, pendant que nous parlions...

— Eh bien?

— J'ai redit quelques noms. Tu sais? Ils ne me disent plus rien; ils ne signifient plus rien :

— Il va bientôt faire jour.

— Ne t'en occupe pas.

— J'ai le dos en sueur.

— Donne-moi la cigarette. Qu'est-ce qu'il y a?

— Pardon. Tiens. Peut-être qu'on ne sent rien.

— On le dit.

— Qui le dit, Cruz?

— Bien sûr. Ceux qui tuent.

— Ça a beaucoup d'importance pour toi?

— Eh bien...

— Pourquoi ne penses-tu pas à...

— A quoi? Que tout va continuer, même si on nous tue?

— Non, ne pense pas au futur, pense au passé.

Moi je pense à tous ceux qui sont déjà morts dans la révolution.

— Oui; je me souviens de Bule, d'Aparicio, de Gómez, du capitaine Tiburcio Amarillas... de quelques autres.

— Je parie que tu ne serais pas capable d'en nommer vingt. Et pas seulement eux. Comment s'appelaient tous les morts? Pas seulement ceux de cette révolution; ceux de toutes les révolutions et de toutes les guerres et même ceux qui sont morts dans leur lit. Qui se souvient d'eux?

— Tiens, donne-moi une allumette.

— Pardon.

— Ah, maintenant la lune est levée.

— Tu veux la voir? Si tu montes sur mes épaules, tu peux arriver...

— Non. C'est inutile.

— Encore heureux qu'ils m'aient pris ma montre.

— Oui.

— Je veux dire, pour ne pas compter les heures.

— J'avais compris.

— La nuit a semblé plus... plus longue...

— Foutue envie de pisser.

— Regarde le Yaqui. Il s'est endormi. Encore heureux que personne n'ait eu peur.

— On va encore passer un jour enfermés ici.

— Qui sait. Ils peuvent venir d'un moment à l'autre.

— Non, pas eux. Ils aiment leur jeu. C'est trop habituel de fusiller à l'aube. Ils vont jouer avec nous.

— Il est plutôt impulsif, non?

— Villa, oui. Pas Zagal.

— Cruz... est-ce que ce n'est pas absurde?

— Quoi donc?

— De mourir par un des chefs et de ne croire en aucun?

— Est-ce que nous irons tous les trois ensemble, ou bien l'un après l'autre?

— En une fois c'est plus facile, pas vrai? Toi, tu es le militaire.

— Tu n'as pas une petite idée pour en sortir?

— Tiens, je vais te raconter quelque chose. A mourir de rire.

— Quoi donc?

— Je ne te le dirais pas si je n'étais pas sûr de ne pas m'en sortir. Carranza m'a envoyé en mission uniquement pour me faire prendre et pour que ce soient eux les responsables de ma mort. Il s'est mis dans la tête que mieux valait pour lui un héros mort qu'un traître vivant.

— Toi, un traître?

— Ça dépend comment tu l'envisages. Toi, tu n'as connu que les batailles; tu as obéi à des ordres et tu n'as jamais douté de tes chefs.

— Bien sûr. Il s'agit de gagner la guerre. Alors, tu n'es pas avec Obregón et Carranza?

— Je pourrais être aussi bien avec Zapata ou Villa. Je ne crois en aucun.

— Et alors?

— Voilà le drame. Il n'y a qu'eux. Je ne sais pas si tu te souviens du début. C'est si proche, mais cela paraît si lointain... alors les chefs, c'était sans importance. Ce qu'on faisait, ce n'était pas pour élever un homme, mais pour les élever tous.

— Tu veux que je critique la loyauté de nos

hommes? C'est ça, la révolution, la loyauté envers les chefs, tout simplement.

— Oui. Même le Yaqui, qui d'abord est allé se battre pour ses terres, maintenant ne se bat que pour le général Obregón et contre le général Villa. Non, avant c'était autre chose. Avant que tout ça dégénère en factions. Un village où passait la révolution était un village où c'en était fini des dettes pour le paysan, où l'on expropriait les prêteurs usuriers, où l'on libérait les prisonniers politiques et où l'on détrônait les anciens caciques. Mais vois seulement comme ils ont été débordés, ceux qui croyaient que la révolution n'avait pas pour but de mettre en avant des chefs mais de libérer le peuple.

— Il y aura du temps pour tout.

— Non, il n'y en aura pas. Une révolution commence à se faire sur les champs de bataille, mais une fois qu'elle est pourrie, les batailles militaires ont beau continuer, elle est bel et bien perdue. Nous en sommes tous responsables. Nous nous sommes laissés diviser par les avides, les ambitieux, les médiocres. Ceux qui veulent une vraie révolution, radicale, intransigeante, sont malheureusement des hommes ignorants et cruels. Et les gens instruits veulent seulement une demi-révolution, compatible avec la seule chose qui les intéresse : s'engraisser, se substituer à l'*élite* de don Porfirio. Voilà le drame du Mexique. Regarde-moi. J'ai passé ma vie à lire Kropotkine, Bakounine, le vieux Plekhanov, je suis plongé dans mes livres depuis que je suis tout gosse, et je discute, je discute. Et le moment venu, je dois être du côté de Carranza, parce que c'est lui qui me semble raisonnable, qui ne m'effraie pas. Tu vois un peu la saloperie? J'ai peur des gueux, de Villa et de Zapata... « Je continuerai d'être une personne impossible aussi longtemps que les personnes aujourd'hui possibles seront encore possibles... » Ah oui. Bien sûr.

— Tu te dégonfles à l'heure de la mort.

— « Tel est le défaut radical de mon caractère : l'amour des choses fantastiques, des aventures inouïes, des entreprises qui ouvrent des horizons infinis et imprévisibles... » Ah, oui. Bien sûr.

— Pourquoi n'as-tu jamais dit cela quand tu étais libre?

— Je l'ai dit en 1913 à Iturbe, à Lucio Blanco, à Buelna, à tous les militaires honnêtes qui n'ont jamais cherché à devenir des chefs de parti. Voilà pourquoi ils n'ont pas su voir clair dans le jeu du vieux Carranza, qui a passé toute sa vie à semer la zizanie et la division, parce que, sans quoi, n'importe qui lui aurait damé le pion, à ce vieux médiocre! Aussi il poussait en avant les médiocres, les Pablo González, ceux qui ne pouvaient pas lui porter ombrage. Et c'est ainsi qu'il a divisé la révolution, qu'il en a fait une guerre de factions.

— Et c'est pour ça qu'on t'a envoyé à Perales?

— Avec la mission de convaincre les villistes qu'ils devaient se rendre. Comme si nous ne savions pas tous qu'ils sont en fuite et en déroute et que dans leur désespoir ils passent par les armes tout homme de Carranza qu'ils trouvent sur leur chemin. Le vieux n'aime pas se salir les mains. Il préfère que l'ennemi se charge pour lui des sales besognes. Artemio, Artemio, les hommes n'ont pas été à la hauteur de leur peuple et de leur révolution.

— Pourquoi ne passes-tu pas du côté de Villa?

— Du côté d'un autre chef de parti? Pour voir combien de temps il dure et passer ensuite du côté d'un autre, puis d'un autre encore, jusqu'à ce que je me retrouve dans une autre cellule, à attendre encore une fois l'ordre d'être fusillé?

— Mais cette fois au moins, tu sauves ta peau...

— Non... Crois-moi, Cruz, j'aimerais sauver ma peau, retourner à Puebla. Retrouver ma femme, mon fils. Luisa et Pancholín. Et ma petite sœur Catalina, qui a tant besoin de moi. Retrouver mon père, mon vieux don Gamaliel, si noble, si aveugle. Essayer de lui expliquer pourquoi je me suis fourré là-dedans. Lui n'a jamais compris qu'il y a des devoirs qu'il est nécessaire d'accomplir bien qu'on sache d'avance que l'on va vers un échec. Pour lui, l'ordre ancien était éternel; les haciendas, l'usure déguisée, tout cela... Si seulement il y avait quelqu'un à qui je puisse demander d'aller les voir pour leur dire quelque chose de ma part. Mais d'ici, je le sais bien, personne ne sortira vivant. Non; tout n'est qu'un sinistre jeu d'éliminations. Nous sommes à l'âge des criminels et des nains, parce que le grand chef s'entoure de pygmées qui ne puissent pas lui porter ombrage et que le petit chef doit assassiner le grand pour se pousser en avant. Quel dommage, Artemio. Comme tout ce qui se passe est nécessaire, et comme il est peu nécessaire de le pourrir. Ce n'est pas cela que nous voulions à l'époque où nous faisions la révolution avec tout le peuple, en 1913... Et toi aussi, il faut que tu te décides. Dès que Zapata et Villa auront été éliminés, il ne restera que deux chefs, tes chefs actuels. Avec lequel vas-tu marcher?

— Mon chef est le général Obregón.

— Encore heureux que tu te sois décidé. Voyons si cela ne te coûte pas la vie ; voyons si...

— Tu oublies qu'on va nous fusiller.

Surpris, Bernal se mit à rire, comme s'il eût essayé de voler et que le poids oublié des chaînes l'en eût empêché. Il posa sa main sur l'épaule de l'autre prisonnier et dit :

— Maudite manie politique! Ou peut-être est-ce une intuition. Pourquoi ne passes-tu pas du côté de Villa, toi?

Il ne put bien distinguer le visage de Gonzalo Bernal, mais dans l'obscurité il devina ces petits yeux moqueurs, ce petit air revenu de tout de ces licenciados frais émoulus qui ne combattaient jamais, qui ne faisaient que parler beaucoup pendant qu'eux-mêmes gagnaient des batailles. Il s'écarta brusquement de Bernal.

— Qu'est-ce qu'il y a? sourit le licenciado.

Lui grogna et ralluma sa cigarette éteinte :

— On ne parle pas comme ça, dit-il entre ses dents. Alors quoi? Tu veux que je te dise? Eh bien ils me font chier les types qui se déboutonnent sans qu'on leur demande rien et surtout au moment de mourir. Bouclez-la, mon cher licenciado, et racontez-vous ce que vous voudrez tout seul, mais moi, laissez-moi mourir sans me dégonfler.

La voix de Gonzalo se couvrit d'une couche métallique :

— Dis donc, petit dur, nous sommes trois hommes condamnés. Le Yaqui nous a raconté sa vie...

Et sa rage s'exerçait contre lui-même, parce que lui s'était laissé aller aux confidences et à la conversa-

250

tion, qu'il s'était ouvert à un homme qui n'était pas digne de confiance.

— Sa vie a été une vie d'homme. Il avait le droit.

— Et toi?

— Moi, je me suis battu. Le reste, je ne m'en souviens pas.

— Tu as bien aimé une femme...

Il serra les poings.

— ... tu as eu des parents; est-ce que je sais? tu as peut-être un enfant. Non? Eh bien moi oui, Cruz; moi oui, je pense que j'ai eu une vie d'homme, et je voudrais être libre pour continuer à la vivre; pas toi? tu ne voudrais pas être maintenant en train de caresser...?

La voix de Bernal se décomposait lorsque les mains de Cruz le cherchèrent dans l'obscurité, le jetèrent contre le mur, sans un mot, avec un mugissement opaque, les ongles plantés dans les revers de casimir de ce nouvel ennemi armé d'idées et de tendresse, qui ne faisait que répéter la pensée du capitaine, du prisonnier, sa pensée secrète à lui : qu'arrivera-t-il après notre mort? Et Bernal le répétait, malgré les poings fermés qui le violentaient :

— ... s'ils ne nous avaient pas tués avant nos trente ans?... Qu'aurait été notre vie?; moi je voulais faire tant de choses...

Enfin, le dos au mur et le visage tout près de celui de Bernal, il murmura lui aussi :

— ... tout va continuer, tu ne le sais pas, non?; le soleil se lèvera encore; il naîtra encore des gosses, bien que nous soyons toi et moi foutus et bien foutus, tu ne le sais pas, non?

Les deux hommes dénouèrent leur violente

étreinte. Bernal se laissa tomber à terre; lui se dirigea vers la porte de la cellule, bien décidé; il raconterait à Zagal un faux plan de bataille, demanderait la grâce du Yaqui, abandonnerait Bernal à son sort.

Au moment où le caporal de garde le menait en chantonnant auprès du colonel, il ne sentait que la douleur perdue de Regina, que ce souvenir doux-amer qu'il avait si bien caché et qui maintenant remontait à sa mémoire, envahissant, lui demandant de continuer à vivre, comme si une femme morte avait besoin du souvenir d'un homme vivant pour être encore autre chose qu'un corps dévoré par les vers dans une fosse sans nom, dans un village sans nom.

— Il vous sera difficile de vous ficher de nous, dit de son éternelle voix souriante le colonel Zagal. A l'instant même, deux détachements viennent de partir pour vérifier si ce que vous nous racontez est vrai ou faux, et si l'attaque vient de l'autre côté, recommandez votre âme à Dieu et dites-vous que vous n'avez gagné que quelques heures de vie, mais au prix de votre honneur.

Zagal étira les jambes et remua l'un après l'autre les doigts de ses pieds sous les chaussettes. Les bottes étaient sur la table, avachies et sans embauchoirs.

— Et le Yaqui?

— Ça, ce n'était pas dans nos conventions. Écoutez : la nuit se fait longue. A quoi bon faire illusion à ces pauvres malheureux avec un nouveau soleil? Caporal Payán!... Nous allons envoyer les deux prisonniers dans un monde meilleur. Sortez-les-moi de la cellule et emmenez-les là derrière.

— Le Yaqui ne peut pas marcher, dit le caporal.

— Donnez-lui de la marihuana[1], dit Zagal en éclatant de rire. Eh bien, sortez-le sur un brancard et appuyez-le au mur comme vous pourrez.

Que virent Tobías et Gonzalo Bernal? La même chose que le capitaine, encore que ce dernier se trouvât plus haut qu'eux, près de Zagal sur la terrasse du Gouvernement. En bas, on sortait le Yaqui sur un brancard et Bernal marchait la tête basse et les deux hommes étaient placés contre le mur entre deux lampes à pétrole.

Une nuit où les lueurs de l'aube tardaient à se montrer et où la silhouette des montagnes ne se laissait pas voir, même pas lorsque les fusils tonnèrent dans un spasme rougeâtre et que Bernal avança la main pour toucher l'épaule du Yaqui. Tobías resta appuyé au mur, maintenu par le brancard. Les lampes éclairèrent son visage défait, marqué par les balles. Elles éclairèrent seulement les chevilles du corps effondré de Gonzalo Bernal, sur lequel se mirent à couler des filets de sang.

— Voilà vos morts, dit Zagal.

Et une autre fusillade, lointaine et nourrie, ponctua ces mots et aussitôt s'y joignit un canon rauque qui fit voler en éclats un coin de l'édifice. Les cris des villistes s'élevèrent, confus, jusqu'à la terrasse blanche où Zagal hurlait dans une interrogation désarticulée :

— Les voilà! Ils nous ont trouvés! Ce sont les carranclanes!

Pendant ce temps, lui le jetait à terre et sa main — qui avait retrouvé son énergie, qui concentrait toute

1. Allusion à la chanson révolutionnaire : *La Cucaracha.* (*N.d.T.*)

sa force — serrait l'étui du pistolet du colonel. Il sentit dans ses mains le métal sec de l'arme. Il la braqua dans le dos de Zagal et de son bras droit entoura le cou du colonel, serra, et le maintint à terre, les mâchoires serrées et l'écume aux lèvres. Par-dessus la corniche, il put voir la confusion qui régnait dans le patio des exécutions. Les soldats du peloton couraient, piétinaient les cadavres de Tobias et de Bernal, renversant les lampes à pétrole : la grêle d'explosions s'abattit sur tout le village de Perales, accompagnée de cris et d'incendies, de galops et de hennissements. D'autres villistes sortirent dans le patio, enfilant leurs vareuses, boutonnant leurs pantalons. Les lumières des lampes renversées dessinaient une ligne dorée sur chaque profil, sur chaque ceinturon, sur chaque rangée de boutons. Les mains se tendirent pour prendre les fusils et les cartouchières. La barre qui fermait la porte de l'écurie fut enlevée à la hâte et les chevaux hennissants sortirent dans le patio, furent enfourchés par les cavaliers et s'engouffrèrent sous le porche ouvert. Quelques traînards coururent derrière et enfin le patio fut désert. Les cadavres de Bernal et du Yaqui. Deux lampes à pétrole. Le vacarme de cris s'éloigna ; il allait à la rencontre de l'ennemi. Le prisonnier lâcha Zagal. Le colonel resta à genoux, toussant, caressant son cou à demi étranglé. La voix put à peine se faire entendre :

— Ne vous rendez pas. Je suis là.

Et le matin, enfin, montra sa paupière bleue sur le désert.

Le vacarme proche cessa. Dans les rues, les villistes couraient vers les assiégeants. Leurs blouses blanches se teintèrent de bleu. Pas un murmure ne monta du patio.

Zagal se leva, déboutonnant sa tunique grisâtre, offrant sa poitrine. Le capitaine s'avança lui aussi, le pistolet à la main.

— Mon offre tient toujours, dit-il d'une voix sèche au colonel.

— Descendons, dit Zagal, et il laissa retomber les bras.

Dans le bureau, Zagal prit le colt qu'il gardait dans un tiroir.

Ils suivirent, chacun tenant son arme, les couloirs froids conduisant au patio. Ils partagèrent en deux la surface du quadrilatère. Le colonel poussa de côté, avec son pied, la tête de Bernal. Le capitaine releva les lampes à pétrole.

Chacun se plaça dans un coin. Ils avancèrent.

Zagal tira le premier et sa balle frappa de nouveau le Yaqui Tobías. Le colonel s'arrêta et un espoir éclaira ses yeux noirs : l'autre avançait sans tirer. L'affaire se réglait par un geste d'honneur. Le colonel s'accrocha — une seconde, deux secondes, trois secondes — à l'espoir que l'autre respecterait son courage, qu'ils se rencontreraient au milieu du patio, sans tirer un nouveau coup.

Tous deux s'arrêtèrent au milieu du patio.

Le sourire revint au visage du colonel. Le capitaine franchit la ligne imaginaire. Zagal, en riant, fit de la main un geste d'amitié lorsque deux balles traversèrent son estomac et l'autre le regarda se plier en deux et tomber à ses pieds. Alors il jeta le pistolet sur le crâne trempé de sueur du colonel et resta là, sans bouger.

Le vent du désert agita les mèches frisées sur son front, les lambeaux pendants de sa tunique tachée de sueur, les cordons arrachés de ses guêtres de cuir. Sa barbe de cinq jours se hérissait sur ses joues et ses yeux verts se perdaient derrière les cils poussiéreux et les larmes sèches. Debout, héros solitaire sur le champ clos des morts. Debout, héros sans témoins. Debout, entouré d'abandon, tandis que la bataille se livrait hors du village, dans ce roulement de tambours.

Il baissa les yeux. Le bras mort du colonel Zagal était tendu vers la tête morte de Gonzalo. Le Yaqui était assis, le corps appuyé au mur; son dos avait laissé une trace sanglante sur la toile du brancard. Il se baissa et ferma les yeux du colonel.

Il se redressa rapidement et respira un air dans lequel il voulut retrouver sa vie et sa liberté, leur dire merci, leur donner un nom. Mais il était seul. Il n'avait pas de témoins. Il n'avait pas de camarades. Un cri sourd sortit de sa gorge, étouffé par la mitraille dans le lointain.

« Je suis libre; je suis libre. »

Il serra les poings sur son estomac et son visage se tordit de douleur.

Il leva les yeux et vit, enfin, ce que devait voir un condamné à l'aube : la lointaine ligne de montagnes, le ciel déjà blanchâtre, les murs de briques crues du patio. Il entendit ce que devait entendre un condamné à l'aube : les cris des oiseaux cachés, la plainte aiguë d'un enfant affamé, ces coups de marteau insolites d'un travailleur du village, étrangers au fracas invariable, monotone, perdu, de la canonnade et de la fusillade qui se poursuivaient derrière lui. Travail anonyme, plus fort que ce fracas, dans l'assurance que, une fois passées la lutte, la mort, la victoire, le soleil se lèverait encore, tous les jours...

JE ne peux pas vouloir; je les laisse faire. J'essaie de le toucher. Je le parcours du nombril au pubis. Rond. Pâteux. Je ne sais plus. Le médecin est parti. Il a dit qu'il allait chercher d'autres médecins. Il ne veut pas prendre seul la responsabilité de mon cas. Je ne sais plus. Mais je les vois. Ils sont entrés. La porte d'acajou s'ouvre, se ferme et les pas ne font pas de bruit sur la moquette épaisse. Ils ont fermé les fenêtres. Ils ont tiré, avec un bruit de chuchotement, les rideaux gris. Ils sont entrés.

— Approche-toi, ma petite... pour qu'il te reconnaisse... dis-lui ton nom...

Elle sent bon. Elle sent très bon. Ah oui, je peux encore distinguer les joues roses, les yeux brillants, toute la silhouette jeune, gracieuse qui s'approche de mon lit à petits pas.

— C'est moi... c'est moi, Gloria...

J'essaie de murmurer son nom. Je sais qu'on n'entend pas mes paroles. Mais de cela au moins je dois remercier Teresa : d'avoir approché de moi le jeune corps de sa fille. Si seulement je distinguais mieux son visage. Si seulement je pouvais mieux voir sa grimace. Elle doit se rendre compte de cette odeur d'écailles mortes, de vomi et de sang; elle doit regarder cette poitrine creusée, cette barbe grise et mal soignée, ces oreilles pleines de cérumen, ces yeux vagues qui doivent essayer un autre regard, ces...

On l'éloigne de moi.

— Pauvre petite... elle est impressionnée...

— Hein?

— Rien, papa, repose-toi.

On dit qu'elle est fiancée au fils de Padilla. Comme il doit l'embrasser, quels mots il doit lui dire, ah, oui, quelle honte. Ils entrent et sortent. Ils me touchent l'épaule, secouent la tête, murmurent des phrases encourageantes, oui, ils ne savent pas que je les entends, malgré tout : j'écoute les conversations les plus éloignées, les propos échangés dans les coins de la chambre, non pas les paroles proches, celles qu'on prononce à mon chevet.

— Comment le trouvez-vous, monsieur Padilla?

— Mal, mal.

— Il laisse tout un empire.

— Oui.

— Il y a tant d'années qu'il dirige ses affaires!

— Il sera très difficile à remplacer.

— Écoutez. Après don Artemio, nul n'est mieux indiqué que vous...

— Oui, je suis très touché...

— Et qui occuperait votre poste, dans ces conditions?

— Il ne manque pas de gens compétents.

— Alors, plusieurs vont avoir de l'avancement?

— Bien sûr. Toute une nouvelle répartition des responsabilités.

— Ah, Padilla, approche. Tu as apporté le magnétophone?

— Est-ce que vous vous rendez compte?

258

— Don Artemio... Je vous ai apporté...

« — Oui, patron.

« — Tenez-vous prêt. Le gouvernement va agir avec une main de fer et vous devez être préparé à prendre la direction du syndicat.

« — Oui, patron.

« — Je vous préviens que plusieurs vieux renards s'y préparent aussi. J'ai déjà fait comprendre aux autorités que c'est vous qui avez notre confiance. Vous prenez quelque chose?

« — Merci, j'ai déjà déjeuné. J'ai déjeuné il y a un moment.

« — Ne vous laissez pas damer le pion. Allez donc faire un petit tour, mais sans tarder, du côté du secrétariat, du côté de la C.T.M., vous voyez...

« — Bien sûr, patron. Comptez sur moi.

« — Au revoir, Campanela. A vous de jouer votre jeu en douce. Ouvrez l'œil. Ne vous laissez pas avoir. Allons, Padilla... »

Voilà. C'est fini. Ce fut là tout. Tout? Qui sait. Je ne me souviens pas. Il y a longtemps que je n'entends plus les voix dans ce magnétophone. Il y a longtemps que je ne fais semblant de rien. Qui me touche? Qui est si près de moi? Comme c'est inutile, Catalina. Je me dis : quelle inutile, quelle inutile caresse. Je me demande : que vas-tu me dire?, crois-tu que tu as enfin trouvé les mots que tu n'as jamais osé prononcer? Ah, tu m'as aimé?, pourquoi ne l'avons-nous pas dit? Moi je t'ai aimée. Je ne m'en souviens plus. Ta caresse m'oblige à te voir et je ne sais pas, je ne comprends pas pourquoi, assise auprès de moi, tu partages enfin ce souvenir avec moi et cette fois sans reproches dans ton regard. L'orgueil. C'est l'orgueil qui nous a sauvés. C'est l'orgueil qui nous a tués.

— ... pour un salaire misérable, pendant qu'il nous outrage avec cette femme, qu'il nous jette le luxe à la figure, qu'il nous donne ce qu'il nous donne comme une aumône...

Ils n'ont pas compris. Je n'ai rien fait pour eux. Je ne me suis pas occupé d'eux. Je l'ai fait pour moi. Ces histoires ne m'intéressent pas. Me rappeler la vie de Teresa et de Gerardo ne m'intéresse pas. Aucun intérêt pour moi.

— Pourquoi n'as-tu pas exigé qu'il te donne la place qui te revenait, Gerardo? Tu es aussi capable que lui...

Ils ne m'intéressent pas.

— Calme-toi, Teresita, comprends ma position; je ne me plains pas.

— Un peu de personnalité; même pas...

— Laissez-le reposer.

— Ne prends pas son parti! Il n'a fait souffrir personne plus que toi...

Moi j'ai survécu. Regina. Comment t'appelais-tu? Non. Toi Regina. Comment t'appelais-tu, toi, soldat sans nom? Gonzalo. Gonzalo Bernal. Un Yaqui. Un pauvre petit Yaqui. J'ai survécu. Vous, vous êtes morts.

— Et moi donc. Comment pourrais-je l'oublier. Il n'est même pas venu au mariage. A mon mariage, au mariage de sa fille...

Elles n'ont jamais compris. Je n'ai pas eu besoin d'elles. Je me suis fait seul. Soldat. Yaqui. Regina. Gonzalo.

— Même ce qu'il a aimé il l'a détruit, maman, tu le sais bien.

— Ne parle pas. Je t'en prie, ne parle plus...

Le testament? N'ayez crainte : il existe un papier écrit, timbré, dressé devant notaire; je n'oublie personne : pourquoi les aurais-je oubliés, haïs? ne m'en auriez-vous pas secrètement remercié? n'auriez-vous pas éprouvé du plaisir à penser que jusqu'au dernier moment j'ai pensé à vous pour vous jouer un bon tour? : non, je me souviens de vous avec l'indifférence d'une froide démarche, chère Catalina, aimable fille, petite-fille, gendre : je partage entre vous une fortune extraordinaire, que vous attribuerez, en public, à mon effort, à ma ténacité, à mon sens des responsabilités, à mes qualités personnelles. Faites-le. Sentez-vous tranquilles, oubliez que cette fortune, je l'ai gagnée au péril de ma peau, sans le savoir, dans une lutte que je n'ai pas voulu comprendre parce qu'il ne me plaisait pas de la connaître, de la comprendre, parce que seuls pouvaient la connaître, la comprendre ceux qui n'attendaient rien de leur sacrifice. C'est cela le sacrifice, n'est-il pas vrai? : tout donner en échange de rien. Comment appelle-t-on, alors, tout donner en échange de tout? Mais ceux-là ne m'ont pas tout offert, à moi. C'est elle qui m'a tout offert. Je ne l'ai pas pris. Je n'ai pas su le prendre. Comment appelle-t-on cela?

« — *O.K. The picture's clear enough. Say, the old boy at the Embassy wants to make a speech comparing this Cuban mess with the old-time Mexican revolution. Why don't you prepare the climate with an editorial...?*

« — Oui, oui. Ce sera fait. Vingt mille pesos?

« — *Seems fair enough. Any ideas?*

« — Oui. Dites-lui de souligner nettement la différence entre un mouvement anarchique, cruel, destructeur de la propriété privée et des droits de l'homme, et une révolution ordonnée, pacifique et légale comme celle du Mexique, qui fut dirigée par une classe moyenne inspirée par Jefferson. Après tout les gens ont la mémoire courte. Dites-lui de nous flatter.

« — *Fine. So long, Mr. Cruz, it's always...* »

Oh, quels bombardements de signes, de mots, de stimulations pour mon oreille lasse; oh, quelle fatigue; ils ne comprendront pas mon geste parce que je peux à peine remuer les doigts; coupez maintenant, j'en ai assez, qu'est-ce que cela a à voir, quelle barbe, quelle barbe...

— Au nom du Père, du Fils...

— Ce matin-là je l'attendais avec joie. Nous avons passé le fleuve à cheval.

— Pourquoi me l'as-tu arraché?

Je leur léguerai les morts inutiles, les noms morts de Regina, du Yaqui... Tobías, je me souviens maintenant, on l'appelait Tobías... De Gonzalo Bernal, d'un soldat sans nom. Et elle? Une autre.

— Ouvrez la fenêtre.

— Non. Tu pourrais prendre froid et avoir des complications.

Laura. Pourquoi? Pourquoi est-ce ainsi que tout est arrivé? Pourquoi?

TU survivras : tu frôleras de nouveau les draps et tu sauras que tu as survécu, malgré le temps et le mouvement qui à chaque instant rapetissent ton destin : entre la paralysie et la démesure se trouve la ligne de la vie : l'aventure : tu imagineras la plus grande sécurité, ne jamais bouger : tu t'imagineras immobile, à l'abri du danger, du hasard, de l'incertitude : ta quiétude n'arrêtera pas le temps qui court sans toi, bien que tu l'inventes et le mesures, le temps qui nie ton immobilité et te soumet à son propre danger d'extinction : aventurier, tu mesureras ta vitesse à celle du temps :

le temps que tu inventeras pour survivre, pour forger l'illusion d'une plus longue permanence sur la terre : le temps que ton cerveau créera à force de percevoir cette alternance de lumière et de ténèbres sur le cadran du sommeil; à force de retenir ces images de la placidité menacée par l'accumulation concentrée et noire des nuages, l'annonce du tonnerre, la postérité de l'éclair, la décharge en trombe de la pluie, l'apparition rassurante de l'arc-en-ciel; à force d'entendre les appels cycliques des animaux dans la montagne; à force de crier les signes du temps : hurlement du temps de la guerre, hurlement du temps du deuil, hurlement du temps de la fête; à force, enfin, de dire le temps, de parler le temps, de penser le temps inexistant d'un univers qui ne le connaît pas parce qu'il n'a jamais commencé et jamais ne finira : il n'a pas eu de commencement, il n'aura pas de fin et il ne sait pas que tu inventeras une mesure de l'infini, une réserve de raison :

tu inventeras et mesureras un temps qui n'existe pas,

tu sauras, discerneras, jugeras, calculeras, imagineras, prévoiras, finiras par penser ce qui n'aura d'autre réalité que celle créée par ton cerveau, tu apprendras à dominer ta violence pour dominer celle de tes ennemis : tu apprendras à frotter deux morceaux de bois jusqu'à ce qu'ils s'enflamment parce que tu auras besoin de lancer une torche à l'entrée de ta caverne et d'effrayer les bêtes qui ne te distingueront pas, qui ne feront pas de différence entre ta chair et la chair d'autres bêtes et tu devras construire mille temples, dicter mille lois, écrire mille livres, adorer mille dieux, peindre mille tableaux, fabriquer mille machines, dominer mille peuples, opérer la fission de mille atomes, pour lancer de nouveau ta torche enflammée à l'entrée de la caverne,

et tu feras tout cela parce que tu penses, parce que tu auras créé une concentration de nerfs dans le cerveau, un réseau dense capable d'obtenir une information et de la transmettre du front vers l'arrière : tu survivras, non parce que tu seras le plus fort, mais à cause du hasard obscur d'un univers de plus en plus froid, dans lequel seuls survivront les organismes qui sauront conserver la température de leur corps malgré les modifications du milieu, ceux qui concentreront cette masse nerveuse frontale et pourront prédire le danger, chercher la nourriture, organiser leur mouvement et diriger leur nage dans l'océan rond, proliférant, surpeuplé des origines : au fond de la mer resteront les espèces mortes et perdues, tes sœurs, des millions de sœurs qui n'ont pas émergé de l'eau avec leurs cinq étoiles contractiles, leurs cinq doigts plantés sur l'autre rive, sur la terre ferme, sur les îles de l'aurore : tu émergeras avec l'amibe, le reptile et l'oiseau croisés : les oiseaux qui s'élanceront des nouvelles cimes pour s'écraser dans les nouveaux abîmes, tirant la leçon de l'échec, tandis que les reptiles déjà voleront et que la terre se refroidira : tu survivras avec les oiseaux protégés par des plumes, drapés dans la rapidité de leur chaleur, tandis que les reptiles froids dormiront, hiverneront et enfin mourront, et toi tu planteras tes sabots dans la terre ferme, dans les îles de l'aurore, et tu sueras comme un cheval, et tu grimperas aux nouveaux arbres avec ta température constante, et tu en descendras avec tes cellules cérébrales différenciées, tes fonctions vitales automatisées, tes constantes d'hydrogène, de sucre, de calcium, d'eau, d'oxygène : libre de penser au-delà des sensations immédiates et des nécessités vitales

tu descendras avec tes dix millions de cellules cérébrales, avec ta pile électrique dans la tête, plastique, mutable, explorer, satisfaire ta curiosité, te proposer des buts, les atteindre avec le moindre effort, éviter les difficultés, prévoir, apprendre, oublier, te rappeler, assembler des idées, reconnaître des formes, ajouter des degrés à la marge laissée libre par le besoin, soustraire ta volonté aux attractions et aux refus du milieu physique, rechercher des conditions favorables, mesurer la réalité avec le critère du minimum, désirer secrètement le maximum, ne pas t'exposer, pour autant, à la monotonie de la frustration :

t'habituer, te modeler aux exigences de la vie en commun :

désirer : désirer que ton désir et l'objet désiré ne fassent qu'un ; rêver à l'assouvissement immédiat, à l'identification sans solutions de continuité du désir et de la chose désirée :

te reconnaître toi-même :

reconnaître les autres et les laisser te reconnaître : et savoir que tu t'opposes à chaque individu, parce que chaque individu est un obstacle sur le chemin de ton désir :

tu choisiras, pour survivre tu choisiras, tu choisiras parmi les miroirs infinis un seul miroir, un seul qui te reflétera irrévocablement, qui emplira d'une ombre noire les autres miroirs, tu les tueras avant qu'ils offrent, une fois de plus, ces chemins infinis à ton choix :

tu décideras, tu choisiras un des chemins, tu sacrifieras les autres : tu te sacrifieras en choisissant, tu cesseras d'être tous les autres hommes que tu aurais pu être, tu voudras que d'autres hommes — un autre — accomplisse pour toi la vie que tu mutilas en choisissant : en choisissant oui, en choisissant non, en permettant que ce ne soit pas ton désir, identique à ta liberté, qui t'ait désigné un labyrinthe mais ton intérêt, ta peur, ton orgueil :

tu redouteras l'amour, ce jour-là :

mais tu pourras le récupérer : tu reposeras les yeux fermés, mais tu ne cesseras pas de voir, tu ne cesseras pas de désirer, parce qu'ainsi tu feras tienne la chose désirée :

la mémoire est le désir satisfait

aujourd'hui que ta vie et ton destin ne font qu'un.


(1934 : 12 AOÛT)

IL prit une allumette, la frotta sur le côté rugueux de la boîte, regarda la flamme et l'approcha du bout de la cigarette. Il ferma les yeux. Il aspira la fumée. Il étendit les jambes et s'installa dans le fauteuil de velours; il caressa le velours de sa main libre et respira l'odeur des chrysanthèmes disposés dans un grand vase de cristal, sur la table, derrière lui. Il écouta la musique lente, reproduite par le phonographe, également derrière lui.

— Je suis prête tout de suite.

Il chercha à tâtons, de sa main libre, l'album ouvert posé sur la petite table de noyer, à sa droite. Il toucha les étuis de carton, lut Deutsche Grammophon Gesellschaft et écouta le violoncelle qui majestueusement faisait son entrée, s'imposait, éloignait et enfin dominait les violons qu'il reléguait au second plan du chœur. Il cessa d'écouter. Il ajusta sa cravate et pendant quelques secondes caressa la soie gonflée, cette soie qui crissait légèrement lorsque les doigts la touchaient.

— Je te prépare quelque chose à boire?

Il alla vers la table basse à roulettes destinée à supporter des bouteilles et des verres variés; il en choisit du scotch et un verre lourd, en cristal de Bohême, y versa deux doigts de whisky, puis y mit un cube de glace et y versa un peu d'eau plate.

— La même chose que toi.

Il répéta l'opération, prit les deux verres, les choqua, les fit un peu tourner pour bien mélanger le whisky et l'eau et alla vers la porte de la chambre.

— Une minute.

— Tu l'as choisi en pensant à moi?

— Oui. Tu te souviens?

— Oui.

— Excuse-moi, je suis en retard.

Il retourna dans le fauteuil. Il reprit l'album, le posa sur ses genoux. Werke von Georg Friedrich Händel. Ils écoutaient les deux concerti dans cette salle surchauffée et le hasard avait voulu que leurs places fussent voisines, qu'elle l'entendît parler espagnol et dire à son ami que le chauffage de la salle était trop fort. Il lui avait demandé en anglais de lui prêter son programme, elle avait souri et répondu, en espagnol, très volontiers. Ils avaient souri. Concerti Grossi, opus 6.

Ils se donnèrent rendez-vous pour le mois suivant, à leur arrivée, dans ce café de la rue Caumartin, près du boulevard des Capucines, auquel il devait retourner quelques années plus tard, sans elle, sans pouvoir en retrouver exactement l'emplacement, car il désirait le revoir, commander la même consommation, et ce fut un café au décor rouge et sépia, avec des chaises curules et un long comptoir de bois rougeâtre, non pas un café en plein air, mais ouvert, sans portes. Ils avaient bu une menthe à l'eau. Il en commanda une autre. Elle avait dit que le meilleur mois était septembre, la fin septembre et le début octobre. L'été indien. Le retour des vacances. Il avait payé. Elle lui avait pris le bras, riant, respirant à pleins poumons, et ils avaient traversé les jardins du Palais-Royal, marché sous les galeries et dans les cours, foulant les premières feuilles mortes, entourés de pigeons, et ils étaient entrés dans ce restaurant à petites tables, banquettes de velours et murs recouverts de miroirs peints, décoré d'une ancienne peinture, d'un vieux vernis or, bleu et sépia.

— Je suis prête.

Il regarda par-dessus l'épaule et la vit sortir de la

chambre, mettant ses boucles d'oreilles, passant une main sur ses cheveux lisses, couleur de miel. Il lui tendit le whisky qu'il avait préparé et elle en but une petite gorgée en fronçant le nez et s'assit dans le fauteuil rouge, croisa sa jambe droite sur l'autre et leva le verre à hauteur des yeux. Il répondit par le même geste et lui sourit, tandis qu'elle secouait une poussière sur le revers du tailleur marron. Le clavecin conduisait la mélodie de ce decrescendo, accompagné par les violons : elle l'imaginait comme une descente, non comme une marche en avant : une descente légère, imperceptible, qui, une fois au ras du sol devenait une série de joyeux contrepoints des tons graves et aigus des violons. Le clavecin n'avait servi, comme les ailes, qu'à descendre et toucher terre. A présent la musique, sur la terre, dansait. Ils se regardèrent.

— Laura...

Elle fit un signe de l'index et ils se remirent à écouter; elle assise, le verre entre les mains; lui debout, faisant tourner sur son axe le globe céleste, qu'il arrêtait de temps en temps pour distinguer les figures dessinées d'un trait d'argent par-dessus la figure supposée des constellations : le Corbeau, l'Écu, le Lévrier, le Poisson, l'Autel, le Centaure. L'aiguille tourna sur le silence; il alla vers le phonographe, la souleva du disque, la déposa au bord du plateau.

— Il est très bien, ton studio.

— Oui. Il est curieux. Mais trop petit pour toutes mes affaires.

— Il est parfait.

— J'ai dû louer une cave pour mettre tout ce qui n'y a pas contenu.

— Si tu voulais, tu pourrais...

— Merci, dit-elle en riant. Si je ne voulais qu'une grande maison, je resterais avec lui.

— Tu veux encore écouter de la musique, ou nous partons?

— Non. Finissons notre verre et sortons.

Ils s'arrêtèrent devant ce tableau, elle dit qu'il lui plaisait beaucoup et qu'elle le regardait souvent parce que ces trains arrêtés, cette fumée bleue, ces bâtiments bleus et ocre du fond, ces silhouettes estompées, à peine marquées, ce toit horrible, de fer et de vitres opaques de la gare Saint-Lazare peinte par Monet lui plaisaient beaucoup, étaient ce qui lui plaisait dans cette ville où les choses n'étaient peut-être pas très belles vues séparément, en détail, mais étaient irrésistibles quand on les voyait en bloc. Il lui dit que c'était une idée et elle rit et lui caressa la main et lui dit qu'il avait raison, que simplement il lui plaisait, que tout lui plaisait, qu'elle était contente et lui, quelques années plus tard, revit ce tableau, lorsqu'il était au musée du Jeu-de-Paume, et le guide lui dit que c'était étonnant, qu'en trente ans ce tableau avait quadruplé de valeur, qu'à présent il coûtait plusieurs milliers de dollars, c'était étonnant.

Il s'approcha, s'arrêta derrière elle, caressa le dos du fauteuil puis toucha les épaules de Laura. Elle appuya la tête sur la main de l'homme, caressa sa joue sur les doigts. Elle soupira un nouveau sourire, s'écarta et but un peu de whisky. Elle rejeta la tête en arrière, les yeux fermés, et avala la gorgée après l'avoir gardée entre la langue et le palais

— Nous pourrions rentrer l'année prochaine. **Tu ne crois pas?**

— Oui. Nous pourrions rentrer.

— Je me rappelle souvent quand nous nous promenions dans les rues.

— Moi aussi. Tu n'étais jamais allé au Village. Je me rappelle que je t'y ai emmené.

— Oui. Nous pourrions rentrer.

— Il y a quelque chose de si vivant dans cette ville. Tu te souviens? Tu n'avais pas appris à distinguer l'odeur de fleuve et de mer. Tu ne l'avais pas identifiée. Nous marchions vers l'Hudson et nous fermions les yeux pour la retrouver.

Il prit la main de Laura, lui baisa les doigts. Le téléphone sonna et il alla décrocher; il entendit la voix qui répétait :

— *Allô... Allô, Allô?... Laura?*

Il posa la main sur le microphone noir et tendit l'appareil à Laura. Elle posa le verre sur la petite table et se leva.

— Oui?

— *Laura. C'est Catalina.*

— Oui. Comment vas-tu?

— *Je ne te dérange pas?*

— J'allais sortir.

— *Je ne te retiendrai pas longtemps.*

— Je t'écoute.

— *Je ne te retiens pas trop?*

— Non, je t'assure.

— *Je crois que j'ai fait une erreur. J'aurais dû t'en parler.*

— Ah oui?

— *Oui, oui. J'aurais dû t'acheter ton divan. Mainte-*

*nant que je suis en train d'installer la nouvelle maison je m'en rends compte. Tu te souviens, le divan, ce divan recouvert de brocart? Tu sais, il irait très bien dans le vestibule, parce que j'ai acheté des gobelins, des gobelins, pour orner le vestibule et je crois que la seule chose qui va avec c'est ton divan brodé...*

— Qui sait. Cela ferait peut-être trop de broderies.

— *Non, non, non. C'est que mes gobelins sont plutôt sombres et ton divan est d'un ton clair, alors cela ferait un joli contraste.*

— Mais tu sais que ce divan, je l'ai installé ici, dans le studio.

— *Allons, ne sois pas comme ça. Toi, tu as des meubles de reste. Est-ce que tu ne m'as pas dit que tu en avais mis plus de la moitié dans une cave? Tu me l'as bien dit, n'est-ce pas?*

— Oui. Mais j'ai arrangé la salle de séjour de telle façon que...

— *Eh bien, réfléchis. Quand viens-tu voir la maison?*

— Quand tu voudras.

— *Non, ça c'est trop vague. Choisis un jour et nous prendrons le thé en bavardant.*

— Vendredi?

— *Non, vendredi je ne peux pas, mais jeudi oui.*

— Alors, jeudi.

— *Mais je t'assure que sans ton meuble le vestibule ne ressemble à rien, j'aimerais mieux ne pas avoir de vestibule, vois-tu?, il ne ressemble à rien comme ça. Un studio, c'est facile. Tu verras.*

— Alors, jeudi.

— *Tiens, j'ai aperçu ton mari dans la rue. Il m'a salué très gentiment. Laura, c'est un péché, c'est un péché que vous faites en divorçant. Je l'ai trouvé très beau garçon. On voit que tu lui manques. Pourquoi, Laura, pourquoi?*

— Tout ça c'est du passé.

— *Alors, jeudi. Nous serons toutes les deux seules, nous pourrons bavarder.*

— Oui, Catalina. A jeudi.

— *Au revoir.*

Il l'invita à danser et ils traversèrent les salons ornés de palmiers en pots de l'hôtel Plaza et se dirigèrent vers le salon, et il la prit dans ses bras et elle caressa les doigts longs de l'homme, toucha la paume chaude de sa main, pencha la tête sur l'épaule de son compagnon, la releva, le regarda fixement, comme lui la regardait : ils se regardaient, se regardaient, yeux verts de l'homme, gris de la femme, ils se regardaient, seuls dans le salon de danse avec cet orchestre qui jouait un *blues* très lent, ils se regardaient, ils se regardaient, doigts enlacés, se tenant par la taille, tournant lentement, cette jupe à volants, cette jupe...

Elle raccrocha et le regarda et attendit. Elle alla vers le divan brodé, le caressa et regarda à nouveau l'homme.

— Veux-tu allumer la lampe? Celle-là, près de toi. Merci.

— Elle ne sait rien.

Laura s'écarta du divan et le regarda :

— Non, il y a trop de lumière. Vois-tu, je ne sais pas encore bien la répartir. Ce n'est pas la même chose d'éclairer une grande maison et un studio...

Elle s'assit, lasse, elle s'assit sur le divan, prit un petit livre, relié en cuir, sur la table à côté et le feuilleta. Elle rejeta de côté la chevelure blonde qui lui recouvrait la moitié du visage, s'approcha de la lampe et murmura à voix basse ce qu'elle lisait, haussant les sourcils et avec une moue légèrement résignée. Elle lut et referma le livre et dit :

— Calderón de la Barca — et répéta de mémoire, en regardant l'homme : — Ne peut-il y avoir de plaisir un jour? Pourquoi, dis-moi, Dieu a-t-il fait pousser des fleurs, si l'odorat ne doit pas jouir du doux parfum de leurs fragrants arômes...

Elle s'étendit sur le divan, couvrant ses yeux de ses mains, répétant d'une voix nette, lasse, d'une voix qui ne voulait pas s'écouter ou être écoutée :

— ... si l'oreille ne doit pas les entendre?... si les yeux ne doivent pas les voir?... et elle sentit la main de l'homme sur son cou, qui touchait les perles vivantes, en contact avec la peau de la poitrine.

— Je ne t'ai pas obligée...

— Non, toi tu n'as rien à voir. Cela vient de plus loin.

— Pourquoi est-ce arrivé?

— Oh, peut-être parce que je me fais une trop haute idée de moi-même... parce que je crois avoir droit qu'on me traite autrement... à ne pas être un objet mais une personne...

— Et avec moi?

— Je ne sais pas. Je ne sais pas. J'ai trente-cinq ans. C'est difficile de recommencer, à moins que quelqu'un ne vous tende la main... Nous avons parlé, ce soir-là, tu te souviens?

— A New York.

— Oui. Nous avons dit que nous devions nous connaître...

274

— ... qu'il était plus dangereux de fermer les portes que de les ouvrir... Tu ne me connais donc pas?

— Tu ne dis jamais rien. Tu ne me demandes jamais rien.

— Je devrais, n'est-ce pas? Pourquoi?

— Je ne sais pas...

— Tu ne sais pas. Si j'épelais les mots, alors tu le saurais...

— Peut-être.

— Moi, je t'aime. Tu m'as dit que tu m'aimais. Non, tu ne veux pas comprendre... Donne-moi une cigarette.

Il tira le paquet de la poche de son veston. Il prit une allumette, l'alluma tandis qu'elle prenait la cigarette, sentait le papier entre ses lèvres, l'humectait, enlevait le fragment qui s'était collé à sa lèvre, le roulait entre ses doigts, le jetait doucement et attendait. Et lui la regardait.

— Peut-être vais-je reprendre mes cours. A quinze ans, je voulais peindre. Ensuite, j'ai oublié.

— Nous ne sortons pas?

Elle ôta ses souliers, cala sa tête sur un coussin, lança vers le plafond les volutes de fumée.

— Non, nous ne sortons plus.

— Veux-tu un autre scotch?

— Oui, donne-m'en un autre.

Il prit sur la table le verre vide, regarda la tache de rouge à lèvres sur le bord, écouta le bruit de clochette du cube de glace heurtant le cristal, alla à la table basse, versa une mesure de whisky, prit un autre cube de glace avec les pinces d'argent...

— Sans eau, s'il te plaît.

Elle lui avait demandé s'il n'était pas inquiet de savoir de quel côté regardait, qui ou quelle chose regardait la jeune fille qui était debout sur la balançoire, vêtue de blanc — de blanc et d'ombre — avec des rubans bleus sur sa robe; il lui dit qu'il restait toujours quelque chose hors du tableau, parce que le monde représenté dans le tableau devait se prolonger, s'étendre au-delà et être plein d'autres couleurs, d'autres présences, d'autres centres d'intérêt, grâce auxquels le tableau se composait et était. Ils étaient sortis au soleil de septembre. Ils avaient marché, en riant, sous les arcades de la rue de Rivoli et elle lui avait dit qu'il devait connaître la place des Vosges, qui était peut-être la plus belle. Ils avaient arrêté un taxi. Elle avait déplié sur ses genoux le plan du métro et elle avait suivi du doigt la ligne rouge, la ligne verte, son bras passé dans le sien à lui, son souffle presque mêlé au sien, et elle avait dit que ces noms la ravissaient, qu'elle ne se lassait pas de les répéter, Richard-Lenoir, Ledru-Rollin, Filles-du-Calvaire...

Il lui donna le verre et de nouveau fit tourner le globe céleste, lut les noms Lupus, Crater, Sagittarius, Piscis, Horologium, Argo navis, Libra, Serpens. Il le fit tourner, son doigt frôlant la sphère, touchant les froides, lointaines étoiles.

— Qu'est-ce que tu fais?

— Je regarde cet univers.

— Ah.

Il se pencha et baisa la chevelure; elle répondit d'un mouvement de tête, sourit.

— Ta femme veut ce divan.

— J'ai entendu.

— Que me conseilles-tu? Dois-je être généreuse?

— Comme tu voudras.

— Ou indifférente. Oublier qu'elle m'a parlé. Je préfère être indifférente. La générosité est parfois comme une vilaine insulte pas drôle, tu ne crois pas?

— Je ne te comprends pas.

— Mets un peu de musique.

— Que veux-tu, maintenant?

— Le même. Mets le même disque, s'il te plaît.

Il lut les numéros des quatre faces. Il les plaça en ordre, posa le premier disque sur le plateau recouvert de peau de chamois. Il sentit l'odeur de ce mélange de cire et de tubes chauds et de bois poli et de nouveau écouta les ailes du clavecin, la douce retombée vers la joie, l'effacement du clavecin, renonçant à l'air, pour toucher avec les violons la terre ferme, le soutien, le dos du géant.

— C'est assez fort?

— Un peu plus haut, Artemio...

— Oui.

— Je n'en peux plus, mon amour. Il faut que tu choisisses.

— Un peu de patience, Laura. Rends-toi compte...

— De quoi?

— Ne me force pas.

— De quoi? Tu as peur de moi?

— Est-ce que nous ne sommes pas bien, ainsi? Il manque quelque chose?

— Qui sait. Peut-être ne manque-t-il rien.

— Je ne t'entends pas bien.

— Non, ne baisse pas le volume. Écoute-moi malgré la musique. Je commence à me lasser.

— Je ne t'ai pas trompée. Je ne t'ai pas obligée...

— Je ne t'ai pas transformé, c'est différent. Tu n'es pas prêt.

— Je t'aime ainsi, comme nous avons été jusqu'à maintenant.

— Comme le premier jour.

— Oui, voilà.

— Ce n'est plus le premier jour. Maintenant tu me connais. Réponds.

— Rends-toi compte, Laura, je t'en prie. Ces choses-là font du mal. Il faut savoir sauvegarder...

— Les apparences? C'est plutôt de la peur, non? Il n'arrivera rien, tu sais, sois sûr qu'il n'arrivera rien.

— Nous devrions sortir.

— Plus maintenant, non. Mets-le plus fort.

Les violons vinrent se heurter aux verres : la joie, l'effacement. La joie de cette grimace forcée sous les yeux clairs et brillants. Il prit son chapeau sur une chaise. Il alla vers la porte du studio. Il s'arrêta, une main sur la poignée de la porte. Il regarda derrière lui. Laura blottie, avec des coussins dans les bras, derrière lui. Il sortit. Il ferma la porte doucement.

JE me réveille une nouvelle fois, mais cette fois avec un cri : quelqu'un m'a planté un poignard long et froid dans l'estomac ; quelqu'un d'autre : moi je ne peux attenter à ma propre vie de cette façon : il y a quelqu'un, il y a quelqu'un d'autre qui m'a planté une lame dans les entrailles. J'étends les bras, je fais un effort pour me lever et il y a là les mains, les bras étrangers qui me retiennent, qui me disent que je dois rester tranquille et un doigt forme en hâte un numéro sur le cadran du téléphone, se trompe, recommence, se trompe de nouveau, obtient enfin la communication, appelle le docteur, vite, tout de suite, parce que j'ai voulu me lever et déguiser ma douleur sous le mouvement et ils ne me laissent pas faire — mais qui sont-ils? qui sont-ils? — et les contractions montent, je les imagine comme les anneaux d'un serpent, montent vers la poitrine, vers la gorge, et envahissent ma langue, ma bouche, de cette pâte triturée, amère, d'un ancien repas que j'ai oublié et qu'à présent je vomis, couché sur le ventre, cherchant en vain une cuvette et non ce tapis souillé par le liquide nauséabond et épais de mon estomac; il ne se tarit pas, il me déchire la poitrine, il est si amer et il me fait rire dans la gorge, il me fait de terribles chatouilles : il continue, ne se tarit pas, c'est une vieille digestion mêlée de sang, vomie sur la moquette de la chambre et je n'ai pas besoin de me voir pour me rendre compte de la pâleur de mon visage, de la lividité de mes lèvres, du rythme accéléré de mon cœur tandis que mon pouls faiblit à mon poignet : on m'a planté un poignard dans le nombril, ce même nombril qui m'a nourri de vie une fois et je ne peux croire ce que me disent mes doigts lorsque je touche ce ventre collé à mon corps mais qui n'est pas mon ventre : enflé, gonflé, ballonné par ces gaz que je sens circuler et que je ne peux expulser, pour autant que je pousse : ces pets qui remontent à ma gorge et redescendent dans mon ventre, mes intestins, sans que je puisse les expulser : mais je peux pourtant aspirer ma propre haleine fétide, à présent que je parviens à me recoucher et à entendre que près de moi on nettoie en toute hâte le tapis : je sens l'odeur de l'eau savonneuse : le chiffon mouillé qui s'efforce de triompher de cette odeur de vomi : je veux me lever; si je marche dans la chambre la douleur s'en ira, je sais qu'elle s'en ira :

— Ouvrez la fenêtre.

— Même ce qu'il a aimé il l'a détruit, maman, tu le sais bien.

— Ne parle pas, je t'en prie, ne parle pas.

— Est-ce qu'il n'a pas tué Lorenzo, est-ce qu'il n'a...?

— Tais-toi, Teresa! Je te défends de continuer. Tu me fais du mal.

Hein, Lorenzo? Peu m'importe. Peu importe. Qu'ils disent tout. Je sais depuis longtemps ce qu'ils disent sans oser me le dire. Qu'ils le disent maintenant. Qu'ils en profitent. Je me suis imposé. Ils ne m'ont pas compris. Ils me regardent comme des statues tandis que le prêtre frotte cette huile sur mes paupières, mes oreilles, mes lèvres, mes pieds et mes mains, entre les jambes, près du sexe. Branche le magnétophone, Padilla.

— Nous avons passé le fleuve...

Et c'est elle, Teresa, qui me retient, et cette fois, je vois la peur dans ses yeux, la panique dans la grimace livide de ses lèvres, et dans les bras de Catalina une charge insupportable de mots jamais prononcés et que je l'empêche de prononcer : elles parviennent à me recoucher : je ne peux pas, je ne peux pas, la douleur me courbe en deux, il faut que je touche la pointe de mes pieds avec mes mains pour savoir que les pieds sont là et n'ont pas disparu, gelés, morts déjà, aaaaah-aaaïe, morts déjà et je me rends compte seulement maintenant que toujours, toute la vie, il y a eu un mouvement imperceptible dans les intestins, tout le temps, un mouvement que seulement maintenant je reconnais parce que tout à coup je ne le sens plus : il s'est arrêté, c'était un mouvement d'ondes qui a été en moi toute la vie, et maintenant je ne le sens pas, je ne le sens pas, mais je regarde mes ongles, lorsque j'avance les mains pour toucher les pieds glacés que je ne sens plus, je regarde mes nouveaux ongles bleus, noirâtres, étrennés pour mourir, aaaah-aaaïe, non cela va passer, je ne veux pas cette peau bleue, cette peau peinte de sang mort, non, non non je ne la veux pas, bleu autre chose, bleu le ciel, bleu les souvenirs, bleu les chevaux qui passent les rivières, bleu les chevaux lustrés et vert la mer, bleu les fleurs, bleu pas moi, non, non, non, aaaaa-aaaïe, et il me faut retomber sur le dos parce que je ne sais où aller, comment me mouvoir, je ne sais où diriger les bras et les jambes que je ne sens pas, je ne sais où regarder, j'ai seulement cette douleur au nombril, cette douleur dans le ventre, cette douleur près des côtes, cette douleur au rectum quand je pousse inutilement, quand je pousse en me déchirant, quand je pousse les jambes ouvertes et je ne sens plus aucune odeur mais j'entends les pleurs de Teresa et je sens la main de Catalina sur mon dos.

Je ne sais pas, je ne comprends pas pourquoi, assise auprès de moi, tu partages enfin ce souvenir avec moi et cette fois sans reproches dans ton regard. Ah, si je comprenais. Si nous comprenions. Peut-être y a-t-il une autre membrane derrière les yeux ouverts et maintenant seulement allons-nous la rompre, et voir. Le corps peut donner autant qu'il reçoit lui-même du regard, de la caresse d'autrui. Tu me touches. Tu touches ma main et je sens la tienne sans sentir la mienne. Elle me touche. Catalina caresse ma main. Ce doit être de l'amour. Je me le demande. Je ne comprends pas. Est-ce de l'amour? Nous avions tellement l'habitude. Si j'offrais de l'amour, elle rendait le reproche; si elle offrait de l'amour, je lui rendais l'orgueil : peut-être deux moitiés et un seul sentiment, peut-être. Elle me touche. Elle veut se rappeler avec moi cela; seulement cela; le comprendre.

— Pourquoi?

— Nous avons passé le fleuve à cheval.

Moi j'ai survécu. Regina. Comment t'appelais-tu? Non. Toi Regina. Comment t'appelais-tu, toi, soldat sans nom? J'ai survécu. Vous, vous êtes morts. Moi j'ai survécu.

— Approche-toi, ma petite... pour qu'il te reconnaisse... dis-lui ton nom...

Mais j'entends les pleurs de Teresa et je sens la main de Catalina sur mon dos et j'entends le pas rapide et grinçant de cet homme qui me palpe l'estomac, me prend le pouls, ouvre brutalement mes paupières et inonde mes yeux d'une lumière fausse qui s'allume et s'éteint, s'allume et s'éteint et me palpe de nouveau l'estomac, m'introduit un doigt dans l'anus, m'introduit le thermomètre chaud qui sent l'alcool dans la bouche et les autres voix s'arrêtent et le nouveau venu dit quelque chose loin, au fond d'un tunnel :

— Impossible de savoir. C'est peut-être une hernie étranglée. C'est peut-être une péritonite. C'est peut-

282

être une colique néphrétique. Je pense plutôt que c'est une colique néphrétique. Dans ce cas, il faudrait lui injecter deux centigrammes de morphine. Mais cela peut être dangereux. Je crois que nous devons prendre l'avis d'un autre médecin.

Aïe douleur qui se vainc elle-même, aïe douleur qui te prolonges jusqu'à être indifférente, jusqu'à devenir un état normal : aïe douleur, je ne supporterais plus ton absence, je m'habitue à toi, aïe douleur, aïe...

— Dites quelque chose, don Artemio. Parlez, je vous en prie. Parlez.

— ... je ne me souviens pas d'elle, je ne me souviens plus d'elle, oui, comment pourrais-je l'oublier...

— Voyez : le pouls s'arrête tout à fait lorsqu'il parle.

— Faites-lui une piqûre, docteur; qu'il ne souffre plus...

— Il faut qu'un autre médecin le voie. C'est dangereux.

— ... comment pourrais-je l'oublier...

— Reposez-vous, je vous en prie. Ne dites rien. Voilà. Quand a-t-il uriné pour la dernière fois?

— Ce matin et... non, il y a deux heures, sans s'en rendre compte.

— On ne l'a pas conservée?

— Non... non.

— Mettez-lui l'urinal. Gardez-la ; il faut l'analyser.

— Je n'ai pas été là-bas; comment pourrais-je me souvenir?

Encore cet objet froid. Encore le membre mort placé dans la bouche métallique. J'apprendrai à vivre

283

avec tout cela. Une attaque, cela peut arriver à un vieil homme de mon âge; une attaque, ce n'est pas la mer à boire; ça passera; il faut que ça passe; mais il y a si peu de temps, pourquoi ne me laissent-ils pas me rappeler cela?; oui, lorsque le corps était jeune; une fois il a été jeune; il a été jeune... Ah, le corps se meurt de douleur, mais le cerveau s'emplit de lumière : ils se séparent, je sais qu'ils se séparent; parce que maintenant je me rappelle ce visage.

— Faites un acte de contrition :

J'ai un fils, c'est moi qui l'ai fait : parce que maintenant je me rappelle ce visage : par où le prendre, par où pour qu'il ne s'échappe pas, par où, mon Dieu, par où, je vous en prie, par où.


TU clameras du fond de ta mémoire : tu baisseras la tête comme si tu voulais l'approcher de l'oreille du cheval et l'encourager par des paroles. Tu sentiras — et ton fils devra avoir la même sensation — cette haleine farouche, fumante, cette sueur, ces nerfs tendus, ce regard vitreux sous l'effort. Les voix se perdront dans le fracas des sabots et il criera : « Jamais tu n'as pu rattraper la jument, papa! », « Qui t'a appris à monter?, hein? », « Je te dis que tu ne peux pas rattraper la jument! », « Nous allons voir! » « Il faut que tu me racontes tout, Lorenzo, comme jusqu'à présent, toujours ainsi... comme jusqu'à présent... tu ne dois avoir honte de rien si tu le racontes à ta mère; non, non, ne te trouble jamais en ma présence; je suis ton meilleur ami, ton seul ami peut-être... » Elle le répétera ce matin, étendue sur le lit, ce matin de printemps et elle se répétera toutes les conversations qu'elle avait préparées depuis l'enfance de son fils, te privant de lui, s'occupant de lui toute la journée, refusant d'accepter une gouvernante, enfermant la petite, dès l'âge de six ans, dans un internat religieux, afin que tout le temps fût pour Lorenzo, afin que Lorenzo s'habituât à cette vie aisée, sans options à prendre. La vitesse arrachera des larmes à tes yeux : tu serreras entre tes jambes le ventre du cheval bai doré, tu te pencheras avec force sur la crinière, mais la jument gardera toujours trois longueurs d'avance. Tu te dresseras, fatigué; tu freineras le galop. Tu trouveras plus beau de voir la jument et le jeune cavalier s'éloigner, ce fracas perdu dans le chœur des aras, dans les bêlements qui descendront des hauteurs : tu devras cligner des yeux pour ne pas perdre de vue la jument de Lorenzo, qui maintenant quittera le sentier pour reprendre le trot en direction des fourrés, et retourner vers le fleuve. Non : sans options difficiles à prendre, sans nécessités alarmantes de choisir, se dira Catalina, pensant que toi, au début, tu l'avais aidée par ton indifférence, sans le vouloir, parce que toi tu appartenais à un autre monde, à ce monde de travail et de force qu'elle avait connu lorsque tu t'étais emparé des terres de don Gamaliel, laissant l'enfant s'incorporer, au début, à l'autre monde des chambres faiblement éclairées : penchant naturel, climat d'exclusions et d'incorporations presque insensibles, fabriqué par elle au milieu de murmures sacrés, de dissimulations à voix basse. La jument de Lorenzo quittera le sentier pour reprendre le trot en direction des fourrés, et retourner vers le fleuve. Le bras levé du jeune homme se tendra du côté de l'orient, du côté où se leva le soleil, du côté de la lagune séparée de la mer par la barre du fleuve. Tu fermeras les yeux en sentant, de nouveau, la vapeur chaude monter vers ton visage, l'ombre fraîche descendre sur ta tête. Tu laisseras le cheval suivre seul la route et te balancer sur la selle trempée. Derrière tes paupières fermées, se répandront en ondes invisibles la forme du soleil et la forme de l'ombre, se découpera le spectre de la silhouette jeune et forte. Tu te seras éveillé ce matin, comme tous les autres, avec la joie attendue. « J'ai toujours tendu l'autre joue », répétera Catalina, avec l'enfant à côté d'elle, « toujours; j'ai toujours tout supporté; si ce n'était pas à cause de toi », et tu aimeras ces yeux étonnés, interrogateurs, qui se laisseront mener : « Un jour je te raconterai... » Tu ne te tromperas pas en amenant Lorenzo à Cocuya dès l'âge de douze ans; tu le répéteras : non. Pour lui seul tu auras acheté les terres, reconstitué l'hacienda et tu l'y auras laissé, enfant-maître, responsable des récoltes, ouvert à la vie des chevaux et de la chasse, de la nage et de la pêche. Tu le verras de loin, à cheval, et tu te diras qu'il est à présent l'image de ta jeunesse, svelte et fort, brun, les yeux verts enfoncés au-dessus des pommettes hautes. Tu respireras la pourriture boueuse de la rive. « Un jour je te raconterai... Ton père; ton père, Lorenzo... » Vous mettrez pied à terre près des herbes ondoyantes de la lagune. Libérés, les chevaux baisseront le museau, lécheront l'eau, se lécheront mutuellement de leurs bouches humides. Et ils se mettront à courir lentement, d'un trot hypnotique, écartant les herbes ancrées, agitant leur crinière, soulevant une poussière d'écume, se laissant dorer par le soleil et le reflet de l'eau. Lorenzo posera sa main sur ton épaule. « Ton père ; ton père, Lorenzo... Lorenzo : aimes-tu vraiment Dieu notre Seigneur? Crois-tu à tout ce que je t'ai appris? Sais-tu que l'Église est le corps de Dieu sur la terre et que les prêtres sont les ministres du Seigneur?... Crois-tu...? » Lorenzo posera sa main sur ton épaule. Vous vous regarderez dans les yeux, vous sourirez. Tu prendras Lorenzo par le cou; le jeune homme fera semblant de te donner un coup à l'estomac; tu le dépeigneras, en riant; vous vous empoignerez dans une lutte pour rire mais forte, sérieuse, haletante, et vous tomberez enfin épuisés à terre, riant, suffoquant, riant... « Mon Dieu, pourquoi est-ce que je te demande cela? Je n'en ai pas le droit, en réalité je n'en ai pas le droit... je ne sais pas, de saints hommes... de véritables martyrs... Crois-tu qu'on puisse l'approuver?... Je ne sais pas pourquoi je te demande... » Les chevaux reviendront, fatigués comme vous, et vous marcherez, en les menant par la bride, le long du pont de sable qui mène à la mer, à la mer libre, Lorenzo, Artemio, à la haute mer, vers laquelle se mettra à courir Lorenzo, agile, vers les vagues qui se brisent autour de sa taille, vers la mer verte du tropique qui mouillera ses pantalons, la mer surveillée par le vol des mouettes, la mer qui ne glisse sur la plage que sa langue fatiguée, la mer que toi, impulsivement, tu prendras dans la paume de ta main pour la porter à tes lèvres : la mer qui a goût de bière amère, qui sent le melon, le corossol, la goyave, le coing, la fraise : les pêcheurs traîneront leurs lourds filets sur le sable, vous vous approcherez, vous ouvrirez avec eux les coquilles des huîtres, vous mangerez avec eux les crabes et les langoustines, et Catalina, seule, essaiera de fermer les yeux et de dormir, attendra le retour du jeune homme qu'elle n'a pas vu depuis deux ans, depuis qu'il en a eu quinze, et Lorenzo, en brisant la carapace rose des langoustines et remerciant de la tranche de citron que lui passent les pêcheurs, te demandera si tu ne penses jamais à ce qu'il y a de l'autre côté de la mer, parce qu'il croit que la terre est partout semblable, que seule la mer est différente. Tu lui diras qu'il y a des îles. Lorenzo dira qu'il se passe tant de choses dans la mer, que c'est comme s'il nous fallait être plus grands, plus complets quand nous vivons dans la mer. Et toi tu aurais seulement voulu en te couchant sur le sable et en écoutant la guitare de Veracruz des pêcheurs, tu aurais seulement voulu lui expliquer qu'il y a des années, quarante environ, quelque chose ici s'est brisé, pour que quelque chose commence ou pour que quelque chose, plus nouveau encore, ne commence jamais. Sous le soleil embrumé de l'aurore, dans le soleil rude et en fusion de midi, sur les sentiers noirs et près de cette mer, celle-ci, tranquille maintenant, dense, verte, il existait pour toi un spectre, non pas réel quoique vrai, qui aurait pu... Ce ne fut pas cela — la vérité même de ces possibilités perdues — qui t'inquiéta si fort, qui te fit retourner à Cocuya avec Lorenzo, mais quelque chose de plus difficile — tu le diras avec tes yeux fermés, avec le goût de coquillages dans ta bouche, avec la musique de Veracruz dans tes oreilles, perdue dans l'immensité de ce crépuscule — à exprimer, à penser en soi-même; et tu auras beau avoir voulu le dire à ton fils, tu n oseras pas : il doit comprendre de lui-même : toi tu l'entends comprendre, s'accroupir, face à la mer ouverte, les dix doigts ouverts, sous le ciel couvert, subitement obscur : « Un bateau part dans dix jours. J'ai pris mon passage ». le ciel et la main de Lorenzo qui se tend pour recevoir les premières gouttes de pluie, comme s'il les mendiait : « Tu n'en ferais pas autant, papa? Toi, tu n'es pas resté à la maison. Croire? Je ne sais pas. C'est toi qui m'as amené ici, qui m'as appris toutes ces choses. C'est comme si je revivais ta vie, tu me comprends? » « Oui. » « A présent il y a ce front là-bas. Je crois que c'est le seul front qui reste. Je vais partir »... Oh, cette douleur, aïe cet élancement, aïe, comme tu auras envie de te lever, de courir, d'oublier la douleur en marchant, en travaillant, en criant, en ordonnant : et on ne te laissera pas faire, on te prendra par les bras, on t'obligera à rester tranquille, on t'obligera, physiquement, à continuer à te souvenir, et toi tu ne voudras pas, tu veux, aïe, tu ne veux pas : tu n'auras rêvé que de jours qui t'appartiennent : tu ne veux rien savoir d'un jour qui est à toi plus que tout autre, parce qu'il sera le seul que quelqu'un vivra pour toi, le seul que tu pourras te rappeler au nom de quelqu'un; un jour court, terreur, un jour de peupliers blancs, Artemio, ton jour aussi, ta vie aussi... aïe...

(1939 : 3 FÉVRIER)

IL était sur la terrasse, une carabine dans les mains, et il se souvenait du temps où ils allaient ensemble

289

chasser à la lagune. Mais c'était un fusil rouillé qui ne valait rien pour la chasse. De la terrasse, on voyait la façade de l'évêché. Il n'en restait que ce mur, comme une carapace sans étages, ni toit. Derrière la façade les bombes avaient tout démoli. On pouvait voir quelques vieux meubles, enterrés; dans la rue, marchaient en file indienne un homme en faux col et deux femmes vêtues de noir. Ils clignaient des yeux et portaient des ballots et marchaient d'un pas étonné le long de la façade. Il suffisait de les voir pour reconnaître en eux des ennemis.

— Hé, prenez l'autre trottoir, leur cria-t-il de son poste sur la terrasse, et l'homme leva la tête et le soleil mit un éclair aveuglant sur ses lunettes.

Il agita le bras pour leur faire signe de traverser la rue et d'éviter la dangereuse façade, qui avait l'air prête à s'effondrer. Ils traversèrent la rue et au loin retentirent les salves de l'artillerie des fascistes — leur bruit était mat lorsqu'elles résonnaient dans les creux de la montagne et aigu lorsqu'elles sifflaient dans l'air. Ensuite il s'assit sur un sac de sable. Miguel était à côté de lui. Rien ne pouvait le faire s'écarter de la mitrailleuse. De la terrasse ils virent les rues désertes de la ville. Il y avait des cratères dans les rues, des poteaux télégraphiques brisés et des fils embrouillés, cet écho sans fin des salves et le tac-tac-tac de quelques fusils, les pavés secs et froids : seule la façade de l'ancien évêché restait debout.

— Il ne nous reste plus qu'une bande pour la mitrailleuse, dit-il à Miguel.

Et Miguel répondit :

— Attendons jusqu'à la nuit. Après...

Ils s'appuyèrent au mur et allumèrent des cigarettes. Miguel s'emmitoufla au point qu'on ne voyait plus sa barbe blonde. Là-bas au loin, les montagnes étaient couvertes de neige ; il en était tombé très bas, et pourtant le soleil brillait. Le matin la sierra se découpait, nette, et avait l'air d'avancer vers eux. Puis, lorsque venait le soir, elle reculait ; on ne pourrait plus voir les sentiers et les pins sur les versants. A la fin du jour, elle ne serait plus qu'une masse lointaine et violette.

Mais aujourd'hui, vers midi, Miguel regarda le soleil, cligna des yeux et lui dit :

— Sans les canons et les coups de fusil, on se croirait en temps de paix. C'est beau, ces jours d'hiver. Regarde jusqu'où est descendue la neige.

Il regarda les rides blanches et profondes qui allaient des paupières de Miguel à son menton barbu : ces rides étaient comme la neige de son visage. Il ne les oublierait pas : il avait pu y lire la joie, le courage, la rage, la sérénité. Parfois ils avaient été vainqueurs, avant que les autres les fassent à nouveau reculer. Parfois, seulement vaincus. Mais avant qu'ils fussent vainqueurs ou vaincus, déjà était inscrite sur les lignes du visage de Miguel l'attitude qu'ils devaient prendre. Il apprit beaucoup, sur le visage de Miguel. Pourtant, il ne l'avait pas encore vu pleurer.

Il éteignit la cigarette par terre et le bout incandescent se dispersa comme les pointes d'un fouet d'étincelles et il demanda à Miguel pourquoi ils étaient en train de perdre ; il montra les montagnes de la frontière et dit :

— Parce que nos mitrailleuses ne sont pas passées là-bas.

Miguel éteignit à son tour sa cigarette et se mit à fredonner :

> *Los cuatro generales, los cuatro generales,*
> *los cuatro generales, mamita mía,*
> *que se han alzado...*

et lui répondit, appuyé aussi sur les sacs de sable :

> *Para la Nochebuena, mamita mía,*
> *serán ahorcados, serán ahorcados...* [1].

Ils chantèrent longtemps, pour passer le temps. Il y avait beaucoup d'heures comme celle-là, pendant lesquelles ils montaient la garde et il ne se passait rien, alors ils chantaient. Ils ne disaient pas : on va chanter. Ils n'éprouvaient non plus nulle honte à chanter à haute voix devant les autres. C'est comme quand ils se mettaient à rire sans raison, et qu'ils jouaient à la bagarre et chantaient aussi sur la plage près de Cocuya, avec les pêcheurs. Seulement maintenant ils chantaient pour se donner du courage, et pourtant les paroles avaient l'air d'une mauvaise plaisanterie, parce que les quatre généraux n'avaient pas été pendus, mais qu'ils les avaient coincés dans ce village et que devant eux il y avait la frontière de la montagne. Ils ne pouvaient plus en sortir.

Le soleil commença à se coucher tôt, vers quatre heures de l'après-midi, et il caressa son vieux fusil, avec sa crosse peinte en jaune, et mit sa casquette. Comme Miguel, il s'emmitoufla. Il y avait plusieurs

1. Chanson républicaine de la guerre civile espagnole, sur l'air et le modèle de : *Los cuatro muleros,* chanson populaire andalouse : « Les quatre généraux, les quatre généraux / les quatre généraux, ma mère / qui se sont soulevés / Pour la nuit de Noël, ma mère / seront pendus, seront pendus. » (*N.d.T.*)

jours qu'il voulait lui proposer quelque chose. Ses bottes étaient usées, mais elles tenaient encore le coup. Miguel, en revanche, portait de vieilles espadrilles, entourées de chiffons et retenues par des ficelles. Il voulait lui dire qu'ils pourraient porter les bottes à tour de rôle, un jour chacun. Mais il n'osait pas. Les rides de son visage lui disaient qu'il ne devait pas le faire. Maintenant ils soufflaient dans leurs mains, parce qu'ils savaient bien ce que c'est que passer une nuit d'hiver sur la terrasse. A ce moment, comme s'il eût surgi d'un de ces cratères, arriva en courant, du fond de la rue, un soldat des nôtres, un républicain. Il agitait les bras et enfin il tomba, face contre terre. Derrière lui, plusieurs soldats républicains frappaient de leurs bottes les trottoirs bombardés. Cette canonnade, qui paraissait si lointaine, se rapprocha d'un seul coup et de la rue, un des soldats cria :

— Des armes, je vous en prie, des armes!

— Ne vous arrêtez pas! cria l'homme qui allait en tête des nôtres. Ne vous faites pas cible facile!

Ils passèrent en courant au-dessous d'eux et eux pointèrent la mitrailleuse vers l'arrière-garde de leurs camarades : ils croyaient qu'on les poursuivait.

— Ils ne doivent pas être loin, dit-il à Miguel.

— Vise, Mexicain, vise bien, lui dit Miguel, et il prit dans ses mains la dernière bande qui leur restait.

Mais une autre mitrailleuse les devança.

A trois ou quatre cents mètres, un autre nid embusqué, mais aux fascistes celui-là, avait attendu le moment de notre retraite et à présent la mitraille éclaboussait la rue et tuait nos soldats. Mais non leur chef, qui tomba à plat ventre et cria :

— Couchez-vous sur le ventre! Vous ne saurez donc jamais!

Il changea la mitrailleuse de place pour tirer sur ce nid embusqué et le soleil disparut derrière les montagnes. Le feu de la mitrailleuse dans ses mains lui faisait rejeter le corps en arrière et Miguel murmurait :

— Il ne suffit pas d'avoir des couilles. Les Maures blonds ont une meilleure équipe.

Parce que les moteurs bourdonnaient au-dessus de leurs têtes.

— Voilà les Caproni.

Ils combattaient côte à côte, mais ils ne se voyaient plus dans l'obscurité. Miguel tendit le bras et lui toucha l'épaule. Pour la seconde fois ce même jour, l'aviation italienne bombardait le village.

— Viens, Lorenzo. Les Caproni sont revenus.

— Où allons-nous? Alors, on abandonne la mitrailleuse?

— Elle ne sert plus à rien. Nous n'avons plus une seule balle.

La mitrailleuse ennemie s'était tue elle aussi. Au-dessous d'eux, dans la rue, passa un groupe de femmes. Ils les devinèrent parce qu'elles chantaient, malgré tout, à haute voix.

> *Con Lìster y Campesino,*
> *con Galán y con Modesto,*
> *con el comandante Carlos,*
> *no hay miliciano con miedo* [1].

1. Autre chanson de la guerre civile espagnole : « Avec Lìster et El Campesino / avec Galán et Modesto, / avec le commandant Carlos, / pas un milicien n'a peur. » (*N.d.T.*)

Les voix avaient un accent étrange, au milieu de tous ces bruits de bombes, mais elles étaient plus fortes que les bombes, parce que celles-ci tombaient par intermittence et que les voix chantaient sans cesse. « Tu sais, papa, ce n'étaient pas des voix très martiales, mais des voix de femmes amoureuses. Elles chantaient pour les guerriers de la République, comme pour leurs amoureux et là-haut, avant d'abandonner la mitrailleuse, la main de Miguel et la mienne se touchèrent par hasard et nous eûmes la même pensée : elles chantaient pour nous Miguel et Lorenzo, elles nous aimaient... »

C'est à ce moment que s'écroula la façade de l'archevêché et ils se jetèrent à terre, couverts de poussière, et il pensa à Madrid, au moment de son arrivée, aux cafés pleins de monde jusqu'à deux et trois heures du matin, quand ils ne parlaient que de la guerre, et éprouvaient un sentiment de grande euphorie, une grande certitude de gagner, et il pensa que Madrid continuait à résister et qu'avec les bombes les Madrilènes se faisaient des papillotes [1]... Ils se glissèrent jusqu'à l'escalier. Miguel était indemne. Il traînait son vieux fusil. Il savait qu'il n'y avait qu'un fusil pour cinq combattants. Il décida de ne pas lâcher son fusil.

Ils descendirent l'escalier en colimaçon.

« Je crois qu'il y avait un enfant qui pleurait dans une pièce. Je ne suis pas sûr, parce que j'ai pu

1. Allusion à la copla populaire qu'on chantait pendant le siège de Cadix par les troupes napoléoniennes et reprise pendant la guerre civile espagnole : « Avec les bombes que tirent / les Français de Soult / les Gaditanes se font / des papillotes. » (*N.d.T.*)

prendre pour un cri plaintif celui des sirènes d'alerte. »

Mais il l'imagina là, abandonné. Ils descendirent à tâtons dans l'obscurité. Elle était si épaisse, qu'une fois dans la rue il leur sembla qu'il faisait jour. Miguel dit : « No pasarán » et les femmes lui répondirent : « ¡No pasarán! »[1]. La nuit les rendit aveugles et ils durent se tromper un peu de route, car une des femmes courut à eux et leur dit :

— Pas par là. Venez avec nous.

Quand ils furent habitués à la nuit, ils étaient tous couchés à plat ventre sur le trottoir. La façade effondrée les avait isolés des mitrailleuses ennemies : la rue était coupée ; il sentit l'odeur de la poussière qui volait, mais aussi celle de la sueur des filles étendues près de lui. Il essaya de voir leurs visages. Il n'aperçut qu'un béret, une casquette de toile, jusqu'au moment où la fille couchée près de lui leva la tête, et il vit alors ses cheveux châtains dénoués, blanchis par la chaux de la façade effondrée, et elle lui dit :

— Je suis Dolores.

— Lorenzo. Voici Miguel.

— Je suis Miguel.

— Nous avons perdu le groupe.

— Nous étions du 4e Corps.

— Comment sortir d'ici?

— Il faut faire un détour et traverser le pont.

— Vous connaissez le pays?

— Miguel le connaît.

— Oui, je le connais.

— D'où es-tu?

1. Slogan républicain : *Ils ne passeront pas!* (*N.d.T.*)

296

— Je suis Mexicain.

— Ah, alors, ce n'est pas difficile de se comprendre.

Les avions s'éloignèrent, tous se relevèrent, Nuri avec son béret et María avec sa casquette de toile dirent leur nom, ils répétèrent le leur. Dolores portait un pantalon et une veste et les deux autres un bleu et une musette. Ils avancèrent en file indienne dans la rue déserte, rasant les murs des maisons hautes, au-dessous des balcons sombres aux fenêtres ouvertes, comme en un jour d'été. Ils entendaient cette fusillade interminable, mais ils ne savaient pas d'où elle venait. Parfois ils marchaient sur des vitres cassées et Miguel, qui allait en tête de la file, leur disait de faire attention à un fil électrique. Un chien aboya après eux à un carrefour et Miguel lui jeta une pierre. Sur un balcon, un vieillard était assis dans une chaise longue avec un cache-nez serré autour de la tête. Il n'eut pas un regard pour eux quand ils passèrent et ils ne comprirent pas ce qu'il faisait là : attendait-il le retour de quelqu'un, guettait-il le lever du soleil, ou quoi encore? Il n'eut pas un regard pour eux.

Il respira profondément. Ils laissèrent le village derrière eux et arrivèrent à un terrain couvert de peupliers dénudés. Cet automne-là, personne n'avait ramassé les feuilles sèches qui crissaient sous leurs pas, noircies déjà par l'humidité. Il regarda les chiffons trempés qui enveloppaient les pieds de Miguel et voulut une nouvelle fois lui offrir ses bottes, mais la démarche du camarade était si assurée, il était planté sur deux jambes si solides et si fines, qu'il se rendit compte qu'il serait inutile de lui offrir ce dont il n'avait pas besoin. Au loin, ces versants sombres les attendaient. Peut-être, alors, en aurait-il besoin. Pas maintenant. Maintenant le pont était là, et au-dessous de lui coulait un fleuve bruyant et profond, qu'ils s'arrêtèrent tous pour regarder. Il eut l'air contrarié :

— Je croyais qu'il serait gelé.

— Les fleuves d'Espagne ne gèlent jamais, murmura Miguel. Ils coulent toujours.

— Pourquoi ? lui demanda Dolores.

— Parce que comme ça nous pourrions éviter le pont.

— Pourquoi ? dit alors María, et les trois autres, avec leur regard interrogateur, avaient l'air de petites filles curieuses.

Miguel dit :

— Parce qu'en général les ponts sont minés.

Le petit groupe ne bougea pas. Le fleuve blanc et rapide à leurs pieds les hypnotisait. Ils ne firent pas un mouvement. Enfin, Miguel leva les yeux, regarda du côté de la montagne et dit :

— Si nous traversons le pont, nous pouvons parvenir à la montagne et de là à la frontière. Si nous ne le pouvons pas, ils nous fusilleront...

— Alors ? dit María dans un sanglot étouffé et pour la première fois les deux hommes virent son regard vitreux et las.

— On a perdu ! cria Miguel en serrant ses poings vides, et il se mit à tourner en rond, comme s'il cherchait sur le sol tapissé de feuilles noires un fusil. Pas moyen de reculer ! Nous n'avons plus ni aviation, ni artillerie, ni rien !

Il ne bougea pas. Il continua de regarder Miguel,

et Dolores, la main chaude de Dolores, les cinq doigts qu'elle venait de retirer de sous son aisselle, prirent les cinq doigts du jeune homme et il comprit. Elle chercha ses yeux et il vit, pour la première fois, les siens. Elle battit les paupières et il vit qu'ils étaient verts, pareils à la mer près de chez nous. Il la vit dépeignée et sans fard, les joues rougies de froid et les lèvres pleines et sèches. Les trois autres n'avaient rien vu. Ils marchaient la main dans la main et ils arrivèrent au pont. Il hésita un instant. Elle non. Les dix doigts réunis leur donnèrent chaud, la seule chaleur qu'il eût sentie depuis des mois...

« ... la seule chaleur que j'aie sentie pendant cette lente retraite de tant de mois vers la Catalogne et les Pyrénées... »

Ils entendirent le bruit du fleuve au-dessous d'eux et le craquement des planches du pont. Miguel et les filles, de l'autre rive, ont peut-être crié, ils ne les entendirent pas. Le pont s'allongeait, on aurait dit qu'il traversait un océan et non pas ce fleuve turbulent.

« Mon cœur battait vite. On devait en sentir les battements dans ma main, parce qu'elle la souleva et la porta à sa poitrine, où je sentis la force de son cœur... »

Désormais nous marchâmes côte à côte et sans crainte, et le pont se raccourcit.

De l'autre côté du fleuve apparut alors quelque chose qu'ils n'avaient pas vu. Un grand orme sans feuilles, grand, beau, blanc. La neige ne le recouvrait pas, mais un givre brillant. Il étincelait comme un bijou, tant il était blanc, dans la nuit. Il sentit le poids de son fusil sur l'épaule, le poids de ses jambes, ses pieds de plomb sur le bois du pont : tant cet orme qui les attendait lui paraissait léger, lumineux et lointain. Il serra les doigts de Dolores. Le vent glacé les aveuglait. Il ferma les yeux.

« ... Je fermai les yeux, papa, craignant que l'arbre ne fût plus là... »

Alors leurs pieds sentirent la terre, ils s'arrêtèrent, sans regarder en arrière, et ils coururent tous les deux vers l'orme, sans prendre garde aux cris de Miguel et des deux filles, sans entendre la course des camarades sur le pont, ils coururent embrasser le tronc nu, blanc et couvert de givre, le secouant doucement, tandis que ces perles de froid tombaient sur leurs têtes, et leurs mains se touchèrent en l'embrassant et ils s'écartèrent brusquement de leur arbre pour s'embrasser Dolores et lui, pour qu'il lui caresse le front et elle la nuque : elle recula un peu pour qu'il voie mieux les yeux verts, humides, et la bouche entrouverte avant de blottir sa tête sur la poitrine du jeune homme et de relever son visage, et lui tendre ses lèvres, avant que les camarades les rejoignent, mais sans embrasser l'arbre comme eux l'avaient fait.

« ... Quelle tiédeur la tienne, Lola, quelle tiédeur et comme je t'aime déjà. »

Ils campèrent dans les contreforts de la sierra, au-dessous de la couronne de neige. Miguel et le jeune homme allèrent chercher des branches sèches et ils firent un feu. Il s'assit près de Lola et lui reprit la main. María tira de sa musette une écuelle cassée et la remplit de neige qu'elle fit fondre sur le feu ; elle en tira aussi un morceau de fromage de chèvre. Puis, en riant, Nuri tira de son sein quelques sachets froissés de thé Lipton et la tête de capitaine de yacht anglais qui est dessinée dessus fit rire tout le monde.

Nuri raconta qu'avant la chute de Barcelone, il était arrivé des paquets de tabac, du thé et du lait condensé envoyés par les Américains. Nuri était grassouillette et joviale; elle travaillait avant la guerre dans une filature mais María parlait maintenant et évoquait le souvenir de sa vie d'étudiante à Madrid, à la Residencia de Estudiantes, quand elle participait aux grèves contre Primo de Rivera et pleurait aux premières de Lorca.

« Je t'écris, ma feuille appuyée sur les genoux tandis que je les entends parler et j'essaie de leur dire combien j'aime l'Espagne et je ne trouve à parler que de ma première visite à Tolède, une ville que j'imaginais telle que la peignit le Greco, enveloppée d'une tempête d'éclairs et de nuages verdâtres, dominant un large Tage, une ville, comment dirai-je?, en guerre contre elle-même. Et j'avais trouvé une ville baignée de soleil, une ville de soleil et de silence et un Alcázar bombardé, parce que le tableau du Greco — c'est ce que j'essaie de leur dire — c'est toute l'Espagne et si la gorge du Tage à Tolède est plus étroite, la gorge qui sépare l'Espagne en deux s'ouvre d'une mer à l'autre. Voilà ce que j'ai vu ici, papa. Voilà ce que j'essaie de leur dire... »

Voilà ce qu'il leur dit, avant que Miguel ne se mît à raconter comment il avait rejoint la brigade du colonel Asensio et combien il lui coûta d'apprendre à se battre. Il leur dit que tous les hommes de l'armée populaire étaient très courageux, mais que ça ne suffisait pas pour gagner. Il fallait savoir se battre. Et les soldats improvisés mettaient beaucoup de temps à comprendre qu'il y a des règles pour la sécurité et qu'il vaut mieux continuer à vivre pour continuer à lutter. Et puis, une fois qu'ils avaient appris à se défendre, il leur restait encore à apprendre à attaquer. Et quand ils savaient tout ça, il leur restait à apprendre le plus difficile de tout, remporter la victoire la plus dure, remporter la victoire sur eux-mêmes, sur leurs habitudes et leurs aises. Il dit du mal des anarchistes qui, d'après Miguel, étaient des défaitistes, et il dit du mal des trafiquants qui promettaient à la République des armes qu'ils avaient déjà vendues à Franco. Il dit que sa plus grande peine, celle qu'il emporterait dans la tombe, c'était de ne pas comprendre pourquoi tous les travailleurs du monde ne s'étaient pas soulevés en armes pour nous défendre en Espagne, parce que si l'Espagne perdait c'était comme s'ils perdaient tous ensemble. Il dit tout cela et coupa une cigarette en deux et en donna la moitié au Mexicain et ils fumèrent, lui près de Dolores, et il lui passa le mégot pour qu'elle fume aussi.

Au loin ils entendirent un bombardement très intense. Du campement, on voyait une lueur jaunâtre, un éventail de poussière dans la nuit.

— C'est Figueras, dit Miguel. Ils sont en train de bombarder Figueras.

Ils regardèrent du côté de Figueras. Lola était près de lui. Elle ne parla pas aux autres. Elle ne parla qu'à lui, à voix basse, tandis qu'ils regardaient cette poussière et ce bruit au loin. Elle dit qu'elle avait vingt-cinq ans, trois de plus que lui et il se fit plus vieux en lui disant qu'il en avait vingt-quatre. Elle dit qu'elle était d'Albacete et qu'elle était allée à la guerre pour suivre son fiancé. Ils avaient fait leurs études ensemble — des études de chimie — et elle l'avait suivi, mais les Maures l'avaient fusillé à Oviedo. Il lui raconta qu'il venait du Mexique, et que là-bas il vivait dans un pays chaud, au bord de la mer, plein de fruits. Elle lui demanda de lui parler des fruits tropicaux et ces noms qu'elle n'avait jamais entendus la firent rire et elle lui dit que mamey avait l'air d'un nom de poisson et corossol d'un nom d'oiseau. Il lui dit qu'il aimait les chevaux et qu'à son arrivée il avait été dans la cavalerie, mais maintenant il n'y avait ni chevaux ni rien. Elle lui dit qu'elle n'avait jamais monté; il essaya de lui expliquer le plaisir de monter, surtout sur la plage au petit matin, quand l'air a goût d'iode et que le vent du nord faiblit mais qu'il tombe encore une pluie légère et que l'écume que soulèvent les sabots se mêle à la bruine, et qu'on va le torse nu et les lèvres pleines de sel. Cela lui plut. Elle dit qu'il lui restait peut-être un souvenir de sel dans la bouche et l'embrassa. Les autres s'étaient endormis près du feu et le feu était en train de s'éteindre. Il se leva pour l'attiser, avec encore le goût de Lola dans la bouche. Il vit qu'en effet tous s'étaient endormis, serrés les uns contre les autres pour se réchauffer, et il retourna près de Lola. Elle lui ouvrit sa veste doublée de peau de mouton, et il joignit ses mains sur son dos et sa blouse de toile écrue et elle lui couvrit le dos de la veste, elle lui dit à l'oreille qu'il leur fallait décider d'un endroit où se retrouver au cas où ils se sépareraient. Il lui dit qu'ils se retrouveraient dans un café qu'il connaissait près de la place de Cibèle quand nous aurions libéré Madrid et elle lui répondit qu'ils se reverraient au

Mexique, et il dit que oui, sur la place du port de Veracruz, sous les arcades, au café de La Parroquia. Ils boiraient du café et mangeraient des crabes.

Elle sourit et lui aussi et il lui dit qu'il voulait la dépeigner et lui baiser les seins; elle fut plus prompte et lui ôta sa casquette et lui embrouilla les cheveux, tandis qu'il passait les mains sous la blouse de toile, caressait son dos, cherchait les seins libres et alors il ne pensait plus à rien et elle non plus, certainement, parce que sa voix ne prononçait pas de mots mais laissait échapper tout ce qu'elle pensait dans ce murmure continu qui était tout à la fois merci je t'aime ne m'oublie pas viens...

Ils labourent la montagne, et pour la première fois Miguel marche avec difficulté, mais non pas à cause de la montée, qui est dure. Le froid s'est mis à ses pieds, un froid aux dents pointues que tous sentent au visage. Dolores s'appuie au bras de son amant et s'il la regarde de côté elle est soucieuse, mais s'il la regarde en face elle sourit. Pourvu qu'il n'y ait pas d'orage, c'est tout ce qu'il demande — ce que tous demandent. Il est le seul à porter un fusil et son fusil n'a que deux balles. Miguel leur a dit de ne pas avoir peur.

« Moi je n'ai pas peur. De l'autre côté se trouve la frontière et nous passerons cette nuit en France, dans un lit, sous un toit. Nous dînerons bien. Je me souviens de toi et je pense que tu n'aurais pas honte, que tu ferais comme moi. Toi aussi tu as lutté et cela te ferait plaisir de savoir qu'il y a toujours quelqu'un pour continuer la lutte. Je sais que cela te ferait plaisir. Mais maintenant cette lutte va finir. Dès que nous aurons traversé la frontière, c'en sera fini du traînard des Brigades Internationales, autre chose commencera. Jamais je n'oublierai cette vie, papa, parce que j'y ai appris tout ce que je sais. C'est très simple. Je te le raconterai à mon retour. Maintenant je ne trouve pas les mots. »

Il toucha d'un doigt la lettre qu'il portait dans la poche de sa chemise. Il ne pouvait pas ouvrir la bouche dans ce froid. Il respirait en haletant. De ses dents serrées sortait une vapeur blanche. Ils allaient si lentement. La file de réfugiés était énorme; à perte de vue. Devant eux avançaient les charrettes pleines de blé et de chorizo que les paysans emmenaient en France, et les femmes qui portaient sur leur dos le matelas et la couverture, et d'autres qui emportaient des tableaux et des chaises, des cuvettes et des miroirs. Les paysans disaient qu'en France ils continueraient à semer. Ils avançaient très lentement. Il y avait aussi des enfants, certains étaient de petits bébés. La terre de la montagne était sèche, âpre, épineuse, couverte de buissons. Ils labouraient la montagne. Il sentit le poing de Dolores blotti contre son flanc et aussi il sentit qu'il devait la sauver et la protéger. Il l'aimait davantage qu'hier soir. Et demain il l'aimerait davantage qu'aujourd'hui. Elle aussi. Pas besoin de le dire. Ils se plaisaient. Voilà tout. Nous nous plaisons. Ils savaient maintenant rire ensemble. Ils avaient des choses à se raconter.

Dolores s'écarta de lui et courut vers María. La milicienne s'était arrêtée près d'un rocher, une main sur le front. Elle dit que ce n'était rien. Elle s'était sentie très fatiguée. Ils durent s'écarter pour laisser passer les visages rouges, les mains glacées, les charrettes lourdes. María répéta qu'elle avait eu un petit malaise. Lola lui prit le bras et ils reprirent la route, et c'est alors, oui, alors qu'ils entendirent le bruit du moteur tout proche et qu'ils s'arrêtèrent. On ne voyait pas l'avion. Tous le cherchaient, mais le ciel était laiteux. Miguel fut le premier à distinguer les ailes noires, la croix gammée, et le premier à crier à tous :

— Planquez-vous! A plat ventre!

Tous à plat ventre, au milieu des rochers, sous les charrettes. Tous, sauf ce fusil qui a encore deux balles. Et il ne tire pas, maudit flingot, maudit balai rouillé, et il ne tire pas et pourtant j'appuie tant que je peux sur la détente, debout, jusqu'à ce que le bruit passe au-dessus des têtes, les recouvre de cette ombre rapide et d'une mitraille qui tombe en pluie sur la terre et fait un bruit de tonnerre sur la pierre...

« — Planque-toi, Lorenzo, planque-toi, Mexicain! »

Planque-toi, planque-toi, planque-toi, Lorenzo, et ces bottes neuves sur la terre sèche, Lorenzo, et ton fusil par terre, Mexicain, et une marée dans ton estomac, comme si tu portais l'océan dans les entrailles, et maintenant ton visage sur la terre avec tes yeux verts et ouverts et un demi-sommeil entre le soleil et la nuit, tandis qu'elle crie et que toi tu sais qu'enfin tes bottes vont servir au pauvre petit Miguel avec sa barbe blonde et ses rides blanches, et dans une minute Dolores se jettera sur toi, Lorenzo, et Miguel lui dira que c'est inutile, en pleurant pour la première fois, qu'ils doivent continuer la route, que la vie est de l'autre côté des montagnes, la vie et la liberté, parce que, justement, tels étaient les mots qu'il avait écrits : ils prirent cette lettre, la tirèrent de la chemise maculée, elle la serra dans ses mains, quelle chaleur!, si la neige tombe elle l'ensevelira, quand tu l'as embrassé une fois encore, Dolores, couchée sur son corps et lui avait voulu t'emmener vers la mer, à cheval, avant de toucher son sang et de s'endormir avec toi dans ses yeux... tout ce vert... n'oublie pas...


JE me dirais la vérité, si je ne sentais pas mes lèvres blanches, si je n'étais pas plié en deux, incapable de me contenir moi-même, si je supportais le poids des couvertures, si je ne me recouchais pas, le corps retordu, sur le ventre, pour vomir cette humeur, cette bile : je me dirais qu'il ne suffisait pas de réitérer le temps et le lieu, la pure et simple permanence ; je me dirais que quelque chose d'autre, un désir que je n'exprimai jamais, m'obligea à le mener — aïe, je ne sais pas, je ne me rends pas compte —, oui, à l'obliger à retrouver les bouts du fil que j'avais cassé, à renouer ma vie, à compléter mon autre destin, la seconde partie que je n'avais pu accomplir, et elle me demande seulement, assise à mon chevet :

— Pourquoi tout s'est-il passé ainsi? Dis-moi : pourquoi? Moi je l'avais élevé pour autre chose. Pourquoi l'as-tu emmené avec toi?

— Est-ce qu'il n'a pas envoyé à la mort son propre fils préféré? Est-ce qu'il ne l'a pas séparé de toi et de moi pour le déformer? Est-ce que ce n'est pas vrai?

— Teresa, ton père ne t'entend pas...

— Il joue la comédie. Il ferme les yeux et il joue la comédie.

— Tais-toi.

— Tais-toi.

Moi je ne sais plus. Mais je les vois. Ils sont entrés. La porte d'acajou s'ouvre, se ferme et les pas ne font pas de bruit sur la moquette épaisse. Ils ont fermé les fenêtres. Ils ont tiré, avec un bruit de chuchotement, les rideaux gris. Ils sont entrés.

— C'est moi... c'est moi, Gloria...

Le bruit frais et doux des billets et des titres neufs lorsque les prend la main d'un homme tel que moi. Le démarrage sans à-coup d'une voiture de luxe, construite spécialement, avec air conditionné, bar, téléphone, coussins pour les reins et tabourets pour les pieds dites-moi, curé, dites-moi? Là-haut aussi, dites-moi?

— Je veux revenir là-bas, au pays...

— Pourquoi tout s'est-il passé ainsi? Dis-moi : pourquoi? Moi je l'avais élevé pour autre chose. Pourquoi l'as-tu emmené avec toi?

et elle ne se rend pas compte qu'il y a quelque chose de plus douloureux que le cadavre abandonné, que la glace et le soleil qui l'ont enseveli, que les yeux ouverts à jamais, dévorés par les oiseaux : Catalina cesse de passer le coton sur mes tempes et elle s'écarte et je ne sais pas si elle pleure : j'essaie de soulever ma main pour la chercher; l'effort court en élancements entrecoupés du bras à la poitrine et de la poitrine au ventre; que malgré le cadavre abandonné, que malgré la glace et le soleil qui l'ont enseveli, que malgré les yeux ouverts à jamais, dévorés par les oiseaux, il y a quelque chose de pire : ce vomissement incoercible, ce désir incoercible de déféquer sans pouvoir y parvenir, sans seulement réussir à faire sortir les gaz de ce ventre ballonné, sans pouvoir arrêter cette douleur diffuse, sans pouvoir trouver le pouls à mon poignet, sans pouvoir sentir mes jambes, tout en sentant que mon sang déborde, qu'il se déverse à l'intérieur de moi, oui, à l'intérieur, moi je le sais mais pas eux et je ne peux pas les convaincre, ils ne le voient pas couler de mes lèvres, entre mes jambes : ils ne le croient pas, ils disent seulement que je n'ai plus de température, ah, de température, ils disent seulement collapsus, collapsus, ils devinent seulement une tuméfaction, une tuméfaction aux contours fluides, voilà ce qu'ils disent tandis qu'ils me maintiennent, me palpent, parlent de marbrures, oui, je les entends, de marbrures violacées sur le ventre que je ne sens plus, que je ne vois plus : que malgré le cadavre abandonné, que malgré la glace et le soleil qui l'ont enseveli, que malgré les yeux ouverts à jamais, dévorés par les oiseaux, il y a quelque chose de pire : ne pouvoir se souvenir de lui, pouvoir seulement se souvenir de lui dans ces portraits, ces objets laissés dans la chambre, ces livres annotés : mais qu'est-ce qui a l'odeur de sa sueur?, rien ne répète la couleur de sa peau : c'est que je ne peux penser à lui dès que je ne peux plus le voir et le sentir ;

il était à cheval, ce matin-là ;

cela je m'en souviens ; j'ai reçu une lettre avec des cachets d'un pays étranger

mais penser à lui

ah, j'ai rêvé, j'ai imaginé, j'ai su ces noms, je me suis rappelé ces chansons, aïe merci, mais savoir, comment puis-je savoir?; je ne sais pas, je ne sais pas comment s'est passée cette guerre, avec qui il a parlé avant de mourir, comment s'appelaient les hommes, les femmes qui l'ont accompagné à la mort, ce qu'il a dit, ce qu'il a pensé, comment il était habillé, ce qu'il avait mangé ce jour-là, je ne le sais pas; j'invente des paysages, j'invente des villes, j'invente des noms, et je ne m'en souviens plus : Miguel, José, Federico, Luis? Consuelo, Dolores, Marta, Esperanza, Nuri, Guadalupe, Esteban, Manuel, Aurora? Guadarrama, Pyrénées, Figueras, Tolède, Teruel, Èbre, Guernica, Guadalajara? : le cadavre abandonné, la glace et le soleil qui l'ont enseveli, les yeux ouverts à jamais, dévorés par les oiseaux :

aïe, merci, à toi qui m'as montré ce qu'aurait pu être ma vie.

aïe, merci, à toi qui as vécu ce jour pour moi,

il y a quelque chose de plus douloureux :

n'est-ce pas, n'est-ce pas? Cela oui, ça existe, cela oui, c'est à moi. C'est cela, être Dieu, n'est-ce pas?, être craint et haï et n'importe quoi, c'est cela, être Dieu, pour de bon, n'est-ce pas? Dites-moi comment sauver tout cela, curé, et je vous laisse accomplir vos cérémonies, je me frappe la poitrine, je me rends à genoux à un sanctuaire, je bois du vinaigre et je porte une couronne d'épines. Dites-moi comment sauver tout cela, parce que l'esprit...

— ... du Fils, du Saint-Esprit, amen...

Il y a quelque chose de plus douloureux :

— Non, dans ce cas il y aurait une tumeur molle, mais aussi une ectopie ou une hernie partielle de l'un ou l'autre viscère...

— Je le maintiens : ce sont des volvulus. Cette

douleur a pour seule origine la torsion des anses intestinales, d'où l'occlusion...

— En ce cas, il faudrait opérer...

— La gangrène peut être en train de se développer, sans que nous puissions l'éviter.

— La cyanose est évidente, maintenant...

— Facies...

— Hypothermie...

— Lipothymie...

Taisez-vous... Taisez-vous!

— Ouvrez les fenêtres.

Je ne peux pas bouger: je ne sais où regarder, vers où me tourner; je ne sens pas la température, seulement le froid qui va et vient dans mes jambes, mais non pas le froid et la chaleur de tout le reste, de tout ce qui est gardé, que je n'ai jamais vu...

— Pauvre petite... elle est impressionnée...

... taisez-vous..., je devine le visage que j'ai, ne le dites pas... je sais que j'ai les ongles noirâtres, la peau bleutée... taisez-vous...

— Appendicite?

— Nous devons opérer.

— C'est un risque.

— Je le maintiens: colique néphrétique. Deux centigrammes de morphine et elle est calmée.

— C'est un risque.

— Il n'y a pas d'hémorragie.

Merci. J'aurais pu mourir à Perales. J'aurais pu mourir avec ce soldat. J'aurais pu mourir dans cette pièce nue, en face de ce gros homme. Moi j'ai survécu. Toi tu es mort. Merci.

— Retenez-le. La cuvette.

— Tu vois où il en est arrivé? Tu vois, tu vois?

Tout comme mon frère. Il en était arrivé là, lui aussi.

— Retenez-le. La cuvette.

Retenez-le. Il s'en va. Retenez-le. Il vomit. Il vomit cette saveur qu'il avait d'abord seulement sentie. Il ne peut plus se retourner. Il vomit couché sur le dos. Il vomit sa merde. Elle coule sur ses lèvres, sur ses mâchoires. Ses excréments. Elles crient. Elles crient. Je ne les entends pas, mais il faut crier. Cela n'est pas. Cela n'existe pas. Il faut crier pour que cela ne soit pas. On m'immobilise, on me maintient. Non. Il s'en va. Il s'en va sans rien, nu. Sans ses affaires. Retenez-le. Il s'en va.

TU liras cette lettre, datée d'un camp de concentration, portant le cachet d'un pays étranger, signée Miguel, qui enveloppera l'autre, écrite à la hâte, signée Lorenzo : tu recevras cette lettre : « Moi je n'ai pas peur... Je me souviens de toi... tu n'aurais pas honte... Jamais je n'oublierai cette vie, papa, parce que j'y ai appris tout ce que je sais... Je te le raconterai à mon retour » : tu liras et tu choisiras une nouvelle fois : tu choisiras une autre vie :

tu choisiras de le laisser à Catalina, tu ne l'emmèneras pas dans ce pays, tu ne le mettras pas en face de son propre choix : tu ne le pousseras pas à ce destin mortel, qui aurait pu être le tien : tu ne l'obligeras pas à faire ce que tu n'as pas fait toi-même, à racheter ta vie perdue : tu ne permettras pas que sur un sentier rocailleux, cette fois, tu meures et qu'elle se sauve ;

tu choisiras de prendre dans tes bras ce soldat

blessé qui entre dans le bosquet providentiel, de l'étendre, de laver son bras déchiqueté par la mitraille avec l'eau de cette petite source, brûlée par le désert, de le panser, de rester près de lui, de soutenir son courage par le tien, d'attendre, d'attendre qu'on vous découvre, qu'on vous capture, qu'on vous fusille dans un village au nom oublié, comme ce village-là, poussiéreux, comme ce village-là, tout en briques crues et feuilles de maguey : qu'on fusille le soldat *et* toi, deux hommes sans nom, nus, enterrés dans la fosse commune des condamnés, sans plaque mortuaire : mort à vingt-quatre ans, sans plus d'avenues, sans plus de labyrinthes, sans plus de choix à faire : mort, la main dans la main d'un soldat sans nom sauvé par toi : mort :

tu diras à Laura : oui

tu diras à ce gros homme dans cette pièce nue, badigeonnée d'indigo : non

tu choisiras de rester là-bas avec Bernal et Tobías, de suivre ton sort, de ne pas aller dans ce patio couvert de sang pour te justifier, pour penser que par la mort de Zagal tu as lavé celle de tes compagnons

tu n'iras pas voir le vieux Gamaliel à Puebla

tu ne prendras pas Lilia lorsqu'elle rentrera cette nuit-là, tu ne penseras pas que tu ne pourras plus jamais avoir une autre femme

tu rompras le silence ce soir-là, tu parleras à Catalina, tu lui demanderas de te pardonner, tu lui parleras de ceux qui sont morts à cause de toi, tu lui demanderas de t'accepter ainsi, avec ces fautes-là, tu lui demanderas de ne pas te haïr, de t'accepter ainsi

tu resteras avec Lunero à l'hacienda, jamais tu n'abandonneras ce lieu tu demeureras auprès de Sebastián le maître d'école — comment était-il, comment était-il —, tu n'iras pas rejoindre la révolution dans le Nord,

tu seras un péon

tu seras un forgeron

tu resteras en dehors, avec ceux qui sont restés en dehors

tu ne seras pas Artemio Cruz, tu n'auras pas soixante et onze ans, tu ne pèseras pas soixante-dix-neuf kilos, tu ne mesureras pas un mètre quatre-vingt-deux, tu ne porteras pas des chemises de soie italienne, tu ne collectionneras pas les boutons de manchettes, tu ne feras pas venir tes cravates d'une maison de New York, tu ne t'habilleras pas de ces costumes bleus à trois boutons, tu ne préféreras pas le cachemire d'Irlande, tu ne boiras pas du gin-tonic, tu n'auras pas une Volvo, une Cadillac et une Rambler commerciale, tu ne te rappelleras pas et tu n'aimeras pas ce tableau de Renoir, tu ne déjeuneras pas d'œufs pochés et de toasts à la confiture *Blackwell's*, tu ne liras pas un journal qui t'appartient chaque matin, tu ne feuilletteras pas *Life* et *Paris-Match* certains soirs, tu ne seras pas en train d'entendre autour de toi cette incantation, ce chœur, cette haine qui veut t'arracher la vie prématurément, qui invoque, invoque, invoque, invoque ce que tu aurais pu imaginer, en souriant, naguère et qu'à présent tu ne supporteras pas :

*De profundis clamavi*

*De profundis clamavi*

Regarde-moi, écoute-moi, donne à mes yeux la lumière, afin que je ne m'endorme pas dans la mort / Parce que le jour où tu y goûteras à coup sûr tu mourras / Ne te réjouis pas de la mort du prochain, souviens-toi que nous sommes tous mortels / La mort et l'enfer furent précipités dans le lac de feu et ce fut la seconde mort / Ce que je crains, voilà ce qui m'arrive, ce qui me terrifie, voilà ce qui me possède / Combien est amère ta mémoire pour l'homme qui se trouve satisfait de ses richesses / Les portes de la mort se sont-elles ouvertes pour toi? / Par la femme a commencé le péché et par elle nous mourons tous / As-tu vu les portes de la région ténébreuse? / Bonne est ta sentence pour l'indigent et celui dont les forces sont épuisées / Et quels fruits recueillirent-ils alors? Ceux dont maintenant ils ont honte, car leur fin est la mort / Car l'appétit de la chair est la mort :

parole de Dieu, vie, profession de la mort,

*de profundis clamavi, Domine,*
*omnes eodem cogimur, omnium versatur urna*
*quae quasi saxum Tantalum semper impendet*
*quid quisque vitet, numquam homini satis cautum est*
*in horas*
*mors tamen inclusum protrahet inde caput*
*nascentis morimur, finisque ab origine pendet*
*atque in se sua per vestigia volvitur annus*
*omnia te vita perfuncta sequentur*

chœur, sépulcre; voix, bûcher; tu imagineras, dans la zone oubliée de ta conscience, ces rites, ces cérémonies, ces déclins : enterrement, incinération, baume : exposé au haut d'une tour, pour que non pas la terre, mais l'air te décompose; enfermé dans la tombe avec tes esclaves morts; pleuré par des pleureuses professionnelles; enterré avec tes objets les

plus chers, ta compagnie, tes joyaux noirs : veille,
veillée,

*requiem aeternam, dona eis Domine*
*de profundis clamavi, Domine*

la voix de Laura, qui parlait de ces choses, assise
par terre, les genoux pliés, le petit livre relié entre les
mains... dit que tout peut nous être mortel, même ce
qui nous donne la vie... dit que ne pouvant remédier
à la mort, à la misère, à l'ignorance, nous ferions
bien, pour être heureux, de ne pas y penser... dit que
seule la mort subite est à craindre; aussi les confes-
seurs vivent-ils dans la maison des puissants... dit
sois homme; crains la mort hors du danger, non dans
le danger... dit que la préméditation de la mort est
préméditation de liberté... dit comme tu viens doucement, ô mort froide... dit les heures ne t'épargneront
pas; les heures qui liment les jours... dit me montrant
brisé le nœud étroit... dit ma porte n'est-elle pas faite
de doubles plaques de métal?... dit on me fera
souffrir mille morts, car c'est ma vie même que
j'attends... dit l'homme veut vivre alors que Dieu
veut qu'il meure... dit à quoi bon trésors, vassaux,
serviteurs...?

à quoi bon? à quoi bon? qu'ils entonnent, qu'ils
chantent, qu'ils gémissent : ils ne toucheront pas les
sculptures somptueuses, les marqueteries opulentes,
les moulures de plâtre et d'or, les commodes incrustées d'os et d'écaille, les ferrures et les moraillons, les
coffres à applications et écussons de fer, les odorants
tabourets de pin ayacahuite, les stalles de chœur, les
corniches et les chambranles baroques, les dossiers
incurvés, les parcloses chantournées, les mascarons
polychromes, les cabochons de bronze, les cuirs

repoussés, les meubles aux pieds galbés terminés par une griffe enserrant une boule, les chasubles brochées d'argent, les fauteuils recouverts de damas, les divans de velours, les tables de réfectoire, les vases et les amphores, les panneaux biseautés, les lits à balda-quins et à tentures, les colonnes cannelées, les écus et les orles, les tapis de haute laine, les clefs de fer forgé, les toiles craquelées, les soies et les cachemires, les laines et les taffetas, les cristaux et les lustres, la vaisselle décorée à la main, les poutres chaleureuses, cela ils ne le toucheront pas : cela sera à toi :

tu avanceras la main :

un jour comme un autre, qui pourtant sera un jour exceptionnel : il y a trois, quatre ans; tu ne te souviendras pas; tu te souviendras pour te souvenir; non, tu te souviendras parce que ce dont tu te souviens en premier lieu, lorsque tu essaies de te souvenir, c'est d'un jour isolé, un jour de cérémonie, un jour isolé des autres par des chiffres rouges; et ce sera le jour — tu le penseras toi-même alors — où tous les noms, personnes, paroles, faits d'un même cycle fermentent et font craquer la croûte de la terre; ce sera une nuit où tu fêteras l'an nouveau; tes doigts arthritiques empoigneront avec difficulté la rampe de fer forgé : tu enfonceras l'autre main dans la poche de ton veston et tu descendras d'un pas lourd :

tu avanceras la main :


(1955 : 31 DÉCEMBRE)


IL empoigna avec difficulté la rampe de fer forgé. Il

enfonça l'autre main dans la poche du veston d'intérieur et descendit d'un pas lourd, sans regarder les niches consacrées aux Vierges mexicaines. Guadalupe. Zapopán. Remedios. Le soleil couchant, qui entrait par les baies vitrées, faisait briller les ors repeints à la détrempe, les robes amples pareilles à des voilures d'argent; il rougit le bois brûlé des poutres; il éclaira la moitié du visage de l'homme. Il portait déjà le pantalon, la chemise et la cravate de smoking : sous le veston d'intérieur rouge, il ressemblait à un prestidigitateur vieux et las : il imagina la répétition, cette nuit-là, des actes qui en telle occasion avaient pu se révéler doués d'un charme singulier; aujourd'hui, il reconnaîtrait avec ennui les mêmes visages, les mêmes phrases qui année après année donnaient le ton à la fête de la Saint-Sylvestre dans l'énorme résidence de Coyoacán.

Les pas rendirent un son creux sur le sol de tezontle. Légèrement serrés dans les pantoufles de cuir verni noir, les pieds se traînèrent avec cette lourdeur titubante qu'il ne pouvait plus éviter. Grand, balancé sur les talons indécis, le torse gros et les mains pendantes, nerveuses, sillonnées de veines grosses elles aussi, il parcourut lentement les couloirs blanchis à la chaux, foulant les tapis de haute laine, se regardant dans les miroirs patinés et, de loin en loin, les glaces des commodes de style colonial, caressant des doigts les ferrures et les moraillons, les coffres à applications et écussons de fer, les odorants tabourets de pin ayacahuite, les marqueteries opulentes. Un domestique lui ouvrit la porte du grand salon; le vieil homme s'arrêta une dernière fois devant un miroir et arrangea son nœud de cravate. Il lissa, de la paume de la main, les cheveux frisés gris et clairsemés qui couronnaient le front haut. Il serra les mâchoires pour mettre bien en place le dentier et entra dans le salon au plancher poli, vaste esplanade de cèdre brillant dépouillée des tapis pour la commodité des danseurs, ouverte sur le jardin, sa pelouse et ses terrasses de briques, ornée de tableaux de l'époque coloniale : saint Sébastien, sainte Lucie, saint Jérôme, saint Michel.

Dans le fond, l'attendaient les photographes, réunis autour du fauteuil recouvert de damas vert, au-dessous du lustre aux cinquante lampes qui pendait du plafond. Sept heures sonnèrent à la pendule posée sur la cheminée ouverte près des tabourets de cuir placés près du feu allumé en ces journées froides. Il salua d'un signe de tête et prit place dans le fauteuil, tirant sur son plastron raide et ses manchettes de piqué. Un autre domestique s'approcha, menant les deux mâtins gris, au mufle rose et aux yeux mélancoliques et mit les laisses de cuir rugueux entre les mains du maître. Les colliers des chiens, cloutés de bronze, brillèrent d'éclats changeants. Il leva la tête et, de nouveau, serra les dents. Les éclairs de magnésium donnèrent des tonalités de chaux à la grande tête grise. Au fur et à mesure qu'ils lui demandaient de nouvelles poses, il insistait pour lisser ses cheveux et passer les doigts sur les deux poches lourdes qui pendaient des ailes de son nez et se perdaient dans son cou. Seules les pommettes hautes conservaient la fermeté de toujours, quoique parcourues de fins réseaux de rides partant des paupières de plus en plus enfoncées, comme si elles voulaient protéger ce regard à la fois amusé et amer, ces iris verdâtres cachés entre les plis d'une chair relâchée.

Un des mâtins aboya et voulut s'échapper. Un éclair de magnésium s'alluma au moment où l'homme était brusquement entraîné, avec une sorte de raideur décontenancée, hors du fauteuil par la force du chien. Les autres photographes jetèrent un regard sévère à celui qui avait pris le cliché. Le responsable, après avoir extrait le rectangle noir de la chambre noire, le tendit, sans mot dire, à un autre photographe.

Lorsque les photographes furent sortis, il avança sa main tremblante et prit une cigarette à filtre dans le coffret d'argent posé sur la table rustique. Il alluma le briquet avec difficulté et promena lentement son regard, en approuvant de la tête, sur les anciens portraits de saints, vernis, sur lesquels la lumière s'étalait en larges taches, sous lesquelles disparaissaient les détails centraux des tableaux mais qui, en revanche, donnaient un relief opaque aux angles de ton jaune et d'ombre rougeâtre. Il caressa le damas du fauteuil et aspira la fumée à travers le filtre. Le domestique s'approcha sans bruit et lui demanda s'il pouvait lui servir quelque chose. Il dit oui et demanda un Martini très sec. Le domestique ouvrit deux battants de cèdre sculpté et découvrit le placard de glaces, l'étagère portant des étiquettes de couleurs et des flacons de liquides : opale, vert émeraude, rouge, blanc cristallin : Chartreuse, Peppermint, Acquavit, Vermouth, Courvoisier, Long John, Calvados, Armagnac, Beherovka, Pernod, et les rangées de verres de cristal épais et travaillé, fin et tintant légèrement. Il prit le verre. Il dit au domestique d'aller à la cave pour choisir les trois vins du dîner. Il étira les jambes et pensa au soin minutieux qu'il avait apporté à la construction et au confort de cette maison, sa vraie maison. Catalina pouvait vivre dans le grand immeuble de Las Lomas, sans la moindre personnalité, semblable à toutes les résidences de millionnaire. Lui avait préféré ces vieux murs, avec leurs deux siècles de pierre de taille et de tezontle, qui d'une façon mystérieuse le rapprochaient d'épisodes du passé, d'une image du pays qu'il ne voulait pas perdre tout à fait. Oui, il se rendait compte qu'il y avait dans tout cela une substitution, un tour de passe-passe. Et pourtant les boiseries, la pierre, les grilles, les moulures, les tables de réfectoire, l'ébénisterie, les panneaux et les cadres des portes, les pieds chantournés des sièges conspiraient à lui restituer réellement, avec un très léger parfum de nostalgie, des scènes, des atmosphères, des sensations tactiles de la jeunesse.

Lilia se plaignait; mais Lilia ne comprendrait jamais. Que pouvait dire à cette fille un plafond à poutres anciennes? Et une fenêtre avec une grille opaque de rouille? Et le contact somptueux de la chasuble sur la cheminée, pailletée d'or, brochée de fils d'argent? Et l'odeur des coffres en bois de pin ayacahuite? Et l'éclat net de la cuisine carrelée de faïence de Puebla? Et les stalles d'archevêque de la salle à manger? Aussi riche, aussi sensuelle, aussi somptueuse était la possession de ces objets que celle de l'argent et des signes les plus évidents de la plénitude. Ah, oui, quel plaisir sans faille, quelle sensualité dans ces choses inanimées, quelle délectation, quelle jouissance solitaire... Une seule fois dans l'année avaient leur part de tout cela les invités à la fameuse réception de la Saint-Sylvestre... Jour de jouissances multipliées, parce que les hôtes devaient accepter cette maison comme sa vraie maison et penser à la Catalina esseulée qui, en compagnie des autres, de Teresa, de Gerardo, dînait à cette heure même dans la résidence de Las Lomas... Cependant, lui présentait Lilia et ouvrait les portes d'une salle à manger bleue, vaisselle bleue, linge bleu, murs bleus... où coulent à flots les vins et circulent les plats chargés de viandes rares, de poissons roses et de coquillages odorants, d'herbes secrètes, de pâtisseries...

Était-il nécessaire d'interrompre son repos? Le bruit négligent des pas traînants de Lilia sur le plancher. Ses ongles non encore faits sur la porte du salon. Le visage barbouillé de gras. Elle désire savoir si la robe rose lui va bien pour le soir. Elle ne veut pas détonner comme l'année dernière, susciter ce mépris fâché. Ah, il est déjà en train de boire! Pourquoi ne lui offre-t-il pas un verre? Elle commence à en avoir assez de ce manque de confiance, de cette armoire aux boissons fermée au cadenas, de ce domestique insolent qui lui refuse le droit de pénétrer dans la cave. Elle s'ennuie? Comme s'il ne le savait pas. Elle voudrait être vieille, laide, pour qu'il la congédie une bonne fois et la laisse vivre à son goût. Comment, personne ne la retient? Et ensuite l'argent, le luxe, la maison? Beaucoup d'argent, beaucoup de luxe, mais sans joie, sans distractions, sans même le droit de boire un petit verre. Bien sûr, qu'elle l'aime beaucoup. Elle le lui a dit mille fois. Les femmes s'habituent à tout; cela dépend de l'affection qu'on leur donne. Elles peuvent s'habituer grâce à un amour juvénile aussi bien que grâce à un amour paternel. Bien sûr, qu'elle a de l'affection pour lui; il ne manquerait plus que ça... Il y a bientôt huit ans qu'ils vivent ensemble et il n'a jamais fait de scènes, il ne l'a pas grondée... Elle s'est sentie obligée, voilà tout... Mais elle aimerait bien s'amuser un peu!... Quoi? Il la croyait si sotte?... Bon, bon, elle n'a jamais su comprendre la plaisanterie. D'accord, mais elle se rend compte des choses. Personne n'est éternel... Des pattes-d'oie au coin des yeux... Les corps... Seulement voilà, lui aussi est habitue à elle, n'est-ce pas? A son âge il lui serait difficile de recommencer... Malgré les millions... C'est difficile et on perd beaucoup de temps, à chercher une femme... Les drôlesses... elles en connaissent si long, elles aiment tant faire les mijaurées... faire durer les premiers moments... le refus, l'hésitation, l'attente, la tentation, hé oui, tout ça!... et rendre les vieux idiots... Bien sûr, elle est plus docile... Et elle ne se plaint pas, mais non, voyons. Ça flatte même sa vanité, cet hommage qu'on vient lui rendre chaque année à la Saint-Sylvestre... Et puis elle l'aime, oui, elle le jure, elle est trop habituée à lui, maintenant... mais ce qu'elle peut s'ennuyer!... enfin, voyons, quel mal y a-t-il à avoir quelques amies intimes, à sortir de temps en temps pour s'amuser, à... à aller boire un verre une fois par semaine...?

Il ne bougea pas. Il ne lui accordait pas ce droit de le harceler et pourtant... une lassitude tiède et aboulique... tout à fait étrangère à son caractère... le forçait à rester là... le Martini entre les doigts durcis... à écouter les stupidités de cette femme de plus en plus vulgaire et... et... non, elle était encore désirable... quoique insupportable... Comment allait-il la dominer?... Tout ce qu'il dominait n'obéissait, maintenant, qu'à une certaine prolongation virtuelle, inerte... de la force de ses jeunes années... Lilia pourrait le quitter... cela lui serra le cœur... Il n'avait pas assez de force pour conjurer cela... cette crainte... Peut-être n'y aurait-il pas d'autre occasion... rester tout seul... Il remua avec difficulté les doigts, l'avant-bras, le coude, et le cendrier tomba sur le tapis et répandit les mégots au bout humide et jaune, la poussière blanche par-dessus, aux écailles grises, aux entrailles noires. Il se baissa, respirant avec difficulté.

— Ne te baisse pas. Je vais appeler Serafin.

— Oui.

Peut-être... Le dégoût. Mais l'aversion, la répugnance... Toujours, l'imagination dominée par le doute... Une tendresse involontaire lui fit tourner la tête pour la regarder...

Elle l'observait, sur le seuil de la porte... Rancunière, douce... Les cheveux teints en blond cendré et cette peau brune... Elle non plus ne pouvait pas revenir en arrière... jamais elle ne le récupérerait et c'est là ce qui les mettait à égalité... malgré la différence d'âge ou le caractère... Des scènes, à quoi bon?... Il se sentit las. C'est fini... La volonté et le destin ont décidé... C'est fini... Plus d'autres choses, d'autres souvenirs, d'autres que ceux déjà connus... Il caressa de nouveau le damas du fauteuil... Les mégots, la cendre répandue ne sentaient pas bon. Et Lilia, qui se tenait là avec son visage graisseux.

Elle sur le seuil. Lui assis dans le fauteuil recouvert de damas.

Alors elle soupira et partit d'un pas traînant dans la chambre, et lui attendit assis, sans penser à rien, et enfin l'obscurité le surprit lorsqu'il vit son image si nettement reflétée dans les portes vitrées qui ouvraient sur le jardin. Le valet entra, avec le veston, un mouchoir et une bouteille d'eau de Cologne. Debout, le vieil homme se laissa enfiler le vêtement et déplia le mouchoir pour que le valet y verse quelques gouttes de lotion. Lorsqu'il mit le mouchoir dans sa poche de poitrine, il échangea un regard avec le domestique. Le domestique baissa les yeux. Non. Pourquoi allait-il penser à ce que pourrait éprouver cet homme?

— Serafin, vite, les mégots...

Il se redressa, en appuyant ses deux mains sur les bras du fauteuil. Il fit quelques pas vers la cheminée et caressa les fers forgés de Tolède et sentit l'haleine du feu sur le visage et les mains. Il s'avança pour écouter les premiers murmures de voix — ravies, admiratives — dans le vestibule de la maison. Serafin achevait de ramasser les mégots.

Il fit attiser le feu et les Régules firent leur entrée, tandis que le valet maniait les pincettes et que de grandes flammes s'élevaient dans la cheminée. Par la porte qui communiquait avec la salle à manger entra un autre domestique tenant un plateau. Roberto Régules prit un verre cependant que le jeune couple — Betina et son mari, le jeune Ceballos — main dans la main faisait le tour du salon et vantait les peintures anciennes, les moulures de plâtre et d'or, les sculptures somptueuses, les corniches et les chambranles baroques, les parcloses chantournées, les mascarons polychromes. Il tournait le dos à la porte lorsque le verre se brisa à terre, avec un bruit de cloche fêlée et que la voix de Lilia cria quelque chose d'un ton moqueur. Le vieil homme et les invités virent le visage de cette femme sans maquillage que l'on voyait apparaître, agrippée à la poignée de la porte :

— La la la la! Bonne et heureuse année!... Ne t'en fais pas, mon vieux, dans une heure ma cuite aura passé... et je descendrai comme si de rien n'était... Je voulais seulement te dire que j'avais décidé de passer une année joyeuse... tout ce qu'il y a de plus joyeuse!...

Il alla vers elle de son pas hésitant et difficile et elle cria :

— J'en ai marre de regarder la télé tous les jours... mon vieux!

A chaque pas du vieil homme, la voix de Lilia se faisait plus flûtée.

— Je les connais par cœur, les histoires de cow-boys... pan-pan... le shérif de l'Arizona... le campement des Peaux-Rouges... pan-pan... j'en rêve de ces voix-là... mon vieux... buvez Pepsi... et c'est tout... mon vieux... la sécurité dans la commodité; les polices...

La main arthritique gifla le visage sans maquillage et les boucles teintes retombèrent sur les yeux de Lilia. Elle en eut le souffle coupé. Elle tourna le dos et partit lentement, en se frottant la joue. Il retourna vers le groupe formé par les Régules et Jaime Ceballos. Régules but le whisky; cacha ses yeux derrière son verre. Betina sourit et alla vers l'amphitryon une cigarette à la main, comme pour demander du feu.

— Où avez-vous trouvé ce coffre?

Le vieil homme s'écarta et le domestique craqua une allumette près du visage de la jeune femme et elle dut détourner sa tête du buste du vieil homme et lui tourner le dos. Au fond du vestibule, derrière Lilia, entraient les musiciens, emmitouflés, grelottant de froid. Jaime Ceballos claqua des doigts et pirouetta sur ses talons comme un danseur de flamenco.

Sur la table aux pieds sculptés en têtes de dauphin, sous les lustres de bronze, des perdrix rehaussées de sauce au porc et de rancio, des merlus roulés dans des feuilles de moutarde de Tarragone, des canards sauvages recouverts d'écorces d'oranges, des carpes flanquées de laitance de fruits de mer, de la bullina-da [1] catalane épaisse sentant bon l'huile, un coq au vin flambé nageant dans du mâcon, des pigeons farcis à la purée d'artichauts, des plateaux posés sur de la glace pilée, des brochettes de langouste rose dans une spirale de citron, des champignons de Paris et des tranches de tomates, du jambon de Bayonne, des casseroles de gibier mijoté dans l'armagnac, des cous d'oie farcis de pâté de porc, de la purée de châtaignes et de peaux de pommes frites aux noix, des sauces à l'oignon et à l'orange, à l'ail et à la pistache, à l'amande et aux haricots : dans les yeux du vieil homme, lorsque s'ouvrit la porte aux cornes d'abondance et aux angelots fessus sculptés, poly-chromée dans un couvent de Querétaro, brilla ce point inaccessible : il ouvrit toutes grandes les portes et émit un rire sec, rauque, à chaque fois qu'un plat en porcelaine de Saxe était présenté par un garçon à l'un des cent invités, dans le bruit des couverts

1. Sorte de bouillabaisse. (*N.d.T.*)

heurtant la vaisselle bleue; les verres de cristal se tendaient vers les bouteilles présentées par les serveurs et il donna l'ordre d'ouvrir les rideaux qui cachaient la baie ouverte sur le jardin ombragé de cerisiers, de pruniers nus, fragiles, de nettes statues de pierre monacale : lions, anges, moines émigrés des palais et des couvents de la Vice-Royauté; le feu d'artifice éclata, les grandes pièces qui projetaient leurs étincelles vers le centre de la voûte de l'hiver, claire et lointaine : amorce blanche et crépitante traversée par le vol rouge d'un éventail à serpentins jaunes : jaillissement des cicatrices ouvertes de la nuit, monarques en fête étalant leurs médaillons d'or sur le drap noir de la nuit, carrosses de lumière roulant vers les astres endeuillés de la nuit. Derrière ses lèvres closes, il rit de ce rire grommelé. Les plats vides étaient de nouveau remplis de nouvelles volailles, de nouveaux fruits de mer, de nouvelles viandes saignantes. Les bras nus s'agitèrent autour du vieil homme lourdement assis dans un siège des stalles anciennes, ornées de marqueteries, de sculptures exubérantes, aux corniches et aux chambranles capricieux. Il respira, il regarda : les parfums des femmes, les rondeurs des décolletés, le secret des aisselles rasées, les oreilles alourdies de bijoux, les cous blancs et les tailles fines d'où partaient les envolées de taffetas, de soie, de lamé or; il aspira ce parfum de lavande et de cigarettes allumées, de rouge à lèvres et de mascara, de petits souliers de femme et de cognac versé, de digestions lourdes et de vernis à ongles. Il leva son verre et se leva à son tour; le domestique mit entre ses doigts les laisses des chiens qui ne le quitteraient pas du reste de la nuit; le vacarme de cris à l'an nouveau éclata : les verres se brisèrent et les bras caressèrent, pressèrent, se levèrent pour célébrer cette fête du temps, ces funérailles, ce bûcher de la mémoire, cette résurrection fermentée de tous les faits, tandis que l'orchestre jouait *Les hirondelles,* de tous les faits, paroles et choses morts du cycle, pour célébrer le délai accordé à ces cent vies qui suspendaient les questions, hommes et femmes, pour se dire, parfois avec un regard mouillé, qu'il n'y aura de bon temps que celui-là, le temps vécu et prolongé pendant ces instants artificiellement étirés par l'éclatement des fusées et les cloches sonnant à la volée : Lilia lui caressa le cou comme pour lui demander pardon : peut-être savait-il, lui, que beaucoup de choses, beaucoup de petits désirs devaient être réprimés pour qu'il soit possible, en un seul moment de plénitude, de jouir totalement, sans gaspillage préalable, et elle devait lui en être reconnaissante : il le disait dans un murmure. Lorsque les violons, dans le salon, attaquèrent à nouveau *La goualante du pauvre Jean,* elle, avec une moue bien connue, lui prit le bras mais il refusa en secouant sa tête blanche et se dirigea, précédé des chiens, vers le fauteuil qu'il occuperait le reste de la nuit, face aux couples... Il s'amuserait à regarder les visages, fabriqués, doux, retors, malicieux, stupides, intelligents, en pensant à la chance, à la chance qu'ils avaient eue tous, eux et lui... visages, corps, danses, d'être libres, comme lui... ils l'affirment, ils le confirment en se déplaçant légèrement sur le plancher ciré, sous le lustre lumineux... en libérant, tout en les rendant opaques, ses souvenirs... ils l'obligent, avec persévérance, à jouir plus encore de cette

identité... liberté et puissance... il n'était pas seul...
ces danseurs étaient avec lui... c'est ce que lui dit la
chaleur du ventre, la satisfaction des entrailles...
escorte noire, carnavalesque, de la vieillesse puissante, de la présence chenue, arthritique, lourde...
écho du sourire persistant, rauque, reflété dans le
mouvement des petits yeux verts... blasons récents,
comme le sien... parfois plus neufs encore... ils
tournaient, ils tournaient... il les connaît... indus-
triels... commerçants... trafiquants... fils de bonne
famille... usuriers... ministres... députés... journa-
listes... épouses... fiancées... entremetteuses... maîtresses... les mots entrecoupés de ceux qui passaient
en dansant devant lui tournoyaient...

— Oui... — Nous irons tout à l'heure... — mais
papa... — je t'aime... — ... libre?... — On m'a dit
ça... — ... nous avons bien le temps... — Alors... —
comme ça... — ... j'aimerais... — Où? — ... dis-moi...
— je ne reviendrai plus... — ... tu l'aimais?... — ...
difficile — ça ne se fait plus... — mignonne — .. très
bon... — il est fichu... — ... bien fait... — ... hmmm...

Hmmm! il savait lire dans les yeux, dans les
mouvements des lèvres, des épaules... il pouvait leur
dire sans parler ce qu'il pensait... il pouvait leur dire
qui ils étaient... il pouvait leur rappeler leur vrai
nom.. faillites frauduleuses... dévaluations moné-
taires révélées à l'avance... spéculation sur les prix...
agio bancaire... nouveaux grands domaines... repor-
tages à tant la ligne... contrats de travaux publics
gonflés... campagnes électorales pour le compte des
grands ténors... dilapidation de la fortune paternelle... trafics d'influences dans les bureaux des
ministères... faux noms : Arturo Capdevila, Juan

Felipe Couto, Sebastían Ibargüen, Vicente Castañeda, Pedro Caseaux, Jenaro Arriaga, Jaime Ceballos, Pepito Ibargüen, Roberto Régules... Et les violons jouaient et les jupes tournoyaient et les basques des fracs... Ils ne parleront pas de tout cela... ils parleront de voyages et d'amours, de maisons et de voitures, de vacances et de fêtes, de bijoux et de domestiques, de maladies et de prêtres... Mais ils sont là, là, tous réunis... devant le plus puissant... les détruire ou les flatter d'un mot dans le journal... leur imposer la présence de Lilia... les pousser, d'une voix secrète, à danser, manger, boire... les sentir s'approcher...

— Je n'ai pas pu m'empêcher de l'amener, uniquement pour qu'il voie ce tableau représentant l'Archange, oui, celui-là, divin...

— Je l'ai toujours dit : il faut avoir le goût de don Artemio pour...

— Comment vous remercier?

— Vous avez raison de ne pas accepter d'invitations.

— Tout a été si royal que je ne trouve pas de mots pour... non, pas de mots, vraiment pas de mots, don Artemio; quels vins! et ces canards avec ces petites choses si royales!

... détourner le visage et se désintéresser... les rumeurs lui suffisaient... il ne voulait rien fixer... les sens jouissaient du simple murmure qui l'entourait... contacts, odeurs, saveurs, images... Ils peuvent bien l'appeler, avec des rires et des chuchotements, la momie de Coyoacán... ils peuvent bien se moquer de Lilia avec des sourires dissimulés... Ils sont là, dansant devant ses yeux...

Il leva le bras : un signe au chef d'orchestre : la musique s'arrêta au milieu d'un morceau et tous interrompirent la danse : le pot-pourri oriental indiqué par les cordes, le passage qui s'ouvre au milieu des gens, la femme à demi nue qui s'avança de la porte, en ondulant des bras et des hanches et vint se placer au milieu du salon : un cri joyeux : la danseuse arrêtée devant les tambours dont le rythme commande le mouvement de sa taille : corps frotté d'huile, lèvres orangées, paupières blanches et sourcils bleus : debout, dansant en faisant le tour du cercle des assistants, le ventre secoué de spasmes de plus en plus rapides : elle choisit le vieux Ibargüen et l'entraîna par le bras au milieu de la piste, le fit asseoir par terre, lui plaça les bras dans la position du dieu Vichnou, fit quelques figures autour de lui qui essayait d'imiter les ondulations de son corps : tout le monde sourit : elle s'approcha de Capdevila, l'obligea à ôter son veston, à danser autour d'Ibargüen : l'amphitryon rit, au fond de son fauteuil recouvert de damas en caressant les laisses des chiens; la danseuse monta sur le dos de Couto et encouragea quelques femmes à faire de même : tout le monde rit : les heurts entre montures, au milieu des éclats de rire, dérangèrent les coiffures et tachèrent de sueur les visages enflammés des amazones : les jupes se froissèrent, soulevées au-dessus des genoux : des jeunes gens, avec des rires aigus, tendirent la jambe pour faire trébucher les coursiers apoplectiques qui bataillaient au milieu des deux vieux danseurs et de la femme aux cuisses ouvertes.

Il leva les yeux, comme s'il eût émergé du fond de l'eau où il eût plongé bien lesté : par-dessus les têtes dépeignées et les bras ondulants, le limpide ciel de poutres et les murs blancs, les peintures à l'huile du XVIIᵉ siècle et les ors angéliques repeints à la détrempe... et dans son oreille en éveil, la course secrète des immenses rats — crocs noirs, museaux pointus — qui peuplaient les combles et les fondations de cet ancien couvent de hiéronymites, et qui parfois s'aventuraient impudemment dans les coins du salon et qui dans l'obscurité, par milliers, au-dessus et au-dessous des joyeux fêtards, attendaient... peut-être... l'occasion de les prendre tous par surprise... de répandre la contagion de la fièvre et de la migraine... de la nausée et du tremblement froid... de l'enflure indurée et douloureuse entre les jambes et aux aisselles... des taches noires sur la peau... du vomissement de sang... s'il levait le bras de nouveau... pour que les domestiques ferment les issues avec des barres de fer... les sorties de cette maison pleine d'amphores et de vases... de panneaux biseautés... de lits à baldaquins et à tentures... de clefs de fer forgé... de panneaux et de stalles... de portes renforcées de métal... de statues de moines et de lions... et que toute la troupe se vît obligée de rester là... de ne pas abandonner le navire... de se frotter le corps de vinaigre... d'allumer des feux de bois odorant... de se pendre des colliers de thym autour du cou... de chasser avec dégoût les mouches vertes et bourdonnantes... tandis que lui donnait l'ordre de danser, de vivre, de boire. Il chercha Lilia dans l'agitation de la marée humaine : elle buvait seule et en silence dans un coin, un sourire innocent aux lèvres, le dos tourné aux danses et aux joutes pour rire... quelques hommes allaient uriner... ils partaient déjà la main à leur braguette... quelques femmes allaient se repoudrer... elles ouvraient déjà leur sac à main du soir... il sourit avec dureté... seule réaction que provoquait le déploiement de joie et de munificence : il eut un petit rire silencieux... il les imagina... tous, chacun, en rang devant les deux lavabos du rez-de-chaussée... tous en train d'uriner, la vessie lourde de liquides splendides... tous en train de chier les restes du repas préparé deux jours durant avec une minutie, un goût, un choix... totalement étranger à ce destin final des canards et des langoustes, des purées et des sauces... ah oui, le plus grand plaisir de toute la soirée...

Ils se lassaient vite. La danseuse acheva sa danse et ne fut plus entourée que d'indifférence. Les gens reprirent leurs conversations, redemandèrent du champagne, se rassirent dans les divans profonds ; d'autres revenaient de leur excursion, boutonnant leur braguette, remettant les poudriers dans les sacs à main du soir. Cela faiblissait. La brève orgie prévue... l'exaltation ponctuelle inscrite au programme... les voix reprenaient leur ton bas et chantant... la réserve habituelle aux gens du plateau mexicain... ils revenaient à leurs préoccupations... comme s'ils avaient voulu se venger du moment passé, du fugitif instant...

— ... non, parce que la cortisone me donne des boutons...

— ... tu n'imagines pas les exercices spirituels que propose le père Martínez...

— ... regarde-la : qui le croirait ; on dit qu'ils ont été...

— ... j'ai dû la flanquer à la porte...

— ... Luis rentre si fatigué qu'il n'a qu'une envie...

— ... non, Jaime, il n'aime pas...

— ... elle est montée sur ses ergots...

— ... c'est de regarder un moment la télé...

— ... les bonnes d'aujourd'hui sont impossibles...

— ... amants depuis une vingtaine d'années...

— ... comment voulez-vous donner le droit de vote à cette racaille d'Indiens?

— ... et la femme toute seule chez elle; jamais...

— ... ce sont des questions de haute politique; nous avons reçu la...

— ... que le P.R.I. continue à désigner d'avance les candidats à élire...

— ... consigne de monsieur le Président au Parlement...

— ... moi je n'hésite pas...

— ... Laura; je crois qu'elle s'appelle Laura...

— ... nous sommes quelques-uns à travailler...

— ... s'il est de nouveau question d'*income tax*...

— ... pour trente millions de fainéants...

— ... aussitôt je vais porter mes économies en Suisse...

— ... les communistes ne comprennent...

— ... non, Jaime, personne ne doit le déranger...

— ... ça va être une affaire sensationnelle...

— ... que la matraque...

— ... nous investissons cent millions...

— ... c'est un très beau Dalí...

— ... et nous les récupérons en deux ans...

— ... ce sont les agents de ma galerie qui me l'ont envoyé...

— ... ou moins que cela...

— ... à New York...

— ... il a vécu longtemps en France; des décep-
tions..., à ce qu'on dit...

— ... nous allons nous réunir entre femmes...

— ... Paris est la ville-lumière par excellence...

— ... pour nous amuser toutes seules...

— ... si tu veux, demain nous partons pour
Acapulco...

— ... du rire; les rouages de l'industrie suisse...

— ... l'ambassadeur des États-Unis m'a fait appeler pour m'avertir..

— ... fonctionnent grâce aux dix millions de
dollars...

— ... Laura; Laura Rivière; elle s'est remariée là-
bas...

— ... avec le petit avion...

— ... que nous autres, Latino-Américains, nous
avons déposés...

— ... qu'aucun pays n'est à l'abri de la subver-
sion...

— ... bien sûr, je l'ai lu dans *Excelsior,* voyons...

— ... je vais te dire : il danse formidablement...

— ... Rome est la ville éternelle par excellence...

— ... mais il n'a pas un sou...

— ... moi j'ai dû trimer dur pour faire ma
pelote...

— ... dis donc, c'est tout ce qu'il y a de plus chic...

— ... pourquoi irais-je payer des impôts à un
gouvernement de voleurs...?

— ... on l'appelle la momie, la momie de
Coyoacán...

— ... Darling, un couturier sensationnel...

— ... des crédits pour l'agriculture?...

— ... je te dis que le *put*, il le manque toujours...

— ... pauvre Catalina...

— ... et après ça, qui contrôle les sécheresses et les gelées?...

— ... ne tournons pas autour du pot : sans investissements américains...

— ... on dit que ce fut sa grande passion, mais...

— ... Madrid, divin; Séville, charmant...

— ... nous n'en sortirons jamais...

— ... mais comme Mexico...

— ... les convenances ont été les plus fortes, tu comprends?...

— ... la maîtresse de maison; si ce n'était pas...

— ... je récupère quarante centavos sur chaque peso...

— ... nous donnent leur argent et leur *know how*...

— ... avant même de le prêter...

— ... et encore nous nous plaignons...

— ... c'était il y a un peu plus d'une vingtaine d'années...

— ... d'accord : des caciques, des leaders vénaux et tout ce que tu voudras...

— ... il m'a tout décoré en blanc et or, du tonnerre!

— ... mais le bon politicien n'essaie pas de réformer la réalité...

— ... monsieur le Président m'honore de son amitié...

— ... mais de la mettre à profit et de travailler avec elle...

— ... avec les affaires qu'il fait avec Juan Felipe, bien sûr...

337

— ... il fait des tas d'œuvres de charité, mais il n'en parle jamais...

— ... moi je lui ai dit simplement : il n'y a pas de quoi...

— ... nous nous devons tous des petits services, pas vrai?

— ... qu'est-ce que je ne donnerais pas pour en être débarrassé!...

— ... avec moi ça n'aurait pas duré, pauvre Catalina!...

— ... il a marchandé mais à moins de dix mille dollars...

— ... Laura : je crois qu'elle s'appelle Laura, je crois qu'elle a été très jolie...

— ... mais que veux-tu, j'ai été assez faible...

Ils s'éloignaient, ils se rapprochaient : au rythme du flot des danseurs et des conversations. A ce moment seulement, ce jeune homme au sourire franc et aux cheveux blonds s'accroupit à côté du vieil homme, balança la coupe de champagne d'une main, prit le bras du fauteuil de l'autre... Le jeune homme demanda s'il ne le dérangeait pas et le vieil homme lui dit : — Vous n'avez pas fait autre chose de toute la soirée, monsieur Ceballos... et il ne regarda pas le jeune homme... il garda le regard fixé sur le mouvement des gens... une règle non écrite... les invités ne devaient pas s'approcher de lui, sauf pour louer la maison et le dîner sans s'attarder... respecter son isolement... sans contrepartie... remercier de l'hospitalité et de la bonne soirée... la scène et la salle... il ne se rendait pas compte... incontestablement le jeune Ceballos ne se rendait pas compte... — Savez-vous? Je vous admire... lui fouilla dans la poche de son veston et en tira un paquet froissé de cigarettes... il en alluma une lentement... sans regarder le jeune homme... qui disait que seul un roi pouvait regarder avec autant de mépris qu'il les avait regardés lorsque... et il lui demanda si c'était la première fois qu'il assistait à... et le jeune homme répondit que oui... — Votre beau-père ne vous a pas...?... — Si, bien sûr... — Dans ce cas... — Ces règles ont été établies sans que j'aie été consulté, don Artemio... il ne put résister... ses yeux langoureux... des volutes de fumée... il se tourna vers Jaime et le jeune homme soutint son regard... quelque chose de malicieux dans ce regard... un jeu des lèvres et des mâchoires... du vieil homme... du jeune homme... il se reconnut, ah... il le déconcertait, ah... — Quelle chose, monsieur Ceballos?... quelle chose il avait sacrifiée... — Je ne vous comprends pas... il ne le comprenait pas, il disait qu'il ne le comprenait pas... il laissa échapper un rire de son nez... — La blessure que nous faisons en nous trahissant nous-mêmes, mon ami... A qui croit-il donc parler? S'aperçoit-il seulement que je me trompe...? Jaime lui avança le cendrier... ah, ils avaient passé le fleuve à cheval, ce matin-là... — ... dans une justification...? il observait sans être observé... — Certainement, votre beau-père et les autres personnes que vous fréquentez... ils ont passé le fleuve, ce matin-là... — que notre fortune est justifiée que nous avons travaillé pour la gagner... — ... notre récompense, n'est-ce pas?... il lui demanda s'ils iraient ensemble, jusqu'à la mer... — Savez-vous pourquoi je suis au-dessus de tous ces pauvres gens... et pourquoi je les domine... Jaime lui avança un cendrier; il fit un geste avec la cigarette consumée...

il sortit du gué le torse nu... — Ah, c'est vous qui êtes
venu, je ne vous ai pas appelé... Jaime ferma à demi
les yeux et but une gorgée... — Vous perdez vos
illusions?... Elle répétait, « Mon Dieu, je ne mérite
pas cela », en levant le miroir, et se demandant si
c'était là ce qu'il verrait lorsqu'il reviendrait... —
Pauvre Catalina... — Parce que je ne m'abuse pas...
ils distingueront sur l'autre rive un spectre de terre,
un spectre, oui... — Que pensez-vous de cette fête? ...
*vacilón, qué rico vacilón, cha cha cha...* Cela sentait la
banane. Cocuya... — Peu importe... il piqua des
éperons; il tourna la tête et sourit... — ... mes
tableaux, mes vins, mes commodes et je les domine
tout comme vous autres... — Pensez-vous que...?
... tu t'es rappelé ta jeunesse à cause de lui et de ces
lieux... — La puissance a sa valeur en elle-même, voilà
ce que je sais, et pour la posséder il faut tout faire...
mais tu n'as pas voulu lui dire tout ce que cela
signifiait pour toi parce que tu aurais peut-être forcé
son affection... — ... comme je l'ai fait et aussi votre
beau-père et aussi tous ceux qui dansent là devant...
ce matin-là, je l'attendais avec joie... — ... comme
vous devez le faire vous-même, si vous voulez... —
Collaborer avec vous, don Artemio, voir si dans une
de vos affaires, vous pourriez... le bras levé du jeune
homme se tendit du côté de l'Orient, du côté où se
lève le soleil, du côté de la lagune... — Généralement,
ces choses-là se font autrement... les chevaux se
mirent à courir lentement, écartant les herbes
ancrées, agitant leur crinière, soulevant une poussière
d'écume... — ... le beau-père me fait venir et insinue
que son gendre est... ils se regardèrent dans les yeux,
ils sourirent... — Oui, mais voyez-vous, moi j'ai un

autre idéal... à la mer libre, à la haute mer, sur laquelle se mit à courir Lorenzo, agile, vers les vagues, qui se brisèrent autour de sa taille... — Il a accepté les choses comme elles sont; il est devenu réaliste... — Oui, c'est cela. Comme vous, don Artemio... il lui demanda s'il ne pensait jamais à ce qu'il y a de l'autre côté de la mer; la terre est partout semblable, seule la mer est différente... — Comme moi!... Il lui dit qu'il y avait des îles... — ... combattu dans la révolution, risqué la peau, été sur le point d'être fusillé?... la mer avait goût de bière amère, sentait le melon, le coing, la fraise... — Hein?... — Non... je... — Un bateau part dans dix jours. J'ai pris mon passage... — Vous arrivez à la fin du banquet, mon ami. Hâtez-vous de ramasser les miettes... — Tu n'en ferais pas autant, papa?... — ... en haut de l'échelle pendant quarante ans parce que nous avons été baptisés par la gloire de cette révolution... — Oui... — ... mais vous? Croyez-vous que cela puisse se léguer?... Avec quoi va-t-on perpétuer...? — A présent il y a ce front, là-bas. Je crois que c'est le seul qui reste... — Oui... — ... notre puissance?... — Je vais partir... — Vous autres vous nous avez enseigné comment... — Bah! Vous arrivez trop tard, je vous le dis... je l'attendais avec joie, ce matin-là... — que les autres essaient de vous abuser; moi je ne me suis jamais abusé; aussi je suis là... ils passèrent le fleuve, à cheval... — ... hâtez-vous... gorgez-vous... parce que tout va être emporté par... il lui demanda s'ils iraient ensemble, jusqu'à la mer... — Moi que m'importe... la mer surveillée par le vol bas des mouettes... — Je mourrai et cela me fera rire... la mer qui ne glissait sur la plage que sa langue fatiguée... —

.. et cela me fera rire de penser... vers les vagues qui se brisèrent autour de sa taille... — ... conserver vivant un monde pour lequel ils n'ont pas d'assez grosses... le vieil homme approcha sa tête de l'oreille de Ceballos... la mer qui a goût de bière amère... — Voulez-vous que je vous fasse un aveu?... la mer qui sent le melon et la goyave... son index frappa d'un coup sec le verre du jeune homme... les pêcheurs qui traînaient leurs filets sur le sable... — ... la véritable puissance naît toujours de la révolte... — Croire? Je ne sais pas. C'est toi qui m'as amené ici, qui m'as appris toutes ces choses... — Et vous... vous autres... les dix doigts écartés, sous le ciel nuageux, face à la mer ouverte... — ... et vous autres... vous n'avez plus ce qu'il faut...

Il se remit à regarder du côté du salon.

— Alors, murmura Jaime, je peux passer vous voir... un de ces jours?

— Voyez Padilla. Bonsoir.

La pendule du salon sonna trois coups. Le vieil homme soupira et secoua les laisses des chiens endormis, qui dressèrent les oreilles et se levèrent en même temps que, s'appuyant aux bras du fauteuil, il s'en extrayait avec effort et que la musique cessait.

Il traversa le salon au milieu des murmures reconnaissants et des têtes penchées des invités. Lilia se fraya un passage,

— Vous permettez...

et prit le bras raide. Lui la tête levée (Laura, Laura); elle les yeux baissés et attentifs; ils parcoururent le passage ouvert au milieu des invités, au milieu des sculptures somptueuses, des marqueteries opulentes, des moulures de plâtre et d'or, des commodes incrustées d'os et d'écaille, des ferrures et

342

des moraillons, des coffres à applications et écussons de fer, des odorants tabourets de pin ayacahuite, des stalles de chœur, des corniches et des chambranles baroques, des dossiers incurvés, des parcloses chantournées, des mascarons polychromes, des cabochons de bronze, des cuirs repoussés, des meubles aux pieds galbés terminés par une griffe enserrant une boule, des chasubles brochées d'argent, des fauteuils recouverts de damas, des divans de velours, des vases et des amphores, des panneaux biseautés, des tapis de haute laine, des toiles craquelées, sous les cristaux des lustres, les poutres chaleureuses, et arrivèrent à la première marche de l'escalier. Alors il caressa la main de Lilia et la femme l'aida à monter, lui prenant le coude, se baissant pour mieux le soutenir. Elle sourit :

— Tu n'es pas trop fatigué?

Il fit non de la tête et caressa de nouveau la main.


JE me suis réveillé... encore une fois... mais cette fois... oui... dans cette voiture, dans ce char... non... je ne sais pas... il roule sans faire de bruit... ce ne doit pas encore être là la conscience véritable... j'ai beau ouvrir les yeux je ne peux pas les distinguer... des objets, des personnes... des œufs blancs et lumineux qui roulent devant mes yeux... paroi de lait qui me sépare du monde... des choses que l'on peut toucher et des voix des autres... je suis séparé... je meurs... je me sépare... non, une attaque... une attaque cela peut arriver à un vieil homme de mon âge... la mort non,

343

la séparation non... je ne veux pas le dire... je veux le demander... mais je le dis... si je faisais un effort... oui... maintenant j'entends aussi les sons superposés de la sirène... c'est l'ambulance... de la sirène et de ma propre gorge... ma gorge étroite et fermée... ma salive en coule goutte à goutte,... vers un puits sans fond... se séparer... testament?... ah, n'ayez crainte... il existe un papier écrit, timbré, dressé devant notaire... je n'oublie personne... pourquoi les aurais-je oubliés, haïs...?... n'auriez-vous pas éprouvé du plaisir à penser que jusqu'au dernier moment j'ai pensé à vous pour vous jouer un bon tour?... ah, comme c'est drôle, ah, quel bon tour... non... je me souviens de vous avec l'indifférence d'une froide démarche... je partage entre vous cette fortune que vous attribuerez en public à mon effort... à ma ténacité... à mon sens des responsabilités... à mes qualités personnelles... faites-le... sentez-vous tran-quilles... oubliez que cette fortune je l'ai gagnée, je l'ai exposée, je l'ai gagnée... tout donner en échange de rien... n'est-il pas vrai?... comment appelle-t-on, alors, tout donner en échange de tout?... nommez cela comme il vous plaira... ils sont revenus, ils ne se sont pas tenus pour battus... oui, j'y pense et je souris... je me moque de moi-même, je me moque de vous... je me moque de ma vie... n'est-ce pas mon privilège?... n'est-ce pas le seul moment pour le faire?... je ne pouvais me moquer pendant que je vivais... maintenant oui... mon privilège... je leur laisserai le testament... je leur léguerai ces noms morts... Regina... Tobias... Páez... Gonzalo... Zagal... Laura, Laura... Lorenzo... pour qu'ils ne m'oublient pas... séparé... je peux le penser et m'interroger moi-même... sans le savoir... parce que ces dernières idées... cela je le sais... je pense, je ne fais semblant de rien... échappent à ma volonté, ah, oui... comme si le cerveau, le cerveau... question... la réponse m'arrive avant la question... probablement... l'une et l'autre sont une même chose... vivre est une autre séparation... avec ce mulâtre, près de la cabane et du fleuve... avec Catalina, si nous avions parlé... dans cette prison, ce matin-là... ne passe pas la mer, il n'y a pas d'îles, ce n'est pas vrai, je t'ai trompé... avec le maître d'école... Esteban?... Sebastián?... je ne me souviens pas... il m'a enseigné tant de choses... je ne me souviens pas... je l'ai quitté et je suis allé dans le Nord... ah, oui... oui... oui... oui, la vie aurait été différente... mais seulement cela... différente... pas la vie de cet homme agonisant... non, pas agonisant... je vous dis que non non non... une attaque... un vieil homme, une attaque... une convalescence, voilà ce que c'est... mais une autre... mais celle d'un autre... différente... mais aussi séparée... aïe déception... ni vie ni mort... aïe déception... sur la terre de l'homme... vie cachée... mort cachée... terme fatal... dépourvu de sens... mon Dieu... ah, c'est peut-être là la dernière affaire... qui me pose les mains sur les épaules?... croire en Dieu... oui, un bon placement, bien sûr... qui m'oblige à m'étendre, comme si j'avais voulu me lever d'ici?... y a-t-il une autre possibilité de croire qui demeure même lorsque l'on n'y croit pas?... Dieu Dieu Dieu... il suffit de répéter mille fois un mot pour qu'il perde toute signification et ne soit qu'un chapelet... de syllabes... creuses... Dieu Dieu... comme mes lèvres sont sèches... Dieu Dieu... éclaire ceux qui restent... fais-les penser à moi de temps... en temps... fais que mon souvenir... ne se perde pas... je pense... mais je ne les vois pas bien... je ne les vois pas... des hommes et des femmes en deuil... cet œuf noir se casse... cet œuf noir de mon regard et je vois... qu'ils continuent de vivre... qu'ils retournent à leurs travaux... loisirs... intrigues... sans se rappeler... le pauvre mort... qui écoute les pelletées de terre... mouillée sur le visage... l'avance sinueuse... sinueuse... sinueuse... oui... luxurieuse... de ces vers... ma gorge... dégoutte comme une mer... une voix perdue qui... veut ressusciter... ressusciter... continuer à vivre... continuer la vie où l'autre l'a coupée... la mort... non... recommencer depuis le début... ressusciter... renaître.. ressusciter... recommencer à décider... ressusciter... recommencer à choisir... non... quelle glace sur les tempes... quels ongles... bleus... quel estomac... ballonné... quelles nausées... de merde... ne meurs pas sans raison... ah femmes... pauvres femmes impuissantes... qui ont eu tous... les objets de la richesse... et la tête... de la médiocrité... si au moins... elles avaient compris à quoi elles servent... comment on doit se servir... de ces choses... même pas... tandis que moi j'ai eu tout... vous m'entendez?... tout... ce qui s'achète et... tout ce qui ne s'achète pas... j'ai eu Regina... vous m'entendez?... j'ai aimé Regina... elle s'appelait Regina... et elle m'a aimé... elle m'a aimé sans argent... elle m'a suivi... elle m'a donné la vie... ici-bas... Regina, Regina... combien je t'aime... combien je t'aime aujourd'hui... sans avoir besoin de t'avoir auprès de moi... combien tu emplis ma poitrine de cette satisfaction... chaleureuse... comme... tu m'inondes... de ton ancien parfum... oublié, Regina... je me suis souvenu de toi... tu as vu?... vois bien... avant je me suis souvenu de toi... j'ai pu me souvenir de toi... telle que tu es... comme tu m'aimes... comme je t'ai aimée en ce monde... que personne ne peut nous arracher... Regina, à toi et à moi... que j'emporte et que je conserve... en le protégeant de mes deux mains... comme... si c'était un feu... petit et vivant... que tu m'avais offert... que tu m'avais donné... que tu m'avais donné... moi j'ai pu prendre... mais à toi je t'ai donné... aïe, yeux noirs; aïe, chair sombre et odorante, aïe lèvres noires, aïe amour sombre que je ne peux toucher, nommer, répéter; aïe tes mains, Regina... tes mains sur mon cou et... l'oubli de nos rencontres... l'oubli... de tout ce qui a existé... hors de toi et de moi... aïe Regina... sans penser... sans parler... en étant dans les cuisses sombres... de l'abondance hors du temps... aïe mon orgueil impossible à répéter... l'orgueil de t'avoir aimée... le défi sans réponse... que peut nous dire le monde... Regina... qu'a-t-il pu ajouter à cela... quelle raison a pu parler... à la folie... de nous aimer?... laquelle?... colombe, œillet, convolvulus, écume, trèfle, clef, arche, étoile, fantôme, chair : comment te nommerai-je... amour... comment t'approcherai-je... à nouveau... de mon haleine... comment te supplierai-je... de te donner... comment te caresserai-je... les joues... comment baiserai-je... tes oreilles... comment te respirerai-je... entre les jambes... comment dirai-je... tes yeux... comment toucherai-je... ta saveur... comment abandonnerai-je... la solitude... de moi-même... pour me perdre... dans la solitude... de nous deux... comment répéterai-je... que je t'aime... comment chasserai-je... ton souvenir pour attendre ton retour?... Regina Regina... cet élancement revient, Regina, je suis en train de me réveiller... de ce demi-sommeil dans lequel m'a poussé le calmant... je suis en train de me réveiller... avec la douleur... au milieu... de mes entrailles, Regina, donne-moi la main, ne m'abandonne pas, je ne veux pas me réveiller sans te trouver près de moi, mon amour, Laura, ma femme adorée, mon souvenir sauveur, ma jupe de percale, Regina, j'ai mal, ma tendresse impossible à répéter, mon petit nez en trompette, j'ai mal, Regina, je me rends compte que j'ai mal : Regina, viens pour que je survive une autre fois; Regina, échange une autre fois ta vie contre la mienne; Regina, meurs à nouveau pour que je vive; Regina. Soldat. Regina. Embrassez-moi. Lorenzo. Lilia. Laura. Catalina. Embrassez-moi. Non. Quelle glace sur mes tempes... Cerveau, ne meurs pas... raison... je veux la retrouver... je veux... je veux... terre... pays... je t'aimais... j'ai voulu revenir... raison de la déraison... contempler d'un lieu très haut la vie vécue et ne rien voir... et si je ne vois rien... à quoi bon mourir... pourquoi mourir... pourquoi mourir... en souffrant... pourquoi ne pas continuer à vivre... la vie morte... pourquoi passer du néant vivant au néant mort... elle s'arrête... elle s'arrête haletante... le hurlement de la sirène... meute... l'ambulance s'arrête... fatigué... plus fatigué non... terre... une autre lumière entre dans mes yeux... une autre voix...

— C'est le docteur Sabines qui opère.

Raison? Raison?

Le brancard roule sur les rails, hors de l'ambulance. Raison? Qui vit? Qui vit?

TU ne pourras être plus fatigué; plus fatigué non; et c'est que tu auras beaucoup voyagé, à cheval, à pied, dans les vieux trains et le pays n'en finit pas. Te rappelleras-tu le pays? Tu te le rappelleras et il n'est pas un; ce sont mille pays avec un seul nom. Cela tu le sauras. Tu porteras les déserts rouges, les steppes du figuier de Barbarie et du maguey, le monde du nopal, la ceinture de lave et les cratères glacés, les murailles à coupoles dorées et à meurtrières de pierre, les villes à chaux et à sable, les villes de tezontle, les villages de brique crue, les bourgs de roseaux, les sentiers de boue noire, les chemins de la sécheresse, les lèvres de la mer, les côtes épaisses et oubliées, les vallées douces du blé et du maïs, les pâturages du Nord, les lacs du Bajío, les bois grêles et hauts, les branches chargées de foin, les sommets blancs, les plateaux d'asphalte, les ports de la malaria et du bordel, le Yucatán calcaire lisse comme un sabot, les fleuves perdus, précipités, les trous des mines d'or et d'argent, les Indiens qui n'ont pas la même voix, voix cora, voix yaqui, voix huichol, voix pima, voix seri, voix chontal, voix tepehuana, voix huastèque, voix totonaque, voix nahua, voix maya, le chalumeau et le tambour, la danse à trois temps, la guitare nouvelle et l'ancienne, les plumes, les os minces de Michoacán, la chair trapue de Tlaxcala, les yeux clairs de Sinaloa, les dents blanches de Chiapas, les chemises courtes des femmes aztèques, les peignes de Veracruz, les tresses mixtèques, les ceintures tzotziles, les rebozos de Santa María, la marqueterie de Puebla, la verrerie de Jalisco, le jade d'Oaxaca, les ruines du serpent, les ruines de la tête noire, les ruines du grand nez, les sanctuaires et les retables, les couleurs et les reliefs, la foi païenne de Tonantzintla et de Tlacochaguaya, les noms anciens de Teotihuacán et de Papantla, de Tula et d'Uxmal : tu les portes et ils te pèsent, ce sont des dalles très lourdes pour un seul homme : elles ne remuent jamais et tu les portes amarrées à ton cou : elles te pèsent et se sont mises à ton ventre... elles sont tes bacilles, tes parasites, tes amibes...

ta terre

tu penseras qu'il y a une seconde découverte de la terre dans ce charroi guerrier, un premier pied sur des montagnes et des précipices qui sont comme un poing défiant l'avance désespérée et lente du chemin, du barrage, du rail et du poteau télégraphique : cette nature qui se refuse à être partagée ou dominée, qui veut continuer à exister en une solitude abrupte et qui n'a offert aux hommes que quelques vallées, quelques fleuves, pour qu'en eux ou sur leur rive ils passent le temps; elle continue d'être la maîtresse escarpée des pics lisses et impossibles à atteindre, du désert plat, des forêts et de la côte abandonnée; et eux, fascinés par cette puissance hautaine, garderont les yeux fixés sur elle : si la nature inhospitalière tourne le dos à l'homme, l'homme tourne le dos à la vaste mer oubliée, pourrissante dans sa fertilité chaude, bouillonnante de richesses perdues

tu légueras la terre

tu ne reverras pas ces visages que tu as connus à Sonora et à Chihuahua, qu'un jour tu as vus endormis, se contenant, et le lendemain irrités, précipités dans cette lutte sans raisons ni palliatifs, dans cette étreinte des hommes que d'autres hommes séparèrent, dans cette affirmation : je suis là et j'existe avec toi et avec toi et avec toi aussi, avec toutes les mains et tous les visages interdits; amour, étrange amour commun qui trouvera son épuisement en lui-même : tu te le diras à toi-même, parce que tu l'as vécu et que tu ne l'as pas compris lorsque tu le vivais : c'est au moment de mourir seulement que tu l'accepteras et que tu diras ouvertement que même sans le comprendre tu l'as redouté à chacun de tes jours de puissance : tu redouteras que cette rencontre amoureuse n'éclate à nouveau; à présent tu mourras et tu ne le redouteras plus parce que tu ne le verras pas; mais tu diras aux autres de le redouter : de redouter la fausse tranquillité que tu leur lègues, de redouter la concorde factice, les mots magiques, la cupidité sanctionnée : de redouter cette injustice qui ne sait même pas qu'elle en est une :

ils accepteront ton testament : la respectabilité que tu as conquise pour eux, la respectabilité : ils remercieront le pauvre minable d'Artemio Cruz d'avoir fait d'eux des gens comme il faut; ils le remercieront de ne s'être pas contenté de vivre et de mourir dans une cabane de nègres; ils le remercieront d'être allé jouer sa vie; ils te justifieront parce qu'eux n'auront plus ta justification : eux ne pourront plus invoquer les batailles et les chefs, comme toi, et s'abriter derrière eux pour justifier la rapine au nom de la révolution et l'épanouissement personnel au nom de l'épanouissement de la révolution : tu y penseras et tu t'étonneras : quelle justification vont-ils trouver, eux? quelle barrière vont-ils dresser? : ils n'y pensent pas, ils jouiront de ce que tu leur laisses autant qu'ils le pourront; ils vivront heureux, ils se montreront peinés et reconnaissants — en public, tu n'en demanderas pas davantage — pendant que tu attends avec un mètre de terre sur le corps; tu attends de sentir à nouveau la foule de pieds sur ton visage mort et alors tu diras

— Ils sont revenus. Ils ne se sont pas tenus pour battus

et tu souriras : tu te moqueras d'eux, tu te moqueras de toi-même : c'est ton privilège : la nostalgie te tentera : ce serait la manière d'embellir le passé : tu ne le feras pas :

tu légueras les morts inutiles, les noms morts, les noms de tous ceux qui sont tombés morts pour que vive ton nom à toi; les noms des hommes dépouillés pour que possède ton nom à toi; les noms des hommes oubliés pour que ne soit jamais oublié ton nom à toi :

tu légueras ce pays; tu légueras ton journal, les relations et la flatterie, la conscience endormie par les discours mensongers d'hommes médiocres; tu légueras les hypothèques, tu légueras une classe abâtardie, une puissance sans grandeur, une sottise consacrée, une ambition naine, un engagement bouffon, une rhétorique pourrie, une lâcheté institutionnelle, un égoïsme grossier;

tu leur légueras ses leaders voleurs, ses syndicats soumis, ses nouveaux grands domaines, ses investissements américains, ses ouvriers emprisonnés, ses accapareurs et sa grande presse, ses journaliers, ses policiers et ses agents secrets, ses fonds déposés à l'étranger, ses agiotistes gominés, ses députés serviles, ses ministres flagorneurs, ses lotissements résidentiels, ses anniversaires et ses commémorations, ses puces et ses galettes de maïs mangées aux vers, ses Indiens illettrés, ses travailleurs en chômage, ses montagnes pelées, ses hommes gros armés de bouteilles d'oxygène et d'actions, ses hommes maigres armés d'ongles : prenez votre Mexique : prenez votre héritage

tu légueras les visages, doux, étrangers, sans lendemain parce qu'ils font tout aujourd'hui, disent tout aujourd'hui, sont le présent et sont dans le présent : ils disent « demain » parce que demain ne leur importe pas : toi tu seras l'avenir sans l'être, toi tu te consumeras aujourd'hui en pensant à demain : eux seront demain parce qu'ils vivent seulement aujourd'hui :

ton peuple

ta mort : animal qui prévois ta mort, chantes ta mort, la dis, la danses, la peins, te la rappelles avant de mourir ta mort :

ta terre natale :

tu ne mourras pas sans y retourner :

ce hameau au pied de la montagne; habité par trois cents personnes et à peine discernable aux taches de couleur de quelques tuiles au milieu du feuillage qui, dès l'endroit où prend racine la pierre de la montagne, se dresse, touffu, sur la pente douce qui suit le fleuve dans sa course jusqu'à la mer proche : comme un croissant de lune vert, l'arc de Tamiahua à Coatzalcoalcos dévorera le blanc visage de la mer en une vaine tentative — dévoré, à son tour, par la couronne brumeuse de la sierra, assise et limite du plateau indien — pour se rattacher à l'archipel tropical aux ondulations gracieuses et aux chairs brisées : main languide du Mexique sec, immuable, triste, du cloître de pierre et de poussière enfermé sur le haut plateau, le croissant de lune de Veracruz aura une autre histoire, liée par des fils dorés aux Antilles, à l'Océan, et, plus au-delà, à la Méditerranée qui en vérité ne sera vaincue que par les contreforts de la Sierra Madre Oriental : où se nouent les volcans et se dressent les enseignes silencieuses du maguey, mourra un monde qui en flots répétés envoie ses crêtes sensuelles depuis le détroit du Bosphore et les golfes de la mer Égée, son clapotis de grappes et de dauphins depuis Syracuse et Tunis, son profond vagissement de reconnaissance depuis l'Andalousie et les portes de Gibraltar, sa servilité de nègre courtisan et portant perruque depuis Haïti et la Jamaïque, ses ensembles de danses et de tambours et de fromagers et de corsaires et de conquistadores depuis Cuba : la terre noire absorbe les flots de la marée : sur les balcons de fer forgé et sous les arcades de la grand-place de Veracruz se fixeront les ondes lointaines : dans les colonnes blanches des portiques champêtres et dans les intonations voluptueuses du corps et de la voix mourront les effluves : il y aura ici une frontière : puis se dressera le piédestal sombre des aigles et des silex : une frontière que personne ne franchira pour la victoire : ni les hommes d'Estrémadure et de Castille qui s'épuisèrent dans la première fondation et ensuite furent vaincus sans le savoir dans l'ascension de la plate-forme interdite qui les laissa détruire et déformer les seules apparences : victimes, enfin, de la faim concentrée dans les statues de poussière, de la succion aveugle de la lagune qui a englouti l'or, les fondations, les visages de tous les conquistadores qui l'ont violée; ni les boucaniers qui entassèrent dans leurs brigantins les écus jetés du haut de la montagne indigène avec un éclat de rire aigre; ni les moines qui traversèrent le Paso de la Malinche pour donner de nouveaux déguisements à des dieux impassibles qui se faisaient représenter taillés dans une pierre périssable mais qui étaient les habitants de l'air; ni les nègres amenés aux plantations tropicales et amollis par les Indiennes venues à leur rencontre qui offrirent leurs sexes glabres comme un réduit de victoire sur la race crépue; ni les princes qui débarquèrent des voiliers impériaux et se laissèrent abuser par le doux paysage de palma-christi et de fruits en drupes et montèrent avec leurs bagages pleins de dentelle et de lavande vers le plateau aux murs criblés; ni même les caciques à tricorne et épaulettes qui dans l'opacité muette du haut plateau trouvèrent, en fin de compte, la défaite exaspérante de la réticence, de la moquerie sourde, de l'indifférence :

tu seras cet enfant-là qui naît à la terre, trouve la terre, sort de son origine, trouve son destin, aujourd'hui que la mort identifie l'origine et le destin et entre les deux plante, malgré tout, la lame tranchante de la liberté :


(1903 : 18 JANVIER)


IL se réveilla en entendant le murmure du mulâtre Lunero — Ah ivrogne, ah ivrogne — alors que tous

355

les coqs (volatiles endeuillés qui étaient tombés dans la servitude rustique, après l'abandon des élevages qui en d'autres temps avaient été l'orgueil de cette hacienda parce qu'ils avaient rivalisé avec les coqs de combat du grand maître de la région, il y a plus d'un demi-siècle) annoncèrent la prompte aurore du tropique, qui était la fin de la nuit pour M. Pedrito, embarqué dans une nouvelle soûlerie solitaire, là-bas sur la terrasse aux dalles de couleur de la vieille habitation perdue : le chant ivre du maître parvint jusqu'au toit de palmes sous lequel Lunero était déjà debout, arrosant le sol de terre de poignées d'eau prises dans la cuvette, venue d'un autre lieu, dont les canards et les petites fleurs peints avaient arboré une laque brillante, en d'autres temps. Lunero alluma aussitôt le feu pour réchauffer le ragoût de charal [1], reste de la veille; dans la corbeille il choisit, en clignant des yeux, les fruits les plus noirs pour les consommer tout de suite, avant que la corruption complète, sœur de la fertilité, ne les amollisse et les emplisse de vers. Puis, lorsque la fumée de la plaque métallique eut achevé de tirer l'enfant de sa torpeur, le chant aviné cessa mais on entendait encore l'ivrogne trébucher de plus en plus loin puis le coup de porte final, prélude de la longue matinée d'insomnie : couché sur le ventre, sur le grand couvre-pied nu et coloré du grand lit d'acajou, pris sous les filets de la moustiquaire, dans le lit à baldaquin sans draps, désespéré parce que les réserves d'eau-de-vie s'étaient terminées. Avant — se rappelait Lunero en caressant la tête ébouriffée de l'enfant qui s'était approché du feu dans sa chemise courte laissant voir les premières

1. Poisson. (*N.d.T.*)

ombres de la puberté —, lorsqu'il y avait beaucoup de terres, les cabanes se trouvaient à l'écart de la maison et on ne savait pas ce qui s'y passait, si les grosses cuisinières et les jeunes métisses qui maniaient le balai et amidonnaient les chemises ne venaient pas apporter leurs histoires à cet autre monde des hommes hâlés dans les champs de tabac. Maintenant, tout était proche et dans l'hacienda de plus en plus réduite par les usuriers et les ennemis politiques de l'ancien maître mort, il ne restait plus que le souvenir des domestiques, conservé par la maigre Baracoa qui continuait à soigner la grand-mère enfermée dans la chambre bleue du fond; ici vivaient Lunero et l'enfant et ils étaient les seuls à travailler.

Le mulâtre s'assit sur le sol aplani et partagea le plat de poisson : il en vida la moitié dans la marmite de terre et laissa l'autre sur la plaque. Il offrit une mangue à l'enfant et pela une banane et tous deux mangèrent en silence. Lorsque le petit monticule de cendres se fut éteint, entra par l'unique ouverture — porte, fenêtre, entrée des chiens flaireurs, frontière des fourmis rouges arrêtées par une raie peinte à la chaux — le nuage lourd du convolvulus que Lunero avait planté des années plus tôt pour dissimuler les briques crues grises des murs et envelopper la cabane dans cette fragrance nocturne de fleurs tubulaires. Ils ne parlaient pas. Mais le mulâtre et l'enfant éprouvaient ce même sentiment de gratitude joyeuse d'être ensemble qu'ils ne diraient jamais, qu'ils n'exprimeraient jamais, même pas dans un sourire échangé, parce qu'ils étaient là non pour dire ou sourire, mais pour manger et dormir ensemble et ensemble sortir chaque matin à l'aube, invariablement silencieuse, chargée d'humidité tropicale et ensemble accomplir les tâches nécessaires à la vie de tous les jours et procurer à l'Indienne Baracoa les pièces qui chaque samedi permettaient d'acheter la nourriture de la grand-mère et les dames-jeannes de M. Pedrito. Elles étaient belles ces grandes bouteilles bleues isolées de la chaleur par le cannage de roseaux et l'anse de cuir : pansues, au col court et étroit. M. Pedrito les entassait à l'entrée de la maison et chaque mois Lunero allait au hameau au pied de la sierra avec la large perche dont on se servait à l'hacienda pour charrier les seaux d'eau et il revenait avec la perche posée sur les épaules, d'où pendaient les dames-jeannes, parce que la mule qu'ils avaient eue était morte. Ce hameau au pied de la montagne était leur seul voisinage. Habité par trois cents personnes et à peine discernable aux taches de couleur de quelques tuiles au milieu du feuillage qui, dès l'endroit où prend racine la pierre de la montagne, se dressait, touffu, sur la pente douce qui suit le fleuve dans sa course jusqu'à la mer proche.

L'enfant sortit de la cabane et courut sur le sentier bordé de fougères qu'entouraient les troncs gris et doux des manguiers; la pente boueuse le conduisit, sous le ciel caché par la fleur rouge et le fruit jaune, à la rive où Lunero, à coups de machette, avait ouvert une clairière près du fleuve — ici il commençait à s'élargir, tumultueux encore — pour le travail quotidien. Le mulâtre aux longs bras arriva en remontant son pantalon de toile, aux jambes évasées comme ceux des marins, souvenir de quelque mode oubliée. L'enfant prit la culotte courte bleue qui avait passé la nuit à sécher en plein air, sur le cercle de fer rouillé dont à ce moment s'approcha Lunero. Des écorces de manglier gisaient, ouvertes et nettoyées, leur partie intérieure dans l'eau. Lunero s'arrêta un instant, les pieds enfoncés dans la boue. En direction de la mer, le fleuve amplifiait sa respiration et caressait les masses croissantes de fougères et de bananiers. Les fourrés paraissaient plus hauts que le ciel, parce que celui-ci était uni, réverbérant, bas. Tous deux savaient ce qu'ils avaient à faire. Lunero prit la peau de roussette et se remit à polir, avec une force qui faisait tressauter les gros nerfs de son avant-bras, les écorces. L'enfant alla chercher un tabouret bancal et pourri et le plaça au milieu du cercle de fer, suspendu à une hampe centrale en bois. Des dix trous pratiqués dans le cercle pendaient autant de mèches. L'enfant fit tourner le cercle puis se pencha pour allumer le feu sous la casserole : la cire fondue et épaisse du myrica bouillit à gros bouillons; le cercle tourna; l'enfant versait la cire dans les trous.

— C'est bientôt le jour de la Purification, dit Lunero avec trois clous entre les dents.

— Quand?

Le petit foyer sous le soleil éclaira les yeux de l'enfant.

— Le 2, petit Cruz, le 2. Alors on vendra davantage de chandelles, non seulement aux gens d'à côté, mais à toute la région. On sait que les meilleures viennent d'ici.

— Je me rappelle l'année dernière.

Parfois la cire chaude tombait comme un coup de fouet; l'enfant avait les cuisses marquées de petites cicatrices rondes.

— C'est le jour où la marmotte cherche son ombre.

— Comment le sais-tu?

— C'est une histoire qui vient d'un autre pays.

Lunero s'arrêta et prit un marteau. Il plissa son front sombre.

— Petit Cruz, tu crois que tu sais faire les canoës, maintenant?

A présent, il y avait un grand sourire blanc sur le visage du garçon. Les reflets verts du fleuve et des fougères humides accusaient ces contours pâles, osseux, du visage. Peignés par le fleuve, ses cheveux retombaient sur le front haut, la nuque sombre. Le soleil leur avait donné des tons cuivrés, mais la racine était noire. Une couleur de fruit vert recouvrait les bras minces et le torse ferme, habitué qu'il était à nager à contre-courant, avec ses dents qui brillaient dans l'éclat de rire du corps rafraîchi par le fleuve au lit herbeux et aux rives boueuses.

— Oui, je sais. Je t'ai vu faire.

Le mulâtre baissa les yeux naturellement baissés, calmes mais aux aguets.

— Si Lunero s'en va, tu sauras faire toutes les choses?

L'enfant cessa de faire tourner la roue de fer.

— Si Lunero s'en va?

— S'il faut qu'il s'en aille.

Je n'aurais dû rien dire, pensa le mulâtre; il ne dirait rien, il s'en irait comme s'en allaient ses pareils, sans rien dire, parce qu'il connaît et accepte la fatalité et sent un abîme de raisons et de souvenirs entre cette connaissance et cette acceptation et la connaissance et le refus d'autres hommes; parce qu'il connaît la nostalgie et la vie errante. Et bien qu'il sût qu'il ne devait rien dire, il savait que l'enfant — son compagnon de toujours — avait regardé avec curiosité, en penchant sa petite tête, l'homme en sueur, serré dans sa redingote, qui avait demandé hier après Lunero.

— Tu sais, vendre les chandelles au village et en faire davantage quand vient le jour de la Purification; emporter les dames-jeannes vides tous les mois et laisser à M. Pedrito la liqueur devant la porte... fabriquer les canoës et leur faire descendre le fleuve tous les trois mois... et aussi, oui, donner l'or à Baracoa, tu sais, en gardant une pièce pour toi, et pêcher les charales ici même...

La petite clairière près du fleuve ne palpitait plus du grincement du cercle rouillé ni du martèlement somnambulique du mulâtre. Encaissé dans la verdure, grandissait le murmure de l'eau rapide qui charriait de la bagasse et des troncs foudroyés au cours des tempêtes de la nuit et de l'herbe des champs d'amont. Les papillons noirs et jaunes voletaient, du côté de la mer aussi. L'enfant laissa retomber les bras et interrogea le regard baissé du mulâtre.

— Tu t'en vas?

— Toi tu ne sais pas toutes les histoires de cet endroit. Il fut un temps où toute la terre, même la montagne, appartenait aux gens d'ici. Puis ils la perdirent. M. le grand-père mourut. M. Atanasio reçut une blessure par traîtrise et tout resta inculte. Ou bien passa à d'autres. Il n'est resté que moi et on m'a laissé en paix quatorze ans. Mais il fallait que mon heure arrive.

Lunero s'arrêta, parce qu'il ne savait comment poursuivre. Les miroitements argentés de l'eau le distrayaient et ses muscles lui demandèrent de reprendre le travail. Il y a treize ans, lorsqu'on lui avait confié l'enfant, il avait pensé l'envoyer sur le fleuve, l'abandonner aux soins des papillons, comme l'ancien roi des histoires blanches, et attendre son retour, une fois devenu puissant et grand. Mais la mort du maître Atanasio lui avait permis de garder l'enfant avec lui, sans même avoir d'histoire avec M. Pedrito, incapable de se laisser distraire ou de discuter, sans avoir d'histoire avec la grand-mère qui vivait déjà enfermée dans cette chambre bleue aux rideaux de dentelle et aux lustres qui tintaient quand il y avait de l'orage et qui jamais ne s'apercevrait que l'enfant grandissait à quelques mètres de sa folie recluse. Oui, le maître Atanasio était mort au bon moment. Il aurait fait tuer l'enfant; Lunero l'avait sauvé. Les derniers champs de tabac passèrent aux mains du nouveau cacique et il ne leur resta que ces terrains sur la rive couverts de fourrés et la vieille habitation pareille à une marmite vide et fendue de partout. Il vit passer tous les travailleurs sur les terres du nouveau maître et commencer à arriver de nouveaux hommes, amenés de très loin là-bas pour travailler les nouveaux semis et enlever à d'autres villages et fermes les hommes qui y étaient et lui, Lunero, dut inventer ces travaux de fabrication de chandelles et de canoës pour gagner le pain de tous et penser que de cette parcelle improductive, simple ongle entre le fleuve et la maison en ruine, personne n'irait le chasser parce que personne ne ferait attention à lui, perdu au milieu des ruines végétales avec son petit garçon. Le cacique mit quatorze ans à s'apercevoir de sa présence, mais il fallait bien qu'un jour il achève son ratissage obstiné de la région, et retrouve enfin la dernière aiguille perdue dans la botte de foin. C'est pourquoi hier après-midi s'était présenté, suffoquant dans la redingote noire et les tempes ruisselantes de sueur, l'agent recruteur du cacique, pour dire à Lunero que le lendemain même — aujourd'hui — il devrait aller à l'hacienda du maître au sud de l'État, parce que les bons cultivateurs de tabac se faisaient rares et que Lunero se la coulait douce depuis quatorze ans à s'occuper d'un ivrogne et d'une vieille folle. Et voilà tout ce que Lunero ne savait pas raconter au petit Cruz, parce qu'il lui semblait qu'il n'allait pas comprendre. A l'enfant qui n'avait connu que le travail au bord du fleuve et la fraîcheur de l'eau avant le repas; les voyages à la côte, où on lui offrait des crabes d'eau douce et de mer vivants et au hameau proche, hameau d'Indiens où personne ne lui parlait. Mais en réalité le mulâtre savait que s'il tirait sur un fil de l'histoire, toute la pièce d'étoffe se déferait et qu'il faudrait remonter à la source et perdre l'enfant. Et il l'aimait — se dit maintenant le mulâtre aux longs bras, penché sur l'écorce polie —; il l'aimait depuis qu'on avait roué de coups sa sœur Isabel Cruz et qu'on lui avait confié l'enfant et que Lunero l'avait nourri dans la cabane avec le lait de la vieille chèvre qui était restée du troupeau des Menchaca et lui avait dessiné dans la boue ces lettres qu'il avait apprises tout enfant, lorsqu'il était au service des Français à Veracruz et il lui avait appris à nager, à reconnaître et à savourer les fruits, à manier la machette, à fabriquer les chandelles, à chanter des chansons qui étaient celles qu'avait rapportées de Santiago de Cuba le père de Lunero, à l'époque où la guerre avait éclaté et où les familles étaient venues s'installer avec leurs domestiques à Veracruz. Et c'est tout ce que Lunero voulait savoir de l'enfant. Et peut-être n'était-il pas nécessaire d'en savoir davantage, si ce n'est que l'enfant aussi aimait Lunero et ne voulait pas vivre sans lui. Ces ombres perdues du monde — M. Pedrito, l'Indienne Baracoa, la grand-mère — s'avançaient maintenant au premier plan avec un profil de couteau, pour le séparer de Lunero. Ils étaient tout ce qui était étranger, tout ce qui était rupture de sa vie commune avec l'ami. Et c'était là tout ce que pensait l'enfant et tout ce qu'il comprenait.

— Prends garde : il va manquer des chandelles et le curé va se fâcher, dit Lunero.

Une brise inattendue fit se heurter les chandelles suspendues; un ara effrayé poussa le cri de midi.

Lunero se leva et entra dans le fleuve; au milieu du courant se trouvait le filet. Le mulâtre plongea et émergea, tirant le filet par un bras. L'enfant ôta sa culotte et se jeta à l'eau. Comme jamais, il sentit la fraîcheur sur tous les points de sa chair; il plongea et ouvrit les yeux : les ondulations cristallines de la couche supérieure, rapide, couraient sur un fond boueux et vert. Et là-haut, derrière — à présent il se laissa emporter par le courant, comme une flèche — était la maison dans laquelle, en treize ans, il n'était jamais entré, où se tenaient cet homme vu seulement de loin et cette femme qu'il ne connaissait que de nom. Il sortit la tête de l'eau. Lunero était déjà en train de faire frire le poisson et d'ouvrir une papaye avec la machette.

A peine passé midi, les rayons du soleil se glissèrent à travers le toit de feuilles tropicales, chauffant dur, dans sa descente vers le couchant. L'heure des branches en repos, l'heure où même le fleuve semblait ne pas couler. L'enfant s'étendit nu sous le palmier solitaire et sentit la chaleur des rayons qui étiraient de plus en plus loin l'ombre du tronc et du panache. Le soleil entama sa course finale; pourtant, les rayons obliques semblaient monter en éclairant, pore après pore, le corps tout entier. Les pieds d'abord, lorsqu'il s'appuya au piédestal nu. Puis les jambes écartées et le sexe endormi, le ventre plat et les seins durcis dans l'eau, le cou long et la mâchoire nettement découpée, où la lumière commençait à creuser deux commissures profondes, collées comme des arcs bandés aux pommettes dures qui encadraient la clarté des yeux perdus, cet après-midi-là, dans la sieste profonde et tranquille. Il dormait et Lunero, tout près, s'était couché sur le ventre et ses doigts tambourinaient sur la casserole noire. Un rythme s'emparait peu à peu de lui. La lassitude apparente du corps étendu n'était que la tension contemplative de son bras qui dansait, qui tirait des sons concentrés de l'ustensile et il commençait à murmurer, comme chaque après-midi, retrouvant dans sa mémoire un rythme de plus en plus rapide, la chanson de l'enfance et de la vie qu'il avait cessé de vivre, au temps où ses ancêtres se couronnaient, près du fromager, de bonnets ornés de grelots et se frottaient les bras d'eau-de-vie et que cet homme était installé dans la chaise, la tête recouverte

d'une étoffe blanche et que tous buvaient jusqu'à sa
lie de sucre noir le mélange de maïs et d'orange
amère et qu'on enseignait aux enfants qu'ils ne
devaient pas siffler la nuit :

*tó...*
*la hija de Yeyé...*
*la gusta mario... de otra mujé...*
*tó, la hija de Yeyé, le gusta mario, de otra mujé...*
*tóla hijaeyeyé legusta* [1]

Le rythme le gagnait peu à peu. Il étendit les bras
et toucha le bord de la terre humide et des doigts il
continua à pianoter sur elle et il frotta son ventre
contre elle et un grand sourire jaillit sur son visage et
plissa ses joues collées à l'os large : *legustamariodeo-
tramujé...* Le soleil de l'après-midi tombait en flots de
plomb sur sa tête ronde et crépue et il ne pouvait
changer de position, la sueur coulait sur son front,
sur ses côtes, entre ses cuisses et le chant se faisait de
plus en plus silencieux et profond. Moins il l'entendait et plus il le sentait et plus il se collait à la terre,
comme s'il eût forniqué avec elle. *Tólahijaeyeyé* : le
sourire allait éclater en lui, allait éclater en lui l'oubli
de l'homme en redingote noire, celui qui allait venir
cet après-midi-là, qui est déjà cet après-midi et
Lunero était perdu dans son chant et dans sa danse
couchée qui lui rappelait la tombe, qui lui rappelait
la tombe française et les femmes oubliées dans la
prison de cette habitation incendiée.

Derrière, les frondaisons et l'habitation de
l'hacienda dont rêve, en rêve, l'enfant baigné de
soleil. Ces murs noircis qui furent la proie du feu

1. « La fille de Yeyé/aime le mari/d'une autre femme », etc.
(*N.d.T.*)

lorsque passèrent par là les libéraux au cours de la dernière campagne contre l'Empire, après la mort de Maximilien et qu'ils y trouvèrent la famille qui avait prêté ses chambres au maréchal commandant en chef les forces françaises et ses caves aux troupes des conservateurs. A l'hacienda de Cocuya les soldats de Napoléon III s'étaient ravitaillés avant d'aller, avec leurs mules chargées de conserves, de haricots et de tabac, raser les positions des guérillas de Juárez dans la sierra, d'où ces bandes de hors-la-loi harcelaient les campements français de la plaine et les forteresses des villes de la région de Veracruz. Et au voisinage de l'hacienda, les zouaves avaient rencontré les groupes munis d'une guitare et d'une harpe qui chantaient *Balajú se fue a la guerra y no me quiso llevar* et qui égayaient leurs nuits ainsi que les Indiennes et les mulâtresses qui ensuite mirent au monde un peu partout des métis blondasses, des mulâtres aux yeux clairs et à la peau un peu rose, qui s'appelèrent Garduño et Álvarez alors qu'ils auraient dû s'appeler Dubois et Garnier. Oui, en ce même après-midi écrasé de chaleur, la vieille Ludivinia, enfermée pour toujours dans la chambre aux lustres insolites — deux pendaient du plafond blanchi à la chaux, l'autre était dans un coin près du lit à colonnes cannelées — et aux rideaux de dentelle jaunâtre, éventée par l'Indienne Baracoa qui perdit son nom originel pour recevoir celui-ci de la population négroïde de l'hacienda, et qui allait si mal à son profil d'aigle et à ses tresses grasses : la vieille Ludivinia fredonne, les yeux bien ouverts, cette maudite chanson dont, si elle se rendait compte, elle ne se souviendrait pas et que cependant elle veut savourer, parce qu'elle raille le général Juan Nepomuceno Almonte, qui fut d'abord un ami de la famille et compère de feu Ireneo Menchaca, le mari de Ludivinia, et fit partie de l'entourage de Santa Anna et ensuite, lorsque le sauveur du Mexique et grand protecteur des Menchaca — de leurs vies et de leurs haciendas — tenta de rentrer de son nième exil et débarqua et se soignait d'une crise de dysenterie, renia son ancienne loyauté, le fit arrêter par les Français et rembarquer : *San Juan de Nepomuceno, la monda*[1]. Ludivinia se rappelle le visage sombre de Juan Nepomuceno Almonte, fils des mille femmes marquées de petite vérole du curé Morelos, et tord sa bouche aux lèvres rentrées, édentée, lorsqu'elle se rappelle le couplet irrévérencieux de cette maudite chanson des juaristes qui firent mourir d'humiliation le général Santa Anna : ... *y qué te lo pareciera que llegaran los ladrones, se robaran a tu vieja y le bajaran los calzones*[2].. Ludivinia éclata de rire et fit signe à l'Indienne d'activer les mouvements de l'éventail de palme. La chambre vieillotte, blanchie à la chaux, avait une odeur de tropique renfermé, supplanté, travesti en froid. Les grosses taches d'humidité des murs plaisaient à la vieille femme, parce qu'elles la faisaient penser à d'autres climats, ceux de son enfance avant de se marier avec le lieutenant Ireneo Menchaca et de partager la vie et le destin du général

1. Extrait d'une chanson (« la monda » est une corruption de « le monde ») dans laquelle des Indiens se moquaient de Maximilien, installé sur le trône du Mexique avec l'aide du général Juan Nepomuceno Almonte, fils bâtard de Morelos, héros de l'Indépendance. (*N.d.T.*)
2. « Et qu'est-ce que tu dirais si ces voleurs venaient, qu'ils t'enlevaient ta femme et lui baissaient la culotte... » (*N.d.T.*)

Antonio López de Santa Anna et d'obtenir de son bon vouloir les riches terres près du fleuve, terres noires et vastes jouxtant la montagne et la mer. *Allá en la Francia, güirí güirí güirá, se murió Benito Juárez, se acabó la libertad*[1]. Et alors sa grimace se transforma en une moue mécontente qui craquela de mille croûtes poudrées tout son visage que maintenait un fin réseau de veines bleues. La griffe tremblante de Ludivinia écarta Baracoa d'un nouveau geste et secoua les manches de soie noire et les poignets de dentelle en loques. Dentelle et cristal, mais pas seulement cela : tables de peuplier sculpté à lourdes plaques de marbre sur lesquelles reposaient les pendules sous les cloches de verre, aux lourds pieds galbés terminés par des boules; fauteuils à bascule d'osier sur le sol de briques, couverts des robes à tournure qu'elle ne porta jamais plus, panneaux biseautés, cabochons de bronze, coffres à applications et écussons de fer, portraits ovales de créoles inconnus, roides, vernis, aux favoris bouffants et au buste haut et aux peignes d'écaille, cadres de fer-blanc pour les saints et l'Enfant Jésus d'Atocha, ce dernier en bois doré peint en détrempe ancienne, vermoulu, qui conservait à peine quelques traces de la première couche d'or, le lit orné de feuillage d'argent repoussé à baldaquin et à colonnes cannelées, séjour du corps exsangue, nid d'odeurs renfermées et de draps souillés, de paille en désordre formant des tumeurs qui apparaissaient par les déchirures du matelas.

1. Fin de la chanson contre San Juan Nepomuceno : « Là-bas en France, tra la la li tralali tralala, est mort Benito Juárez, c'en est fait de la liberté. » (*N.d.T.*)

L'incendie n'avait pas pénétré jusque-là. Ni les nouvelles de la perte des terres et de la mort du fils mort dans une embuscade et de la naissance de l'enfant dans la cabane de nègres : les nouvelles non, mais les pressentiments.

— Indienne, apporte un pichet d'eau.

Elle attendit que Baracoa fût sortie et alors elle viola toutes les règles, écarta les rideaux et fronça les sourcils pour observer ce qui se passait là-bas dehors. Elle avait vu grandir cet enfant inconnu ; elle l'avait épié de la fenêtre, derrière la dentelle. Elle avait vu les mêmes yeux verts et ri de plaisir de se savoir incarnée en un autre être jeune, elle qui gardait gravée dans le cerveau toute la mémoire d'un siècle et dans les sillons du visage les couches d'air et de terre et de soleil disparus. Elle avait duré. Elle avait survécu. Elle eut du mal à aller jusqu'à la fenêtre ; elle marchait presque à quatre pattes, les yeux fixés sur les genoux et les mains appuyées sur les cuisses. La tête aux mèches blanches était enfoncée dans les épaules, parfois plus hautes que le crâne. Mais elle avait survécu. Elle continuait à vivre ici, essayant d'accomplir dans le lit en désordre les gestes de la jeune femme belle et blanche qui avait ouvert les portes de Cocuya au long cortège de prélats espagnols, de commerçants français, d'ingénieurs écossais, de britanniques négociants en titres, d'agiotistes et de flibustiers qui étaient passés par ici dans leur marche vers Mexico et les possibilités offertes par le pays jeune, anarchique : ses cathédrales baroques, ses mines d'or et d'argent, ses palais de tezontle et de pierre sculptée, son clergé commerçant, son carnaval politique permanent et son gouvernement perpétuellement endetté, ses facilités douanières aisément accordées à l'étranger habile à circonvenir. C'était une époque glorieuse du Mexique, celle où les Menchaca avaient laissé la direction de l'hacienda au fils aîné, Atanasio, pour qu'il devienne un homme en traitant avec les travailleurs, les bandits, les Indiens, et étaient montés sur le haut plateau pour briller à la cour factice de Son Altesse Sérénissime. Comment le général Santa Anna aurait-il pu vivre sans son vieux Menchaca — maintenant colonel — qui s'y connaissait en combats de coqs et était capable de passer la nuit à boire et à parler du plan de Casamata, de l'expédition de Barradas, de El Álamo, de San Jacinto, de la Guerre des Petits gâteaux, même des défaites infligées par l'armée d'invasion yankee, auxquelles le généralissime faisait allusion avec une hilarité cynique, tout en frappant le sol de sa jambe de bois et en levant son verre et en caressant la chevelure noire de Flor de México, l'épouse-enfant conduite dans le lit encore chaud du dernier râle de la première femme? Puis ce fut l'époque difficile, celle où le Seigneur fut expulsé de Mexico par la faction libérale et où les Menchaca retournèrent à l'hacienda pour défendre leur bien : les milliers d'hectares généreusement offerts par le tyran bancal et amateur de coqs, pris sans en demander la permission aux paysans indigènes qui durent rester sur place comme péons ou se retirer au pied de la montagne; cultivés grâce à la nouvelle main-d'œuvre noire, bon marché, des îles Caraïbes; agrandis grâce au revenu des hypothèques imposées à tous les petits propriétaires de la région. Monceaux de tabac mis à sécher. Charrettes chargées de bananes et de mangues. Troupeaux de chèvres gardées par des bergers sur les premières hauteurs de la Sierra Madre. Et au milieu l'habitation à un étage, avec sa petite tour rouge et ses écuries vibrantes de hennissements, ses promenades en barque et en victoria. Et Atanasio, le fils aux yeux verts, vêtu de blanc sur le cheval blanc, offert lui aussi par Santa Anna, parcourant la terre fertile le fouet à la main, prompt à imposer sa volonté décisive, à satisfaire son gros appétit sur les jeunes paysannes, à défendre avec la bande de nègres importés l'intégrité des terres contre les incursions de plus en plus fréquentes des juaristes. *Viva México primero, que viva nuestra nación, muera el príncipe extranjero* [1]... Et les derniers jours de l'Empire, lorsque le vieil Ireneo Menchaca fut prévenu que Santa Anna rentrait d'exil pour proclamer une nouvelle République : le vieil homme partit dans sa victoria pour Veracruz où l'attendait une chaloupe à quai et sur le pont du *Virginia,* dans la nuit, Santa Anna et ses flibustiers allemands lançaient des signaux devant San Juan de Ulúa sans que personne leur répondît. La garnison du port était fidèle à l'Empire et se moquait du tyran déchu qui se promenait sur le pont du navire, sous les gaillardets, désespéré, laissant tomber des insanités de sa bouche aux lèvres charnues. Les voiles se gonflèrent à nouveau et les deux vieux amis jouèrent aux cartes dans la cabine du capitaine yankee : ils naviguaient sur une mer torride, lente, d'où c'est à peine si on apercevait la ligne de la côte, perdue derrière un voile de chaleur. De la silhouette pavoisée du bateau, les

1. « Vive d'abord le Mexique, vive notre pays, à bas le prince étranger. » (*N.d.T.*)

yeux furieux du dictateur virent la silhouette blanche de Sisal. Et le vieux boiteux descendit suivi de son vieux compère, lança une proclamation à la population du Yucatán et se remit à vivre son rêve de grandeur : Maximilien venait d'être condamné à mort à Querétaro et la République était en droit de compter, une fois encore, sur le patriotique don de la personne de son chef naturel et authentique, de son monarque sans couronne. On l'avait raconté à Ludivinia : ils avaient été capturés par le commandant de la garnison de Sisal, envoyés à Campeche et, là, promenés dans les rues les mains chargées de chaînes, au milieu des bourrades du piquet de soldats, comme de vulgaires voleurs. On lui avait raconté qu'ils avaient été jetés dans un cachot de la prison. Que, en cet été sans latrines, gonflé d'eau corrompue, le vieux colonel Menchaca était mort alors que les journaux nord-américains faisaient savoir que Santa Anna avait été exécuté par les juaristes, ainsi que l'innocent Prince de Trieste. Non : seul le cadavre d'Ireneo Menchaca fut enterré dans le cimetière en face de la baie — ainsi s'achevait une vie de hasard et de loteries, comme celle du pays lui-même — et Santa Anna, avec la grimace permanente d'une folie infectieuse, repartit pour un nouvel exil.

Atanasio le lui avait dit; la vieille Ludivinia se le rappela en ce chaud après-midi, et dès lors elle ne quitta plus la chambre et y apporta ses plus beaux vêtements, le lustre de la salle à manger, les coffres bardés de fer, les tableaux les mieux vernis. Pour attendre une mort que sa tête romantique jugeait imminente, mais qui avait tardé à venir trente-cinq ans perdus, qui n'étaient rien pour une femme de

quatre-vingt-treize, née l'année du premier soulève-
ment, lorsque le fracas de bâtons et de pierres s'éleva
dans la paroisse de Dolores et que sa mère lui donna
le jour dans une maison aux portes barricadées par la
terreur. Ses calendriers s'étaient perdus et cette année
1903 n'était pour elle qu'un temps dérobé à la rapide
mort de chagrin qui aurait dû suivre celle du colonel.
De même que n'avait pas eu lieu, en 68, l'incendie de
l'habitation, qui s'était arrêté aux portes de la
chambre close tandis que ses fils — il y en avait un
autre, Atanasio n'était pas unique, mais elle n'aimait
que lui — lui criaient de se sauver et qu'elle entassait
les chaises et les tables contre la porte et toussait
cette fumée épaisse qui se glissait par toutes les
fentes. Elle ne voulut voir personne d'autre, seulement l'Indienne car il fallait bien que quelqu'un lui
apportât sa nourriture et raccommodât ses vêtements
noirs. Elle ne voulut rien savoir d'autre, mais se
rappeler les temps passés. Et entre les quatre murs
elle perdit la raison de tout, sauf de l'essentiel : son
veuvage, le passé et, un beau jour, cet enfant qui
toujours courait au loin, suivant comme une ombre
un mulâtre inconnu.

— Indienne, apporte un pichet d'eau.

Mais au lieu de Baracoa, ce fut ce spectre jaune
qui apparut à la porte.

Ludivinia eut un cri étouffé et se replia vers le fond
du lit : les yeux enfoncés s'ouvrirent avec effroi et
toutes les pelures du visage semblèrent se pulvériser.
L'homme qui était là s'arrêta sur le seuil et avança
une main tremblante.

— Je suis Pedro...

Ludivinia ne comprit pas. Son tremblement l'empêchait de parler mais les bras parvinrent à s'agiter, à exorciser, à récuser dans une agitation de chiffons noirs, tandis que le fantôme pâle avançait la bouche ouverte :

— Hé... Pedro... hé..., dit-il en frottant son menton souillé. Pedro...

Avec ce mouvement des paupières. La vieille paralysée ne comprit pas ce que lui disait cet homme somnolent, qui puait la sueur et l'alcool bon marché :

— Hé... il ne reste plus rien, vous savez?... tout... au diable... et maintenant..., balbutiait-il avec des sanglots secs, ils emmènent le nègre; mais vous ne savez pas, maman...

— Atanasio...

— Hé... Pedro.

L'ivrogne se jeta dans le fauteuil à bascule et écarta les jambes, comme s'il était revenu à son port de départ.

— Ils emmènent le nègre... et c'est lui qui nous donne à manger... à vous et à moi...

— Non; un mulâtre; un mulâtre et un enfant...

Ludivinia écoutait, mais ne regardait pas le spectre qui s'était installé là pour lui parler, parce qu'une voix qui se faisait entendre à l'intérieur de la caverne interdite ne pouvait avoir un corps.

— Bon, un mulâtre; et un enfant... hé?

— Il court quelquefois par là-bas. Je l'ai vu. Cela me fait plaisir. C'est un enfant.

— L'agent recruteur est venu me prévenir... me réveiller en pleine chaleur du soleil... Ils emmènent le nègre... qu'est-ce que nous allons faire?

— Ils emmènent un nègre? La propriété est pleine de nègres. Le colonel dit qu'ils sont meilleur marché et travaillent davantage. Mais si tu l'aimes tant, demandes-en six réaux.

Et ils restèrent sans bouger, statues de sel, pensant à ce qu'ils auraient voulu dire ensuite, alors qu'il serait déjà trop tard, alors que l'enfant ne serait déjà plus parmi eux. Ludivinia s'efforça d'approcher son regard de la présence qu'elle se refusait à admettre : qui pouvait bien être cet homme qui exprès, aujourd'hui seulement, avait revêtu après bien du temps ses plus beaux vêtements pour faire le pas défendu? Oui : le plastron orné de dentelles, que le climat tropical avait couvert de plaques de mousse dans son armoire, les pantalons étroits, trop ajustés, trop étroits pour le petit ventre de ce corps épuisé. Les vieux vêtements ne supportaient pas l'épreuve de la sueur habituelle — tabac et alcool — et les yeux transparents n'avaient rien à voir avec la personnalité et la prestance que ces vêtements supposaient : les yeux d'un ivrogne sans malice, qui ne fréquentait personne depuis plus de quinze ans. Ah, — Ludivinia soupira, juchée sur son lit en désordre, admettant enfin que cette voix avait un visage — celui-ci n'est pas Atanasio, qui était comme le prolongement de sa mère dans une créature mâle : celui-ci est la mère elle-même, mais avec une barbe et des testicules — la vieille femme rêva — non pas la mère telle qu'elle aurait pu être en homme, comme l'avait été Atanasio; et voilà pourquoi elle avait aimé un fils et non l'autre — elle soupira — le fils qui avait toujours vécu enraciné à l'endroit où le destin les avait placés sur la terre et non pas celui qui, même pendant la défaite de la cause, avait voulu conserver l'usufruit, là-haut, dans les palais, de ce qui ne leur revenait plus : — elle en eut la certitude — : tant que tout était à eux, ils avaient le droit d'imposer leur présence au pays entier : — elle hésita — : maintenant que rien n'était à eux, leur place était entre ces quatre murs.

La mère et le fils se contemplèrent, séparés par la muraille d'une résurrection.

(— Tu viens me dire qu'il n'y a plus de terres ni de grandeur pour nous, que d'autres se sont enrichis à nos dépens comme nous nous étions enrichis aux dépens de ceux qui avaient été à l'origine les premiers maîtres de tout? Tu viens me raconter ce que je sais, au fond de moi, depuis la première nuit de ma vie d'épouse?

(— Je viens sous un prétexte. Je viens parce que je ne veux plus être seul.

(— Je voudrais me rappeler comment tu étais lorsque tu étais petit. Je t'ai aimé alors, parce que dans sa jeunesse une mère doit aimer tous ses enfants. Une fois vieux, nous savons mieux. Il n'y a pas de raison d'aimer qui que ce soit sans raison. Le sang n'en est pas une. La seule raison c'est le sang aimé sans raison.

(— J'ai voulu être fort, comme mon frère. J'ai traité avec une main de fer ce mulâtre et cet enfant; je leur ai interdit d'entrer dans la grande maison. Comme faisait Atanasio, tu te souviens? Mais alors il y avait tant de travailleurs. Aujourd'hui il ne reste que le mulâtre et l'enfant. Le mulâtre s'en va.

(— Tu t'es retrouvé seul. Tu viens à moi pour ne pas être seul. Tu crois que moi je suis seule; je le vois dans tes petits yeux compatissants. Stupide, toujours, et faible. pas mon fils, non, qui ne demandait de pitié à personne, mais ma propre image de jeune épouse. Maintenant non, plus maintenant. Maintenant j'ai toute ma vie pour être avec moi et cesser d'être vieille. Toi, tu es vieux, qui crois que tout est fini avec tes cheveux blancs et tes soûleries et ton manque de volonté. Ah, je te vois, je te vois, chingao! Tu es le même qui est monté avec nous à la capitale; le même qui a cru que notre puissance était une excuse pour la gaspiller avec les femmes et l'alcool et non une raison pour la rendre plus profonde et plus forte et en user comme d'un fouet; le même qui a cru que notre puissance était passée sans coup férir entre ses mains et qui a cru pour cela qu'il pouvait rester là-haut, sans notre soutien, lorsqu'il nous fallut de nouveau descendre vers cette terre chaude, cette source de tout, cet enfer d'où nous étions remontés et dans lequel nous devions retomber encore... Sens! Il y a une odeur plus forte que celles de la sueur de cheval et du fruit et de la poudre... As-tu jamais senti l'odeur de l'accouplement d'un homme et d'une femme? C'est cela que la terre sent ici, elle sent les draps de l'amour et toi tu ne l'as jamais su... Écoute, ah, je t'ai caressé quand tu es né et je t'ai donné le sein et je t'ai dit mon petit, mon petit à moi, et je ne me rappelais que le moment où ton père t'avait créé avec tout l'aveuglement d'un amour qui n'était pas fait pour te créer, mais pour me donner du plaisir : et cela est resté et toi tu as disparu... Là-bas dehors, écoute...

(— Pourquoi ne parlez-vous pas? Très bien... très bien... restez sans rien dire, c'est déjà quelque chose de vous voir là, me regarder ainsi; c'est déjà quelque chose de plus que ce lit nu et ces nuits de veille...

(— Tu cherches quelqu'un? Et cet enfant là-bas dehors, n'est-il pas vivant? Je te vois venir; tu dois penser que je ne sais rien, que d'ici je ne vois rien... Comme si je ne pouvais pas sentir qu'il y a une autre chair à moi qui rôde par là, un autre prolongement d'Ireneo et d'Atanasio, un autre Menchaca, un autre homme comme eux, là-bas dehors, écoute... Certainement il est à moi, alors que toi tu ne l'as pas cherché... Le sang se comprend sans avoir besoin de se rapprocher...)

— Lunero, dit l'enfant lorsqu'il se réveilla de sa sieste et vit que le mulâtre gisait, épuisé, sur la terre humide. Je veux entrer dans la grande maison.

Ensuite, lorsque tout serait fini, la vieille Ludivinia romprait son silence et sortirait, comme un corbeau sans ailes, pour aller crier dans les allées bordées de fougères, les yeux perdus dans les taillis et levés, enfin, vers la sierra; pour tendre les bras vers la forme humaine qu'elle espère rencontrer, aveuglée par la nuit insolite de sa clôture éclairée de chandelles perpétuelles, derrière chaque branche qui fouette son visage sillonné de veines mortes. Et elle sentirait l'odeur de cette conjonction de la terre et crierait de sa voix sourde les noms oubliés et nouvellement appris, elle mordrait avec rage ses mains pâles, parce que dans son cœur quelque chose — les années, la mémoire, le passé qui était toute sa vie — lui dirait qu'il devait encore exister une marge de vie en dehors de son siècle de souvenirs : une occasion de vivre et d'aimer un autre être de son sang : quelque chose qui n'était pas mort avec la mort d'Ireneo et d'Atanasio. Mais à présent, face à M. Pedrito, dans la chambre qu'elle n'avait pas

quittée depuis trente-cinq ans, Ludivinia croyait être
le point de rencontre de la mémoire et des présences
environnantes. M. Pedrito caressa de nouveau son
menton et se remit à parler, maintenant à voix
haute :

— Maman, vous ne savez pas...

Le regard de la vieille femme glaça la voix du fils.

(— Quoi? Que rien ne pouvait durer? Que cette
force était fondée sur les simples apparences, sur une
injustice qui devait périr sous les coups d'une autre
injustice? Que les ennemis que nous faisions fusiller
pour rester les maîtres; que les ennemis à qui ton
père faisait couper la langue ou les mains pour rester
le maître; que les ennemis à qui ton père a enlevé les
terres pour commencer à être le maître sont passés
un jour en vainqueurs et ont mis le feu à notre
maison; qu'ils sont passés un jour et nous ont pris ce
qui était à nous, ce que nous possédions grâce à
notre force et non grâce à notre droit? Que malgré
tout ton frère refusa d'accepter la pauvreté et la
défaite et continua d'être Atanasio Menchaca, non
pas là-haut, loin de la scène, comme toi, mais ici en
bas, parmi ses esclaves, affrontant le danger, violant
les mulâtresses et les Indiennes et non pas comme toi,
séduisant les femmes consentantes? Que des mille
coïts farouches, machinaux, hâtifs de ton frère il
devait rester une preuve, une seule, une seule, de son
passage sur notre terre? Que de tous les fils semés
par Atanasio Menchaca un peu partout sur nos
possessions, un devait être né tout près? Que le
même jour où son fils naquit dans une cabane de
nègres — comme il devait naître, au plus bas, pour

380

démontrer une nouvelle fois la force du père — Atanasio fut...)

Dans les yeux de Ludivinia, M. Pedrito ne devina pas les paroles. Le regard de la vieille femme, détaché du visage usé, flotta comme une vague de marbre sur la chaleur liquide de la chambre. L'homme aux vêtements trop étroits n'eut pas besoin d'écouter la voix de Ludivinia.

(— Ne me reprochez rien. Je suis aussi votre fils... Mon sang était le même que celui d'Atanasio... alors, pourquoi, ce soir-là...? Moi, on m'a dit seulement : « Le sergent Robaina, de la vieille garde de Santa Anna, a retrouvé ce que vous avez tant cherché, le cadavre du colonel Menchaca, dans le cimetière de Campeche. Un autre soldat, qui avait vu l'endroit où l'on avait enterré ton père dans une fosse anonyme, l'a dit au sergent lorsqu'il fut envoyé en garnison au port. Et le sergent, passant outre les consignes du commandement, enleva les restes du colonel Menchaca et profite maintenant de sa mutation à Jalisco pour passer par ici et vous les remettre. Je vous attends toi et ton frère cette nuit, après onze heures, dans la clairière de la forêt à deux kilomètres de l'entrée du village, à l'endroit où se trouvait avant le poteau auquel on pendait les Indiens rebelles. » Je n'ai pas été malin? Atanasio l'a cru comme moi; ses yeux se remplirent de larmes et il n'a jamais douté du contenu du message. Ah, pourquoi donc suis-je venu à Cocuya à ce moment-là? Oui, parce que je commençais à manquer d'argent à Mexico et qu'Atanasio ne m'avait jamais rien refusé; il préférait même que je sois loin d'ici, parce qu'il voulait être le seul Menchaca de la région, votre seul gardien. Il y avait cette lune rousse de l'époque la plus chaude de l'année lorsque nous sommes arrivés à cheval au lieu indiqué. Le sergent Robaina s'y trouvait déjà, et nous nous souvenions de l'avoir vu quand nous étions enfants, appuyé à ce percheron. Ses dents brillaient comme des grains de riz, tout comme ses moustaches blanches. Nous nous souvenions de l'avoir vu quand nous étions enfants. Il avait toujours accompagné le général Santa Anna et s'était fait une réputation de dresseur de chevaux ; il avait toujours ri ainsi, comme si lui-même faisait partie d'une colossale plaisanterie. Et il y avait, sur le dos du percheron, le sac sale que nous attendions. Atanasio tomba dans ses bras et le sergent rit de plus belle ; il siffla même tant il riait, et ce fut alors que sortirent des fourrés les quatre hommes, bien brillants sous la lune parce qu'ils étaient tous habillés de blanc. « La sainte compagnie des âmes du Purgatoire! cria le sergent de sa voix souriante, la sainte compagnie vient pour emmener ceux qui ne se contentent pas d'avoir perdu leurs terres et qui cherchent à les récupérer! » et aussitôt il changea de visage et avança vers Atanasio. Personne ne fit attention à moi, je vous le jure ; ils avançaient seulement en regardant mon frère, comme si je n'avais pas existé ; et je ne sais même pas comment j'ai pu enfourcher un cheval et m'enfuir loin de ce cercle maudit des quatre hommes qui avançaient après avoir dégainé leur machette, tandis qu'Atanasio me criait d'une voix à la fois rauque et calme : « Rentre, mon frère, souviens-toi de ce que tu emportes » et je sentis la crosse qui heurtait mon genou, mais je ne pus plus voir les quatre hommes s'approcher d'Atanasio et d'abord le frapper aux jambes puis le mettre en pièces, là-bas sous la lune, pour que tout se passe en silence. A quoi bon demander de l'aide à l'hacienda, alors que je savais qu'il était bel et bien mort, et en outre des mains des gars du nouveau cacique qui avait besoin de tuer Atanasio pour l'être vraiment? Et désormais, qui pourrait bien s'opposer à lui? Je n'ai même pas voulu voir la nouvelle palissade dressée, le lendemain, par le maître qui nous avait battus sur nos propres terres. A quoi bon? Les travailleurs passèrent chez lui sans piper mot; il ne devait pas être pire qu'Atanasio. Et comme pour me signifier d'avoir à me tenir tranquille, le peloton des fédéraux resta là toute une semaine, sans bouger, sur les nouvelles limites. Comment pouvais-je faire quelque chose? Bien plutôt je devais leur être reconnaissant de m'avoir épargné. Et comme par hasard, au bout d'un mois, le général Porfirio Díaz visita la nouvelle grande maison de la région. Ils ne firent grâce de rien. Avec le cadavre mutilé d'Atanasio ils me remirent quelques os de vache, une grosse tête de mort avec des cornes : ce que le sergent portait dans son sac. Moi je me contentai de suspendre ce fusil chargé près de l'entrée de la maison, qui sait?, en une sorte d'hommage au pauvre Atanasio. Il est vrai que cette nuit-là... il ne m'est jamais venu à l'esprit que je le portais en travers de ma monture, et pourtant la crosse me heurtait le genou, tout le temps de cette chevauchée si longue, maman, je vous le jure, si longue...)

— Il ne faut jamais entrer là-bas, dit Lunero et il se leva, cessant sa danse de terreur et d'angoisse, son adieu silencieux dans le dernier après-midi passé en compagnie de l'enfant.

Il devait être cinq heures et demie et l'agent recruteur ne tarderait pas.

— Essaie seulement de t'enfoncer dans les terres, lui avait-il dit hier. Essaie donc. Nous avons mieux que les limiers : ce sont tous les malheureux qui aiment mieux livrer un péon marron que de savoir qu'au moins un a échappé à leur sort commun.

Non : c'était vers la côte qu'allaient les pensées de Lunero, prisonnier, enfin, d'une terreur et d'une nostalgie. Comme l'enfant le trouva grand lorsque le mulâtre se leva et observa le rapide courant du fleuve qui se dirigeait vers le golfe du Mexique ! Combien grands lui paraissaient ses trente-trois ans de chair couleur de cannelle et les paumes roses de ses mains ! Les yeux de Lunero étaient sur la côte et ses paupières semblaient peintes en blanc, non pas à cause de l'âge qui éclairait de cette façon le regard de la race, mais à cause de la nostalgie qui est un autre âge, plus ancien, tourné vers le passé. Là-bas était la barre qui marquait l'embouchure du fleuve et teignait d'une tache grise la première frontière de la mer. Mais plus loin, commençait le monde des îles et ensuite on parvenait au Continent où un homme comme lui pouvait se perdre dans la forêt et dire qu'il était revenu. Derrière il y avait la sierra, les Indiens, le plateau. Il ne voulut pas regarder en arrière. Il respira profondément et regarda vers la mer comme vers un enchantement de liberté et de plénitude. L'enfant lâcha les amarres de la pudeur et courut vers le mulâtre ; il ne put arriver à embrasser que les côtes de Lunero.

— Ne t'en va pas, Lunero...

— Petit Cruz, je t'en prie; qu'est-ce qu'on y peut?

Le mulâtre, troublé, caressa les cheveux du jeune garçon et ne put échapper à ce bonheur, à cette gratitude, à ce moment si douloureux qu'il avait toujours redouté.

L'enfant leva le visage :

— Je vais leur parler et leur dire que tu ne peux pas partir...

— A ceux de là-bas?

— Oui, à ceux de la grande maison.

— Ils ne veulent pas de nous là-bas, petit Cruz. Surtout n'y entre jamais. Viens, nous allons continuer à travailler. Beaucoup de jours passeront encore avant que je m'en aille. Qui sait, peut-être que je ne partirai jamais.

Le fleuve bruissant de l'après-midi accueillit le corps de Lunero qui plongea pour échapper aux paroles et au contact de son jeune compagnon de toute la vie. Le jeune garçon retourna à ses chandelles et sourit à nouveau lorsque Lunero, nageant à contre-courant, simula les mouvements désordonnés d'un noyé, émergea comme une flèche, fit une pirouette dans l'eau, reparut avec un bâton entre les dents puis, une fois sur la rive, s'ébroua et fit des bruits comiques et, enfin, s'assit de dos au jeune garçon, devant les écorces polies, et prit le marteau et les clous. Il dut y repenser : l'agent recruteur n'allait pas tarder. Le soleil se perdait derrière la cime des arbres. Lunero se refusait à penser à ce qu'il devait penser; la lame de l'amertume tranchait son bonheur, déjà perdu.

— Va chercher la peau de roussette dans la

cabane, dit-il au jeune garçon, sûr que c'étaient là ses mots d'adieu.

Il pouvait s'en aller ainsi, avec la chemise et le pantalon de toujours. A quoi bon autre chose? Maintenant que le soleil avait disparu, il se tiendrait à l'entrée du sentier, afin que l'homme à la redingote n'eût pas à s'approcher de la hutte.

— Oui, dit Ludivinia, Baracoa me fait tout comprendre à demi-mot : nous vivons du travail de l'enfant et du mulâtre. Voudras-tu reconnaître que c'est grâce à eux que nous mangeons? Et tu ne sais pas quoi faire?

La voix réelle de la vieille femme était difficile à comprendre; elle était si habituée au murmure solitaire, qu'elle jaillissait avec le silence et la gravité d'une source sulfureuse.

— ... ce qu'auraient fait ton père et ton frère : aller défendre ce mulâtre et l'enfant, empêcher qu'on les emmène... s'il le faut, donner sa vie pour qu'on ne nous piétine pas... vas-tu y aller ou bien est-ce moi qui irai, chingao?... Va me chercher l'enfant!... Je veux lui parler...

Mais l'enfant ne distinguait pas les voix, pas même les visages : seulement les silhouettes derrière le voile de dentelle, à présent que Ludivinia, avec un geste d'impatience, ordonnait à M. Pedrito d'allumer les chandelles. L'enfant s'éloigna de la fenêtre et, sur la pointe des pieds, alla vers la façade de la grande maison, aux colonnes noircies par la fumée et à la terrasse oubliée où pendait le hamac des festins solitaires. Et autre chose : sur le linteau, maintenu par deux crochets rouillés, le fusil que M. Pedrito portait sur sa monture cette nuit de 1889 et que depuis lors il avait conservé bien graissé et prêt à servir, comme le dernier réduit de sa lâcheté, sachant bien qu'il ne l'utiliserait jamais.

Le canon double brillait plus que le linteau blanc. Le jeune garçon franchit le seuil : ce qui avait été le salon de l'hacienda n'avait plus ni plancher ni plafond; la lumière verte des premières heures du soir entrait à flots, éclairant un sol d'herbe et de cendres, où coassaient quelques grenouilles et où, dans les coins, s'était amassée l'eau de pluie. Ensuite s'ouvrait le patio envahi de mauvaises herbes et au fond une porte laissait passer le rai de lumière de la chambre habitée. Les voix qui en sortaient se faisaient plus fortes. Du côté opposé — ce qu'il restait de l'ancienne cuisine — parut l'Indienne Baracoa, les yeux incrédules : l'enfant dissimula son visage dans l'ombre du salon. Il alla à la terrasse et grâce aux briques cassées il put atteindre le linteau et le fusil. Le bruit des voix augmenta. Elles lui parvenaient en un mélange de fureur ténue et d'excuses balbutiées. Enfin, une ombre haute sortit de la chambre : les basques de la redingote s'agitaient fortement et les bottines de cuir martelaient les dalles du couloir. Le jeune garçon n'attendit pas; il savait quel chemin allaient prendre ces pieds; il courut, tenant le fusil dans les bras, sur le sentier qui menait à la cabane.

Et Lunero était déjà en train d'attendre, loin de la grande maison et de la cabane, à l'endroit où se rejoignaient les deux chemins de terre rouge. Il pouvait être sept heures du soir. A présent, non, il ne tarderait plus. Il fouilla du regard les deux branches du large chemin. Le cheval de l'agent recruteur soulèverait un terrible nuage de poussière. Mais il ne ferait pas ce fracas lointain, cette double explosion que Lunero entendit derrière lui et qui un instant l'empêcha de bouger ou de penser.

Parce que le jeune garçon s'était blotti dans un fourré le fusil entre les mains, craignant que les pas ne le rejoignent et il avait vu passer les bottines serrées, le pantalon couleur de plomb et les basques de la redingote : la même redingote qu'hier : alors il n'hésita plus, et moins encore lorsque cet homme sans visage entra dans la cabane et cria : « Lunero! » et dans sa voix impatiente le jeune garçon devina l'irritation et la menace qu'il avait remarquées hier dans les manières de l'homme à la redingote qui cherchait le mulâtre. Qui pouvait bien chercher le mulâtre, si ce n'était pour l'emmener de force? Et le fusil pesait, avec une puissance qui prolongeait la colère silencieuse de l'enfant : colère parce qu'il savait maintenant que la vie avait des ennemis et n'était plus ce cours ininterrompu du fleuve et du travail; colère parce qu'il découvrait maintenant la séparation. De la cabane sortirent les jambes empantalonnées, la redingote couleur de plomb et il leva le double canon et pressa la détente.

— Cruz! Mon petit! cria Lunero lorsqu'il se fut approché du visage déchiqueté de M. Pedrito, du plastron teint de rouge, du sourire feint de la mort subite. Cruz!

Et le jeune garçon, qui sortait en tremblant du fourré, n'avait aucune raison de reconnaître ce visage baigné de sang et de poudre, le visage d'un homme qu'il avait toujours vu de loin, presque sans vêtements, levant la dame-jeanne et avec un gilet de peau

388

troué sur une poitrine glabre et pâle. Ce n'était pas celui-là, pas plus que ce n'était le monsieur qui était descendu de Mexico, élégant et net : celui que se rappelait Lunero ; pas plus que ce n'était l'enfant caressé, soixante ans plus tôt, par les mains de Ludivinia Menchaca : c'était seulement un visage sans traits, un plastron ensanglanté, une grimace stupide. Rien que les cigales. Lunero et l'enfant ne bougèrent pas, mais le mulâtre comprit. Le maître était mort à cause de lui. Et Ludivinia ouvrit les yeux, mouilla son index sur ses lèvres et éteignit la chandelle de son chevet : presque à quatre pattes, elle alla à la fenêtre. Quelque chose était arrivé. Le lustre avait à nouveau tinté. Arrivé pour toujours. Dans la secousse du double coup de feu. Elle écouta les voix perdues, qui finirent par s'éteindre et les insectes reprirent leur chœur. Rien que les cigales. Baracoa se roula en boule dans la cuisine ; elle laissa mourir le feu et trembla à la pensée que les temps de la poudre étaient revenus. Ludivinia ne bougea pas non plus, jusqu'à ce que dans le silence finît par triompher d'elle cette fureur ténue qui débordait de la chambre close, et alors elle sortit en trébuchant, toute petite sous le ciel nocturne qui apparaissait dans tous les trous des murs de l'habitation incendiée, menu lombric blanc et ridé qui étendait les bras dans l'espoir de toucher une forme humaine que pendant treize ans elle avait su proche, mais que maintenant seulement elle désirait toucher et appeler par son nom, au lieu de la laisser grandir dans le pressentiment : Cruz, Cruz sans prénom et sans nom véritables, baptisé par les mulâtres, des syllabes du nom d'Isabel Cruz ou Cruz Isabel, de la mère qui fut rouée de coups par Atanasio : la première femme de l'endroit à lui donner un fils. La vieille femme ne reconnut pas la nuit; ses jambes tremblèrent, mais elle persista à marcher, à se traîner les bras ouverts, prête à la dernière étreinte de sa vie. Mais ne s'approchèrent que ce fracas de sabots et ce nuage de poussière. Que ce cheval en sueur qui s'arrêta avec un hennissement lorsque la forme bossue de Ludivinia traversa le chemin et l'agent recruteur cria du haut de la selle :

— Où sont partis l'enfant et le nègre, vieille fouine? Où sont-ils partis, avant que je lâche après eux les chiens et la troupe?

Et Ludivinia ne sut que répondre en agitant dans la nuit son poing nerveux et en prononçant sa malédiction naturelle :

— Chingao, dit-elle au visage qu'elle ne parvint pas à voir, haut perché sur la selle. Chingao, répéta-t-elle, le souffle du cheval sur son poing levé.

Le fouet s'abattit sur son dos et Ludivinia tomba à terre cependant que le cheval faisait un demi-tour, l'enveloppait de poussière et partait d'un trait loin de l'hacienda.

JE sais qu'on transperce la peau de mon avant-bras avec cette aiguille; je crie avant de sentir la moindre douleur; l'annonce de cette douleur voyage vers mon cerveau avant que la peau ne la sente... ah... pour me prévenir de la douleur que je sentirai... pour me mettre en garde afin que je me rende compte... afin que je sente la douleur avec plus de force... parce que... me rendre compte... affaiblit... fait de moi une victime... lorsque je me rends compte... des forces qui ne me consulteront pas... ne tiendront pas compte de moi... voilà : les organes de la douleur... plus lents... sont plus forts que ceux de mon réflexe... douleur qui n'est déjà plus... celle de la piqûre... mais la même douleur... je sais... qu'on me touche le ventre... avec précaution... mon ventre ballonné... pâteux... bleu... on le touche... je ne le supporte pas... on le touche... avec cette main savonnée... ce rasoir qui me rase le ventre, le pubis... je ne le supporte pas... je crie... je dois crier... on me retient... par les bras... les épaules... je crie qu'on me laisse... qu'on me laisse mourir en paix... ne me touchez pas... je ne tolère pas qu'on me touche... cet estomac enflammé... sensible... comme un œil blessé... je ne tolère pas... je ne sais pas... on me retient... on m'appuie... mes intestins ne bougent pas... ils ne bougent pas, maintenant je le sens, maintenant je le sais... les gaz gonflent, ne sortent pas, paralysent... ces liquides qui devraient circuler, ne circulent plus... ils me gonflent... je le sais... je n'ai pas de température... je le sais... je ne sais pas de quel côté me tourner, à qui demander de m'aider, de me diriger, pour me lever et marcher... je pousse... je pousse... le sang n'arrive pas... je sais qu'il n'arrive pas où il devrait arriver... il devrait sortir par la bouche... par l'anus... il ne sort pas.. ils ne savent pas... ils devinent... ils me palpent... ils palpent mon cœur trop rapide... ils touchent mon poignet sans pouls... je me plie... je me plie en deux... on me prend par les aisselles... je m'endors... on me recouche... je me plie... je m'en-

dors... je leur dis... je dois leur dire avant de
m'endormir... je leur dis... je ne sais pas qui ils sont...
« Nous avons passé le fleuve... à cheval »... je sens
l'odeur de ma propre haleine... fétide... on me
recouche... la porte s'ouvre... les fenêtres s'ouvrent...
je cours... on me pousse... je vois le ciel... je vois les
lumières floues qui passent devant mes yeux... je
touche... je sens... je vois... je goûte... j'entends... on
m'emmène... je passe à côté... à côté... dans un
couloir... décoré... on m'emmène... je passe à côté en
touchant, en sentant, en goûtant, en sentant les
sculptures somptueuses — les marqueteries opulentes
— les moulures de plâtre et d'or — les commodes
incrustées d'os et d'écaille — les ferrures et les
moraillons — les coffres à applications et écussons de
fer — les odorants tabourets de pin ayacahuite — les
stalles de chœur — les corniches et les chambranles
baroques — les dossiers incurvés — les parcloses
chantournées — les mascarons polychromes — les
cabochons de bronze — les cuirs repoussés — les
pieds galbés terminés par une griffe enserrant une
boule — les fauteuils recouverts de damas — les
chasubles brochées d'argent — les divans de velours
— les tables de réfectoire — les vases et les amphores
— les panneaux biseautés — les lits à baldaquins et à
tentures — les colonnes cannelées — les écussons et
les orles — les tapis de haute laine — les clefs de fer
forgé — les toiles craquelées — les soies et les
cachemires — les laines et les taffetas — les cristaux
et les lustres — la vaisselle décorée à la main — les
poutres chaleureuses — cela ils ne le toucheront
pas... cela ne sera pas à eux... les paupières... il faut
ouvrir les paupières... ouvrez les fenêtres... je roule...

les mains grandes... les pieds énormes... je dors... les
lumières qui passent devant mes paupières ouvertes...
les lumières du ciel... ouvrez les étoiles... je ne sais
pas...


TU seras là, sur les premiers sommets de la montagne qui derrière toi gagnera en hauteur et en
respiration... A tes pieds, descendra le versant encore
enveloppé de branches touffues et de grincements
nocturnes, qui se diluera enfin dans la plaine
tropicale, tapis bleu de la nuit qui se lèvera ronde et
enveloppante... Tu t'arrêteras sur la première plate-
forme du rocher, perdu dans l'incompréhension
agitée de ce qui s'est passé, de la fin d'une vie que tu
avais secrètement crue éternelle... La vie de la cabane
autour de laquelle grimpaient les fleurs en forme de
cloche, du bain et de la pêche dans le fleuve, du
travail de la cire de myrica, de la compagnie du
mulâtre Lunero... mais devant ta convulsion
interne... une épingle dans la mémoire, une autre
dans l'intuition de l'avenir... s'ouvrira ce nouveau
monde de la nuit et de la montagne et sa lumière
obscure commencera à se frayer un passage dans les
yeux, nouveaux eux aussi et teintés de ce qui a cessé
d'être vie pour se changer en souvenir, d'un enfant
qui maintenant appartiendra à ce qui est indomptable, à ce qui est étranger aux forces propres à
l'étendue de la terre... Délivré de la fatalité attachée à
un lieu et à une naissance... asservi à un autre destin,
le nouveau, l'inconnu, celui qui plane derrière la

sierra éclairée par les étoiles. Assis, reprenant ton souffle, tu t'ouvriras au vaste panorama proche : la lumière du ciel couvert d'étoiles te parviendra régulière et permanente... La terre tournera dans sa course uniforme sur un axe propre et autour d'un soleil qui la domine... la terre et la lune tourneront sur elles-mêmes et autour du corps opposé et toutes deux autour du champ commun de leur pesanteur... Toute la cour du soleil sera en mouvement dans sa ceinture blanche et la coulée de poudre liquide sera en mouvement face aux conglomérats externes, autour de cette voûte claire de la nuit tropicale, dans la danse perpétuelle de doigts entrelacés, dans le dialogue sans but ni frontières de l'univers... et la lumière clignotante continuera à te baigner, toi, la plaine, la montagne, avec une persévérance étrangère au mouvement de l'étoile et à la révolution de la terre, du satellite, de l'astre, de la galaxie, de la nébuleuse; étrangère aux frictions, aux cohésions et aux mouvements élastiques qui unissent et compriment la force du monde, du rocher, de tes propres mains unies cette nuit en une première exclamation d'étonnement... Tu voudras fixer le regard sur une seule étoile et recueillir toute sa lumière, cette lumière froide, invisible comme la couleur plus ample de la lumière du soleil... mais cette lumière on ne la sent pas sur la peau... Tu cligneras les yeux et dans la nuit comme dans le jour tu ne pourras pas voir la véritable couleur du monde, interdite aux yeux de l'homme... Tu te perdras, distrait, dans la contemplation de la lumière blanche qui pénétrera dans ta pupille avec son rythme haché et discontinu... De toutes ses sources, toute la lumière de l'univers

entamera sa course rapide et courbe, se pliant au-
dessus de la présence fugitive des corps endormis du
même univers... A travers la concentration mobile du
tangible, les arcs de lumière se rapprocheront.
s'écarteront et créeront en leur permanence rapide le
contour total, l'armature... Tu sentiras les lumières
arriver et en même temps... toutes proches les saveurs
copieuses de la montagne et de la plaine : le myrica et
la papaye, le huele-de-hoche et la poincillade, la
piña-de-palo et le laurier-tulipier, la vanille et le
tecotehue, la violette sauvage, le mimosa, la fleur-du-
tigre... tu les verras nettement reculer, s'enfoncer de
plus en plus en un reflux vertigineux des îles glacées...
s'éloigner de plus en plus loin de la première
ouverture et du premier éclatement... La lumière se
précipitera vers tes yeux ; elle se précipitera en même
temps vers le bord le plus lointain de l'espace... Tu
serreras tes mains sur l'assise de rocher et tu fermeras
les yeux... Tu entendras de nouveau la rumeur
proche des cigales, le bêlement d'un troupeau égaré...
Toutes choses sembleront se mettre en marche, en cet
instant d'yeux fermés, ensemble, en avant, en arrière
et vers le sol qui les soutient... ce vautour qui vole
invinciblement attiré par le plus profond méandre du
fleuve de Veracruz et qui ensuite se posera sur
l'immobilité d'un rocher, prêt à prendre le vol qui
brisera, en ondes sombres, l'insistance unie des
étoiles... Et toi tu ne sentiras rien... Rien ne semblera
se mouvoir dans la nuit : même le vautour n'inter-
rompra pas la quiétude... La course, la révolution,
l'agitation infinie de l'univers ne se feront pas sentir
dans tes yeux, dans tes pieds, dans ton cou tran-
quilles... Tu contempleras la terre endormie... Toute

la terre : rochers et couches minérales, masse de la montagne, densité des champs labourés, courant du fleuve, hommes et maisons, bêtes et oiseaux, couches ignorées du feu souterrain, s'opposeront au mouvement irréversible et imperturbable mais ne lui résisteront pas... Tu joueras avec un caillou, en attendant l'arrivée de Lunero et de la mule : tu le lanceras sur la pente pour qu'il obtienne une minute de vie propre, rapide, énergique : petit soleil errant, bref kaléïdoscope aux lumières doubles... Presque aussi rapide que la lumière qui le découpe; aussitôt, grain perdu au pied de la montagne, cependant que la lumière des étoiles poursuit sa course depuis son origine, avec la rapidité imperceptible et totale... Ton regard se perdra dans ce précipice latéral dans lequel la pierre a roulé... Tu appuieras le menton sur ton poing et ton profil se découpera sur la ligne de l'horizon nocturne... tu seras ce nouvel élément du paysage qui disparaîtra bientôt pour chercher, de l'autre côté de la montagne, l'avenir de sa vie... Mais déjà, ici, la vie commencera à être le futur et cessera d'être le passé... L'innocence mourra, non du fait de la faute, mais de l'étonnement amoureux... Si haut, si haut, jamais tu n'y étais allé... Les points cardinaux, tu ne les avais jamais vus... La proximité habituelle du monde collé au fleuve ne sera qu'une proportion de cette immensité insoupçonnée... Et tu ne te sentiras pas petit en contemplant et en contemplant, dans cette sereine tranquillité de l'incertitude, les lointains amas de nuages, le plan ondulant de la terre et l'ascension verticale du ciel... Tu te sentiras meilleur... ordonné et distant... Tu ne sauras pas que tu te trouves sur un sol nouveau, émergé de la mer dans les dernières heures, à peine, pour précipiter cordillère contre cordillère et se rider comme un parchemin serré dans la main puissante de l'époque tertiaire... Tu te sentiras haut sur la montagne, perpendiculaire aux champs, parallèle à la ligne de l'horizon... Et tu te sentiras dans la nuit, dans l'angle mort du soleil : dans le temps... Là-bas au loin, ces constellations sont-elles, comme elles paraissent l'être à l'œil nu, l'une à côté de l'autre, ou bien séparées par un temps incommensurable?... Une autre planète tournera au-dessus de ta tête et le temps de la planète sera identique à lui-même : la rotation obscure et lointaine, peut-être se consomme-t-elle en cet instant, unique jour de l'unique année, durée de la révolution de Mercure, à jamais séparé des jours des jours de tes années... Ce maintenant ne sera pas le tien, pas plus que ne le sera le présent des étoiles que tu contempleras à nouveau, devinant la lumière passée d'un temps étranger, peut-être mort... La lumière que verront tes yeux ne sera que le spectre de la lumière qui entreprit son voyage il y a plusieurs de tes années, plusieurs de tes siècles : cette étoile continue-t-elle à vivre?... Elle vivra aussi longtemps que tes yeux la verront... Et tu sauras seulement qu'elle était déjà morte pendant que tu la regardais, la nuit future où finira de parvenir à tes mêmes yeux — si elle existe encore — la lumière qui réellement avait jailli, dans le maintenant de l'étoile, alors que tes yeux contemplaient la lumière ancienne et croyaient la baptiser du regard... Mort à son origine ce qui sera vivant dans tes sens... Perdue, calcinée, la source de lumière qui poursuivra son voyage, désormais sans origine, vers les yeux d'un jeune garçon dans la nuit d'un autre temps... D'un autre temps... Temps qui s'emplira de vie, d'actes, d'idées, mais qui jamais ne sera un flux inexorable entre le premier terme du passé et le dernier de l'avenir... Temps qui n'existera que dans la reconstruction de la mémoire isolée, dans le vol du désir isolé, perdu une fois épuisée la possibilité de vivre, incarné dans cet être singulier que tu es, un enfant, déjà un vieillard moribond, que tu unis en une cérémonie mystérieuse, cette nuit, aux petits insectes qui se juchent sur les rochers du versant, et aux immenses astres qui tournent en silence sur le fond infini de l'espace... Rien n'arrivera dans la minute sans bruit de la terre, du firmament et de toi... Tout existera, sera en mouvement, s'écartera, en un fleuve de changement qui en cet instant dissoudra, vieillira et corrompra tout, sans que s'élève un cri d'alarme... Le soleil est en train de brûler vif, le fer tombe en poussière, l'énergie sans but se dissipe dans l'espace, les masses s'usent dans la radiation, la terre est envahie par le froid de la mort... Et tu attendras un mulâtre et une bête pour traverser la montagne et commencer à vivre, emplir le temps, exécuter les pas et les gestes d'un jeu macabre dans lequel la vie avancera en même temps que la vie mourra; d'une danse de folie dans laquelle le temps dévorera le temps et nul ne pourra arrêter, vivant, le cours irréversible de la disparition... L'enfant, la terre, l'univers : dans les trois, quelque jour, il n'y aura ni lumière, ni chaleur, ni vie... Il y aura seulement l'unité totale, oubliée, sans nom et sans homme pour le nommer : fondus l'espace et le temps, la matière et l'énergie... Et toutes les choses auront le même nom... Aucun... Mais pas encore... Il naît encore des hommes... Tu entendras encore le « aoooo » prolongé de Lunero et le bruit des fers de la mule sur le rocher. Ton cœur battra sur un rythme accéléré, conscient enfin qu'à partir d'aujourd'hui commence l'aventure inconnue, que le monde s'ouvre et t'offre son temps... Tu existes... Tu es debout sur la montagne... Tu réponds en sifflant au cri modulé de Lunero... Tu vas vivre... tu vas être le point de rencontre et la raison de l'ordre universel... Ton corps a une raison... Ta vie a une raison... Tu es, tu seras, tu as été l'univers incarné... Pour toi s'allumeront les galaxies et s'incendiera le soleil... Pour que tu aimes et que tu vives et que tu sois... Pour que tu découvres le secret et que tu meures sans pouvoir le transmettre, parce que tu le posséderas seulement lorsque tes yeux se fermeront pour toujours... Toi, debout, Cruz, treize ans, au seuil de la vie... Toi, yeux verts, bras minces, cheveux cuivrés par le soleil... Toi, ami d'un mulâtre oublié... Tu seras le nom du monde... Tu entendras le « aooo » prolongé de Lunero... Tu engages l'existence de toute la fresque infinie, sans fond, de l'univers... Tu entendras le bruit des fers de la mule sur le rocher... En toi se touchent l'étoile et la terre... Tu entendras le coup de fusil juste après le cri de Lunero... Sur ta tête tomberont, comme revenant d'un voyage sans commencement ni fin dans le temps, les promesses d'amour et de solitude, de haine et d'effort, de violence et de tendresse, d'amitié et de désenchantement, de temps et d'oubli, d'innocence et d'étonnement... Tu entendras le silence de la nuit, sans le cri de Lunero, sans les fers de la mule... Dans ton cœur, ouvert à la vie, cette nuit; dans ton cœur ouvert...

IL est là, replié sur lui-même, au centre même de ces
contractions, il est là, la tête obscurcie par le sang,
pendant, retenu par les fils les plus ténus : ouvert à la
vie, enfin. Lunero retint les bras d'Isabel Cruz ou
Cruz Isabel, sa sœur; il ferma les yeux pour ne pas
voir ce qui se passait entre les jambes ouvertes de sa
sœur. Il lui demanda, en cachant son visage : « Tu as
compté les jours ? » et elle ne put répondre parce
qu'elle criait, criait en dedans d'elle-même, les lèvres
closes, les dents serrées et sentait que la tête
apparaissait déjà, sortait déjà, cependant que Lunero
lui tenait les épaules, seulement Lunero, avec la
bassine d'eau bouillante sur le feu, le couteau et les
chiffons tout prêts, et lui sortait entre les jambes,
sortait expulsé par les contractions du ventre, de plus
en plus précipitées et Lunero devait lâcher les épaules
de Cruz Isabel, Isabel Cruz, s'agenouiller entre les
jambes ouvertes, recevoir cette tête humide, noire, le
petit corps poisseux, attaché à Cruz Isabel, Isabel
Cruz, le petit corps enfin séparé, reçu par les mains
de Lunero, maintenant que la femme cessait de
gémir, respirait, laissait échapper un fort halètement,
essuyait de ses paumes blanches la sueur de son
visage, cherchait, le cherchait, tendait les bras :
Lunero coupa le cordon, en noua l'extrémité, lava le
corps, le visage, le caressa, le baisa, voulut le donner
à sa sœur mais Isabel Cruz, Cruz Isabel gémissait

400

déjà sous une nouvelle contraction et les bottes se rapprochaient de la cabane où la femme gisait sur la terre, sous le toit de palmes, les bottes se rapprochaient et Lunero tenait ce corps la tête en bas, le frappait de sa main ouverte pour qu'il pleure, qu'il pleure cependant que les bottes se rapprochaient : il pleura : il pleura et commença à vivre...


JE ne sais pas... je ne sais pas... si lui c'est moi... si c'est toi qui étais lui... si je suis les trois à la fois... Toi... je te porte en moi et tu vas mourir avec moi... Dieu... Lui... je l'ai porté en moi et il va mourir avec moi... les trois... qui ont parlé... Je... je le porterai en moi et il mourra avec moi... seulement...


TU ne sauras plus : tu ne reconnaîtras pas ton cœur ouvert, cette nuit, ton cœur ouvert... Ils disent : « Bistouri, bistouri »... Mais oui je les entends, moi qui sais encore alors que toi tu ne sais plus, avant que toi tu saches... moi qui ai été lui, serai toi... moi j'entends, au fond du miroir, derrière la glace, au fond, au-dessous, au-dessus de toi et de lui... « Bistouri »... ils t'ouvrent... ils te cautérisent... ils t'ouvrent les parois abdominales... le couteau mince, froid, précis les récline... ils trouvent ce liquide dans le ventre... ils réclinent ta fosse iliaque... ils trouvent ce paquet d'anses intestinales irritées, gonflées, attachées à ton mésentère dur et injecté de sang... ils trouvent cette plaque de gangrène circulaire... baignant dans un liquide à l'odeur fétide... Ils disent, ils répètent... « infarctus »... « infarctus mésentérique »... ils regardent tes intestins dilatés, d'un rouge vif, presque noir... ils disent... ils répètent... « pouls »... « température »... « perforation punctiforme »... manger, ronger... le liquide hémorragique s'échappe de ton ventre ouvert... ils disent, ils répètent... « inutile »... « inutile »... tous les trois... ce caillot se détache, se détachera du sang noir... circulera... s'arrêtera... s'est arrêté... ton silence... tes yeux ouverts... privés de vue... tes doigts glacés... privés de sensation... tes ongles noirs, bleus... tes mâchoires tremblantes... Artemio Cruz... nom.. « inutile »... « cœur »... « massage »... « inutile »... tu ne sauras plus... je t'ai porté en moi et je mourrai avec toi... tous les trois... nous mourrons... Toi... tu meurs... tu es mort... je mourrai

La Havane, mai 1960.
Mexico, décembre 1961.

# L'ŒUVRE NARRATIVE
# DE CARLOS FUENTES

## L'âge du temps

### I. LE MAL DU TEMPS
Aura
Anniversaire
Une certaine parenté (Folio nº 1977)

### II. LE TEMPS DES FONDATIONS
Terra nostra (Folio nº 2053 et 2113)
L'oranger (Folio nº 2946)
Les fils du conquistador/*Los hijos del conquistador*. Texte extrait de
   *L'oranger* (Folio bilingue nº 101)
Les deux rives/*Las dos orillas*. Texte extrait de *L'oranger* (Folio
   bilingue nº 148)
Apollon et les putains. Texte extrait de *L'oranger* (Folio nº 3928)

### III. LE TEMPS ROMANTIQUE
La campagne d'Amérique
*La novia muerta**
*El baile del Centenario**

### IV. LE TEMPS RÉVOLUTIONNAIRE
Le vieux gringo (Folio nº 2125)
*Emiliano en Chinameca**

### V. LA PLUS LIMPIDE RÉGION (Folio nº 1371)

### VI. LA MORT D'ARTEMIO CRUZ (Folio nº 856)

### VII. LES ANNÉES AVEC LAURA DÍAZ (Folio nº 3892)

### VIII. *LA VOLUNTAD Y LA FORTUNA*

### IX. DEUX ÉDUCATIONS
*Las buenas conciencias*
Zone sacrée

### X. LES JOURS MASQUÉS

*Ont également paru en traduction française aux Éditions Gallimard*

En bonne compagnie, suivi de La chatte de ma mère, textes extraits de En inquiétante compagnie (Folio 2 € n° 5235)

HORS SÉRIE

Portraits dans le temps

Contre Bush

Les titres en caractère romain ont été publiés en traduction française aux Éditions Gallimard.

*Aura* a été inséré dans le recueil *Chant des aveugles*.

Les titres originaux en italique n'ont pas encore été traduits, ceux suivis d'un astérisque n'ont pas encore été publiés par l'auteur.

# COLLECTION FOLIO

*Dernières parutions*

*Impression Maury Imprimeur*
*45330 Malesherbes*
*le 7 avril 2020.*
*Dépôt légal : avril 2020.*
*1ᵉʳ dépôt légal dans la collection : janvier 1977.*
*Numéro d'imprimeur : 244384.*

ISBN 978-2-07-036856-3. / Imprimé en France.